Les Protégés de sainte Kinga

DU MÊME AUTEUR

LE DRAGON DU MUVERAN
PLAISIR DE LIRE 2015
SLATKINE & CIE 2016
POCKET 2017

QUI A TUÉ HEIDI?
SLATKINE & CIE, 2017
POCKET 2019

L'AIGLE DE SANG
SLATKINE & CIE, 2019
POCKET 2020

ISBN 978-2-88944-145-7

Marc Voltenauer

Les Protégés de sainte Kinga

Slatkine & Cie

C'était il y a longtemps, fort longtemps.

Jean Bouillet vivait dans un hameau du nom d'Antagnes, sur un coteau paisible au pied de collines couvertes de forêts. Les Antagnards étaient des paysans travailleurs, mais Jean ne leur ressemblait guère.

Parfois il s'asseyait sur une chaise devant son cabanon pour profiter de la clarté du soleil et rapiécer tant bien que mal de vieilles frusques qu'il posait en tas à côté de lui. Il avait toujours espéré que ce qui passerait entre ses mains se transformerait en or. Son vœu ne s'était évidemment jamais réalisé. La seule chose qu'il avait récoltée, c'était le sobriquet que lui donnaient les gens de la région : le Bracaillon. Certains l'appelaient aussi Pain-de-coucou, car il passait son temps dans les bois et mangeait volontiers de ce trèfle rafraîchissant et salé. S'il allait dans la forêt, c'était surtout pour braconner.

Un soir d'automne alors qu'il rôdait près du mont d'Arveyes après un violent orage, il aperçut au fond du ravin, à proximité du lieu-dit du Fondement, des chamois qui, sans répit, léchaient un rocher. Il tenta de s'approcher d'eux, le fusil à la main, et fut distrait par un étrange éclat scintillant. Au moment où son regard se posa de nouveau sur l'endroit où se trouvaient les bêtes, elles avaient déjà détalé.

Jean se dirigea vers la mystérieuse lumière et se retrouva devant une anfractuosité de la montagne. Un grand feu flamboyait à l'intérieur de la cavité. Trois gnomes vêtus d'habits immaculés étaient assis autour avec, à leurs côtés, des paniers remplis d'une poudre plus blanche que la plus fine farine de la région.

En voyant cette scène, n'importe quel paysan, même le plus courageux, aurait pris ses jambes à son cou. Mais Jean Bouillet ne craignait ni Dieu ni diable. Une seule chose lui faisait peur : manquer de nourriture. Piqué par la curiosité, le Bracaillon pénétra dans la grotte et s'approcha des trois petites créatures.

— Puis-je allumer ma pipe et me réchauffer auprès du feu ? Il fait si froid dehors.

— Joins-toi à nous, proposa un des gnomes.

— Qu'est-ce que c'est que ces cailloux ? demanda Jean en désignant des amas de roche brisée. Et que jetez-vous dans ce feu pour que les flammes pétillent de cette manière ?

Les trois gnomes se mirent à rire, leurs visages se tordirent dans d'horribles grimaces.

— Ah ! Ah ! Ah ! C'est un trésor bien plus précieux que l'or.

— Un trésor ? demanda Jean avec une lueur d'envie dans les yeux.

Un coup de sifflet retentit des profondeurs de la terre. Les trois petits hommes se levèrent, allumèrent leurs lampes à huile et disparurent dans l'antre de la montagne.

— Ce secret, il me faut le percer, murmura Jean.

Il s'élança alors à leur suite dans le gouffre abyssal. Guidé par une infime lueur, après une heure de descente dans d'étroits et sombres passages, il parvint enfin dans une salle ronde soutenue par des piliers et de laquelle partaient plusieurs galeries.

De nombreuses lumières allaient et venaient. C'étaient des gnomes munis de lampes qui poussaient des chariots dans les boyaux de la mine en chantant. Certains restaient accroupis, armés d'un marteau et d'une cisette, à tailler dans la paroi rocheuse. D'autres nains alimentaient d'énormes chaudières à bois d'où ils puisaient une matière blanche et cristalline. Jean dut se courber pour éviter de se cogner la tête. Personne ne prêtait attention à sa présence.

Plus tard, un nouveau coup de sifflet strident retentit. Les gnomes déposèrent leurs outils et s'assirent en cercle. Jean comprit que l'heure de la pause avait sonné. Sans gêne aucune, il s'accroupit au milieu d'eux et alluma lui aussi sa bouffarde. Deux gnomes arrivèrent alors avec un tonnelet de vin qu'ils poussaient sur un chariot. Ils remplirent des gobelets et les distribuèrent à tous, y compris à Jean qui accepta sans hésiter.

Cependant, avant de lui permettre de déguster la première gorgée de ce précieux nectar, un des gnomes se leva. Il portait un chapeau à bordure dorée, différent de celui des autres.

— Si tu réponds à cette énigme, tu pourras boire de ce breuvage jusqu'à plus soif.

Lorsque Jean se rendit compte que le petit homme s'adressait à lui, il opina du chef, ne voulant pour rien au monde manquer une pareille aubaine.

— Qui est celui que Dieu n'a jamais vu, qu'un souverain rencontre quelquefois et que le commun des mortels voit bien souvent ?

Un des gnomes retourna un sablier accroché au mur.

Jean se mit à réfléchir. Après un long silence, il prit la parole avec assurance.

— Son semblable.

— Bonne réponse ! dit le gnome au chapeau doré.

— Bravo ! s'exclamèrent de concert tous les autres.

Puis ils entonnèrent en chœur une chanson dans un sabir incompréhensible en l'honneur de leur convive.

Après le cinquième verre, Jean s'endormit profondément et ses ronflements résonnèrent à en faire trembler toute la montagne.

Jean ouvrit les yeux, réveillé par le pépiement des oiseaux. Un rayon de lumière l'éblouit. À sa grande stupéfaction, la voûte sombre de la grotte avait fait place à celle bleue du ciel. Il était étendu sur un tapis de mousse fraîche, au cœur de la forêt d'Arveyes, près de la Grionne qui s'écoulait paisiblement.

Jean se leva avec difficulté et commença à marcher. Un sentiment trouble l'habitait. Après avoir erré comme une âme en peine, il rencontra un berger qui menait paître ses moutons. Jean, qui côtoyait tout le monde dans la région, fut étonné de ne pas le reconnaître.

Poursuivant sa route, il arriva dans le hameau d'Antagnes et s'arrêta net. À l'endroit où se trouvait son cabanon se dressait, inexplicablement, une charmante chaumière blanche. Un immense châtaignier noueux ombrageait le jardin verdoyant. Jean se souvint qu'au moment de la naissance de sa petite Suzette il y avait mis en terre une châtaigne.

Était-il en train de rêver ? Quel breuvage magique les gnomes lui avaient-ils fait boire ?

— Ah ! ces farceurs ! Ils m'ont joliment ensorcelé ! s'exclama Jean.

Il se décida à pénétrer dans la maison et se trouva face à une jeune paysanne. Elle était assise sur une chaise et tenait dans ses bras un enfant à qui elle donnait le sein.

— Que veux-tu, vieillard ? Si c'est la charité, passe ton chemin.

— Je cherche Suzette.

— Suzette ?

— Oui, Suzette, celle de Jean Bouillet, le Bracaillon.

— Je ne connais pas de Jean Bouillet ni de Bracaillon. Tu fais erreur.

— Nous sommes bien à Antagnes, n'est-ce pas ?

— C'est ça.

Jean se laissa choir sur une chaise et, pris de panique, hurla :

— Je deviens fou !

La femme, épouvantée, se leva et lui montra la porte.

— Allez, pars d'ici ! Tu es effrayant avec ta longue barbe hirsute.

Jean porta sa main à son menton et constata avec effarement qu'il avait une toison touffue et blanche. Il s'approcha d'un miroir accroché au mur et se laissa tomber à terre en étouffant un cri déchirant.

La femme partit chercher ses voisines qui accoururent, affolées.

— D'où êtes-vous ? lui lança l'une d'elles.

— D'Antagnes. Il m'avait semblé avoir quitté le village hier, mais… durant la nuit, tout a changé… et moi, j'ai vieilli de cent ans.

— Où étiez-vous ?

— Je suis allé dans l'antre de la terre.

— Et qu'y avez-vous vu ?

— Il se pourrait bien que ce soit les magasins du diable.

Une clameur émergea parmi les femmes.

— C'est un sorcier ! hurla l'une d'elles.

À ces mots, elles s'enfuirent toutes de la maison en criant à tue-tête :

— Au sorcier ! Au sorcier !

En moins de temps qu'il n'en fallut pour le dire, le pauvre Bracaillon se retrouva les mains liées. Une escorte de villageois le conduisit en justice à Aigle où des soldats l'écrouèrent dans la prison du château.

Le lendemain, on le questionna sans répit, mais pour seule réponse il prononçait « les petits diables ». Les bourreaux le suspendirent alors par les poignets et lui attachèrent aux pieds une pierre d'abord, une deuxième, puis une plus lourde encore. Les os de ses membres craquaient de toutes parts. La douleur était si atroce qu'il s'évanouit. Ils le dépendirent et son corps s'affala sur le sol.

L'interrogatoire reprit ensuite de plus belle.

— Est-il vrai que vous avez visité les magasins du diable ?

— Oui, je les ai visités.

— Où sont-ils ?

— Sous Arveyes et Villars.

— Qu'y trouve-t-on ?

— Un trésor inestimable.

— De quelle sorte de trésor s'agit-il ?

— Des pierres qui se transforment en or blanc. Le bétail se délectera de cet or, il soignera les malades. Il y aura du travail et de la richesse pour tous.

— C'est de la magie. Vous êtes un sorcier ! Préparez-vous à affronter la mort.

Le jour suivant, sous les injures de la foule en liesse, Jean Bouillet fut conduit sur le lieu des supplices en Chalex. Des curieux de tous les environs s'étaient déplacés pour assister à son exécution.

Soudain, au milieu de l'attroupement, il aperçut une jeune fermière, qui tenait une gamine dans ses bras. Il ne put s'empêcher de crier :

— Oh ! Suzette, ma petite Suzette !

Jean parvint à échapper à la vigilance des gardes et s'empressa de rejoindre la mère et l'enfant. Il les enlaça longuement. Elles ressemblaient tant à sa bien-aimée et à sa fille. De grosses larmes coulèrent sur son visage émacié.

Les soldats arrivèrent, se saisirent de Jean et le traînèrent de force vers le bûcher.

— Tu ne te souviens pas de Jean Bouillet? hurla-t-il en fixant la jeune femme aux yeux pleins de tendresse.

— Mais oui! J'ai souvent entendu ma grand-mère prononcer ce nom. Elle l'appelait le Bracaillon. C'était son grand-père...

— Eh bien! C'est moi!

Une dame âgée s'approcha à grandes enjambées.

— Si vous êtes vraiment Jean Bouillet, alors, je suis votre petite-fille et elle, c'est la fille de votre arrière-petite-fille.

Tout le monde s'écria d'une seule voix:

— Miracle!

Sous la pression de la foule, Jean fut relâché. Il se jeta au cou de la vieille et la serra contre son cœur.

— Tu es donc l'enfant de ma petite Suzette!

— Elle est morte. Il y a vingt ans.

— Assez discuté! claironna un fantassin.

— Au bûcher! ordonna le juge.

Les soldats s'approchèrent de Jean, mais la foule avait désormais pris parti pour le condamné.

— Ce n'est pas un sorcier! dit une femme.

— C'est Jean Bouillet! dit une autre.

— C'est Bracaillon!

La multitude se mit à scander son nom et cette clameur ébranla le juge, le bourreau, les huissiers et les soldats qui prirent peur et vacillèrent. Les montagnards de la région délivrèrent Jean et se rendirent avec lui sur la place du bourg.

Jean grimpa sur un escabeau et devant la foule, suspendue à ses lèvres, il dit:

— Gens de mon pays, écoutez-moi! Plus jamais vous ne serez dans la misère. Un énorme trésor est enseveli sous les monts de Villars et d'Arveyes. Munissez-vous de vos pioches, de vos pelles. Creusez! Les sources, le sol, la roche: tout est salé!

Prologue

La sonnerie du téléphone réveilla Kaddishel en sursaut. Il répondit brièvement, la voix altérée, s'habilla en hâte et sauta dans sa voiture. À la hauteur du village de Huémoz, il émergea de l'épaisse couche de brouillard qui enveloppait la plaine. Les rayons qui se réverbéraient sur le pare-brise l'éblouirent. Il mit ses lunettes de soleil. De nombreuses images défilaient dans sa tête.

Il se gara vers l'épicerie, et continua à pied. La neige fraîche crissait sous ses pas. Jacques et sa femme, Christine, l'attendaient devant leur chalet. Kaddishel connaissait bien la maison. Il avait vécu dans l'appartement sous les combles avec ses grands-parents, après la mort de sa mère.

Jacques le serra maladroitement dans ses bras. Christine l'embrassa affectueusement. Elle était en larmes. Kaddishel ne ressentait qu'un grand vide, dépourvu d'émotions.

— Ce matin, commença Jacques, Hannah n'est pas sortie pour aller chercher son pain comme d'habitude. Je me suis inquiété et...

— On te laisse monter, l'interrompit Christine.

Avant d'entrer, Kaddishel regarda distraitement le chalet. Jean, l'aïeul de Jacques, l'avait construit en 1881. Jean était le premier postier de Gryon. La fonction était héréditaire et s'était donc transmise de génération en génération. La maison avait trois étages, avec, en haut, deux balcons qui surplombaient fièrement le cœur du village. Deux arcades vitrées entouraient la porte d'entrée. Le soubassement en pierre était peint à la chaux, les deux niveaux supérieurs étaient en bois.

En gravissant l'escalier branlant, Kaddishel pensa à sa *boubele*. C'est comme ça qu'il appelait affectueusement sa grand-mère, en yiddish. Elle était arrivée à Gryon en 1946, par le train, seule, sans argent. Elle avait vingt-sept ans. Mathilde, la grand-mère de Jacques, et son mari Justin, l'avaient recueillie chez eux, dans l'appartement sous les combles, et lui avaient offert un travail à la poste. Un an plus tard, Hannah s'était mariée avec Arthur, le fils du forgeron du village.

Kaddishel posa la main sur la poignée de la porte, hésita un peu et finit par entrer dans le couloir envahi par cette délicate odeur de chèvrefeuille qui faisait affleurer ses souvenirs d'enfance. Sur un mur, il y avait la photo de mariage de ses grands-parents. Ils se souriaient tendrement sous le porche du temple. Hannah avait été une très belle femme.

Kaddishel resta figé sur le seuil de la chambre de sa grand-mère. Un duvet était replié au pied du lit. Hannah était appuyée contre des coussins, la tête inclinée sur le côté. Elle semblait dormir. Il entra, déposa le sac qui contenait le livre et le châle de prière. Il allait honorer sa promesse. Il s'avança sur la pointe des pieds, comme pour ne pas la réveiller. Sur son avant-bras droit posé sur le drap, des chiffres étaient tatoués : 183071. Elle tenait un vieux carnet en cuir relié entre ses mains.

Kaddishel le retira délicatement. Il caressa la couverture craquelée et l'ouvrit à la première page. Elle était couverte d'une écriture fine, serrée. L'encre violette avait terni. En haut, à droite, il y avait une date, soulignée d'un trait ferme : mardi 16 mai 1826.

1

— À toutes les patrouilles d'ACA fixe, on nous signale qu'un vol à main armée serait en cours à la bijouterie, rue de Bourg.

— ACA fixe d'ACA 15. Bien reçu. Nous y allons.

— Bien reçu, ACA 15.

Lionel Magnin et Kinga Nowak se mirent à courir. En arrivant près de la joaillerie, ils ralentirent et se positionnèrent de part et d'autre de la porte, la main sur leur arme de service, prêts à dégainer.

Nowak inclina légèrement sa tête vers le monophone accroché à sa chemise d'uniforme au niveau de l'épaule. Elle appuya sur la touche d'appel et chuchota :

— ACA fixe d'ACA 15. Nous sommes sur place. Nous allons entrer.

— Bien reçu ACA 15.

Une femme se rapprocha de Magnin, par-derrière.

— J'ai vu le cambrioleur, lui dit-elle à mi-voix. Il s'est enfui en courant, dans cette direction.

Magnin se retourna et l'empêcha du bras d'avancer.

— Il était comment ?

— Il portait une casquette, il était grand. J'ai aperçu ses yeux. Ils étaient bleus.

— Écartez-vous, madame.

Magnin chercha du regard sa collègue et allait s'élancer à la poursuite du fuyard, mais Nowak le héla.

— Lionel, reprends ta position.

Il s'exécuta.

— C'est la police, cria Nowak.

Elle jeta un œil furtif à l'intérieur, fit un signe à Magnin, tira son arme de l'étui, monta les marches et entra dans le magasin. D'un mouvement rapide, elle balaya la pièce du regard. La vitre d'un des présentoirs était brisée. Des tiroirs vides jonchaient le sol, des montres-bracelets étaient éparpillées. C'était cependant étrangement silencieux.

— Lionel, va voir derrière. J'te couvre.

Un homme cagoulé, portant une veste de cuir noir, surgit brusquement de l'arrière-boutique. Il tenait une jeune femme contre lui et braquait un revolver sur sa tempe, un Smith & Wesson 686, calibre 357 Magnum, canon de six pouces, qui lui donnait un aspect à la fois massif et redoutable. Kinga avait une connaissance certaine des armes à feu.

Les deux gendarmes pointèrent leur Glock. Le type proféra une menace.

— Sortez de là, sinon je la tue !

Le visage de la vendeuse était blême.

Sentant la fébrilité du cambrioleur, Nowak tenta de calmer le jeu.

— Tout doux, ne vous énervez pas...

— ACA 15 d'ACA fixe, au rapport.

— Baissez votre arme, lui intima Magnin. N'aggravez pas la situation.

— J'ai plus rien à perdre ! hurla le malfrat.

Alors qu'il focalisait son regard sur Magnin, Nowak en profita pour répondre à la centrale en chuchotant dans son monophone :

— ACA fixe d'ACA 15, besoin de renfort. Nous avons une prise...

— Posez vos flingues par terre et foutez le camp, je vous dis !

Le type armait le chien de son revolver.

— C'est bon. On sort, assura Magnin.

— On va ranger nos armes et reculer doucement, d'accord? lui proposa Nowak.

Le braqueur esquissa un signe de la tête dans leur direction. Magnin et Nowak abaissèrent simultanément leurs pistolets, évitant tout mouvement brusque.

— Jetez vos flingues par terre! Maintenant!

Kinga s'apprêtait à poser son pistolet, mais se ravisa. Tout en maintenant le regard sur le malfrat, elle rangea son arme dans le holster et écarta ses bras. Lionel fit de même.

Tous deux se rapprochèrent alors de la porte, à reculons.

— Fin de l'exercice!

Le comédien relâcha sa collègue et les élèves de l'Académie de police de Savatan se rassemblèrent autour d'Andreas Auer. Il jeta un rapide coup d'œil aux notes qu'il avait prises dans son petit carnet à la page qui portait la date du vendredi 3 mars, puis interpella l'aspirant Magnin.

— Qu'avez-vous à dire de votre intervention?

— J'ai commis une erreur d'appréciation, inspecteur. Si Kinga ne m'en avait pas empêché, je serais parti à la poursuite du cambrioleur et je l'aurais laissée seule. Nous ne savions pas combien ils étaient. Selon un témoin, l'un d'eux était en fuite. Je n'ai pas pensé qu'un deuxième complice pouvait encore être à l'intérieur.

Lionel cherchait Kinga du regard pour la remercier, mais elle avait ses yeux braqués sur l'inspecteur.

Kinga l'observa de la tête aux pieds. Elle reconnaissait à Andreas un charisme certain. Le lundi suivant, elle devait commencer un stage au sein de son équipe. Elle scrutait ses yeux bleu azur. Son teint hâlé, il le devait au fait qu'il habitait à la montagne, au-dessus de la couche de brouillard qui enveloppait la plaine durant les mois d'hiver. Il avait une barbe de trois jours, assortie au gris argenté de ses cheveux très courts. Ses quelques rides d'expression lui donnaient un charme particulier. Il portait un jeans bleu foncé savamment usé, un t-shirt blanc sans aucune inscription, d'où dépassait une chaîne en or, et par-dessus une veste en mouton retourné. Mais il avait troqué ses santiags brunes à bout carré contre des Cortez blanches et leur fameux Swoosh* noir créé au début des années septante. La mode des *sneakers* était au vintage. Et Andreas, en nostalgique des années quatre-vingt, avait craqué pour plusieurs modèles de baskets rétro. Un style *bad boy* revisité qu'il prenait soin de cultiver.

Kinga détourna le regard quand il la dévisagea à son tour.

— Exact. Pourquoi avez-vous, à juste titre, d'ailleurs, retenu votre camarade, aspirant Nowak ?

— Notre rôle en tant que primo-intervenant est de rester sur place, récita-t-elle. Gérer la crise, même si le criminel a quitté les lieux.

— C'est-à-dire ? demanda Andreas, qui voulait qu'elle continue à débiter sa leçon.

— Sécuriser la zone, répondit-elle. S'assurer que le danger est écarté, informer la centrale de la situation, fournir un signalement du complice qui a pris la fuite pour que les autres patrouilles puissent le localiser.

— J'ai vu que vous alliez poser votre pistolet, avant de changer d'avis. Pourquoi ?

— Sous la pression du braqueur, j'ai failli céder à sa demande. Mais pour des raisons évidentes de sécurité, un policier ne devrait jamais se séparer de son arme. Je l'ai alors regardé droit dans les yeux pour lui faire comprendre que j'allais la ranger.

— Bien, aspirant Nowak. Pour un premier exercice, vous vous êtes plutôt très bien débrouillés, tous les deux. Vous avez su garder votre calme et agir avec discernement. Vous avez ensuite fait ce que vous deviez faire, sortir et attendre les renforts.

— Et avant que les renforts n'arrivent, demanda Kinga, on doit faire quoi ?

— Continuer à parler avec le preneur d'otages jusqu'à ce qu'un négociateur vienne vous relayer et...

— Andreas !

Un des officiers déboula et les interrompit.

---

* Surnom du logo de Nike.

— Oui, Robin ?

— Ta collègue Karine a essayé de te joindre.

— Mon téléphone est en mode silencieux. Qu'est-ce qu'elle voulait ?

— Il y a une prise d'otages dans les Mines de sel !

2

Aaron s'était installé sur la banquette à côté du cocher. Il regardait le paysage défiler sous ses yeux, la main en visière pour éviter d'être ébloui par le soleil de mai.

Quatre dames distinguées occupaient le coupé. Elles venaient à Bex pour profiter des vertus des eaux salées. Il les avait entendues converser gaiement. Elles resteraient quelques jours à l'hôtel des Bains qui avait ouvert trois ans plus tôt, en 1823. C'est ce que lui avait expliqué le cocher, et aussi qu'on apportait pour les bains des fûts de saumure et de l'eau sulfureuse, toutes deux bénéfiques pour la santé.

Aaron n'avait pas eu les moyens de se payer une place au sein de la berline. D'ailleurs, la rotonde à l'arrière était complète et les passagers s'étaient plaints de la poussière qui leur arrivait en plein visage. Installé à côté du postillon en uniforme bleu et chapeau de feutre, Aaron avait ainsi fait un excellent voyage et profité pleinement de la vue.

La diligence postale jaune, tirée par un attelage de cinq chevaux, entra dans la bourgade de Bex et s'arrêta sur la place principale. Elle grouillait de monde, c'était jour de foire. Aaron sauta de la voiture hippomobile, récupéra son maigre balluchon qu'il hissa sur son épaule et se mêla au tumulte. Des badauds flânaient, harcelés par les marchands. Aaron en repoussa même un, plus empressé que les autres, qui lui présentait avec insistance du tabac à chiquer. Il déambula au milieu des vendeurs de tissus, de chapeaux et d'argenterie, dépassa un savetier qui rapetassait des chaussures ainsi qu'un armurier qui vantait sa poudre à canon à des mineurs. Il y avait des tanneurs, des drapiers, des selliers, des cloutiers… Les étals de victuailles ne manquaient pas : poissons, viandes, fromages, fruits et épices de toutes sortes. En s'approchant de la zone réservée au bétail, on entendait braire, bêler, meugler. Vaches, chèvres, ânes, cochons et même quelques chevaux se côtoyaient sous l'œil averti de leurs propriétaires.

Le cocher lui avait dit que c'était la foire la plus importante de l'année, celle qui précédait la montée à l'alpage.

Perdu dans cette effervescence, Aaron voulait d'abord trouver un lieu pour dormir. Il balaya les alentours du regard. Au nord, derrière un majestueux saule pleureur au feuillage vert intense, s'étendaient de vastes jardins décorés de sculptures, de fontaines et d'arbustes ornementaux. Au loin, sur la colline, s'étageaient des vignes.

— Demandez le *Nouvelliste vaudois* ! Demandez le *Nouvelliste* !

Un gosse claironnait les nouvelles du jour d'une voix nasillarde.

— Delphine de Sabran est décédée !

Aaron n'avait aucune idée de qui il s'agissait, sans doute une femme bien née.

— Demandez le *Nouvelliste vaudois* ! La marquise de Custine a été retrouvée morte la nuit dernière dans sa chambre de l'hôtel de l'Union !

Aaron s'approcha du crieur de journaux qui lui tendit spontanément un exemplaire du quotidien.

— Ça vous fera un batz*, monsieur.

— Je voulais simplement savoir où se trouve cet hôtel.

— Ah ! Alors, monsieur, c'est par là…

Le garçon se retourna et pointa du doigt l'angle sud-ouest de la place, d'où partait une rue.

* Le batz est une pièce de monnaie frappée. En Suisse, les unités utilisées étaient le franc (ou la livre), divisé en 10 batz, eux-mêmes divisés en 10 rappes (ou centimes).

— C'est à quelques dizaines de toises*, juste avant les bains minéraux.

Le jeune crieur scruta Aaron de haut en bas d'un air perplexe.

— C'est le meilleur établissement de toute la région.

Comme Aaron ne manifesta aucune réaction, il ajouta :

— C'est pour le beau monde...

Aaron opina du chef, le remercia. Il traversa la place et s'engagea dans la rue. Après quelques pas, il repéra une banque où il s'empressa de changer le dernier thaler** qui lui restait du voyage. On lui remit trois livres. Il passa ensuite devant les arcades de la maison de ville, aperçut l'imposant clocher de pierre du temple et arriva sur une autre place. À sa gauche, une grande fontaine où des lavandières riaient en commentant les derniers potins du bourg. Et à sa droite, le fameux hôtel de l'Union.

Durant le trajet, le cocher, un ancien ouvrier des Mines de sel de Bex, lui avait expliqué que l'établissement avait porté, du temps de la domination bernoise, le nom d'hôtel de l'Ours. Mais après le départ des Bernois, le propriétaire s'était empressé de le rebaptiser pour ne laisser aucune trace de l'envahisseur qui avait occupé la région depuis 1475, et surtout pas de cet ours honni, emblème de la ville de Berne.

Aaron aperçut un homme au noble port sur le balcon au premier étage de l'hôtel. À ses côtés, un homme plus âgé, élégamment vêtu, semblait le réconforter. Ce dernier fit signe à leur voiturier qui attendait dans le parc, auprès de la diligence. Puis ils retournèrent dans la chambre.

Un double escalier en marbre menait à l'entrée. Aaron gravit les marches et poussa la porte. Il dut se mettre de côté pour laisser passer deux employés de l'hôtel qui transportaient une lourde malle. Son regard s'arrêta sur une jeune femme en robe à crinoline qui se dirigeait vers lui. Il fut d'emblée séduit par les frêles épaules dénudées et les cheveux attachés en chignon qui

---

* Une toise correspond à 1,949 mètre.

** Le thaler est à l'époque l'unité monétaire des pays germaniques.

laissaient apparaître des boucles d'oreilles faites de pierres scintillantes. Son visage était lumineux. En plongeant ses yeux dans les siens, Aaron réalisa avec embarras qu'il rougissait.

Dans le hall, les deux hommes du balcon conversaient avec un troisième. Affable, il s'inclinait à chaque mot, empressé, presque obséquieux. Aaron les écoutait.

— Monsieur le marquis de Custine, permettez-moi encore une fois de vous adresser mes plus sincères condoléances.

Astolphe hocha la tête en signe de gratitude, mais aucun son ne sortit de sa bouche. Il était dévasté. D'abord son grand-père, ensuite son père, puis sa femme, son fils... et maintenant sa mère. C'en était trop.

Berstoecher, son précepteur alsacien, lui posa la main sur l'épaule, et répondit à sa place.

— Je vous en remercie. Notre voiture est attelée et nous allons partir incessamment. Nous ramenons Mme de Custine à Fervaques où elle sera ensevelie selon les honneurs dus à son rang.

Astolphe se retourna et s'adressa d'une voix étouffée à son précepteur.

— Mon cher Berstoecher, merci de veiller à l'intendance et de nous acquitter de notre séjour.

Le propriétaire des lieux s'interposa.

— En raison des circonstances, le séjour vous est offert, monsieur le marquis.

— Merci à vous, monsieur Dürr, nous ne saurions accepter. Je tiens à régler mes dettes, quelle que soit la situation.

Berstoecher sortit une bourse de son manteau et paya leur dû.

Aaron ne se lassait pas du spectacle de cet échange. Il regarda les deux hommes quitter l'hôtel et fut ramené à la réalité par la voix peu amène d'une femme, plantée devant lui.

— Que cherchez-vous exactement, jeune homme?

— Auriez-vous une chambre de libre? répondit Aaron sans marquer l'ombre d'une hésitation.

— La seule de disponible est celle de Mme la marquise qui vient d'y mourir. Mais je ne pense pas que vous ayez dix livres sur vous. Je me trompe?

Aaron savait parfaitement que l'hôtel de l'Union n'était pas à la portée de sa maigre bourse, mais ce que lui avait raconté le cocher avait piqué à vif sa curiosité et l'avait poussé à entrer, ingénument.

— Qui était cette dame ?

La voix de l'hôtelière se radoucit. Elle chuchota sur le ton de la confidence :

— C'était une grande dame. Une femme héroïque dont le mari et le beau-père, un général, ont été guillotinés lors de la Révolution. Pour la petite histoire, elle fut, il y a bien des années, la maîtresse du vicomte François-René de Chateaubriand.

Le nom ne lui disait rien. Mais la femme continua : la marquise avait choisi de venir à Bex pour se reposer et reprendre des forces. L'eau des mines, l'air pur de la région et le calme avaient certes agrémenté son séjour, mais fatiguée, atteinte dans sa santé, Delphine de Sabran avait rendu son âme à Dieu la veille.

Mis en confiance par ces confidences, Aaron demanda à l'hôtelière si elle connaissait un endroit où il pourrait dormir.

— En tous les cas, pas chez nous. Allez ! File d'ici !

Aaron trouva finalement une petite pension à la portée de ses maigres moyens, près de la place du Marché : l'hôtel du Logis du monde. Le nom lui avait semblé sympathique. Le patron, un certain Cherix, l'avait accueilli chaleureusement.

Le soir, après avoir avalé un bol de soupe accompagné d'une tranche de pain et d'une bière, Aaron fut convié à jouer aux quilles avec des habitués. C'étaient des paysans et des mineurs. Heureux de la présence d'un étranger, ils lui racontèrent ce qu'ils s'étaient mille fois dit : les souvenirs de l'occupation bernoise, l'époque mémorable où se tenaient naguère, dans l'auberge, les *banquets révolutionnaires*.

— Tu te souviens de l'histoire de l'ours ? demandait l'un.

— Ah oui ! Le scandale qu'on avait provoqué ? Ce qu'on avait ri !

— Jusqu'à ce que le Conseil ouvre une enquête...

— Que s'est-il passé ? interrogea poliment Aaron, intrigué.

— Un soir, comme ce soir, on jouait aux quilles et on avait bien bu. On avait envie de s'amuser un peu. On voulait se moquer de ces Bernois.

— On est allés sur la place. J'ai mis une corde autour du cou de Willy. Il a commencé à marcher comme un ours, tantôt debout, tantôt sur ses pieds et sur ses mains.

— Moi, je jouais du tambour.

— Et moi, je faisais la quête.

— Le plus drôle, c'était la rogne des Bernois, s'esclaffa un autre avant d'ingurgiter une bonne lampée de bière.

L'un des mineurs s'approcha d'Aaron.

— Tiens, c'est de l'eau de cerise de chez nous.

Il lui tendit un verre.

— Je m'appelle Willy, ajouta-t-il.

— Aaron. Enchanté.

Ils trinquèrent et avalèrent l'alcool fort cul sec.

— C'est excellent, convint Aaron.

— Si tu en veux, il faut t'adresser au second étage au numéro 8 de la place du Marché. C'est un ami. Il en distille une de première qualité et la vend à dix batz la bouteille.

Aaron hocha la tête.

— Comme ça, tu vas travailler aux mines ?

Aaron acquiesça et Willy lui mit la main sur l'épaule.

— On va se revoir, alors !

Après quelques verres, Willy, d'humeur enjouée, lui conta l'histoire de la libération de la ville, le rôle central qu'avait tenu la mine de sel dans l'émancipation des Vaudois. Il avait participé au vote d'adhésion à la nouvelle République helvétique au temple de Bex, le 15 février 1798. Selon lui, la prière du pasteur Bournet, invoquant la docilité et la sagesse des cinq cents Bellerins* présents, ainsi que l'invitation du châtelain Fayod aux réfractaires à s'avancer et à inscrire leurs noms sur un registre avaient grandement concouru à la décision unanime. Trois semaines plus

* Habitants de Bex.

tôt, avec le soutien de Bonaparte et du Directoire, le pays de Vaud avait décrété son indépendance. Les Bernois furent poliment conviés à retourner chez eux, et les habitants de Bex avaient planté un arbre de la liberté sur la place du marché.

Heureux de s'être enfin débarrassés du joug bernois, ils avaient beaucoup bu, dansé, chanté allègrement. Mais les montagnards des Ormonts s'étaient entre-temps ralliés aux Bernois. François Samuel Wild, le directeur des mines de l'époque, bien qu'originaire de Berne, avait alors rassemblé deux compagnies de mineurs pour livrer bataille aux réfractaires au col de la Croix.

— Si tu avais vu ça, Aaron. Il n'avait jamais fait aussi froid. À Taveyanne, on a été obligés d'incendier un chalet d'alpage pour se réchauffer. Plusieurs sont morts gelés avant même d'aller au combat. Et pourtant, on a gagné ! Moi, j'ai échappé à la mort. Pas mon meilleur ami grionnais, Pierre Broyon. Il a péri lors des hostilités.

À une heure avancée de la nuit, Aaron termina la dernière gorgée de sa pinte puis monta dans sa chambre. Il s'affala sur le lit, une paillasse avec un molleton trop court pour couvrir ses pieds. Il nota dans son petit carnet de cuir noir, 16 mai 1826, écrivit quelques lignes. Puis, épuisé par le long voyage, il s'abandonna au sommeil.

3

3 heures et 13 minutes avant le début de la prise d'otages

Comme tous les matins, un peu avant 6 heures, Alberto arriva au Bouillet sur sa Yamaha MT-09. Cédant à sa passion dévorante pour la moto, il avait craqué pour le dernier millésime. La sensation de connexion immédiate entre la poignée de gaz et le pneu arrière lui plaisait, tout comme le mélange du rugissement rauque et du ronronnement du moteur.

La pénombre enveloppait encore le site d'une atmosphère lugubre. Seules deux lampes éclairaient faiblement la zone obscure. Il gara son bolide, rangea son casque dans le coffre et rejoignit le réfectoire.

— Salut les amis ! lança-t-il en entrant.

— Salut, Alberto ! En forme ?

— Comme quelqu'un qui va à la mine...

Les deux autres s'esclaffèrent. Pourtant, cette blague, il devait la faire tous les matins.

Alberto déposa sur la table un sachet plein de croissants encore chauds. Il enfila sa tenue dans le vestiaire et s'installa à côté d'Éric qui lui avait tiré un renversé*.

* Café au lait dont les proportions sont inversées : plus de lait que de café.

Sylvain, le responsable des mineurs, transmettait déjà les instructions du jour.

— Je vous laisse effectuer les contrôles standards dans la zone d'exploitation. Moi, j'irai inspecter la galerie de la Barmaz.

Sylvain jeta ensuite un coup d'œil sur le tableau blanc où figuraient les noms des différentes entreprises qui intervenaient régulièrement dans la mine.

— On n'a personne aujourd'hui, mais demain les électriciens doivent venir remplacer des câblages.

Les deux sauniers arrivèrent à leur tour dans le réfectoire. Ils entraient dans la mine tous les matins en même temps que les mineurs pour mettre en route la production de Fleur des Alpes. Ils se servirent un café, s'attablèrent et prirent chacun un croissant.

Dès qu'ils eurent terminé, Alberto se leva et donna le signal.

— Bon, on va monter à la mine !

Cela l'amusait de dire ainsi, car le départ à l'air libre se trouvait à 588 mètres d'altitude et on s'élevait à 610 mètres à la gare Saint-Pierre située dans la zone touristique à l'intérieur de la mine, avant de continuer à monter jusqu'au fond de l'exploitation qui culminait à 627 mètres. Cela correspondait à une pente ascendante de 13,75 pour 1 000. Tout ça à près de 300 mètres sous la surface de la Terre.

— Bonne journée, les gars ! On se tient au courant, leur lança leur chef.

Sylvain entra dans son bureau et alluma l'ordinateur pour contrôler le niveau de LIE, la « limite inférieure d'explosivité ». Dix-sept détecteurs de gaz disséminés à différents points stratégiques permettaient de mesurer la concentration de méthane et celle de sulfure d'hydrogène, deux corps gazeux hautement inflammables. Le sulfure dégageait une émanation d'œuf pourri alors que le méthane était incolore et inodore, ce qui le rendait particulièrement dangereux. Un autre diagramme indiquait le taux d'oxygène. Tous les chiffres étaient au vert.

Alberto et Éric s'apprêtaient à effectuer leur tournée de contrôle. Ils déposèrent leurs casques avec lampe frontale incorporée, leurs radios et leurs méthanomètres à l'arrière de la locomotive et s'installèrent, Alberto aux commandes, Éric à ses côtés dans l'exiguë cabine de conduite. Les deux sauniers prirent place dans le wagon.

Alberto alluma le moteur électrique, avança d'une dizaine de mètres et s'arrêta à la hauteur du feu rouge. La porte métallique de l'entrée voûtée du Bouillet s'ouvrit. Le signal lumineux passa au vert, il actionna la manette et le convoi ferré se mit en branle. Spécialement conçu pour circuler dans cet étroit boyau dont la première étape fut construite au XVIIIe siècle, le petit train minier permettait d'accéder à un vaste dédale au cœur de la montagne.

Le trajet jusqu'à la gare Saint-Pierre dura douze minutes. Les sauniers descendirent, souhaitèrent une bonne journée à leurs collègues. Le train redémarra et s'enfonça dans un tunnel en direction de la zone d'exploitation, avec, pour toute lumière, l'unique phare de la locomotive. Immobilisant la motrice au croisement, Alberto ouvrit la vitre frontale et actionna la manette qui modifiait l'aiguillage avant de remettre le convoi en mouvement.

Quelques minutes plus tard, ils firent une halte au puits Emmanuel-Chevalley, profond de 150 mètres. Il était rempli d'eau douce, ce qui permettait au sel de se dissoudre et de se mêler à la masse aqueuse. La saumure était ensuite pompée vers la surface au moyen d'une colonne d'aspiration avant d'être acheminée dans une canalisation jusqu'à la saline. À l'aide d'un mètre muni d'un flotteur, ils mesurèrent le niveau d'eau par rapport à la galerie : 18,60 mètres. Aucun risque d'inondation.

Les voies étant devenues inutilisables avec le temps, ils continuèrent à pied jusqu'à la salle Aimé-Ruchet, du nom du malheureux mineur victime d'un coup de grisou en 1964. Ce fut le dernier accident mortel recensé. Éric ouvrit la vanne d'une chaudière qui récupérait le méthane au fond des forages et renvoyait le gaz inflammable à la surface. Dans cette chambre, les forages exécutés entre 1954 et 1970 atteignaient 473,50 mètres de profondeur et traversaient une couche de roc salé de près de 315 mètres, ce qui était assez exceptionnel.

Ils reprirent place dans la cabine. Impossible d'effectuer un demi-tour à cet endroit. Alberto fit reculer le train, changea à nouveau l'aiguillage au croisement puis roula jusqu'à la salle de l'Espace où l'on creusait un dix-neuvième forage. Deux pouvaient encore y être percés à cet endroit avant d'avoir épuisé les dernières ressources. Ensuite, il faudrait excaver une nouvelle chambre, ailleurs dans la mine.

À ce jour, le forage atteignait 150 mètres de profondeur, bien loin des 800 mètres prévus. La foreuse pouvait percer d'une traite 3 mètres de roche. La carotte retirée, ils ajoutaient un tube supplémentaire pour continuer à descendre. Au début, ils avançaient jusqu'à 15 mètres par jour, puis de moins en moins, à mesure qu'ils progressaient.

Toutes les carottes étaient conservées et analysées afin d'identifier le type de roche traversée. Pour le moment, ils n'avaient atteint aucune poche salée. Il fallait continuer le forage en espérant éviter les mauvaises surprises : de la roche déjà dessalée, une poche de gaz ou simplement de la roche non salée. Malgré les cartes 3 D des gisements salifères dressées par les géologues, chaque forage demeurait une loterie.

Alberto sortit son téléphone portable et se connecta au système de contrôle pour y vérifier la pression et le débit d'injection d'eau dans les forages, le débit de retour de saumure et sa densité. Sa radio bipa. Jacqueline, l'une des guides des Mines de sel, annonça la première visite de la journée : à 8 h 30, une classe de seize élèves accompagnés de deux enseignantes prendrait place à bord du train pour rejoindre la zone des visiteurs.

4

Après avoir longé le cours de l'Avançon sur une demi-lieue* environ, Aaron s'enfonça dans un vallon pittoresque et arriva au lieu-dit du Bévieux. À sa droite, il aperçut la saline et l'imposante maison de cuite avec ses hautes cheminées. C'est là qu'on chauffait la saumure pour en extraire le sel. Il continua son chemin, dépassa un groupe d'hommes qui tiraient des troncs hors du bassin de flottage et découvrit deux bâtiments de graduation où le précieux liquide était concentré par évaporation.

Là où il avait appris son métier, ils avaient abandonné l'exploitation des sources salées depuis belle lurette pour ne travailler qu'avec la roche salifère.

Sur la rive opposée, quelques vaches paissaient. Deux fontainiers perforaient des rondins de mélèze. Un peu plus loin, une structure en bois recouverte de tavillons** permettait d'accéder à une passerelle couverte. Aaron la traversa et emprunta l'escalier pentu qui le mena à une immense construction qui trônait au sommet de la colline. Ce troisième bâtiment de graduation, plus imposant encore, s'étalait, selon son estimation, sur six cents

* Une lieue équivaut à environ 4,800 kilomètres.

** Le tavillon est une tuile de bois servant de revêtement sur les toitures et les façades.

pieds*. Il s'arrêta un instant pour admirer la grande roue à aubes qui actionnait les pompes.

Un homme à la barbe broussailleuse fumait nonchalamment sa pipe, assis sur un rocher. Il portait un pantalon brun, une chemise blanche et un gilet. Un béret recouvrait son crâne dégarni.

Aaron s'approcha de lui.

— Bonjour, je vais aux Dévens. C'est encore loin?

Le maître ouvrier tira sur son brûle-gueule, exhala un nuage de fumée, se leva et lui indiqua la direction.

— À peine à une demi-lieue.

Aaron se mit en marche par un sentier ombragé bordé de champs de blé et de vergers. En chemin, il croisa un vigneron ployant sous le poids de sa hotte chargée d'échalas, un fossoir à deux dents à la main. Il s'apprêtait à planter des tuteurs pour soutenir les pieds de vigne qu'il cultivait sur la colline, expliqua-t-il. Ils se mirent à bavarder, l'homme en profita pour déposer sa hotte, en sortit un tonnelet et lui offrit un godet de vin clairet. Ils trinquèrent et chacun reprit sa route.

Lorsqu'il arriva devant l'imposante villa blanche du directeur des Mines de sel, Aaron gravit les marches et tambourina à la porte. Il n'eut pas à patienter bien longtemps. Une employée de maison vint rapidement lui ouvrir et le conduisit à travers un fastueux hall jusqu'à une porte à double vantail finement sculptée. Elle frappa doucement.

— Faites entrer, prononça une voix affable.

Aaron pénétra humblement dans le bureau du directeur. Derrière un imposant secrétaire couvert de livres, un homme d'une quarantaine d'années étudiait une carte d'extraction. Jean de Charpentier portait un costume sombre, un gilet à rayures verticales discrètement orné de boutons sur une chemise blanche rehaussée d'un nœud papillon. De petites lunettes

* Un pied équivaut à environ 30 centimètres. Le pied se divise en 10 pouces, le pouce en 10 lignes, la ligne en 10 traits.

rondes lui donnaient un air érudit. Il se leva, vint lui serrer la main et remarqua qu'Aaron orientait son regard curieux au travers des baies vitrées.

— C'est un jardin où je cultive des plantes exotiques très rares, expliqua Charpentier. Je me suis découvert cette passion grâce à mon voisin botaniste, Emmanuel Thomas. Je possède un herbier de plus de trente-deux mille espèces. On m'en fait parvenir de tous les endroits du globe. Et je tiens également une collection de mollusques.

Jean de Charpentier songea qu'il devait encore fabriquer des petites boîtes pour les nouvelles coquilles qu'il venait de recevoir. Il s'y attellerait en début de soirée, avant d'accueillir ses hôtes, un conchyliologue et un botaniste, avec qui il s'entretiendrait jusque tard dans la nuit. Il ferait amener le meilleur vin de sa cave.

— Mais vous n'êtes pas là pour que je vous parle de mes passions. Prenez place, jeune homme.

Intimidé, Aaron s'assit en face du directeur.

— C'est donc votre père qui vous envoie chez moi. C'est un excellent géologue et, de plus, un homme charmant.

Aaron acquiesça.

— Nous nous sommes liés d'amitié lors de nos études à l'École des mines de Freiberg, continua Charpentier. Je suis d'ailleurs né dans cette ville. Mon père y était capitaine général des mines de Saxe. Comment se porte ce cher Itzhak?

— Il a un problème d'asthme et ses jambes le font souffrir. Il a dû arrêter de travailler à la mine et ne peut plus se déplacer sans s'aider d'une canne. Heureusement, ma mère tient une épicerie dans le village. Cela leur permet de vivre décemment.

— Vous vous exprimez fort bien en français, jeune homme.

Flatté, Aaron se rasséréna.

— Mon grand-père a combattu en Autriche et en Russie aux côtés du prince Poniatowski, le commandant en chef des armées polonaises et le seul maréchal étranger des troupes napoléoniennes. La fondation du grand-duché de Varsovie, en 1807, et la promesse de Napoléon de restaurer le royaume de Pologne avaient suscité de grands espoirs. Mon père voue encore un attachement inconditionnel à l'Empereur. C'est pour cela qu'il a souhaité que j'étudie le français.

— Votre père m'a adressé une lettre de recommandation. Il m'écrit que vous êtes un garçon plein de ressources, avide d'apprendre.

— Oui, monsieur. Le sel est ma passion.

— Tout comme moi, déclara Jean de Charpentier en rajustant ses lunettes. Je n'ai pas encore pu visiter les mines de votre région. Je vous prierai de m'en parler à l'occasion.

Jean de Charpentier dévisagea Aaron avec curiosité.

— Quel âge avez-vous?

— Vingt et un ans, monsieur.

— Et quelle fonction teniez-vous dans les mines?

— J'ai commencé comme simple mineur, avant de devenir sous-conducteur. Ensuite, j'ai été promu assistant du maître mineur. C'est moi qui l'aidais à déterminer où creuser pour trouver la roche salée.

— Intéressant... Fort intéressant.

Jean de Charpentier se leva de son bureau, s'arrêta un instant à la fenêtre, avant de venir se placer derrière Aaron.

— Lorsque j'ai été nommé directeur, la mine ne produisait plus que sept mille quintaux* de sel par an et cela ne cesse de diminuer. Les sources d'eau salée se tarissent, soupira-t-il, en posant la main sur l'épaule du jeune homme. Mais je suis persuadé que du sel se dissimule dans l'anhydrite. Depuis quelque temps, nous tentons de trouver des poches salifères, mais nos efforts ne sont pas encore concluants.

— Combien de quintaux, auparavant?

— Jusqu'à dix-huit mille. Aaron, nous en reparlerons. Kalbfuss, notre ingénieur en chef et géologue, va vous faire visiter la saline et vous donnera les indications pour vous rendre à votre lieu de travail. Il est aussi le syndic* de Bex. C'est un homme influent, ajouta Charpentier.

* Le quintal équivaut à 50 kg.

* En Suisse, premier magistrat d'une commune.

Aaron approuva d'un léger hochement de tête. Il était impatient de découvrir les mines.

— Au début, vous serez simple mineur.

— Merci, monsieur.

5

36 minutes avant le début de la prise d'otages

Les Mines de sel de Bex étaient les dernières du genre encore en activité en Suisse. Le directeur du site touristique aimait aller s'y promener de temps en temps le matin, avant l'arrivée des visiteurs, pour profiter du calme qui y régnait. Il ne se lassait pas de cet environnement unique chargé d'une histoire de plusieurs siècles dont le rayonnement dépassait les frontières du pays, notamment en raison de l'invention de l'ingénieur mécanicien Antoine-Paul Piccard. En 1877, au Bévieux, il mit au point le salinage par thermocompression, une méthode encore utilisée aujourd'hui dans de nombreuses salines à travers le monde.

Ce matin-là, il s'était réveillé trop tard et n'avait pas pu profiter de la sérénité des lieux. Il entra dans son bureau peu avant 8 h 30, se débarrassa de sa veste et alluma son ordinateur. Après s'être tiré un café, il s'assit et ouvrit l'application qui lui permettait de visionner les images des caméras de surveillance installées dans tout le secteur des visites. Il jeta d'abord un œil sur celles du réservoir Marie-Louise.

Jacqueline accompagnait un groupe d'élèves et leurs enseignantes à la gare du Puits pour se rendre en train en plein cœur de la mine, à la gare Saint-Pierre.

Il cliqua ensuite sur la caméra placée à l'entrée de la salle Alexandre-Dumas. Seule une image noire s'afficha à l'écran.

Étonné, il sélectionna celle située dans la taverne du Dessaloir. Là encore, elle était défectueuse.

Il s'apprêtait à solliciter l'aide d'un technicien pour contrôler les caméras de surveillance quand un signal sonore l'avertit de l'arrivée d'un courriel. Il consulta sa boîte et l'ouvrit: «Nous avons un problème avec les caméras dans la zone touristique et requérons votre intervention. Veuillez prendre connaissance du rapport en ouvrant le lien ci-dessous.»

Il hésita un instant, puis cliqua. Un site web qui n'avait visiblement rien à voir avec l'objet du mail s'afficha. C'est alors qu'il remarqua l'adresse de l'expéditeur: informatique@salines.com. Le domaine de messagerie de la saline se terminait par un «.ch», et non pas un «.com»... Il voulut refermer la page, mais une vidéo s'ouvrit déjà en pop-up.

6

27 minutes avant le début de la prise d'otages

HelioZ tira la chasse d'eau et se tourna vers le lavabo pour se laver les mains. Dans le miroir, il lut le texte floqué sur son nouveau t-shirt: «*I'm not anti-social. I'm just not user friendly*[*].» Il sourit. C'était tout à fait lui. Il possédait toute une collection de t-shirts humoristiques avec des messages qui, au premier degré, pouvaient sembler de fort mauvais goût. Pour lui, il s'agissait en quelque sorte d'une façon de détourner l'attention, de brouiller les pistes. Comme s'il mettait une barrière entre lui-même, sa personnalité intrinsèque, ses réelles capacités, et le monde qui l'entourait. En fonction des circonstances où il les portait, cela pouvait susciter des réactions qui l'amusaient beaucoup.

HelioZ revint dans son bureau où ZZ Top résonnait à plein volume. Il s'assit dans son fauteuil rouge et noir au design de siège-baquet. Cela lui procurait le sentiment de se mettre dans les conditions d'une course de sport automobile. C'est ainsi qu'il envisageait le piratage informatique, comme une compétition de haut niveau. Il avait instauré ses petites habitudes, presque des rituels. Il avait toujours à portée de main une canette et un

[*] Je ne suis pas antisocial. Je ne suis juste pas facile d'utilisation.

sachet de pipas. Il mettait son casque, choisissait une *playlist* en fonction de son humeur, puis se plongeait dans son monde virtuel.

Il avala une gorgée de Monster Energy et reposa sa canette. Habitué à passer ses nuits devant ses écrans d'ordinateur, il carburait aux boissons énergisantes. Cinq cents millilitres lui procuraient cent soixante grammes de caféine, l'équivalent de cinq expressos. En prévision des prochains jours, il s'était fait livrer un pack de vingt-quatre.

Lorsque les premières notes de *El Diablo* retentirent dans ses haut-parleurs stéréo, il fit basculer sa chaise en arrière et se mit à chanter en imitant les riffs de guitare de Billy Gibbons :

Did you ever hear the story	Est-ce que vous connaissez l'histoire
That happened not long ago'	Qu'est arrivée y a pas longtemps
Bout the man with a tan:	Celle de ce type au teint cuivré :
El diablo de Mexico?	Le diable de Mexico?
And this man played his hand	Ce type a claqué tous ses gains,
And he lived by the luck of the draw;	Misé sa chance sur le hasard;
Now and then and again,	Et sans jamais hésiter,
Found him steppin' outside of the law.	S'est rebellé contre la loi.
Hey, hey!	
[...]	
When they hunted him like a dog.	Chassé comme un chien
He was out on the run,	Il s'est fait la malle,
Knowing he could get by,	Sûr de s'en tirer,
'Cause the men killed in sin	Car les types tués dans le péché
Were not there to testify.	N'étaient pas là pour témoigner.
Hey, hey!	
He was caught, he was bound	Il a été arrêté, il a été ligoté
[...]	
And the hombre called «Diablo»	Et la légende appelée «Diablo»
Bid his last farewell.	A tiré sa révérence.

À la fin de la chanson, HelioZ se redressa. La notification qu'il attendait venait d'arriver. L'ouverture de la vidéo avait provoqué l'installation d'un *malware*, une création personnelle qui lui permettait d'accéder à l'ordinateur du directeur des Mines et de le contrôler à distance. Une vraie petite merveille.

HelioZ afficha sur sa machine l'image de l'écran de l'ordinateur piraté. Il pourrait maintenant suivre en direct ce que faisait le directeur. Il avala une gorgée de sa boisson saveur orange chimique et s'inclina à nouveau dans son fauteuil.

Le curseur de la souris commença à s'agiter sur l'écran. Le directeur ouvrit le courriel qu'HelioZ lui avait envoyé, copia le lien et composa un nouveau message : « Voici le lien vers la vidéo dont je viens de vous parler au téléphone. » Il entra ensuite l'adresse de la destinataire : « viviane.bourgeaux@vd.ch » et expédia le mail.

HelioZ sourit intérieurement et rédigea un SMS crypté à ses complices : « C'est parti ! ».

7

26 minutes avant le début de la prise d'otages

Daniel Kursner, debout derrière le pupitre, s'apprêtait à commencer la séance. Les cinq autres membres du comité étaient tous installés autour de la table. La salle de conférences était aménagée dans une excavation creusée par les mineurs deux siècles plus tôt. La pièce avait conservé ses murs originels, mais le sol était bétonné. De l'autre côté de la grande baie vitrée, illuminée par des spots, des stalactites de sel filiformes baignaient dans une lumière vert émeraude.

Se rassembler à l'intérieur de la mine avait paru hautement symbolique à Kursner. Il s'était laissé convaincre d'organiser une réunion dans ce lieu et ne le regrettait pas. Il pensa aux mineurs qui avaient creusé des kilomètres de galeries, à la sueur de leur front, du XVIIe au XIXe siècle. Des gens de la région, comme lui. Il songea avec fierté à ce lointain ancêtre qui y avait travaillé.

Il considéra ensuite le drapeau qu'il avait accroché au mur. C'était l'ancien étendard suisse dont la croix était constituée de cinq carrés égaux blancs sur fond rouge. Il fut déployé pour la première fois lors des manœuvres militaires nationales en 1821. C'était une idée du général Guillaume Henri Dufour. Il pensait que si les cantons guerroyaient sous la même bannière cela renforcerait la fraternité et la solidarité en temps de crise. Sur le drapeau suspendu au mur, ils avaient ajouté un *morgenstern*.

La planète Vénus était surnommée l'«étoile du matin» quand elle est visible à l'aurore. Mais sous cette appellation poétique se cachait en réalité une terrible arme blanche contondante du Moyen Âge se terminant par une masse hérissée de pointes affûtées.

Selon Daniel, le moment était venu de prendre les armes virtuellement et de se battre pour la survie de leur pays!

La Suisse était aujourd'hui confrontée à une série de problèmes qui menaçaient profondément son identité. Il avait ainsi décidé, avec deux de ses amis, Sophie et Michel, de fonder cette association.

Amèrement déçus par les partis politiques d'extrême droite qu'ils jugeaient «trop soft» et préférant ne pas être assimilés à des groupuscules violents aux tendances nazies trop affichées, l'idée de créer leur propre fraternité s'était imposée. Six dirigeants, à peine dix fois plus d'adhérents, l'association avait tout juste deux ans. Cela pouvait sembler peu, mais après chaque conférence ou événement qu'ils organisaient, de nouvelles personnes se joignaient à eux.

L'écran derrière lui affichait leur nom en toutes lettres, Bloc identitaire suisse, ainsi que leur slogan: «Nous devons préserver l'existence de notre peuple et l'avenir des enfants blancs.» En arrière-fond, on voyait leur logotype: un carré rouge avec un cercle blanc et, en son centre, une arbalète.

Kursner portait un t-shirt noir floqué de runes scandinaves. Un tatouage s'étalait sur son cou: «*Meine Ehre heisst Treue*[*]», la devise national-socialiste de la Schutzstaffel, la SS. Il s'exclama sur un ton solennel:

— Vive la Confédération helvétique!

Les autres membres du comité se levèrent et reprirent en chœur et avec conviction:

— Vive la Confédération helvétique!

Lorsqu'ils furent à nouveau assis, Kursner entama la séance.

[*] Mon honneur s'appelle fidélité.

— Aujourd'hui, dit-il, nous avons plusieurs sujets importants à débattre.

Il se tourna vers Michel.

— Le premier concerne ta candidature au Grand Conseil.

— Je croyais qu'on voulait plus s'impliquer dans la vie politique, réagit Julien Rapaz. Toi Daniel, tu as bien quitté le PNS. Alors, pourquoi Michel ?

— Michel a décidé de rester au Parti nationaliste suisse et ils ont proposé de le présenter aux législatives. Je suis d'avis que nous le soutenions par une campagne sur Internet.

— Daniel a raison ! l'appuya Elias Fischer. Même si les partis officiels sont trop feutrés dans leurs prises de position, il est important que l'un de nous y soit présent.

Michel du Pasquier, la tête pensante du groupe, intervint :

— Cela nous permettra par une voie détournée d'être présents au Parlement. Si on veut faire changer les mentalités, les campagnes de sensibilisation ne suffiront pas. Il faut réussir à infiltrer les structures décisionnaires pour y œuvrer de l'intérieur. C'est notre mission, et c'est pour cela que nous l'avons baptisée « Le cheval de Troie ».

— Je crois que nous sommes tous d'accord. Y aurait-il un avis contraire ? demanda Kursner.

L'assentiment fut général et silencieux.

— Sophie, j'aimerais que tu réalises une vidéo dans laquelle Michel présente son programme. Julien, en tant que responsable des réseaux sociaux, tu es chargé de la campagne.

L'un et l'autre hochèrent la tête.

— Bien, abordons le second sujet. Nous en sommes conscients, la densité de notre population a atteint des proportions alarmantes, une des plus hautes d'Europe. Si nous n'agissons pas, l'espace vital de la Suisse deviendra irrespirable.

Kursner appuya sur la télécommande, fit apparaître la diapositive suivante avec le titre « Objectif 0 % » et laissa sa place à Sophie Corboz.

— Comme vous le savez, dit-elle, la campagne que nous lançons a pour but de stopper l'immigration et les naturalisations.

Julien observait Sophie, sa *marraine*. D'allure costaude, elle était plutôt petite et en léger surpoids. D'un tempérament irascible, elle paraissait toujours à la limite de la rupture. Durant leurs séances, Sophie le cherchait du regard chaque fois qu'elle prenait la parole, comme pour obtenir son approbation. Elle était la seule femme du groupe, et pourtant, l'une des plus corrosives, des plus hardies dans ses prises de position.

Julien avait d'abord cru que Sophie s'intéressait à lui parce qu'il défendait des idées très proches des siennes, mais il se demandait si elle n'attendait pas plus de leur complicité idéologique.

— L'avenir de notre pays ne sera pas multiculturel. Nous devons à tout prix protéger et mettre en valeur le peuple originel de la Suisse, affirma Michel avec grandiloquence.

— Le matériel de communication n'est pas encore prêt, mais nous avons déjà le slogan: «La Suisse n'est pas un caravansérail!»

Les autres tapèrent de la main sur le bois de la table pour marquer leur entière approbation.

— Dès que l'affiche sera finalisée, nous vous l'enverrons par mail pour validation.

Kursner remercia Sophie, esquissa un sourire satisfait, avant de reprendre une expression plus sérieuse.

— Maintenant, dit-il, nous devons aborder la menace que fait peser le lobby LGBT sur l'identité de notre pays. Peter, on t'écoute.

Peter Aebi se leva et s'installa derrière le pupitre laissé libre par Kursner. Son crâne était rasé et avec son gabarit musclé, il en imposait. Il portait un t-shirt avec le logo du groupe de métal suisse allemand Amok: un lion tenant une lance dans une patte, un écusson suisse dans l'autre. En dessous, la devise «*Ehre, Treue, Gott mit uns**» en lettres gothiques.

* Honneur, fidélité, Dieu avec nous.

Aebi sortit une feuille de la poche arrière de son pantalon, la déplia et se racla la gorge.

— Le mois passé, le Conseil national a accepté l'initiative du conseiller national Mathias Reynard qui prévoit la criminalisation de l'homophobie, au même titre que le racisme. Les élus ont décidé par 126 voix contre 49 et 20 abstentions de prolonger de deux ans le délai imparti pour mettre en œuvre cette initiative.

— Jusqu'où ira-t-on ! fustigea Sophie.

— C'est une atteinte fondamentale de plus à la liberté d'expression ! s'indigna Rapaz.

— Ouais ! Des opinions légitimes seraient ainsi un crime, renchérit Fischer.

— L'anormalité est en train de devenir la norme. Si ça continue comme ça, il ne faudra pas longtemps avant de voir la première union d'un être humain avec un chat ou un chien. Le mariage pour tous est une hérésie ! rajouta Julien.

— Ne mélangeons pas tout, intervint Michel du Pasquier avec lassitude.

Sophie porta un regard satisfait sur Julien. C'est elle qui l'avait repéré et fait entrer au comité. Son apparence de jeune blondinet et son visage angélique étaient trompeurs. De ses yeux vert olive se dégageait une rage sourde et le ton de sa voix laissait poindre cette froide colère qui l'animait aussi. Au sein du comité, tous deux déployaient une énergie folle pour soutenir leur cause commune, même si leurs motivations profondes différaient sans doute. Julien ne portait ni tatouage ni t-shirt floqué de symboles d'extrême droite. Aucun signe ostentatoire, sinon sa coupe de cheveux qui laissait deviner sa transition. Contrairement à Kursner ou à Aebi, il ne s'était pas rasé complètement la tête. Il arborait une chevelure courte avec un fondu sur les côtés. Julien n'était clairement pas son type d'homme, mais quelque chose chez lui l'attirait. Son côté insaisissable, à la fois proche et fuyant. Pour être tout à fait honnête, Julien était franchement à l'opposé des hommes qu'elle fréquentait. Elle préférait les types grands, aux muscles saillants et au crâne rasé, et cherchait à être dominée sexuellement, voire à subir une certaine violence.

Mais, depuis sa dernière rupture quelques mois plus tôt, elle fuyait viscéralement ce genre d'hommes. Se prendre des gifles lors d'un acte sexuel, pourquoi pas, mais pas question de se faire battre.

Julien se pencha vers son voisin et lui demanda où étaient les toilettes. Il se leva et quitta la salle au moment où Sophie prenait la parole.

— C'est comme ce court-métrage américain qui a obtenu des millions de vues à sa sortie. Je ne me souviens plus du titre...

— *En un battement de cœur*, dit Michel. Je dois avouer que le film d'animation est d'une grande qualité et question propagande, ils ont fait fort.

— Quand on inclut des jeunes dans une campagne de prosélytisme qui glorifie l'homosexualité, aboya Sophie, j'appelle ça de la pédophilie !

Du Pasquier regarda Sophie Corboz et, de dépit, secoua la tête. Il se demandait d'ailleurs comment Daniel avait réussi à le convaincre de la nommer porte-parole et chargée de la communication. Dans leur stratégie, son rôle revêtait une importance particulière : en créant le mouvement, ils avaient décidé, à la différence d'autres groupuscules, de ne pas se cacher, d'être sur le devant de la scène. Certes, Sophie était jeune et présentait mieux que lui. Mais il avait beau écrire ses discours, la briefer avant ses interviews avec la presse, elle restait sanguine, difficile à canaliser et, pour tout dire, incontrôlable. Les risques de dérapages étaient considérables.

— Ces pédés sont tellement tordus qu'un jour ils finiront par réussir à faire légaliser cette perversion au nom des droits de l'homme, compléta Aebi.

— C'est exactement ce que je sous-entendais, reprit Sophie Corboz. Si cette loi passe, ça veut dire qu'on accepte l'homosexualité. C'est la boîte de Pandore qu'on ouvre. Avec la reconnaissance de cette perversion, la norme morale est massivement renversée. C'est une voie tracée à toutes sortes d'aberrations.

— Cette pratique abjecte devient une pseudo-religion, renchérit Aebi. Ça commence par un drapeau, des parades, des icônes gays, des lobbys... ensuite le mariage. Plus ça avance, plus ils en veulent. Nous devons à tout prix combattre ce mouvement subversif.

— À ce sujet, je trouve l'idée de la taxe suggérée par le PNOS* assez intéressante, intervint du Pasquier afin de ramener le débat à un niveau plus concret.

— C'est quoi, cette taxe ? s'étonna Fischer.

— La proposition serait d'interdire toute propagande, toute manifestation individuelle ou collective dans l'espace public et d'inciter les personnes LGBT à se soigner. Leur déviance serait toujours tolérée, à condition qu'elles paient un impôt qui financerait les familles traditionnelles dans le besoin.

Daniel tenta de recentrer la discussion.

— Écoutez-moi ! Si le Conseil des États venait à approuver l'initiative de ce Reynard, nous devons nous préparer à lancer une contre-offensive.

— Tu as une idée en tête ? demanda Fischer.

— Un référendum ! J'ai déjà évoqué cette possibilité avec d'autres groupes qui partagent notre avis.

Peter Aebi prit à nouveau la parole pour clore les débats.

— En attendant, nous avons d'ores et déjà prévu une campagne sur les réseaux sociaux.

Il pianota sur l'ordinateur et dévoila à l'écran la proposition d'affiche.

Elle représentait une famille classique, conforme à leurs valeurs : un père, une mère, deux enfants, garçon et fille. Quatre silhouettes rouges avec une croix blanche brandissant un parapluie au logo du Bloc identitaire suisse, unique rempart contre une voûte menaçante aux couleurs de l'arc-en-ciel.

Tous applaudirent.

Kursner regarda sa montre : 9 heures pile. À cet instant précis, un individu, cagoulé et lourdement armé, fit brutalement irruption dans la salle.

---

* Partei National Orientierter Schweizer.

8

En attendant le maître mineur qui devait lui faire visiter la saline, Aaron s'assit sur un muret, devant la villa du directeur. Les mains posées sur la pierre tiédie par le soleil de mai, il ferma les yeux et inclina la tête. Un léger air frais balayait son visage. Des bruits de pas sur le gravier l'alertèrent de l'arrivée de son guide. Un homme grisonnant au faciès buriné s'avançait dans sa direction. Aaron se leva et serra la main de Charles Kalbfuss.

— Aaron. Enchanté.

— Venez, je vais vous faire visiter les lieux, lui lança-t-il sans s'embarrasser de convenances.

Le géologue précéda Aaron dans une longue allée de peupliers, bordée de plusieurs tas de troncs d'arbres empilés d'un côté, et de l'autre par une conduite en bois de mélèze.

— Nous amenons la saumure jusqu'à la saline grâce à ces conduites depuis la sortie de la mine, à une demi-lieue en amont. Nos fontainiers réalisent un travail considérable. Il est particulièrement pénible de perforer ces rondins avec un perçoir à bras et cela exige une précision remarquable.

Aaron écoutait d'une oreille distraite, charmé par la vue imprenable sur la vallée et les montagnes.

— Le réseau fait plus de septante-six mille toises. Il est constitué de vingt mille troncs, souligna Kalbfuss avec emphase.

Cent cinquante toises plus loin, ils arrivèrent devant ce que Kalbfuss présenta comme les bâtiments de cuite.

— Nous avons deux grandes chaudières et cinq petites.

Il se tourna vers Aaron et lança avec fierté :

— Imaginez-vous, les médecins de la région nous envoient leurs malades pour les faire circuler autour des chaudières afin qu'ils en respirent les vapeurs salées.

Aaron fit mine d'être impressionné.

— Suivez-moi. Un peu plus loin, vous verrez deux autres chaudières qui servent à extraire le sel des résidus de cuite. Il y a aussi une forge à deux feux et un fourneau à réverbères...

— Un quoi ? le coupa Aaron.

— C'est un four qui réfléchit la chaleur par la voûte. Nous mettons le combustible d'un côté et la matière à chauffer de l'autre. Ainsi, les flammes n'entrent pas en contact direct avec le métal. Nous l'utilisons pour plier les plaques qui servent à construire les chaudières.

— Intéressant, concéda Aaron du bout des lèvres.

— Nous avons aussi un atelier de charpenterie, un magasin de poudre et, bien sûr, un entrepôt pour le sel.

Ils contournèrent la maison et se trouvèrent face à un immense bâtiment de graduation.

— Il mesure cent cinquante toises de long et dix-huit pieds de haut. La saumure est apportée au sommet, sous la toiture, par la roue à aubes. Sur toute la longueur, deux tuyaux percés permettent à l'eau de s'écouler sur des fagots de branchages épineux. Elle s'évapore alors grâce au soleil et au vent. Un madrier de sapin rainuré et légèrement incliné récupère chaque précieuse goutte. Il suffit de répéter l'opération plusieurs fois pour augmenter la salinité de la saumure. Puis elle est acheminée dans cet immense réservoir que vous voyez là-bas. Ensuite, elle part à la cuite. Plus elle est concentrée, plus elle s'évapore rapidement et moins nous avons besoin de combustible. Aujourd'hui, deux livres* de bois suffisent pour obtenir deux livres de sel.

* La livre équivaut à environ un demi-kilo. Elle se divise en 16 onces, l'once en 8 gros, le gros en 72 grains.

Aaron n'osa faire remarquer qu'il connaissait parfaitement tous ces procédés et feignit de l'écouter patiemment. Il regardait l'eau suinter entre les fascines, les cristaux de sel se former sur les rameaux. Il passa un doigt furtif sur la matière brillante et le porta à sa bouche. Le sel de Bex avait-il la même saveur que celui des mines de son pays ?

— Et ces deux maisons-là sont celles du gradueur et du maître cuiseur. Ce sont les deux seuls, à part le directeur et moi-même, à habiter sur place. Le maître cuiseur surveille l'arrivée des eaux salées dans les réservoirs et dans les chaudières. Il est responsable de la cuite et de l'emmagasinage du sel. Il supervise aussi le travail des cuiseurs ordinaires. Et le gradueur...

— Salut, Charles !

Un homme assez robuste et au visage taillé à la hache marchait dans leur direction.

— Salut, Samuel ! Je te présente Aaron Salzberg. Il vient de Pologne et va travailler avec nous comme mineur.

Les deux se serrèrent la main.

— Salzberg ? T'es juif?

Aaron le dévisagea sans répondre.

— Samuel Ansermet est justement notre gradueur. Explique-lui ton métier, rebondit Kalbfuss.

— Je suis responsable de la saumure à partir du moment où elle arrive au bâtiment de graduation jusqu'à celui où elle est amenée au bâtiment de cuite, de jour comme de nuit. Je dois m'occuper de maintenir en état la charpente, les bassins, la roue et ses mécanismes. Mais ma tâche la plus importante, c'est de réguler le débit d'eau à l'aide de robinets et d'en mesurer la salinité au fur et à mesure. C'est une étape cruciale dans la production du sel. Et c'est de moi seul qu'elle dépend !

De toute évidence, Ansermet tirait une grande fierté de ses fonctions et ne manquait visiblement jamais une occasion de s'enorgueillir de son travail. Aaron nota cela dans un coin de sa tête.

9

24 minutes après le début de la prise d'otages

Tous les élèves avançaient docilement, mais lui, Adam, suivait sa classe à distance. Ce n'était pas la première fois qu'il venait dans la mine. Son oncle l'avait emmené faire le «Trekkmines», une aventure hors du parcours touristique, dans les anciennes exploitations. Seuls participants ce jour-là, ils s'étaient faufilés le long d'étroits boyaux, avaient gravi des escaliers taillés dans la roche et s'étaient rendus dans la chambre de la Roue pour admirer la hauteur impressionnante du puits du Jour. Il gardait un souvenir inoubliable de ce labyrinthe au cœur de la montagne. C'était la même guide qui les accompagnait aujourd'hui. Cela faisait plus de trente ans que Jacqueline guidait des groupes dans les mines. Adam avait été passionné par ce qu'elle leur avait raconté et avait tout enregistré. Du coup, il prêtait une oreille distraite aux explications.

Valentine, sa meilleure amie, marchait à ses côtés, l'air pensif. Il profita de la pénombre pour l'observer discrètement et lui sourit timidement lorsqu'elle croisa son regard.

Elle avait emménagé à Aigle avec ses parents et son frère, deux ans auparavant, et s'était retrouvée dans une nouvelle école, seule parmi de nouveaux camarades. Trop timide pour s'intégrer au groupe des filles, elle n'avait pas davantage sympathisé avec les garçons. À son arrivée, ils s'étaient pourtant ingéniés à attirer son attention par tous les moyens imaginables.

En vain. La jolie Valentine ne s'intéressait pas à eux, les jugeant trop gamins à son goût. Elle s'entendait bien avec son frère, un peu plus jeune qu'elle, mais leurs centres d'intérêt différaient totalement. Il était fan de foot et faisait partie d'une équipe. Elle aimait l'école et passait le plus clair de son temps libre à lire. Malgré la disponibilité de leurs parents pour elle et son frère, Valentine ne pouvait s'empêcher de se sentir seule.

Adam ne s'était pas intéressé à elle au début de l'année scolaire. Mais, au fil des semaines, ils avaient bavardé et s'étaient rapprochés, se découvrant une passion commune pour le jardinage. Il l'invitait chez lui pour venir l'aider dans son potager. La semaine précédente, ils avaient choisi ensemble les légumes à cultiver dès les beaux jours. Quand sa mère, Jessica, lui avait récemment demandé si Valentine était sa petite copine, il n'avait pas su quoi répondre. Il l'aimait bien, c'est vrai, mais ils ne s'étaient jamais embrassés. Il devait pourtant admettre : Valentine lui plaisait. Encore fallait-il oser le lui avouer. Depuis quelques jours, il ruminait sa déclaration. Peut-être valait-il mieux lui donner un baiser lorsque l'occasion se présenterait ? Cette simple idée le fit rougir.

Dans la salle des Cristaux, Valentine s'arrêta devant une vitrine d'exposition, fascinée par la beauté des pierres. Elle les examina une à une, lisant chacune des étiquettes : sélénite du Maroc, sulfate de chaux retrouvé dans la galerie du Coulat ou encore halite rose avec oxyde de fer.

La guide les rappela à l'ordre. Ils rejoignirent alors le groupe et s'engagèrent dans un long couloir sombre, éclairé par de simples lampes faites de blocs de sel posés à même le sol.

Profitant des explications de Jacqueline sur le travail des fontainiers, ils s'éclipsèrent à nouveau pour aller admirer les anciens chariots de mine jaunes, qui dataient du XIXe siècle. Adam se remémora la scène d'*Indiana Jones et le Temple maudit*, lorsque, pourchassés par Mola Ram et ses sbires enturbannés et envoûtés, Indiana, Demi-Lune et Willie s'enfuient à bord d'un wagonnet.

Plongé dans ses rêveries de course folle, Adam fut soudain ramené à la réalité quand trois claquements successifs résonnèrent. C'étaient des coups de feu.

Deux hommes cagoulés braquaient leurs fusils d'assaut sur leurs camarades de classe. Adam agrippa Valentine par la main et l'entraîna avec lui derrière les wagons.

10

36 minutes après le début de la prise d'otages

Les deux sauniers étaient en plein travail. À l'aide d'une pelle, l'un d'eux récoltait dans un des bacs de cuite chauffés à cinquante-cinq degrés les fragiles cristaux remontés à la surface pour les disposer sur les séchoirs. Écumer le précieux minéral resté piégé dans la roche durant plus de deux cent trente millions d'années avant d'être libéré par l'eau était pour lui un enchantement. Après le séchage, le sel passait par un conduit chauffé vers la station de tamisage. Son collègue récupérait la fleur de sel dans des bacs pour la conditionner dans des bocaux en verre fermés par un couvercle en bois de mélèze. Alerté par des bruits de pas, il se retourna et vit à travers la vitre de l'atelier débouler les élèves alors que la fin de la visite était prévue vers 11 heures.

Au même moment, une détonation fit voler la vitre en éclats. Les cris fusèrent. Instinctivement, son collègue et lui se jetèrent à terre.

— Sortez de là ! hurla une voix grave.

La peur au ventre, les deux sauniers se redressèrent et se trouvèrent nez à nez avec un homme cagoulé qui pointait son fusil d'assaut sur eux. D'un geste, il les fit quitter l'atelier et rejoindre les élèves.

Deux individus, positionnés à l'avant et à l'arrière, les escortèrent jusqu'à la taverne et les forcèrent à monter par l'escalier.

Devant la salle de conférences, l'homme en tête du groupe désactiva les explosifs disposés sur la porte vitrée. Puis il la fit tourner sur ses gonds, les obligea à entrer. Sept personnes étaient déjà détenues dans le local : un groupe de cinq personnes, le conducteur du train et la serveuse.

Fusil à la main, l'un des ravisseurs se posta à l'entrée. L'autre fit asseoir la classe, les deux enseignantes et la guide à l'autre bout de la salle. Au milieu des sanglots des adolescents, les deux sauniers s'assirent à même le sol à côté de Jeannot, le conducteur, et de la serveuse.

Lorsque tout le monde fut installé, l'un des preneurs d'otages s'exclama :

— Mettez-vous à l'aise ! Vous en avez pour un petit moment ici !

Il fit le tour des nouveaux arrivants et leur demanda de déposer leurs téléphones portables dans le sac qu'il tenait dans sa main. Il ordonna à la guide de lui donner sa radio, puis fixa une webcam au plafond. Elle filmait à trois cent soixante degrés et transmettait aussi le son, précisa-t-il. Il n'avait pas eu besoin de mentionner qu'ils avaient interdiction d'y toucher.

Paniquée, Natacha contemplait l'individu cagoulé au milieu de la salle. Il comptait les enfants lorsque l'enseignante réalisa que deux d'entre eux manquaient à l'appel. Valentine et Adam avaient disparu. Elle se sentait coupable. S'il arrivait le moindre mal à l'un de ses élèves, Natacha ne se le pardonnerait jamais.

Les deux ravisseurs quittèrent la pièce, réactivant les explosifs derrière eux.

Les enseignantes tentèrent de rassurer leurs élèves. En vain. Tous les otages se regardaient en silence, pétrifiés par la peur.

11

1 heure et 14 minutes
après le début de la prise d'otages

Les trois membres de l'équipe des négociateurs avaient quitté sans attendre la Blécherette, le centre névralgique de la Police cantonale vaudoise, et roulaient à vive allure en direction de Bex.

Bakary Zuma avait beau être préparé à affronter ce genre de crise, il se sentait gagné par la nervosité. Ils avaient à peine eu le temps de visionner l'enregistrement audiovisuel réalisé par les ravisseurs avant de prendre la route. Les images laissaient présager une situation hors norme. Bakary devait profiter du calme relatif qui régnait dans la voiture pour échanger ses impressions avec ses collègues avant de se retrouver dans le feu de l'action.

— Tu peux repasser la vidéo et lire à haute voix les textes affichés ? lui demanda Chantal Junot, inspectrice principale et cheffe de la Cellule de négociation en situation de crise, qui était au volant.

Bakary, assis sur le siège passager, mit ses lunettes attachées autour de son cou à l'aide d'un cordon, sortit son téléphone portable et appuya sur «*play*».

Un homme déguisé en Charlot, pantalons trop amples tirebouchonnant sur de grandes chaussures, apparaît à l'écran, à l'entrée d'une cavité creusée dans la roche. Il se tient derrière une barrière en bois, arc-bouté sur sa canne, les jambes croisées, visage tourné vers la caméra. L'objectif zoome sur lui. Il porte, vissé sur sa tête, un chapeau melon d'où dépassent des cheveux frisés et tire la langue sous sa moustache.

Derrière lui, de nombreuses bouteilles de vin sont entreposées, protégées par une clôture grillagée. Un découpage en fer forgé représentant une étoile, une grappe de raisin et une bouteille au-dessus de l'inscription «Bex» orne la porte métallique fermée par un cadenas.

Charlot ouvre le portail de la barrière, avance en direction de la caméra, s'immobilise. Il pose sa paume droite sur sa hanche, prenant appui sur sa canne de la main gauche. Il sourit, esquisse ensuite une grimace de dépit, puis enchaîne une série de mimiques. Les émotions se succèdent sur son visage: la colère, la tristesse, la peur, la surprise, le dégoût.

Soudain, Charlot sort du champ en claudiquant, réapparaît avec un clap de cinéma, se place en face de l'objectif et désigne l'ardoise.

Bakary appuya sur «pause» et lut à voix haute:

SCÈNE 1: AMICITIA PACTUM SALIS
TITRE DU FILM: CHARLOT DÉBUTE
DATE: 3.3.2017
RÉALISATEUR: CHARLOT
CAMÉRAMAN: L'HOMME INVISIBLE

Puis il relança la vidéo.

Charlot referme la claquette d'un coup sec. Le fameux clap résonne. Il le dépose par terre, se redresse et décoche un sourire malin à la caméra. Dans sa main, il tient des feuilles. Il les met à hauteur de poitrine. L'objectif zoome sur le texte.

— «Charlot est ressuscité!», lut Bakary à haute voix.

Charlot laisse tomber la feuille, la suit du regard jusqu'à ce qu'elle atteigne le sol. Un deuxième message apparaît à l'image.

— «Toutes les personnes dans la mine sont prises en otages», répéta docilement Bakary.

Charlot rejoue les mêmes gestes avec la feuille suivante.

— «Je dois préparer le prochain acte. À tout à l'heure!»

Cette fois, Charlot sort un briquet et met le feu au papier avant de le jeter en l'air et d'adresser un signe d'au revoir avec la main.

Chantal dépassa une voiture et tourna la tête en direction de son collègue assis à l'arrière, un jeune inspecteur en train de se spécialiser dans la négociation.

— *Amicitia pactum salis*?

— Ça veut dire «l'amitié est un pacte de sel», expliqua Antonin, qui venait de consulter Google.

— Qu'est-ce que tu en penses, Bakary?

— Il y a un lien avec la mine, c'est sûr.

— Ça, je m'en doute, s'impatienta Chantal.

— Combien sont-ils? demanda Bakary.

— Je dirais au moins deux: Charlot et celui qui a tourné la vidéo. Vu le nombre de personnes retenues prisonnières et la configuration des lieux, je pencherais pour plus.

— Il a pu lui-même réaliser l'enregistrement à l'aide d'une caméra et d'un trépied, non?

— Je ne pense pas: l'objectif suit Charlot puis zoome. Quelqu'un devait donc la manœuvrer.

— Exact, concéda Bakary.

— Antonin, à quel type de PO avons-nous affaire?

— Ce qui me paraît évident, c'est que ce ne sont pas des preneurs d'otages classiques ni des forcenés en proie à une crise émotionnelle.

— Bien vu, Antonin. Ils sont très bien organisés, ils savent où ils vont. Quoi d'autre?

— Ce que je perçois me fait penser que ce n'est pas non plus une prise d'otages classique, motivée uniquement par un intérêt pécuniaire.

— Je suis d'accord avec toi. Continue.

Chantal bombardait son jeune collègue de questions, cela faisait partie de sa formation en négociation.

— Je pense à un acte érostratique, expliqua Antonin, faisant référence à un cours qu'il avait suivi dernièrement.

— Qu'est-ce qui te fait dire ça?

— Toute la mise en scène, le déguisement... Ces types-là doivent s'imaginer mener une mission d'un ordre supérieur. Le formateur nous a raconté que, dans l'Antiquité, Érostrate voulait devenir célèbre en brûlant le temple d'Artémis à Éphèse.

— Les Éphésiens interdirent alors que son nom soit prononcé à tout jamais..., compléta Bakary.

— Et en fin de compte, son nom est entré dans la postérité, ce qu'il espérait, conclut Antonin.

— Reste à découvrir pourquoi notre Charlot est monté sur scène!

— Oui, bon!

Chantal se sentait prise à son propre piège. L'enseignement des nouvelles recrues était fondé sur des bases pédagogiques qu'elle ne cautionnait pas toujours. Elle ne comprenait pas pourquoi il fallait à tout prix formuler des théories prétendument érudites quand on pouvait mettre des mots simples sur les choses. «Acte érostratique»... On parlait d'Érostrate en s'imaginant que c'était un personnage central de l'Antiquité, alors qu'il était rigoureusement inconnu de tout le monde, sauf des deux ou trois chercheurs qui avaient eu l'idée de baptiser cette théorie du surmoi du nom d'un troisième couteau de la mythologie. Chantal décida de ramener la discussion à des considérations plus pragmatiques.

— Reste à découvrir pourquoi notre Charlot est monté sur scène!

— À quoi fait référence la notion de «résurrection»? interrogea Antonin.

— Le retour de la mort à la vie? suggéra Chantal.

Bakary essaya de pondérer.

— L'acception chrétienne est la première qui nous vient naturellement à l'esprit. Au sens figuré, on peut le comprendre comme un nouvel essor, un renouveau...

Antonin pianota sur son portable.

— Le verbe « ressusciter » vient du latin *suscitare* qui signifie : « lever, éveiller » ou encore « provoquer »... Et *suscitare* est lui-même issu de *citare* qu'on peut traduire par « mouvoir, faire bouger » ou même « citer en justice ».

— Charlot serait de retour pour mettre en mouvement quelque chose ? demanda Bakary.

— En tous les cas, il cherche certainement à communiquer un message à l'aide de cette mise en scène, dit Chantal que cette surenchère de cuistrerie agaçait.

— Mais pourquoi Charlot ? Il aurait tout aussi bien pu se déguiser en Spider-Man ou Batman..., dit Antonin.

Chantal se tourna vers Bakary.

— On a reçu le plan de la mine ?

— Pas encore, mais ça ne devrait pas tarder.

— Tu peux me rappeler quelles sont les personnes séquestrées ?

— Selon le directeur du site touristique, une guide accompagnait deux enseignantes avec une classe de seize élèves. Et...

— De quel âge ? l'interrompit Chantal.

— Entre treize et quatorze ans. Il y a aussi six membres d'une association qui avaient loué la salle de conférences pour une réunion.

— Tu as le nom de l'association ?

— Ce sont apparemment des gens de la région qui sont en train de créer une nouvelle brasserie, à ce qu'il paraît. Nous devrions recevoir le contrat de location incessamment.

— Qui d'autre ?

— Le personnel. J'ai déjà mentionné la guide. Un des conducteurs de train se trouve aussi à l'intérieur, comme les deux sauniers qui s'occupent de la fabrication de Fleur des Alpes, et...

— C'est quoi ? demanda Chantal.

— C'est une récente unité de production de sel artisanal. L'atelier se situe derrière des vitres pour que les visiteurs puissent assister au processus de transformation de la saumure, précisa Antonin qui avait visité les mines dernièrement.

Bakary poursuivit :

— La taverne était encore fermée. Les employés du restaurant allaient prendre le train pour entrer au moment où le directeur du site touristique a reçu la vidéo. Ils sont restés à l'extérieur. Mais une serveuse était déjà sur place.

— Et le personnel de la saline ?

— J'ai parlé avec le chef de production. Deux des mineurs effectuaient des forages dans la salle de l'Espace, au fond de l'exploitation, à environ deux mille sept cents mètres de l'entrée. Le responsable des mineurs, un certain Sylvain, se trouve à l'extérieur.

— Qui est retenu captif finalement ?

— Les membres du personnel touristique ne répondent plus, mais le chef de production de la saline de Bex, au Bévieux, est en contact avec les deux mineurs. Ils n'étaient absolument pas au courant de ce qui se tramait dans le secteur ouvert au public jusqu'à ce qu'il les contacte.

— Est-ce qu'ils peuvent quitter la mine ?

— S'ils prennent le train, ils passeront obligatoirement par la zone touristique. Mais ils pourraient s'échapper par le puits du Jour en empruntant la nacelle.

— Dès notre arrivée, mets-toi en rapport avec le chef de production de la saline. Dis-lui que les deux mineurs doivent se tenir tranquilles pour le moment. Ils pourraient nous être utiles à l'intérieur. Et là où ils se trouvent, ils sont sans doute en sécurité pour l'instant.

Chantal tourna à la sortie de Saint-Triphon sans actionner son clignotant.

— On arrive dans moins de dix minutes.

Antonin s'avança sur la banquette et posa ses coudes sur les dossiers des sièges avant.

— Quelle stratégie allons-nous adopter ?

— Pour l'instant, nous ne savons pas ce qu'ils veulent, dit Bakary. En attendant, on s'installe et on se prépare. Le moment venu, on avisera.

— Somme-nous confrontés à une *hostage* ou à une *non hostage situation* ? demanda Antonin, qui décidément tenait à prouver qu'il avait bien retenu les notions théoriques de sa formation.

— Qu'en pensez-vous ? interrogea Chantal en soupirant, alors qu'ils passaient aux Dévens vers l'ancienne maison du directeur des mines.

— La question, récita Antonin, est de savoir si les PO ont ciblé des personnes spécifiques ou s'il s'agit de victimes circonstancielles ? reformula Antonin en s'adressant à Bakary, un de ses formateurs, qui hocha la tête.

— Soit Charlot se sert des otages dont la seule fonction est de lui permettre d'obtenir ce qu'il désire, soit il s'en prend à des gens avec qui il a un différend à régler. En l'espèce, je ne pense pas que ce puisse être les élèves. Peut-être les employés de la mine ? Ou le groupe en réunion ?

— C'est ce qu'Andreas et son équipe devront nous aider à établir, dit Chantal. Et pour cela, il faut percer à jour le mystère de Charlot... Qui est-il ? précisa Chantal.

— Et aussi, qui sont ses complices, compléta Bakary.

Elle acquiesça et poursuivit :

— Vu la situation, je pense que cela risque de durer. La négociation s'annonce extrêmement complexe.

Chacun connaissait son rôle, mais Chantal tenait à le rappeler encore une fois. Cela faisait partie du rituel, avant d'entrer dans le vif de l'action.

— En tant que cheffe, je superviserai et coordonnerai la cellule et je maintiendrai le lien avec le Poste de commandement d'engagement. Bakary, comme convenu, tu seras le négo 1 et tu te concentreras sur la négociation directe avec ce Charlot. Je te soutiendrai en qualité de négo 2. Antonin, tu tiendras le journal des opérations pour garder le fil de tout ce qui se dira et se fera. Tu noteras sur les tableaux de situation toutes les informations que nous recueillerons au fur et à mesure de la prise d'otages.

Ses deux collègues hochèrent la tête. Tous trois restèrent silencieux jusqu'à leur arrivée au Bouillet.

12

1 heure et 31 minutes
après le début de la prise d'otages

Andreas était au téléphone avec Viviane, sa cheffe, alors qu'il était au volant. Elle était aujourd'hui l'OPC* de permanence. C'était donc elle qui assumerait la responsabilité de superviser les opérations sur place.

En accord avec le Conseil d'État, le commandant de la police cantonale avait déclenché le plan ORCA**, prévu pour gérer des catastrophes naturelles et les situations exceptionnelles. Une prise d'otages d'une trentaine de personnes nécessitait le déploiement de plusieurs unités sur le site et des ressources supplémentaires à la Blécherette. Il fallait au plus vite déterminer s'il s'agissait d'un acte terroriste. Cette hypothèse ne pouvait être écartée d'emblée, mais si tel était le cas, l'intervention prendrait une tout autre ampleur et impliquerait la Confédération.

L'officier de l'état-major cantonal de conduite avait établi le Poste de commandement des opérations au centre de la Blécherette, dans la salle de gestion de crise. Son rôle serait d'assurer la coordination du dispositif déployé. Une mosaïque

---

* Officier police cantonale.

** Organisation en cas de catastrophe.

d'écrans accrochés au mur permettait de voir le plan détaillé des mines et de leur environnement immédiat. Chacun aurait une place de travail équipée d'un téléphone et d'un ordinateur. Tous les partenaires hors police engagés étaient déjà en route : les sapeurs-pompiers, les membres du service sanitaire et de la Protection civile. Toutes les mesures d'urgence avaient été mises en œuvre, mais le déploiement complet du dispositif nécessiterait encore plusieurs heures.

L'équipe « Communication et relations avec les citoyens » de la police était aussi présente. Dès que la nouvelle fuiterait, les journalistes ne manqueraient pas d'affluer sur les lieux, les réseaux sociaux s'affoleraient. Occuper le terrain médiatique était essentiel. Le responsable de la communication digitale assurerait une veille pour enrayer le flot d'informations fallacieuses qui inonderaient la Toile et publierait régulièrement des brèves durant l'intervention pour tenir la population au courant. Le porte-parole, lui, se rendrait à Bex avec une partie de son équipe pour organiser l'accueil des médias dans la grande salle communale et pour y tenir des points-presse, à intervalles fixes, tout au long de la prise d'otages.

Viviane était en communication avec le procureur général, qui, pour le moment, laissait la police, rompue à ce genre d'exercice, gérer la crise. Elle devait cependant informer immédiatement le Ministère public de tout changement de situation, aussi infime qu'il fût.

Andreas se joindrait au Poste de commandement d'engagement placé sous la conduite de Viviane. Avec le chef du groupe d'intervention, l'adjudant Beaumont, et Chantal, la coordinatrice de la cellule de négociation, ils se réuniraient dans le fourgon spécialement aménagé. La mission d'organiser et de superviser le Poste de commandement judiciaire lui revenait. À cet effet, les locaux de l'auberge du Bouillet avaient été réquisitionnés et leur tiendraient lieu de quartier général.

Andreas raccrocha. Assise sur le siège passager, Kinga avait suivi toute sa discussion avec Viviane. Depuis le début de sa formation à l'Académie de police, elle avait beaucoup entendu parler de lui et de sa vieille BMW 635 CSi grise au look vintage et de son saint-bernard, dont le plaid plein de poils recouvrait la banquette arrière. Elle espérait bien faire la connaissance de ce fameux Minus dont tout le monde parlait.

La semaine dernière, Kinga Nowak avait fêté ses vingt-huit ans. Son stage au sein de l'équipe d'Andreas ne devait commencer que lundi, mais elle avait insisté pour participer à l'opération. Andreas avait accepté de l'emmener. Assister à la gestion d'une prise d'otages dans les mines ne pouvait que lui être profitable. Exceptionnellement, le directeur de l'Académie avait consenti à déroger à la règle.

Le téléphone portable d'Andreas émit les premières notes de *The Raiders March*. Il avait choisi le thème d'Indiana Jones pour identifier les appels de sa plus proche collègue. À ses yeux, Karine était l'incarnation d'un James Bond féminin, le côté aventurier en plus. Qu'Andreas la compare à deux icônes à la tendance macho plutôt exacerbée l'exaspérait au plus haut point. Aussi, pour le taquiner, et pour lui rendre la pareille, elle aimait lui rappeler son âge, riait de son immaturité. Elle lui disait qu'il était peut-être temps de passer à autre chose... Mais bon, il était fan et le resterait.

Andreas accepta l'appel sur le dispositif mains libres.

— On est sur place. Christophe et Mélaine sont en train de donner un coup de main aux négociateurs pour s'installer.

— OK ! On arrive.

Kinga s'était renseignée sur l'équipe au sein de laquelle elle allait effectuer son stage. Elle avait appris qu'Andreas Auer avait été promu chef de la DHB, la Division homicide et brigandage, et nommé au rang d'inspecteur principal à seulement quarante-quatre ans. Il remplaçait aussi la cheffe de la brigade criminelle, la commissaire Viviane Bourgeaux. Karine Joubert avait quarante et un ans. Elle était l'adjointe d'Andreas et formait avec lui une équipe de choc depuis près de dix ans. Christophe Joly, un jeune inspecteur de trente-trois ans, en possession d'un master en science forensique, était le soutien indispensable de l'équipe, notamment grâce à ses compétences pointues en informatique. Bertin, l'inspecteur de police parti à la retraite l'année précédente, était remplacé par Mélaine Genet, âgée de trente-deux ans. Enfin, Mikaël Achard, le compagnon d'Andreas, intervenait dans l'ombre. En tant que journaliste, son rôle restait officieux, mais ses recherches s'avéraient souvent précieuses.

Andreas se tourna vers Kinga.

— Ça vient d'où, ton prénom ?

— Kinga, c'est polonais. C'est plutôt rare comme prénom. Ça vient de sainte Kinga, la patronne des mineurs.

La voiture s'engagea sur le site des mines. Kinga sentit son cœur s'emballer. Après plusieurs mois de formation, elle entrait dans le vif du sujet. À la hauteur de l'auberge du Bouillet, les gendarmes du centre de Rennaz, les premiers à être arrivés sur les lieux, avaient déployé un dispositif de bouclage. Un agent de la police intercommunale du Chablais vaudois, chargé du contrôle d'accès, reconnut la BMW d'Andreas et déplaça la barrière pour les laisser passer.

13

1 heure et 41 minutes
après le début de la prise d'otages

Tandis que Chantal s'entretenait avec le directeur du site touristique des mines, Bakary partit en reconnaissance en attendant l'arrivée du DARD*, le groupe d'intervention de la police cantonale.

Bakary était né en Suisse d'une mère vaudoise et d'un père sud-africain. De son père, il avait hérité une peau métissée et de sa mère ses yeux bleus. Il rasait son crâne chaque matin. Il était toujours tiré à quatre épingles : pantalon anthracite bien coupé, gilet assorti et chemise blanche. Les lunettes aux montures noires qu'il portait pour lire étaient accrochées à son cou par un lacet de cuir.

Après plusieurs années au sein de la brigade criminelle et de celle des mœurs, Bakary avait participé à la création de la cellule de négociation en 1992. À vingt-neuf ans, il s'était envolé pour l'académie du FBI, à Quantico, et avait suivi une formation de *crisis negotiator***. À l'époque, développer des techniques à partir de la psychologie humaine pour gérer les prises d'otages était encore révolutionnaire.

---

* Détachement d'action rapide et de dissuasion.

** Négociateur de crise.

Chantal œuvrait avec lui depuis une dizaine d'années. Elle l'avait remplacé en tant que cheffe de la cellule pour lui permettre de se consacrer à la formation des futurs négociateurs.

Bakary jeta un œil dans le tunnel d'entrée par lequel le train s'engageait dans un vaste labyrinthe souterrain composé de cinquante kilomètres de galeries. Il longea la paroi de la montagne en direction de l'accès au circuit touristique, un peu à l'écart. Ce boyau conduisait d'abord au Réservoir rond dans lequel se trouvait un écran pour la projection et débouchait ensuite au réservoir de Marie-Louise, rempli d'eau. De là, on rejoignait le puits du Bouillet, lieu d'embarquement dans le train pour se rendre au cœur de la mine.

Un peu plus tôt dans la matinée, les élèves étaient entrés par cet endroit, ignorant tout de ce qui allait leur arriver. D'autres personnes étaient retenues en otages, mais c'est aux enfants que Bakary pensait, aux parents qui seraient bientôt informés, à leur angoisse, leur colère. Un an auparavant, une négociation avec un forcené retranché avec son fils avait tourné à la catastrophe. Le père avait tué son jeune garçon, avant de se donner la mort... Le souvenir de cette tragédie hantait encore Bakary.

Il s'assit sur un rocher et ferma les yeux pour se concentrer et rassembler son énergie. D'ici quelques minutes, il rejoindrait la cellule de négociation, une bulle hermétique à l'écart de l'agitation qui allait s'emparer des lieux, et y resterait jusqu'à la fin de la crise.

À l'intérieur du bâtiment de l'administration du site touristique, Antonin, aidé de Mélaine et Christophe, avait préparé la pièce pour l'équipe des négociateurs.

Sur la table centrale, face à face, se trouvaient les deux ordinateurs portables de Bakary et de Chantal, ainsi qu'un téléphone fixe. Ils ignoraient quel vecteur de communication les ravisseurs choisiraient pour les contacter et se tenaient prêts à toutes les éventualités.

Des panneaux mobiles aimantés, où seraient consignés les renseignements nécessaires aux négociateurs, étaient déjà accrochés aux murs dans un des angles de la salle.

Sur le premier tableau de situation intitulé « Tangos », le nom de code des preneurs d'otages, Antonin noterait toutes les informations qu'ils récolteraient à leur sujet. Chacun aurait une fiche biographique la plus complète possible : identité, description physique, indications sur sa famille et ses proches, antécédents criminels ou médicaux...

Sur le second panneau dédié aux « Oscars », le nom de code donné aux otages, figureraient toutes les données concernant les victimes retenues en captivité au sein de la mine.

Les « Demandes et ultimatums » des ravisseurs seraient consignés avec minutie sur un troisième panneau.

Le quatrième, celui des « Actions », répertorierait toutes les décisions et actions prises par la police et les négociateurs, ainsi que les résultats obtenus.

Sous le titre « Reddition-libération », Antonin noterait les pistes possibles pour résoudre la crise, en fonction de l'avancée des négociations.

Sur le dernier panneau, « Sujets favorables et critiques », Antonin consignerait, au fil des heures, les attitudes du ou des Tango(s), ses ou leurs réactions, les sujets à éviter, les mots à proscrire, les thèmes à exploiter, les occasions à saisir et les facteurs favorables pour renforcer la relation de confiance. Tout ce qui pourrait influencer positivement ou négativement la négociation.

14

1 heure et 43 minutes
après le début de la prise d'otages

En arrivant sur les lieux, Andreas découvrit sans surprise le climat d'effervescence qui y régnait. Des dizaines de personnes allaient et venaient dans la zone de crise. Dans ce chaos apparent, chacun savait pourtant parfaitement ce qu'il avait à faire.

Sous l'avant-toit du pavillon d'accueil, Andreas présenta Kinga à son équipe. Avec ses cheveux brun foncé mi-longs, ses yeux noisette et pailletés de vert, son visage expressif, elle ne passait pas inaperçue. Comme elle n'avait pas eu le temps de se changer, elle portait sa tenue deux-pièces d'aspirante de couleur bleu foncé avec deux badges. Sur le bras gauche, l'enseigne de son corps d'engagement, la Police cantonale vaudoise. Sur le droit celui de l'Académie, une grenade, un glaive et une balance sur fond blanc. Elle portait également la casquette avec la croix suisse entourée d'une couronne de laurier. Son ami Robin, un des officiers de Savatan, en disait le plus grand bien : une jeune femme pleine de ressources. Elle ne semblait pas intimidée le moins du monde. Elle serra la main de Karine et de Christophe, les deux collaborateurs les plus proches d'Andreas. Les trois inspecteurs formaient le cœur de l'équipe depuis plusieurs années et avaient développé une forte complicité. Plus discrète, Mélaine les avait rejoints récemment. Au moment où elle salua Kinga, Andreas crut déceler une certaine animosité dans son regard.

Andreas observa Mélaine s'éloigner pour aller déplacer sa moto vers l'auberge. Elle portait un perfecto cintré avec fermeture éclair décentrée, un jeans moulant délavé et des *sneakers* blancs. Elle enfourcha sa bécane, une Harley-Davidson Sportster Iron 883 entièrement noire.

Au moment où le bruit typique du moteur, le *sound* comme elle disait, se fit entendre, Andreas sortit de sa poche son téléphone qui vibrait. Nathan, l'un des informaticiens de la Blécherette, venait de lui transmettre deux enregistrements audiovisuels du ravisseur via une application sécurisée de la police. Ses collègues les ayant déjà visionnés, il s'écarta d'eux et les regarda attentivement avec Kinga.

La première des vidéos avait été envoyée au directeur des Mines de sel. Charlot y annonçait la prise d'otages. La deuxième avait été filmée dans une autre partie de la zone touristique. On y apercevait un homme cagoulé, vêtu de noir, pointant un Fass 90, le fusil d'assaut officiel de l'armée suisse, sur un groupe d'élèves. À la vue de ses images, Andreas sentit son estomac se nouer, sans en identifier la raison. Cette deuxième séquence, tournée afin de prouver qu'ils détenaient réellement les adolescents captifs, avait été envoyée directement à Viviane. Comment les ravisseurs avaient-ils su qu'elle serait l'officier responsable de la gestion de la prise d'otages ?

Quelques instants plus tard, un convoi de véhicules noirs déboula à toute vitesse et s'immobilisa dans un concert de grincements de freins. L'adjudant Beaumont, le chef du DARD, sortit du fourgon de commandement, suivi de Viviane Bourgeaux, la cheffe de la brigade criminelle.

Des trois autres véhicules jaillirent les hommes du groupe d'intervention. Vêtus de leur tenue sombre, casqués, cagoulés et affublés d'un gilet pare-balles, ils étaient armés de leur pistolet-mitrailleur Heckler & Koch MP5. Trois unités de six hommes se mirent en position selon les instructions reçues : près du tunnel d'accès à la mine, vers la galerie d'entrée des visiteurs et sous l'avant-toit du pavillon d'accueil.

Viviane Bourgeaux donna le signal aux membres du Poste de commandement d'engagement.

15

2 heures après le début de la prise d'otages

Andreas monta dans le fourgon et salua Maxime, le « chef suivi », assis derrière son ordinateur et ses écrans de contrôle. Il avait pour mission d'assister l'équipe de commandement au niveau de tous les aspects techniques et informatiques. Par ailleurs, c'était à lui que s'adressaient les divers intervenants sur le terrain. S'il le pouvait, il gérait à son niveau. Sinon, il transmettait à l'OPC de service, en l'occurrence Viviane, ou relayait auprès des personnes compétentes.

Andreas serra la main de l'adjudant Beaumont qui arborait sur son épaule le badge avec un scorpion qui tenait entre ses pinces les deux « D » de DARD. Les deux hommes se connaissaient bien et s'appréciaient. Il adressa ensuite un signe à Chantal. Elle avait un style simple et naturel, ce qui correspondait à sa personnalité. Elle portait un jeans bleu, un pull-over en laine ivoire en mailles torsadées avec un col beige et des baskets. Ses cheveux roux, courts et déstructurés, lui donnaient cependant un air farouche. Installée au fond, elle s'entretenait avec le chef des mineurs et le directeur du site touristique, assis sur la banquette en face d'elle. Andreas et Viviane durent rester debout.

Sans perdre de temps, la commissaire demanda au chef suivi d'afficher le plan détaillé du site du Bouillet afin que chacun puisse visualiser les lieux.

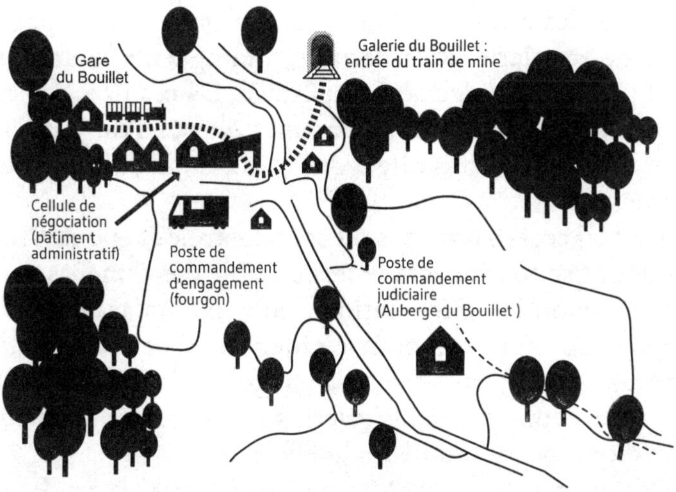

Quand Viviane eut terminé de présenter l'organisation spatiale de la police sur la zone de gestion de crise, Beaumont fit afficher un plan des alentours de la mine.

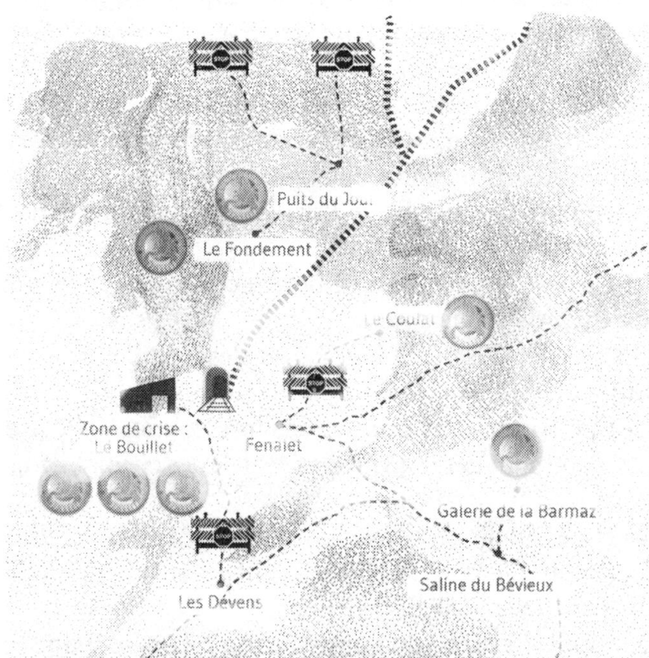

— Toutes les unités sont en place. La première est postée à l'entrée de la galerie de la Barmaz, à cinq cents mètres de la saline du Bévieux. La deuxième au Coulat. Deux autres se situent à l'étage du Fondement et au sommet du puits du Jour. Trois sont établies ici au Bouillet. Au total, sept équipes de six personnes.

— Tous les accès à la mine sont sous contrôle ? s'enquit Viviane.

Beaumont se tourna vers le responsable des mineurs.

— Oui, selon les informations que vous m'avez fournies, j'ai envoyé des hommes pour vérifier les issues condamnées, par précaution. Il y en a trois : la galerie n° 3, le puits du Bey-de-la-Colice, et une deuxième galerie à la hauteur du Fondement.

Le responsable des mineurs hocha la tête.

— De mon côté, annonça Viviane, j'ai ordonné à la gendarmerie de mettre en place des barrages pour éviter que les curieux s'approchent de la mine. En plus du bouclage au Bouillet, nous avons posté des patrouilles à Fenalet, Arveyes et Villars au départ des chemins forestiers qui mènent aux divers points d'entrée.

— Savons-nous où sont détenus les Oscars ? s'enquit Chantal.

— Selon toute vraisemblance, dans la partie touristique. Mais ce n'est qu'une supposition. Hormis les deux mineurs, c'est là que se trouvaient toutes les personnes prises en otages. Par ailleurs, nous avons pu identifier que la vidéo de Charlot avait été tournée dans la salle René-Burnier qui se situe dans cette partie de la mine.

— Y a-t-il un lieu fermé qui peut contenir trente otages ? demanda Chantal au directeur.

— Il y a la salle Alexandre-Dumas où s'est réunie l'association, répondit-il.

— Vous pourriez nous donner des informations précises sur la mine, notamment la longueur de ces galeries ? le pria l'adjudant Beaumont.

Le directeur du site touristique se leva, s'approcha d'un des écrans sur lequel le chef suivi avait affiché un plan détaillé des mines et y posa son doigt.

— Là, depuis l'entrée du tunnel jusqu'à la gare Saint-Pierre, l'arrêt pour les visiteurs, la distance est de mille six cents mètres.

De la zone touristique, on peut rejoindre la partie en exploitation, où se trouvent plusieurs boyaux et plusieurs salles. Entre le secteur des visites et le fond, il y a encore plus d'un kilomètre de distance. Puis il y a les anciennes mines, celle du Coulat et du Fondement où une multitude de galeries, à différents niveaux, communiquent entre elles par des escaliers, des rampes, des puits. Ce sont principalement des boyaux très étroits.

L'adjudant Beaumont prenait des notes sur une version papier du plan.

— De l'étage du Bouillet où se trouve la voie ferrée, on peut rejoindre la partie ancienne par le Grand Escalier de sept cents marches. C'est humide, là-dedans, et très exigu. On ne peut presque pas s'y tenir debout. Un puits traverse la mine de haut en bas. On y accède depuis le Fondement dans la vallée de la Gryonne, un peu plus bas que Villars. On peut y descendre dans une nacelle, qu'on appelle l'« obus ». Il y a d'abord le puits du Jour qui mesure cent quinze mètres jusqu'au cœur de l'ancienne mine où se trouve la chambre de la Roue. De là, on accède à un puits double : celui de Providence 1 qui mesure soixante mètres de profondeur et de Providence 2 de septante-huit mètres. Ils permettent d'atteindre la partie inférieure de la mine, à savoir l'exploitation actuelle.

— Quelle distance entre l'entrée du Coulat et le Grand Escalier ?

— Un peu plus de sept cents mètres.

— Où mène la galerie du Fondement ?

— Elle conduit à la zone appelée Saint-Louis, mais cette partie reste inaccessible. L'air y est pollué par le méthane. Non seulement le risque d'un coup de grisou est considérable, une seule étincelle et ça explose, mais en plus le niveau d'oxygène y est insuffisant pour respirer.

— Êtes-vous en contact avec vos deux employés au fond de la mine ? lui demanda Viviane.

— Oui, ils sont actuellement dans la salle de l'Espace, à l'extrémité de l'exploitation.

— Qu'est-ce qu'ils vous ont dit ?

— C'est moi qui les ai contactés après avoir été informé de la prise d'otages. Ils ne se sont rendu compte de rien.

— Comment est-ce que je peux les joindre ?

— Vous pouvez les appeler par WhatsApp. Nous avons installé un réseau wifi à l'intérieur de la mine, expliqua le responsable des mineurs en remarquant l'expression étonnée du chef du DARD qui ne s'attendait visiblement pas à ce que cette technologie soit disponible au cœur de la montagne.

— Parfait, notez leurs numéros. Ce réseau est accessible dans toute la mine ?

Maxime tendit un stylo et une feuille au directeur.

— Non, il fonctionne dans une partie du secteur touristique, à savoir vers la gare Saint-Pierre, la taverne du Dessaloir, la salle de conférences et la zone d'exploitation actuelle. Dans le reste de la partie réservée aux visiteurs, dans les anciennes mines et dans les autres galeries, aucun moyen de communication ne passe, si ce n'est le *waf-waf* à certains endroits, comme la chambre de la Roue.

— Le quoi ?

— Ah ! pardon, l'habitude... C'est un généphone, un système filaire.

— Il me faudra aussi avoir accès à un de vos *waf-waf*.

— Il y en a un dans mon bureau.

— Et le réseau de téléphonie cellulaire ?

— Exclusivement dans la zone autour de la gare Saint-Pierre, dans la taverne du Dessaloir et la salle Alexandre-Dumas.

— Merci pour ces précisions, conclut Viviane.

Elle se tourna vers ses collègues.

— D'autres questions ? Non ? Je vous remercie, messieurs.

Le directeur du site touristique et le responsable des mineurs quittèrent le fourgon de commandement.

Andreas sortit son téléphone. En réponse à son message, Christophe lui avait fait parvenir une capture d'écran de la vidéo de Charlot. Il l'ouvrit et l'agrandit. En l'examinant, il comprit l'étrange malaise qui l'avait saisi en découvrant les images et s'empressa d'envoyer un SMS à sa sœur, Jessica.

— Quelle est votre stratégie ? demanda ensuite Viviane à Chantal.

— Dans un premier temps, nous devons attendre que le ou les Tangos reprennent contact avec nous. D'ici là, je suggère qu'on commence à cartographier la vie des otages. De A à Z. Et qu'on tente, si possible, d'identifier ce Charlot.

Viviane se tourna vers Andreas.

— Tu t'en charges avec ton équipe?

— D'accord. Je transmettrai toutes les informations à la cellule de négociation.

Chantal tendit à Andreas une liste provisoire des personnes retenues en otages dans la mine.

— Tu as eu le temps d'élaborer un plan d'action? demanda Viviane à l'adjudant Beaumont.

— Ce sont des conditions particulièrement complexes. Nous ne sommes pas certains de la localisation des otages et nous n'avons aucune idée du nombre de Tangos ni du lieu où ils se trouvent. Et nos options tactiques sont limitées. En cas d'intervention, deux équipes pourraient entrer par la galerie du Bouillet. Une autre passerait par le Coulat et emprunterait le Grand Escalier pour gagner la zone des visiteurs. Et une troisième pourrait descendre par les puits dans la nacelle et rejoindre les deux mineurs. Mais je vous le dis d'emblée: intervenir de cette manière, c'est se jeter dans la gueule du loup sans savoir à quelle meute nous aurons affaire. Le risque que les Tangos s'en prennent aux otages est trop important. Et parmi eux se trouve une classe de seize adolescents, âgés de treize à quatorze ans.

Sur ordre de Viviane, Maxime afficha un autre plan des mines qui indiquait à l'aide de croix tous les endroits où se situaient des caméras de vidéosurveillance et des détecteurs de mouvement.

— Il y a deux systèmes de surveillance indépendants. Le premier est celui de la saline, à savoir l'exploitation. Ce système de caméras est couplé à des détecteurs de mouvement. Ceux-ci sont fixés à la voûte de toutes les galeries d'accès: au Bouillet, au Coulat, au Fondement, à la Barmaz et au sommet du puits du Jour. Il y en a aussi entre la partie réservée aux visiteurs et le reste de la mine, interdite au public: au pied du Grand Escalier et de chaque côté de la gare Saint-Pierre, le long des voies du train.

— Selon le responsable des mineurs qui était de garde, aucune alarme ne s'est déclenchée, releva Beaumont.

— Le deuxième système de surveillance est celui lié au secteur touristique, poursuivit Viviane. Plusieurs caméras y sont réparties, dans chacun des espaces où évoluent les visiteurs.

Beaumont prit le relais.

— Sur les enregistrements de la caméra qui se trouve dans la galerie de Base, au pied du Grand Escalier, on peut voir un homme cagoulé, vêtu d'une combinaison sombre, coller du scotch opaque sur l'objectif. Il a fait ça un peu avant 1 heure ce matin. Il a ensuite répété la même opération sur toutes les autres caméras de la zone touristique. À chaque fois, on distingue furtivement un individu qui masque l'objectif. Depuis, les caméras ne renvoient qu'une image noire.

— Il n'y aurait qu'un Tango ? interrogea Chantal.

— On n'en voit qu'un seul sur les images, mais cela ne veut pas dire qu'il n'y en a pas d'autres. Vu les préparatifs et la mise en œuvre, il me semble peu probable qu'un seul homme ait pris en otage toutes ces personnes, déclara Beaumont.

— On n'a donc aucune idée de la manière dont le ou les ravisseurs sont entrés ? demanda Viviane.

— Comme la première caméra occultée est située au pied du Grand Escalier, on pourrait penser qu'ils sont passés par le Coulat.

— Le ou les Tangos auraient pu rester toute la nuit dans la mine pour préparer leur coup, suggéra Chantal.

— Les visiteurs sont comptés à l'entrée et à la sortie. Les employés doivent également pointer. La nuit, personne ne reste à l'intérieur. Ils auraient remarqué si quelqu'un avait manqué à l'appel, expliqua Viviane.

— De toute évidence..., soupira Andreas.

Son téléphone vibra : sa sœur Jessica lui confirma ce qu'il redoutait.

— Merde ! murmura-t-il en remuant les lèvres avant de reprendre : ils ont pu déjouer le système de surveillance.

— Comment ça ?

— Il est possible de passer inaperçu en effectuant des gestes et des mouvements ultralents lors du déplacement devant un détecteur.

— Vraiment ? s'étonna Chantal.

— On a fait des tests au cours d'une autre affaire. Ça peut marcher. Tout dépend du détecteur et de sa sensibilité. Pour un modèle standard, il suffit de se déplacer à une vitesse de dix-huit mètres par heure environ. Plus le modèle est élaboré, plus la vitesse doit être réduite.

— Admettons. Mais comment les preneurs d'otages auraient fait pour traîner tout leur barda avec eux ?

— Tu as raison, Viviane. Le risque de déclenchement des détecteurs est sans doute trop élevé.

— Tout cela paraît peu plausible, dit Beaumont. Mes hommes ont contrôlé les serrures aux points d'accès. Aucune n'a été forcée.

— Les Tangos possèdent peut-être les clés, suggéra Andreas.

— Ce n'est pas impossible, mais il y a une double sécurité à chaque entrée : détecteur et caméra.

— S'ils ont d'une manière ou d'une autre eu accès au système, ils ont pu le trafiquer. Si c'est le cas, on devrait voir des modifications dans les logs, estima Andreas.

— Plusieurs de nos informaticiens à la Blécherette sont en train de visionner les enregistrements des dernières vingt-quatre heures. Pour le moment, cela n'a rien donné, affirma Viviane.

— Et les jours précédents ? Peut-être sont-ils venus procéder à des repérages ?

— Tu as raison, Andreas, je vais leur demander de voir ça aussi.

— Si l'un des ravisseurs travaille à la saline, il a pu éteindre les caméras et les détecteurs pendant quelques instants pour qu'ils passent inaperçus. Les employés ont accès à tout le système de surveillance sur leur téléphone portable. Ou alors, l'un des preneurs d'otages pourrait tenir captive la famille d'un collaborateur et le forcer à désactiver le dispositif pendant qu'un autre s'introduit dans la mine. Différents scénarios sont envisageables...

— Si ce n'est pas un employé, c'est en tous les cas quelqu'un qui connaît très bien les mines et leur système de sécurité, admit Chantal.

Viviane hocha la tête et poursuivit :

— Andreas, des inspecteurs doivent aller rencontrer chez eux tous les collaborateurs de la saline et des mines, ainsi que leurs familles. Il faut s'assurer que personne n'est retenu en otage et tenter de déceler si, parmi eux, quelqu'un pourrait être impliqué dans cette histoire.

— Je vois avec la centrale pour des renforts.

Viviane regarda tour à tour chacun des membres du Poste de commandement d'engagement dans les yeux avant de conclure :

— Bon, chacun connaît ses tâches. Beaumont et moi restons dans le fourgon pour coordonner et prendre les décisions qui s'imposent. Chantal sera avec ses collègues à la cellule de négociation pour mener les pourparlers avec les ravisseurs. Et toi, Andreas, avec ton équipe, vous allez commencer par m'identifier ce Charlot !

16

2 heures et 2 minutes
après le début de la prise d'otages

Assis contre le mur de pierres sèches, à côté des cinq autres membres du Bloc identitaire suisse, Daniel Kursner regardait les autres otages. Au fond de la salle, les élèves étaient blottis contre la guide et les deux enseignantes. Les quelques employés de la mine s'étaient regroupés au milieu de la pièce.

Les pleurs des adolescents et les paroles rassurantes de leurs enseignantes avaient fait place à un silence assourdissant, à peine troublé par quelques chuchotements apeurés. Personne n'osait bouger de crainte d'être remarqué à la caméra par les ravisseurs.

Lorsque la porte s'était ouverte à la volée, Kursner avait d'abord vu arriver la serveuse, pensant qu'elle venait leur apporter du café et des croissants. C'est quand le conducteur de train était entré qu'il avait compris que quelque chose clochait. Un homme habillé de noir et cagoulé avait fait irruption, un fusil d'assaut braqué sur eux. Il les avait obligés à déposer tous leurs appareils électroniques dans un sac en toile, avant de sommer Kursner d'endosser un gilet chargé d'explosifs. Du TATP, avait-il précisé. Kursner savait parfaitement de quoi il s'agissait: du peroxyde d'acétone, des cristaux blancs semblables à du sucre un peu grossier, au redoutable pouvoir détonant. La déflagration produisait un dégagement de gaz brûlants, mais c'étaient les billes d'acier et les clous dont le gilet était truffé qui causaient le plus de dégâts.

L'homme avait refermé le gilet avec un cadenas avant d'enclencher le système d'allumage à l'aide d'une télécommande. En voyant une lumière verte commencer à clignoter, Kursner s'était mis à transpirer, le corps secoué de tremblements. Qui pouvait leur en vouloir? Le preneur d'otages n'avait pas hésité une seconde quand il l'avait désigné. Cherchait-il à se venger? L'homme n'avait rien dit, mais Kursner était persuadé que le gilet servait de message. Ce type de gilet, qu'on surnommait «Mère de Satan», était l'explosif préféré des djihadistes. Le ravisseur leur avait juste recommandé d'attendre bien sagement, précisant qu'une autre charge était reliée à la porte vitrée.

C'était la première fois que le comité se réunissait dans cet endroit de toute beauté. Le matin, après son arrivée en train, Kursner avait fumé une cigarette en contrebas de la salle et admiré l'immense baie vitrée, encastrée dans la roche et éclairée d'une lumière émeraude, loin de se douter que cette cavité deviendrait un lieu de captivité.

C'est lorsque l'homme cagoulé avait quitté la pièce que Kursner s'était rendu compte de l'absence de Julien. Il était parti aux toilettes quelques minutes avant l'irruption du forcené. S'il était parvenu à se cacher, peut-être pourrait-il les aider à se tirer de ce guêpier, espérait-il. Son espoir fut cependant de courte durée. Quelques minutes après avoir fait entrer le groupe d'élèves dans la salle, le ravisseur avait ramené Julien, les mains en l'air. En ressortant des toilettes, Julien avait aperçu un homme armé monter l'escalier qui menait à la salle de réunion. Il avait fait volte-face et s'était caché dans une des cabines des sanitaires. Peu après, le preneur d'otages était venu ouvrir les portes une à une. Julien n'avait eu d'autre choix que de se rendre.

Après avoir récupéré le téléphone de Julien, le ravisseur s'était posté sur le seuil et avait dévisagé les otages tour à tour, avant de désigner l'un d'entre eux.

17

La veille, après la visite de la saline, Aaron avait d'abord rejoint le site du Bouillet à pied en longeant la Grionne avant de grimper dans la forêt pour se rendre au Fondement. De nombreux arbres étaient frappés d'un sceau de forme triangulaire avec une barre horizontale à son sommet qui formait comme une croix. C'était la marque à bois des Mines de sel.

Le conducteur chargé de diriger les travaux dans la mine l'avait accueilli. Aaron avait déjà fait la connaissance de Willy Pittier lors de son arrivée deux jours plus tôt à l'hôtel du Logis du monde. Willy l'avait ensuite confié à Ferdinand Pirolet, l'un de ses sous-conducteurs, qui serait aussi son chef. Il lui avait remis un marteau et une cisette, ses outils de travail, ainsi que des habits en cuir contre l'humidité. En tant que mineur, Aaron participerait également au concassage des pierres salées et au déblaiement, à l'étançonnage des galeries, à la réparation des voies de roulage ou encore au pompage d'air.

Ferdinand s'était empressé de lui raconter la légende de la découverte des mines par Jean Bouillet dit Bracaillon et sa rencontre avec les gnomes de la montagne. Comme dans son pays, les légendes suisses étaient peuplées de ces créatures à la fois familières et étranges, qui se distinguaient autant par leur loyauté que par leur gloutonnerie. Réputés pour leur entêtement et leur avarice, les gnomes n'en restaient pas moins les gardiens des trésors de la nature.

Aaron s'était engagé par le Coulat et progressait dans la pénombre avec les autres mineurs, l'un derrière l'autre. Il s'imaginait que les gnomes les accompagnaient pour les guider et veiller sur eux dans cette galerie exiguë et sombre.

Pour la toute première fois, Aaron s'éclairait à l'aide d'une lampe Davy. Il s'agissait d'une invention d'un savant anglais, sir Humphry Davy, lui avait expliqué Ferdinand. C'était une lampe à pétrole d'apparence ordinaire, mais munie d'un treillis très serré qui protégeait la flamme. En limitant le contact entre le feu et le gaz, le risque d'embrasement diminuait fortement. La flamme, qui augmentait d'intensité et bleuissait en présence de méthane, servait également de système d'alerte.

Dans la mine où il avait travaillé en Pologne, c'était aux «pénitents» d'assurer la sécurité des mineurs. Ainsi surnommés parce qu'ils rampaient à quatre pattes, recouverts d'une toile de jute humide, les pénitents brûlaient le méthane qui s'accumulait en hauteur à l'aide d'une longue perche dont l'extrémité était enduite de résine enflammée. Lorsque le grisou était suffisamment concentré et formait un mélange détonant, la flamme provoquait une explosion. Le champ était alors libre et les mineurs pouvaient poursuivre leur avancée au fond de la mine. Essentiel, le travail des pénitents se révélait souvent dangereux. Peu de temps avant son départ, un de ses amis avait été frappé mortellement par un coup de grisou et immédiatement remplacé par un autre pauvre bougre. C'étaient, en général, les plus vieux ou les personnes inaptes au travail de mineur à qui l'on confiait cette tâche ingrate, afin de ne pas perdre une main-d'œuvre en pleine possession de ses capacités.

Depuis son arrivée, Aaron se passionnait pour les us et coutumes de la région, les comparait avec les mœurs de son pays natal. Chez lui, avant chaque journée de travail, les mineurs assistaient à la messe dans la chapelle dédiée à sainte Kinga. Dans une chambre excavée dans la roche salée, à trois cents mètres sous terre, tous se recueillaient devant la chaire et les statues entièrement sculptées dans le sel gemme*. Ici à Bex, une seule cérémonie religieuse était célébrée dans l'année, le 4 décembre, lors de la fête de la Sainte-Barbe, la patronne des mineurs, dont Ferdinand lui avait raconté la légende.

La vie des deux saintes commençait de la même manière : un père qui souhaitait marier sa fille. Mais l'histoire de Barbe était bien plus cruelle que celle de la duchesse de Cracovie.

Née à Nicomédie au IIIe siècle, Barbe était la fille de Dioscorus, un païen qui vénérait des idoles. Elle préféra consacrer sa vie au Christ plutôt que de convoler en justes noces, comme le souhaitait son père. Furieux, il la fit enfermer dans une tour à deux fenêtres. Lorsqu'il partit en voyage, un prêtre déguisé en médecin parvint à duper les gardes et à rejoindre Barbe pour la baptiser. Elle décida alors de percer une troisième ouverture dans son cachot pour symboliser la Trinité. Au retour de son périple, Dioscorus conduisit sa fille chez le gouverneur afin de lui faire avouer sa conversion. Le gouverneur tenta de la raisonner, mais, face à son refus d'abjurer sa foi chrétienne, il ordonna de la flageller et de la ramener dans sa prison. Le lendemain, par miracle, les blessures provoquées par les coups de fouet étaient guéries. Irrité, le gouverneur la condamna à mort. Dioscorus se porta volontaire pour exécuter la sentence et emmena sa fille au sommet d'une montagne. Barbe se mit à genoux, implorant Dieu. Dioscorus s'avança et, sans aucun remords, lui trancha la tête. Sur le chemin du retour, un violent orage s'abattit sur la région. La foudre frappa Dioscorus et le réduisit en cendres. Par la suite, des chrétiens exhumèrent le corps de Barbe et la vénérèrent comme une sainte protectrice des métiers utilisant la poudre ou le feu.

Bien que d'origine juive, Aaron avait toujours assisté aux messes avec ses collègues. Il ne prêtait pas vraiment attention aux histoires que racontait le curé au sujet de Jésus, mais il aimait contempler la peinture de l'éblouissante Kinga. Il n'avait

---

* Le sel gemme employé dans le langage minier, ou halite, est une espèce minérale solide composée de chlorure de sodium.

jamais vu de représentation de Barbe, mais il se l'imaginait d'une grande beauté.

Les ouvriers commençaient à 6 heures et finissaient à 15 heures afin de pouvoir bénéficier d'un peu de la lumière du jour. Ferdinand lui avait expliqué qu'il toucherait entre dix et quinze batz par jour, en fonction de l'avancement des travaux et par pieds cubes* extraits. Il recevrait aussi une pension en sel et en bois, mais les fournitures, la poudre et tout le matériel seraient déduits de son salaire. À Bex, il était entré dans une épicerie. Acheter un pain et du beurre lui coûtait environ neuf batz, soit une bonne partie de son revenu journalier.

La semaine, Ferdinand résidait dans la maison des mineurs au Coulat, mais il rentrait retrouver sa famille à Grion**, chaque dimanche. Sa femme s'occupait des enfants, du ménage et des animaux. Une vache, deux cochons, deux chèvres et trois poules leur permettaient de troquer des œufs, du fromage ou du lard contre d'autres victuailles et d'éviter l'épicerie hors de prix.

L'œil pétillant de fierté, Ferdinand lui avait raconté l'histoire de la mine en détail. Au départ, on prélevait l'eau salée à la source en surface pour en récolter le sel après évaporation. Mais avec une salinité faible, à peine deux pour cent, un char*** et demi d'eau et quarante-quatre livres de bois étaient nécessaires pour obtenir quatre livres de sel.

Pour trouver une eau plus riche en sel, les mineurs de l'époque eurent l'idée d'aller puiser cette eau en profondeur. Ce furent les débuts de la mine. En 1684, ils creusèrent la toute première galerie depuis le Fondement et procédèrent ensuite à des abaissements pour tenter d'accéder aux sources salées au cœur de la montagne. Ils creusèrent des boyaux, toujours plus profondément, sans grande logique. C'est ainsi

---

* 100 pieds cubes correspondent environ à 2,80 mètres cubes.

** Le village de Gryon portait le nom de Grion jusqu'en 1867.

*** Le pot contient 50 pouces cubes et se divise en demis, quarts et verres. 10 verres font 1 pot, 10 pots font 1 broc, 3 brocs font 1 setier, 16 setiers font 1 char. 1 char équivaut à environ 66 litres.

que prit forme le labyrinthe des Sources, un enchevêtrement de galeries, digne d'une taupinière.

Les mineurs jouaient du marteau et de la cisette à la lueur des lampes à huile, dans la poussière et la chaleur étouffante de ces galeries voûtées de six pieds de haut sur à peine deux de large. Ils progressaient d'environ trois toises par mois, quand tout allait bien, et remontaient les déblais à dos d'homme dans des hottes en bois, au prix d'efforts titanesques.

Vers la fin du XVIIe siècle, il fallut creuser plus profond pour chercher les eaux salées. Ils excavèrent alors les quatre cent cinquante-huit marches de l'Escalier ruiné et aménagèrent un système d'aération au soufflet, avant de percer une nouvelle galerie à partir du Coulat. Ce boyau supplémentaire devait leur permettre d'évacuer la saumure dans des canalisations. Une équipe partait de l'extérieur de la mine, l'autre depuis le bas des nouveaux escaliers.

Avec leur seule boussole pour guide, les mineurs se rencontrèrent à mi-parcours, à une toise d'écart seulement, qu'ils compensèrent en creusant quelques marches. La longueur de la galerie fut d'un peu plus de trois cent soixante toises.

Au XVIIIe siècle, ils continuèrent à descendre, et entreprirent de percer le Grand Escalier. Ses sept cent trente-quatre marches, taillées avec les outils traditionnels, s'enfonçaient à plus de cent vingt toises. Sept niches de repos permettaient aux mineurs qui remontaient les déblais à l'extérieur de reprendre leur souffle. Puis, ils commencèrent à creuser depuis le Bouillet et en même temps, ils excavèrent le puits du Jour et les deux puits de Providence à partir du Fondement. Cette suite de puits servirait à l'aération ainsi qu'à l'aspiration des eaux salées à la surface grâce à la roue à aubes, alimentée par la Grionne. Une demi-lieue séparait l'entrée du Bouillet et le puits de Providence 2. Malgré la distance, les mineurs projetaient de creuser une galerie traversant la mine de part en part. La rencontre entre les deux équipes eut lieu en 1821. Depuis ce jour-là, ils cessèrent de remonter les déblais à dos d'homme.

Les ouvriers purent acheminer les gravats le long d'une voie de roulage à l'aide de chiens de mine, des chariots de bois renforcés par des bardages et montés sur des roues de bois cerclées de fer. La voie était constituée de deux planches parallèles espacées d'un pouce. Une cheville appelée « le clou », fixée verticalement au milieu de l'essieu antérieur, servait à guider le chariot. La vitesse des coureurs impressionna Aaron. Ils poussaient leurs chariots d'un quintal et demi comme des dératés et les vidaient à l'extérieur en les renversant en avant ou sur le côté. Mettant le poids sur l'arrière du chariot, ils les faisaient ensuite pivoter pour aller chercher un autre chargement.

Là où Aaron avait travaillé, les ouvriers se fatiguaient moins et utilisaient des chevaux au fond de la mine. Les bêtes tiraient les lourds blocs de roche salée qui pesaient entre trois et dix quintaux sur des sortes de luges. D'autres, attelés à un manège, actionnaient en tournant un système de poulies permettant de remonter les blocs à la surface. Septante chevaux étaient répartis dans plusieurs étables souterraines. Dans les mines de charbon, les bêtes devenaient aveugles à cause de la poussière, mais ce n'était pas le cas dans les mines de sel. Descendre l'un de ses animaux par le puits à l'aide de cordes prenait parfois six heures.

Le récit de Ferdinand avait fasciné Aaron. Il se réjouissait de découvrir de ses propres yeux le vaste dédale souterrain creusé à la sueur de leur front par des générations de mineurs qui se sont succédé pendant près de cent cinquante ans.

Ils arrivèrent à l'exploitation Graffenried, montèrent l'Escalier ruiné, rejoignirent le labyrinthe des Sources et empruntèrent une galerie qui menait vers les débuts de l'exploitation Saint-Louis. Ils parvinrent ensuite dans une énorme chambre de cent cinquante toises de long, la salle de Bon Espoir, ainsi baptisée par Jean de Charpentier qui espérait que la chance lui sourirait enfin.

18

2 heures et 5 minutes
après le début de la prise d'otages

Lorsque les deux hommes armés avaient emmené leurs camarades de classe, Adam et Valentine étaient restés cachés derrière les wagonnets jaunes, osant à peine respirer. Tout danger immédiat leur semblant écarté, ils avaient couru dans la direction opposée, vers la salle des Cristaux, mais s'étaient heurtés à un cul-de-sac. Le vaste espace ne leur offrait aucun endroit sûr où se mettre à l'abri. Ils rebroussèrent chemin, arrivèrent à la Tranchée, un ancien lac souterrain desséché, enjambèrent la barrière, descendirent par l'échelle jusqu'au fond de la fosse et se cachèrent dans un renfoncement.

Un peu plus tard, l'un des deux individus cagoulés était revenu. Il s'était sans doute aperçu que la classe n'était pas au complet et les recherchait. Trop pressé pour fouiller les moindres recoins de la salle, il s'était contenté de balayer la cavité du faisceau de sa lampe. Les deux adolescents avaient retenu leur souffle, paralysés par la peur. L'homme était reparti après avoir vociféré: «Je finirai bien par vous trouver!» Sa voix glaçante les avait alors dissuadés de sortir de leur refuge.

Qu'est-ce que ces types pouvaient bien leur vouloir? La visite tournait à la prise d'otages, telle qu'Adam en avait vu dans les films. En bien plus réel et effrayant!

Il se rassura en songeant que la police devait être au courant et ne tarderait pas à venir à leur secours, cependant l'attente leur parut interminable. Il voulut appeler son oncle, mais dans leur cachette, les ondes téléphoniques ne passaient pas. Pour obtenir du réseau, il devait se diriger vers la gare Saint-Pierre, à l'endroit où ils étaient arrivés le matin même avec le train des mines. S'aventurer jusque là-bas était risqué, mais il ne pouvait pas rester là sans rien faire. Il décida de s'extraire discrètement de la Tranchée, promettant à Valentine de revenir le plus vite possible. En attendant, elle le lui avait juré, elle ne bougerait pas d'ici. Quoi qu'il arrive !

19

2 heures et 33 minutes
après le début de la prise d'otages

Andreas était sorti du fourgon de commandement et s'apprêtait à rejoindre l'auberge du Bouillet lorsque Viviane le héla. Il attendit que sa cheffe le rattrape, et tous deux s'accoudèrent à une table haute sous le pavillon d'accueil.

Viviane portait, comme souvent, son blouson en cuir marron au style vintage et un jeans moulant. Ses cheveux blond platine et sa coupe au carré ajustée lui donnaient un petit air de France Gall. Elle avait quarante-sept ans et était à la tête de la brigade criminelle depuis huit ans. Au fil des enquêtes, Andreas et elle avaient noué une solide relation amicale. Malgré leurs forts tempéraments, chacun reconnaissait à l'autre de grandes compétences professionnelles. Individualiste, Andreas préférait suivre le bon sens et ses intuitions plutôt que d'obéir aux ordres, mais appréciait la détermination de Viviane et son côté terre à terre. L'obstination de sa cheffe butait parfois contre l'opiniâtreté farouche d'Andreas. Mais les désaccords n'avaient jamais altéré le respect que chacun témoignait à l'autre.

Depuis que son mari l'avait quittée pour une autre et demandé le divorce, Viviane avait vécu un passage difficile durant lequel elle s'était beaucoup confiée à Andreas.

Viviane sortit son paquet de cigarettes, en offrit une à Andreas. Amateur de cigares, il avait pris l'habitude d'en fumer une en compagnie de sa cheffe. Dans les situations tendues, la fumée aidait à évacuer le stress et c'était leur manière d'être connectés.

— Pourquoi tu as fait une tête pareille tout à l'heure?

Andreas inspira profondément. La semaine précédente, Adam lui avait parlé d'une visite dans les mines avec sa classe. Andreas ne s'était pas souvenu de la date, mais Jessica, sa sœur, venait de lui confirmer que son fils y était en ce moment. En visionnant la deuxième vidéo de Charlot, il avait aperçu deux silhouettes en arrière-plan, à l'écart du groupe, avant qu'elles ne disparaissent du champ de la caméra. Sur la capture d'écran envoyée par Christophe, Andreas avait reconnu la casquette blanche avec une silhouette de chamois, un cadeau à son neveu.

— Adam est dans la mine.

— Merde!

Andreas tira une bouffée et exhala aussitôt la fumée.

— On y va. Pas de temps à perdre.

Il écrasa sa cigarette et s'apprêtait à rejoindre son équipe à l'auberge, quand un crissement semblant provenir de l'intérieur de la galerie l'arrêta net. Un wagon qui ressemblait à une sorte de capsule métallique affublée du logo des Mines de sel émergea du tunnel en roue libre, sans locomotive, avant de s'immobiliser dans le virage qui menait à la gare. Andreas s'élança en direction du wagon et entraperçut à travers la vitre un homme ligoté et bâillonné, recouvert d'une substance blanchâtre. Il ouvrit la porte coulissante et fut pris à la gorge par une forte odeur d'essence. Il eut à peine le temps de croiser le regard affolé de la victime, avant qu'elle ne s'embrase.

Au même moment, Maxime, le chef suivi, sortit du fourgon et s'écria en direction de la foule attroupée autour du wagon:

— On a reçu une nouvelle vidéo!

20

2 heures et 43 minutes après le début de la prise d'otages

Grièvement brûlé, l'homme fut immédiatement pris en charge par deux médecins qui s'efforçaient de le maintenir en vie, en attendant l'hélicoptère. Bien qu'ils aient éteint les flammes rapidement à l'aide d'une couverture anti-feu, ses chances de s'en tirer étaient faibles.

Les experts forensiques arriveraient incessamment pour effectuer des prélèvements et tenter de comprendre ce qui s'était passé. Selon Christophe, un petit boîtier scotché sur le torse de la victime avait sans doute permis de bouter le feu. Restait à savoir comment il avait été activé. Il imaginait un amorçage à distance, à l'aide d'un téléphone ou d'une télécommande. Quoi qu'il en soit, le déclenchement n'avait pas pu être provoqué depuis l'intérieur de la mine, où les ondes radio ne passaient pas. L'hypothèse du portable paraissait elle aussi peu probable. Le timing semblait millimétré : la victime s'était embrasée au moment même où Andreas avait ouvert la porte. Le temps de connexion à l'antenne relais nécessaire à la mise à feu ne permettait pas de s'assurer que l'otage s'enflammerait exactement au moment voulu. La possibilité que l'explosion ait été déclenchée par quelqu'un qui aurait été à proximité paraissait plus plausible. Cela signifierait que les ravisseurs bénéficiaient de l'aide d'un complice à l'extérieur de la mine.

Andreas discutait avec Christophe quand Viviane écrasa sa cigarette du talon et se dirigea résolument vers le fourgon. Il s'empressa de lui emboîter le pas.

Lorsque tout le monde fut installé, Viviane commença:

— J'ai parlé avec le commandant. Étant donné la gravité de la situation, il vient sur place. Il est déjà en route.

En attendant son arrivée, ils visionnèrent le troisième enregistrement audiovisuel reçu au moment où le wagon avait jailli de la mine. Le lien hypertexte avait été envoyé à l'adresse mail de la Division presse et communication de la police.

Maxime cliqua. Un pop-up apparut à l'écran et la vidéo démarra automatiquement

Un clap de cinéma s'affiche en gros plan.

SCÈNE 2 : CUM GRANO SALIS
TITRE DU FILM : LE DICTATEUR
DATE : 3.3.2017
RÉALISATEUR : CHARLOT
CAMÉRAMAN : L'HOMME INVISIBLE

Appuyé sur son coude, il est allongé sur le côté, à même le sol terreux dans une salle voûtée entre deux larges piliers. Le prélude de Lohengrin *de Richard Wagner égrène ses premières notes et envahit l'espace d'une chaleureuse tendresse. Il braque son regard sur une sphère terrestre posée en équilibre sur la paume de sa main gauche, puis lance le globe en l'air, sans doute un ballon de plage. Il se redresse et se tourne vers la caméra, le bras droit levé et le poing serré. Il porte une chemise beige avec une cravate sombre, trop courte, et de hautes bottes noires cirées, dans lesquelles il a glissé les jambes de son pantalon. Sur la tête, il arbore une casquette à visière ornée de deux croix blanches sur fond noir. Au-dessus de ses lèvres, une petite moustache en forme de brosse à dents ne laisse aucune place au doute: le preneur d'otages s'est déguisé en Adenoïd Hynkel, le dictateur de la Tomanie incarné par Chaplin.*

Hynkel sort un papier de sa poche en exécutant des gestes exagérément brusques, puis le déplie et le présente à l'objectif: «*Nous devons préserver l'existence de notre peuple et l'avenir des enfants blancs!*»

Il déchire ensuite le papier en jetant un regard noir à la caméra et en prend un deuxième où figure l'adresse d'un site web, ainsi qu'une heure butoir:

http://bit.ly/456e6769
12h00.

21

2 heures et 54 minutes
après le début de la prise d'otages

Dans le bureau de l'équipe des négociateurs, Bakary ne parvenait pas à décrocher de son ordinateur. La phrase affichée peu avant par Charlot, sur l'avenir des enfants blancs, l'avait frappé de plein fouet. Il ignorait l'origine de cette devise, mais ne put s'empêcher de penser à l'Afrikaner Broederbond*. Cette ligue secrète réservée aux hommes blancs visant à assurer la domination des Afrikaners sur les ethnies originelles d'Afrique du Sud avait participé à la création du South African Bureau for Racial Affairs** en 1947. Rattaché à l'université de Stellenbosch et prétendument indépendant de toute organisation politique, l'institut avait développé le système de l'apartheid, tout en lui donnant une justification à la fois théorique et académique. Un an plus tard, le parti nationaliste avait remporté les élections. Constitué de membres du Broederbond, le gouvernement du Premier ministre Daniel Malan, un pasteur, avait ouvert une voie royale à la montée en puissance de la politique de séparation raciale.

C'est seulement en 1996, deux ans après le plébiscite de Nelson Mandela à la présidence, que Bakary s'était rendu pour

* Ligue des frères afrikaners.

** Bureau sud-africain des affaires raciales.

la première fois en Afrique du Sud. Avant de rejoindre le Limpopo, la région natale de son père, il s'était rendu à Sharpeville. En 1960, alors qu'il était membre actif du Pan Africanist Congress of Azania*, son père avait participé à une manifestation dans cette ville pour protester contre la loi sur les passeports intérieurs, qui permettait au gouvernement de limiter les déplacements et de contrôler la population noire. Des milliers de manifestants avaient marché en direction du poste de police sans passeport afin d'être arrêtés par les forces de l'ordre. Ils défilaient pacifiquement, chantaient et dansaient, lorsqu'une rangée de policiers s'étaient mis à tirer dans la foule, sans le moindre avertissement. Son père survécut, mais soixante-neuf personnes furent tuées et cent nonante blessées. Le PAC et l'ANC** furent interdits, et leurs dirigeants emprisonnés. Pour éviter le même sort, le père de Bakary avait fui le pays et émigré en Suisse, où il avait rencontré sa future femme. C'est là que Bakary était né quelques années plus tard.

Bakary contempla la carte postale du parc national Marakele posée à côté de son ordinateur. Trois girafes se dressaient au milieu du *bushveld*, une plaine herbeuse et légèrement vallonnée, parsemée de buissons et d'arbres aux formes étranges. En arrière-plan s'étiraient les montagnes du Waterberg. En sotho du Nord, la langue de son père, leur nom était *Thaba Meetse*, les eaux joyeuses. Dans ce magnifique parc, il y avait vu des rhinocéros blancs, des gnous, des koudous, des phacochères... mais surtout, il avait pour la première fois renoué avec ses racines.

Cette carte, il l'emportait toujours avec lui dans ce genre de situation. Elle l'aidait à retrouver son calme lorsque la tension devenait trop forte. De plus, dans sa poche gauche, il avait, comme à l'accoutumée, glissé un petit galet lisse et rond. Quand il se sentait débordé par l'émotion, il le tournait et retournait entre ses doigts. Ces rituels, hormis le fait qu'ils le rassérénaient,

---

* Congrès Panafricain d'Azanie.

** African National Congress : parti politique fondé en 1912 pour défendre les intérêts de la majorité noire.

lui permettaient de dissimuler ses sentiments, de rester neutre face aux preneurs d'otages.

Bakary entra l'URL communiquée par Charlot dans la barre du navigateur. Une photo de Charlot, le vrai, apparut à l'écran. En dessous, un bouton orné du dessin d'une caméra l'invitait à démarrer une conversation.

En face de lui, Chantal pouvait suivre la discussion sans être vue, grâce à une recopie d'écran. Bakary portait une oreillette discrète, et Chantal un micro. Elle pouvait ainsi lui souffler ses conseils au fur et à mesure des négociations.

Dans son quotidien à la brigade des mœurs, Chantal devait souvent gérer des situations de violence sur mineurs : des viols, des cas de harcèlement, de pédophilie. Elle se sentait d'autant plus impliquée qu'elle-même avait un garçon et une fille du même âge que les élèves retenus en otage dans la mine. Dans son métier, avoir des enfants était un atout autant qu'une angoisse à surmonter. Imaginer que ses enfants puissent se retrouver dans ce genre de situation avait sans aucun doute renforcé son côté mère poule.

Antonin se tenait prêt à consigner toutes les informations significatives qui résulteraient du premier contact avec les ravisseurs.

Bakary échangea un regard avec ses deux collègues, puis cliqua sur le bouton en dessous de la photo de Charlot. En l'absence de renseignements sur l'identité des preneurs d'otages, il fallait avancer à l'instinct. Il sentit une certaine nervosité le gagner, comme à chaque fois qu'il s'apprêtait à commencer une négociation.

La devise suprémaciste affichée par Charlot tourmentait Bakary. Dans le film *Le Dictateur*, Adenoïd Hynkel aurait très bien pu souscrire à ce point de vue... Était-ce aussi le cas du « Charlot » qui s'était présenté à eux dans les vidéos ? Si cette phrase traduisait sa pensée, Bakary s'en rendrait immédiatement compte lorsque le preneur d'otages découvrirait son visage.

La connexion s'établit. Bakary réajusta ses lunettes et prit une profonde inspiration.

22

Une année et quelques mois avant la prise d'otages

Sous le regard amusé des badauds, Charlot talonnait un passant sur les quais à Vevey, imitant les rapides enjambées et le roulement d'épaules d'un homme d'affaires pressé, inconscient de la présence incongrue dans son dos. Mime de rue depuis des années, il avait commencé timidement comme statue vivante avant de se lancer comme mime automate puis comme mime suiveur. Il aimait observer tous ces inconnus défiler devant lui, s'amusait à interagir avec eux de manière silencieuse.

Devenu sans-abri par la force des choses, il s'était trouvé quelques mois à la rue. Sa passion pour le mime lui avait alors permis de subvenir à ses maigres besoins. Lorsqu'il recevait assez d'argent, il pouvait passer la nuit au Hublot, le centre d'hébergement de Caritas. Il y dînait pour trois francs et pouvait faire sa lessive pour deux. Son costume de Charlot devait rester propre. Il y tenait, car, avec le temps, sa tenue défraîchie, trouée par endroits, le faisait ressembler plus à une loque qu'à un véritable Charlot.

À force de voir déambuler les passants, il avait acquis une aptitude à reconnaître les gens tristes, les gens heureux, ceux qui ruminaient leurs soucis. Il se plaisait à imaginer la vie de chacun, leur métier, leur famille, leurs espoirs et leurs déceptions. Il se demandait à quelles discriminations ils avaient dû se heurter, ou de quelles injustices ils avaient été les victimes. Certains jours, c'était la misère humaine qui défilait devant lui dans la plus grande indifférence générale.

La détresse dont il était le témoin le révoltait. Chaque jour, c'était un flot de personnes désespérées, s'exclamant : *Mais qu'est-ce que j'ai fait au bon Dieu ?* qui passait sous ses yeux. Pour lui, ce Dieu-là n'existait pas. Chacun se devait de prendre ses responsabilités. Lui-même s'était promis d'accomplir quelque chose de bien. Cela ne rachèterait pas ses errements. Rien de ce qu'il entreprendrait ne réparerait les erreurs commises, certainement pas aux yeux de son fils. Il n'avait pas su jouer son rôle de père. Sa femme l'avait quitté et la justice lui avait retiré la garde de Brian.

C'est en 2016, par une splendide journée d'été, qu'il avait fait l'une des rencontres les plus déterminantes de sa vie. Un enfant d'origine étrangère, probablement afghan, avait-il imaginé, les yeux profonds et tristes, s'était approché de lui pour lui donner une pièce de monnaie. Sa mère et lui étaient restés assis sur un muret à l'observer pendant près d'une heure. Charlot avait enlevé son chapeau à la manière d'un automate pour que le garçon puisse y jeter sa pièce, en échangeant un regard avec sa mère. Avec la maigre récolte du jour, il les avait invités à boire un verre et à manger une glace. Le petit s'appelait Khourchid, qui signifiait « soleil » en dari, et sa mère Wasima, la « gracieuse ». Alors enceinte, elle lui avait raconté leur histoire dans un subtil mélange d'anglais, de français et de gestuelle.

23

2 heures et 58 minutes
après le début de la prise d'otages

Charlot apparut au centre de l'écran, assis à une table ronde, toujours déguisé en Adenoïd Hynkel. Derrière lui, Bakary aperçut d'autres tables, et des chandeliers éclairaient la voûte rocheuse d'une grande cavité.

— Il est dans la taverne du Dessaloir, lui glissa Chantal dans l'oreillette.

Charlot se saisit d'une tablette, adressa un sourire malicieux à l'objectif qui zooma sur lui, puis posa sa casquette à visière sur la table sur laquelle il y avait une carafe d'eau et un verre agrémenté d'une rondelle de citron.

Le négociateur engagea la conversation aussitôt.

— Bonjour, je m'appelle Bakary. Je serai votre personne de contact.

Charlot se dérida, écarquilla les yeux, mais ne dit pas un mot.

Comme il ne répondait pas, Bakary tenta une nouvelle approche.

— Est-ce que je peux vous demander votre prénom ? Ce serait plus simple pour communiquer entre nous.

Charlot secoua la tête. Il esquissa ensuite une grimace simiesque en pointant ses deux mains vers sa poitrine.

— J'en déduis que vous préférez que je vous appelle Charlot, c'est ça ?

L'homme acquiesça.

Une négociation prenait souvent la forme d'un moment intime entre deux individus. La relation se développait dans un cocon où plus rien d'autre n'existait autour d'eux, mais créer un climat de confiance via un écran n'était guère aisé.

Charlot saisit un stylet et écrivit sur sa tablette avant de présenter le texte à la caméra :

ENCHANTÉ !

Bakary comprit alors que le preneur d'otages refuserait de faire entendre le son de sa voix. Il tenta tout de même de l'inviter à s'exprimer oralement.

— Est-ce que vous seriez d'accord pour échanger de vive voix ?

Charlot secoua la tête.

Avec un ravisseur muet, dissimulé derrière un écran et sous un déguisement, la négociation s'annonçait ardue.

— Je tenais à vous informer que le DARD est sur place, mais je peux vous assurer qu'il n'interviendra pas. Nous souhaitons dialoguer avec vous, trouver une solution pacifique.

Charlot ricana en forçant le trait.

— Qu'est-ce qui vous fait rire ?

Il saisit sa casquette d'officier et la posa sur sa tête, se redressa en faisant crisser sa chaise et vint se poster au milieu de la salle, suivi par la caméra. Son couvre-chef légèrement de travers, sa cravate noire trop courte et son pantalon en accordéon contrastaient avec son air grave et renfrogné. Il mit la main gauche derrière son dos, puis leva l'autre bras en un simulacre de salut militaire, avant de revenir s'asseoir et d'attraper son stylet :

HEIL HYNKEL !

Il posa ensuite sa tablette et fixa la caméra de ses yeux grands ouverts.

Le message était on ne peut plus clair. Bakary, son galet dans la paume, en resta interdit. L'usage voulait qu'un salut nazi soit rendu. Charlot s'attendait-il à ce qu'il l'exécute à son tour ? Cela irait au-delà de ce qui était acceptable. Il ne le pourrait pas.

Chantal avait senti l'hésitation de son collègue. En tant que négo 2, c'était à elle d'analyser la situation dans les moindres détails et d'assister Bakary. Au début de la négociation, il lui fallait établir un contact avec le preneur d'otages, trouver un point d'accroche. L'échange avait plutôt bien commencé, mais Chantal sentait venir le piège.

— Ne l'imite surtout pas, chuchota-t-elle dans le micro.

Entrer dans le jeu du preneur d'otages revenait à se soumettre. Pour dialoguer dans de bonnes conditions, Bakary devait se placer au même niveau que lui. Son interlocuteur s'était glissé dans la peau de Hynkel, mais cela ne signifiait pas pour autant qu'il défendait les valeurs du dictateur. Le ravisseur sondait Bakary, Chantal en avait le net sentiment. Elle guettait la réaction de Charlot, or, il restait impassible.

— Ne dis rien, attends encore un peu, lui souffla Chantal dans l'oreillette.

Charlot se saisit finalement de son stylet et commença à écrire. Il fixa ensuite longuement Bakary d'un regard pénétrant, les traits de son visage figés comme ceux d'une statue de cire. Il relâcha enfin la pose, adressa un sourire à Bakary, puis dévoila l'écran de sa tablette :

NOUS VOILÀ PRÊTS À NÉGOCIER !

Bakary, un léger rictus de satisfaction, presque imperceptible, au coin des lèvres, réagit du tac au tac.

— C'est parfait. Pour le moment, j'accepte notre manière de communiquer, mais j'espère que vous allez rapidement retrouver votre voix. Ce serait plus simple pour que nous puissions échanger sur un pied d'égalité.

Charlot tourna légèrement la tête, battit des paupières et darda son regard en direction de l'objectif puis lui montra la phrase suivante :

SEUL LE CORPS DU MIME PARLE...

— Je ne cherche pas à précipiter les choses, mais je m'inquiète du sort des enfants. Est-ce qu'ils vont bien?

Charlot lui répondit d'un sourire jovial, enleva sa casquette et la fit voltiger en l'air, puis quitta le champ de la caméra.

Tout en gardant un œil sur son écran, Bakary en profita pour contempler sa carte postale. Les vastes étendues de la savane africaine lui permirent de se recentrer.

Il avait souvent eu à gérer des preneurs d'otages qui refusaient de s'exprimer. Or un tel contexte de négociation était pour lui une première. Il devait avoir recours à des monologues pour tenter de faire émerger le forcené de son mutisme. En général, c'était une question de temps avant qu'une communication s'établisse. Mais cette fois, la situation était différente. Bakary devait traduire la gestuelle et les mimiques du ravisseur.

Charlot revint après avoir troqué le costume de dictateur contre la tenue classique de Charlot: pantalon large et rapiécé par endroits, redingote noire élimée, cravate sombre soigneusement nouée sur une chemise blanche, grandes chaussures déformées et canne. Il se présenta face à l'objectif en levant le pouce.

— Les élèves vont bien, c'est ça?

Charlot hocha la tête. Il composa ensuite un message sur sa tablette:

10 000 000 CHF

Une binette souriante accompagnait la somme demandée.

De l'argent... était-ce tout ce qu'il voulait? À quoi bon orchestrer une telle mise en scène pour une simple rançon? Pour décrypter ses intentions, Bakary devait discerner les raisons psychologiques qui sous-tendaient l'action des preneurs d'otages. Chacune de ses déclarations, chaque mot employé, chaque réaction exprimée pouvait lui apporter des informations cruciales. Il devait être vigilant.

Pendant que Charlot avait le nez plongé sur son écran, Bakary lança un regard de connivence à Chantal.

— Je pense comme toi. Cela ne peut pas être qu'une histoire d'argent, lui glissa-t-elle à l'oreillette.

Charlot leva finalement la tête, retourna la tablette puis afficha un nouveau message :

YOU'VE GOT MAIL* !

Visiblement, Charlot connaissait son adresse. Bakary ouvrit sa boîte, cliqua sur le courrier électronique qu'il venait de recevoir.

« Cher Bakary,

J'exige 50 % de la somme cash en coupures usagées provenant de différentes séries, dont voici le détail :

3 000 x 1 000 CHF ; 5 000 x 200 ; 5 000 x 100 ; 7 000 x 50 ; 5 000 x 20 ; 5 000 x 10

Le reste en bitcoins enregistrés dans un wallet** sur une clé USB.

Merci

Votre dévoué Charlot »

Chantal savait que cette demande orienterait la suite des événements. Le président du Conseil d'État vaudois, présent au Poste de commandement des opérations à la Blécherette, refuserait de se soumettre aux exigences des preneurs d'otages. En matière de rançons, l'État prônait une conduite ferme. Céder à ce type de revendications revenait à ouvrir toute grande la porte aux criminels. Pourtant, si un de ses propres enfants se trouvait dans la mine, Chantal se montrerait certainement moins inflexible sur le sujet. Tout cela se jouait à un niveau hautement émotionnel.

Seules deux issues étaient envisageables. Soit Bakary parvenait à faire fléchir Charlot dans un délai raisonnable et à le convaincre de se rendre, soit ils entameraient une pseudo-négociation afin

* Vous avez reçu un mail !

** Un *wallet* ou portefeuille est un procédé de stockage qui permet d'envoyer, recevoir, contrôler et sécuriser une cryptomonnaie.

de tenter de gagner du temps pour permettre au DARD de se préparer à intervenir au moment opportun.

Surpris du ton ironique du courriel de Charlot, Bakary estima opportun d'avancer ses pions.

— Et ensuite, vous libérez les personnes que vous retenez en otage, on est d'accord? lui demanda Bakary.

Charlot ricana doucement et secoua la tête.

— C'est non?

Il hocha le menton et rédigea sa réponse:

J'AI ENCORE QUELQUES PETITS DESIDERATA.

— Quelles sont vos demandes? l'interrogea Bakary, devinant qu'il n'obtiendrait pas plus d'informations, pour le moment.

Les subtiles mimiques de Charlot qui suivirent le lui confirmèrent.

— Soit. Je vais consulter mes supérieurs. Mais avant cela, j'aimerais qu'on évoque une contrepartie. C'est donnant donnant!

Charlot imita un fou rire avant d'afficher un visage impassible, puis prit sa tablette et son stylet.

Bakary faisait passer son galet d'une main dans l'autre tout en observant Charlot qui écrivait avec application. Le laps de temps entre chaque échange avec Charlot jouait en sa défaveur. L'attente laissait à Bakary le temps de réfléchir, mais le mode de communication était incontestablement à l'avantage de son interlocuteur. Tout était prévu pour maintenir une distance entre eux et le délai entre les échanges n'arrangeait rien. La négociation demeurait ainsi à un niveau superficiel alors que Bakary devait à tout prix créer une intimité entre eux pour emmener Charlot vers une possible reddition.

Il dut attendre deux longues minutes avant de découvrir les messages de Charlot:

NE VOUS MOQUEZ PAS DE MOI!
LA POLICE NE VERSE PAS DE RANÇON...
VOUS ESSAYEZ DE GAGNER DU TEMPS.
ÇA NE MARCHE PAS AVEC MOI!

Bakary jeta un œil furtif à la carte postale avec les girafes, le temps de mûrir sa réponse.

— En effet, c'est la procédure. Vous avez raison. On pourrait toutefois essayer de trouver un terrain d'entente ? tenta Bakary.

Il marchait sur des œufs. La détermination affichée par Charlot laissait peu de place au doute : il était prêt à tout pour parvenir à ses fins. La première victime sacrifiée en était la preuve tangible.

Charlot lui montra l'écran de sa tablette et fit défiler deux nouveaux messages :

PAS MON PROBLÈME !
CHERCHEZ UNE SOLUTION !

Il remonta sa manche et pointa son index sur sa montre-bracelet.

— Cela va prendre un peu de temps avant que je puisse vous donner une réponse. Vous en êtes conscient, je suppose ? Cela ne pourra pas se faire en un claquement de doigts. Et...

Charlot secoua la tête horizontalement puis se mit à écrire :

À 15 H 00 !

Il fit glisser son pouce contre son cou d'un geste sec d'égorgement.

Un ultimatum. Bakary regarda l'heure affichée sur le coin supérieur de son écran d'ordinateur : 12 h 16. Il restait très peu de temps pour tenter de trouver une solution alternative. À peine trois heures.

— Charlot, je vais faire tout mon possible. Je dois en référer aux autorités compétentes. Vous devez m'accorder du temps.

En tant que négociateur, Bakary ne dirigeait pas les opérations. C'était un des principes de base qui lui permettait de rester neutre et de maintenir le lien avec le ravisseur. En servant de simple intermédiaire avec le commandement, il pouvait se concentrer sur le cœur de la négociation sans être soumis à la pression de la prise de décision.

Bakary revint à la charge pour tenter d'obtenir une concession.

— Charlot, j'ai écouté votre demande. Mais avant toute négociation, les enfants doivent sortir. Ensuite, on pourra discuter, vous et moi.

Charlot écrivit à nouveau :

JE VAIS Y RÉFLÉCHIR.

Au moment où Bakary voulut reprendre la parole, Charlot coupa la connexion.

24

3 heures et 2 minutes
après le début de la prise d'otages

Adam emprunta un escalier et longea ensuite la galerie étroite qui menait à l'atelier des sauniers, puis à la taverne du Dessaloir. Personne en vue. Aucun bruit. Il s'accroupit derrière le comptoir abrité par des rideaux, sortit son téléphone portable et découvrit avec soulagement qu'il captait du réseau.

Il commençait à rédiger un message, lorsqu'une chaise crissa sur le sol. Son cœur se mit à battre à tout rompre. Entre les deux tentures, il aperçut un homme en habits militaires beiges. Installé à une table, il pianotait sur son ordinateur. Il le vit se lever. S'il me repère, je suis foutu, s'alarma Adam qui retint sa respiration, tout en continuant à observer. L'individu troqua sa tenue contre celle de Charlot et revint s'asseoir. En l'épiant tandis qu'il écrivait sur sa tablette, Adam crut reconnaître une voix familière provenant du haut-parleur de l'ordinateur. Il l'entendit réclamer la libération de ses camarades *en échange*. Il le connaissait, c'était Bakary, un collègue de son oncle. Lors d'une grillade au chalet d'Andreas et Mikaël, Adam s'était intéressé à son métier, et Bakary lui en avait parlé avec passion. Si des négociations étaient en cours, le groupe d'intervention se trouvait déjà sur les lieux. Andreas aussi.

Andreas descendit du fourgon et rejoignit Mélaine et Karine qui l'attendaient sous l'avant-toit du pavillon d'accueil pour un rapide point de situation, avant de retourner au Poste de commandement d'engagement pour discuter de la suite des opérations.

Tous étaient d'avis que cette prise d'otages ne visait pas la simple obtention d'une rançon. Une autre intention animait Charlot. S'il portait des revendications d'ordre politique ou idéologique, il chercherait à communiquer avec la presse ou à s'adresser directement à l'opinion publique. Peut-être même à faire pression sur le gouvernement.

Tout en briefant ses deux collègues, Andreas sortit son téléphone de la poche de sa veste en cuir. Son cœur s'emballa lorsqu'il découvrit un message d'Adam: «Tonton, y a des hommes avec des mitraillettes! Ils ont pris notre classe en otage.»

La conversation avec le négociateur venait de s'achever, mais l'individu continuait de pianoter sur son ordinateur. Adam sursauta en sentant son portable vibrer dans sa poche.

ANDREAS.	T'es où?
ADAM.	À la taverne.
ANDREAS.	Avec tes camarades?
ADAM.	Non, on s'est cachés avec Valentine.
ANDREAS.	Elle est avec toi?
ADAM.	Non. J'ai peur.
ANDREAS.	Fais gaffe! Les ravisseurs ne sont sûrement pas loin.
ADAM.	OK.
ANDREAS.	Tu as pris ton insuline?
ADAM.	Oui, ce matin.
ANDREAS.	Il te reste combien de doses?
ADAM.	J'en ai encore...

Adam tapotait fébrilement sur son portable, lorsqu'une voix sombre lui ordonna de poser son téléphone. Il leva les yeux. L'homme en costume de Charlot pointait une arme sur lui.

25

3 heures et 36 minutes
après le début de la prise d'otages

Chantal monta dans le fourgon de commandement et s'installa sur la banquette à côté d'Andreas. Âgée de trente-neuf ans, elle était inspectrice et avait commencé sa carrière dans la gendarmerie avant de rejoindre la sûreté. Elle avait ensuite entrepris une formation de négociatrice et s'était spécialisée dans les situations qui impliquaient des enfants pris en otage par un parent.

Après avoir raccroché le téléphone avec le commandant Verdon, Viviane s'adressa aux personnes présentes.

— Quelle est votre opinion sur la stratégie à adopter ?

Chantal se lança la première.

— Charlot se montre inflexible. Nous estimons d'ailleurs qu'il ne va pas en rester là, et...

— Tu ne crois pas si bien dire. Il est en ce moment même en direct sur Facebook Live !

Maxime, le chef suivi, avait reçu à l'instant un message du responsable des réseaux sociaux de la police qui assurait la veille depuis la Blécherette.

— Et merde ! il manquait plus que ça ! s'emporta Andreas.

Maxime cliqua sur le lien.

Charlot est installé à sa table dans la taverne, derrière son ordinateur. Il se lève. La caméra le suit alors qu'il avance en dodelinant de la tête et en marchant comme un canard. Soudain, il s'arrête net et se livre à une série de mimiques comiques, puis se rassied et saisit la bible posée à côté de lui. Il l'ouvre, la tourne et la présente d'une main à l'objectif. De l'autre, il tapote sur sa tablette. La caméra zoome sur un passage surligné, l'Évangile selon saint Marc, chapitre 9, les versets 49 et 50 : « Car chacun sera salé au feu. C'est une bonne chose que le sel. Mais si le sel perd son goût, avec quoi le lui rendrez-vous ? Ayez du sel en vous-mêmes et soyez en paix les uns avec les autres. »

Charlot referme la bible et saisit une feuille de papier avec un texte imprimé qu'il montre à la caméra : « En ce jour, j'ai retenu contre leur gré des otages au fond des Mines de sel de Bex. Ma vie est fade, sans saveur. Rester muet et inactif face à la montée des extrémismes m'est devenu insupportable. J'ai décidé d'agir. De saler mon existence !

Aujourd'hui, je m'élève contre toute forme d'injustice, de discrimination et d'intolérance. Aujourd'hui, je vous exhorte à combattre ces crimes contre l'humanité. Que chacun de vous lutte dans la mesure de ses moyens. »

Charlot pose la feuille et lève les deux pouces, puis referme l'écran de son portable.

Incrédule, Andreas secoua la tête. Charlot nageait en plein paradoxe. Même s'il ne l'entendait pas de cette manière, en se révoltant contre l'injustice, il devenait lui-même un criminel. À ses yeux, l'otage qu'il venait de tuer méritait certainement son sort. Il instaurait une hiérarchie parmi les êtres humains. Elle ne s'appuyait pas, comme pour les gens d'extrême droite, sur une différenciation liée à la race, la religion ou la préférence sexuelle, mais sur la valeur intrinsèque qu'il leur accordait. Son crime était un acte symbolique, un sacrifice nécessaire à sa cause.

Selon les premières informations, la victime était membre d'une association qui s'était réunie pour discuter de la création d'une brasserie. Quelque chose ne collait pas. Pourquoi Charlot l'avait-il choisie ?

Viviane saisit son téléphone et appela le porte-parole de la police cantonale.

— Tu as vu ça?

— Oui. Comme si la situation n'était pas déjà assez compliquée.

— Vous en êtes où?

— Tout est en place pour le premier point-presse à 13 heures, les pieds dans la boue, comme on dit. Nous avons invité les médias par SMS et courriels.

— OK, parfait.

À peine avait-elle raccroché que la porte du fourgon s'ouvrit brusquement. La cheffe de la Police judiciaire fédérale fit irruption. Andreas la reconnut immédiatement à ses cheveux gris, courts et hérissés sur le sommet de son crâne. Juchée sur des chaussures à talons épais, elle déboula dans le véhicule sous le regard ébahi des personnes présentes. Elle arborait, comme à son habitude, un style chic à la parisienne: jeans bien coupé, body noir et un trench beige descendant jusqu'aux mollets.

— Bonjour à tous. Un de mes hommes est à l'intérieur de la mine parmi les otages, leur annonça d'emblée Barbara Seematter dans un français teinté d'un accent chantant d'outre-Sarine.

Viviane la fixa d'un air déconcerté.

— Quoi? Comment ça?

— L'association qui tient sa réunion dans la salle de conférences s'appelle le Bloc identitaire suisse.

Tout devint clair dans l'esprit d'Andreas. Les preneurs d'otages visaient un groupe d'extrême droite.

— Nous les surveillons depuis longtemps. Et Elias Fischer, un de mes inspecteurs, est infiltré dans ce groupe depuis une année et demie. Il porte un mouchard sur lui. C'est son agent de liaison qui nous a alertés.

— Merde alors! lança Beaumont interloqué.

— Un homme a surgi en plein milieu de leur séance à 9 heures.

— C'est une demi-heure après l'envoi de la première vidéo au directeur du site touristique des Mines de sel, précisa Viviane.

— Nous n'avons pas pu lui parler, mais il nous a relayé indirectement certains messages via le mouchard. Je peux vous dire qu'une des personnes séquestrées porte un gilet explosif fermé par un cadenas et que la porte de la salle dans laquelle ils se trouvent est elle aussi piégée.

— Que peux-tu nous dire sur ce groupe qu'il a infiltré? lui demanda Viviane.

Barbara sortit un calepin de son sac Vuitton.

— Le leader de l'association s'appelle Daniel Kursner. Il a trente-six ans. C'est un ancien membre du PNS. Ensuite, Sophie Corboz, vingt-neuf ans, proche des milieux intégristes catholiques, avant de se tourner vers l'extrême droite. C'est la porte-parole. Elle est ouvertement homophobe. Puis Peter Aebi, quarante-deux ans. À une époque, il faisait partie du groupe allemand Combat 18, la branche armée issue des rangs de l'organisation néonazie Blood & Honour*. Un ancien militant qui a déjà purgé plusieurs condamnations en Allemagne, pour atteinte à l'ordre public, possession illégale d'armes et lésions corporelles graves.

— Combat 18? Jamais entendu parler, dit Viviane.

— Le chiffre 18 symbolise les initiales d'Adolf Hitler. Le 1 correspond à la lettre «A», le 8, au «H». Il y a aussi Julien Rapaz, vingt-neuf ans, informaticien. Et Michel du Pasquier, cinquante-six ans. Un ancien professeur d'université, écrivain. C'est la tête pensante de l'équipe. Il orchestre la propagande.

Viviane se tourna vers Beaumont.

— Est-ce que vous estimez pouvoir intervenir?

— Avant de pouvoir agir, nous devons entrer dans la mine et nous approcher de la zone touristique. Mais c'est très délicat. Impossible d'utiliser des drones ou des détecteurs de chaleur et de mouvement. On ne peut pas non plus poster des snipers et on n'a aucun moyen de savoir avec certitude où se trouvent les ravisseurs. Il faudrait qu'on puisse les localiser précisément, sinon on risque de tomber nez à nez avec eux. Ils pourraient déclencher les explosifs sans qu'on puisse faire quoi que ce soit.

---

* Sang et honneur.

Andreas darda ses yeux bleu glacier en direction de Viviane.

— Tant que les gosses sont à l'intérieur, toute intervention est exclue !

Sa cheffe lui répondit sur un ton rassurant, mais déterminé :

— Je comprends ton inquiétude. Mais tu sais comme moi que nous ne paierons pas la rançon. Et on ne va pas attendre placidement l'heure de l'ultimatum pour qu'il nous envoie une deuxième victime dans un wagon. Notre négociateur doit le faire patienter pendant que le DARD se prépare à agir et le persuader de libérer les élèves tout en lui laissant croire qu'on organise le transfert de l'argent.

— Viviane, il a coupé court à la discussion avec Bakary.

— Il doit à tout prix essayer de le recontacter.

— Et s'il n'y arrive pas ?

— Tu as mieux à proposer, Chantal ?

— Non, pas pour le moment.

— Alors chacun d'entre nous sait ce qu'il doit faire ! Je compte sur vous !

26

4 heures et 2 minutes
après le début de la prise d'otages

Alain Guyon, le médecin légiste, venait d'informer Andreas du décès de la victime. Arrivé au CHUV* dans un état grave, l'homme était mort durant l'opération. Le corps serait acheminé au CURML** pour une autopsie.

Selon les experts de la Brigade de police scientifique, l'embrasement avait été causé par un système électronique muni d'une pile et d'une cellule photovoltaïque. Le mécanisme d'allumage avait été activé par les rayons du soleil au moment même où Andreas avait ouvert la porte coulissante. L'hypothèse de l'intervention d'un tiers à l'extérieur de la mine, supposée par Christophe, était *de facto* à écarter.

En arrivant à l'auberge du Bouillet, Andreas et Christophe virent les gendarmes tenter de contenir la foule qui s'était agglutinée derrière la banderole « Police – zone interdite ». L'apparition en ligne de Charlot s'était répandue comme une traînée de poudre. Partagée près d'un millier de fois en moins d'une demi-heure, la vidéo avait créé un vent de panique.

---

* Centre hospitalier universitaire vaudois.

** Centre universitaire romand de médecine légale.

Parmi les premiers parents déjà sur les lieux, Andreas aperçut sa sœur, Jessica. Il s'avança vers elle et la serra dans ses bras. En attendant la mise en place de la cellule psychologique d'urgence, Andreas voulut rassurer les personnes transies d'angoisse.

— Si vous êtes un proche des élèves ou d'un des otages, je vais vous demander de vous identifier auprès de l'inspecteur Joly. Ensuite, vous pourrez venir vous installer dans l'auberge. Je passerai vous donner des nouvelles sur la situation.

— Merci ! lança une jeune femme. C'est monstrueux, cette attente !

Dès qu'il commença à s'éloigner, les questions fusèrent dans son dos.

— Ils leur veulent quoi, à nos enfants ? s'exclama un homme.

— Est-ce qu'ils vont bien, au moins ? bredouilla une mère paniquée.

— Inspecteur Auer ? le héla une voix familière.

Il se retourna et reconnut la silhouette singulière de Fabien Berset. Avec son crâne rasé brillant comme une boule de billard et son gros anneau en argent orné d'un motif tribal à l'oreille droite, le journaliste détonnait au milieu de l'attroupement.

— J'ai pas le temps, lui répondit sèchement Andreas avant de se diriger vers l'auberge.

— Pourquoi le preneur d'otages se déguise-t-il en Charlot ?

Andreas s'arrêta et s'approcha de lui. Berset suivait toutes les affaires criminelles de la région et ne lâchait rien avant d'être arrivé à ses fins. Dire qu'au début leur relation était tendue relevait de l'euphémisme. Andreas le comparait volontiers à un vautour s'acharnant obstinément sur sa proie. Pourtant, avec le temps, ils s'étaient apprivoisés et se respectaient.

— C'est sans doute un fan de Charlie Chaplin.

— Est-ce que vous pouvez m'en dire plus ?

— La conférence de presse a lieu dans quelques minutes, vous n'y allez pas ?

— Je préfère me renseigner à la source.

— Désolé, je dois filer.

Fabien Berset, perplexe, le regarda s'éloigner.

Andreas rejoignit le reste de son équipe dans une salle au premier étage de l'auberge. Ses collègues Karine, Mélaine et l'aspirante Kinga étaient affairées autour d'une table.

— Mélaine, descends pour aider Christophe à accueillir les parents, s'il te plaît.

Lorsque Mélaine se leva, Kinga lui lança un regard noir. Les deux jeunes femmes semblaient en froid.

Une serveuse leur apporta des cafés. Andreas en prit un et s'assit à côté de Karine. Sa présence, son regard calme et pénétrant le rassuraient. Il savait qu'il pouvait s'appuyer sur elle en toutes circonstances.

— Kinga et moi avons dressé la liste de tous les otages. Là, montra-t-elle en désignant un panneau au mur, ce sont les enseignantes et leurs élèves. Ici, les employés. Et pour l'association, il nous manque les noms.

— Voilà pour compléter.

Andreas remit à Kinga un document avec l'identité des membres du Bloc identitaire suisse.

— Parmi eux, Elias Fischer est un inspecteur de la Fedpol* infiltré dans le groupe, précisa-t-il.

Andreas versa de la crème dans son café et s'adressa à Karine.

— Nous aurons besoin de Christophe et de Mélaine. J'aimerais que tu contactes le chef de la sûreté. Il faudra davantage de monde pour les relayer et prendre en charge les proches des otages.

Karine opina.

— Il faut faire vite et fournir un maximum d'informations aux négociateurs. Vous allez passer la vie de toutes ces personnes au peigne fin, leur intima Andreas. Moi, je m'occupe de Charlot.

— Je reviens, je m'absente un instant, souffla Kinga en se levant.

— On commence par ce groupe d'extrême droite? demanda Karine.

---

* Office fédéral de la police.

— On peut laisser de côté les élèves dans un premier temps, mais on doit aussi s'intéresser aux employés.

— Tu as une idée derrière la tête ?

— À ce stade, nous ne connaissons pas le nombre de ravisseurs. Et cela ne serait pas impossible qu'un des collaborateurs des Mines et Salines en fasse partie. Charlot aura certainement eu besoin d'aide de l'intérieur pour tout organiser. Donc, il faut se pencher sur les employés détenus en otage et aussi sur toutes les personnes qui travaillent pour les mines, y compris leurs familles.

— C'est un boulot de dingue ! s'exclama Karine.

— Je te laisse coordonner avec la centrale. Viviane a déjà alerté les équipes au CB*. Ils vont nous aider. Ah oui ! il faut également passer en revue les listes de visiteurs des jours et semaines précédentes. Vois avec le directeur du site si des activités particulières ou des événements inhabituels ont eu lieu ces derniers temps.

— Qu'est-ce qu'on doit chercher ?

— Je l'ignore. Mais nous ne devons rien négliger. Il s'agit d'envisager toutes les possibilités et les éliminer une à une pour s'approcher au plus vite de la vérité.

---

* Centre de la Blécherette.

27

Aaron et Ferdinand étaient attablés au café du Cropt, une pinte à deux pas de la place du marché. En ce jour de foire, l'établissement était bondé. En plus des commerçants locaux, des marchands venus de Savoie, de Bourgogne et du Piémont avaient installé leurs échoppes sur la place publique et dans les rues avoisinantes.

Le serveur leur apporta une bière et exigea deux batz. Aaron, qui avait touché une bonne paie, sortit de sa poche une pièce de quarante batz et la lança sur la table. Elle tournoya sur elle-même et s'abattit du côté pile, frappée d'un guerrier tenant une hallebarde à la main. Le serveur le toisa, prit la pièce et lui rendit la monnaie.

La bière coûtait plus cher que le vin, mais Aaron avait toutes les raisons de se montrer généreux. Depuis son arrivée à la mine six mois plus tôt, il s'était lié d'amitié avec Ferdinand qui l'invitait à passer les dimanches à Grion. Bien que ce fût son seul jour de repos, Aaron aimait aider son ami à la ferme. Mais ce dimanche était spécial. D'abord promu sous-conducteur, comme Ferdinand, Aaron avait été convoqué la veille dans le bureau du directeur qui lui avait annoncé qu'il seconderait Charles Kalbfuss, le géologue.

Avant qu'Aaron arrive à Bex, les ouvriers avaient creusé la salle de Bon Espoir, point de départ de l'exploitation Saint-Louis.

Jean de Charpentier espérait y trouver de la roche salifère en suffisance pour compenser la diminution des sources d'eau salée. La survie de la saline en dépendait. Jusqu'alors, ils avaient joué de malchance.

Aaron s'était autorisé à en parler avec Charles Kalbfuss qui risquait, malgré l'influence notable qu'il exerçait dans la région, de perdre son travail s'il ne découvrait pas rapidement un nouveau gisement. Kalbfuss avait ordonné aux mineurs de continuer à forer en profondeur, cependant qu'Aaron avait constaté que l'eau qui traversait la strate rocheuse au-dessus d'eux était salée. Il avait alors proposé au géologue de creuser vers le haut. Quelques semaines plus tard, ils tombèrent sur un énorme gisement de roche salifère.

Le jour même de la découverte, ils étaient allés tous les deux chez le directeur pour lui annoncer la bonne nouvelle. Mais un nouveau problème se posa d'emblée : comment extraire toute cette masse rocheuse et la charrier hors de la mine ?

Aaron leur avait suggéré la méthode du lessivage. Le principe était simple : dissoudre le sel de la roche avec de l'eau et en augmenter la salinité. Dans les temps qui suivirent, ils creusèrent des réservoirs à l'intérieur de la mine, puis commencèrent à abattre la roche salée et à la transporter dans ces dessaloirs excavés dans l'anhydrite, une espèce minérale perméable. Il ne restait plus qu'à alimenter les réservoirs en eau de source. La saumure était ensuite acheminée par les tuyaux de mélèze vers la saline des Dévens. Grâce à cette méthode, le volume d'eau à évaporer et la quantité de bois nécessaire pour la cuite furent fortement réduits.

Les bâtiments de graduation devinrent obsolètes et le travail du gradueur Samuel Ansermet aussi, par la force des choses. Cependant, pour exploiter l'important massif salifère découvert par Aaron, de nombreux mineurs furent engagés. La production augmenta considérablement. Le roc salé pouvait contenir jusqu'à trente-sept quintaux de sel à la toise cube*. Jean de Charpentier était ravi.

---

* La toise cube équivaut à 7,4 mètres cubes.

Ferdinand leva son verre à la santé de son ami.

— Tu as accompli du bon boulot, mon cher ! Mais tu sais qu'Ansermet a perdu son travail de gradueur. Et il y tenait pardessus tout. Charpentier l'a renvoyé dans les mines à ta place comme simple mineur.

— Il est tout de même sous-conducteur.

— Peut-être, mais le directeur a gentiment offert ton ancien emploi à Ansermet et lui a demandé de te laisser la maison aux Dévens. Ansermet est fou de rage. Je l'ai entendu te traiter de « sale juif ».

— Je n'y peux rien. C'est Charpentier qui en a décidé ainsi. Et puis, la proposition du « sale juif » a permis de trouver le bon filon, non ?

— Je sais, mais méfie-toi. Ansermet a mauvais caractère. Et il est rancunier !

28

4 heures et 22 minutes
après le début de la prise d'otages

Andreas s'isola quelques instants sur la terrasse derrière l'auberge et en profita pour répondre aux messages de sa mère qui s'inquiétait pour son petit-fils. Il préféra ne pas l'appeler, de peur qu'elle détecte la même inquiétude dans le ton de sa voix.

Les appels répétés de Bakary restaient sans réponse, empêchant toute possibilité d'avancer dans les pourparlers. Charlot n'avait vraisemblablement pas l'intention de communiquer avec le négociateur avant l'heure de l'ultimatum. Andreas se rappela soudain que Charlot semblait savoir pertinemment que l'État n'accéderait pas à sa requête. Peut-être n'était-ce qu'un subterfuge afin d'occuper les forces de police en attendant. Mais en attendant quoi ?

La situation de crise était gérée par les négociateurs et le DARD. Il espérait que ceux-ci parviendraient à faire sortir les élèves de la mine rapidement et sans dommage collatéral. Pour cela, lui-même devait maintenant leur fournir un maximum d'informations pour les aider dans leur tâche. L'identification de Charlot était primordiale.

Andreas s'alluma un cigare. Un module trapu à la cape lisse et grasse. Depuis que son marchand habituel lui avait conseillé le 5.60 – *the five.sixty* – de la marque *El Sueño*[*], c'était devenu sa vitole fétiche. Il aspira la fumée onctueuse et parfaitement équilibrée, tâchant de savourer l'arôme boisé et les notes poivrées qui s'en dégageaient. En temps normal, fumer lui procurait un sentiment de calme et lui permettait de mieux réfléchir. Il tira une nouvelle bouffée. Rien n'y fit. Son rythme cardiaque trahissait une intense nervosité. Incapable de l'apprécier, il posa son cigare dans le cendrier et regarda à nouveau la communication de Charlot sur Facebook. Il relut attentivement le texte qu'il avait affiché à l'écran et s'attarda sur la fin : « Aujourd'hui, je m'élève contre toute forme d'injustice, de discrimination et d'intolérance. Aujourd'hui, je vous exhorte à combattre ces crimes contre l'humanité. Que chacun de vous lutte dans la mesure de ses moyens. »

De quoi Charlot cherchait-il à se venger ? La révélation sur l'identité du groupe qui se réunissait dans la mine apportait un nouvel éclairage sur ses messages. À n'en pas douter, il se voyait comme un redresseur de torts. Les six militants d'extrême droite du Bloc identitaire suisse constituaient une cible de choix, des otages haïssables, qu'il pouvait éliminer sans le moindre scrupule.

Le Bloc s'érigeait contre la société démocratique et pluraliste, bafouait la notion d'égalité entre les êtres humains. Leurs ennemis potentiels étaient aussi nombreux que les groupes qu'ils stigmatisaient : partisans de la mondialisation, personnes LGBT, musulmans, Juifs, féministes...

Si Charlot avait été victime d'un mouvement extrémiste, sa motivation semblait dépasser la simple vengeance personnelle. Peut-être cherchait-il également à venger les cibles désignées par ces mouvements d'extrême droite. Son objectif était sans doute d'obtenir une audience auprès de la population, de délivrer un message. Par la même occasion, il en profitait pour punir ceux qu'il jugeait coupables, afin de les montrer en exemples aux yeux du monde.

---

[*] Le Rêve.

Andreas avait le très net sentiment que Charlot n'était pas un criminel au comportement foncièrement amoral. Lui-même était certainement plus proche de ses valeurs que de celles du groupuscule qu'il gardait captif. Un coup d'œil à leur site Internet et la lecture de quelques commentaires sur leur page Facebook avaient suffi pour le convaincre, s'il le fallait encore, que leur propagande était un tissu de mensonges haineux.

Christophe rejoignit Andreas et posa une photo devant lui.

— Voilà à quoi Charlot pourrait ressembler.

À partir d'une copie d'écran, Christophe avait réussi à remplacer son maquillage blanc par la couleur de la peau et à gommer sa moustache et son chapeau. L'ébauche d'un visage, sans le crâne et sans chevelure, fixait déjà Andreas.

— Je pense qu'il doit avoir entre cinquante et soixante ans, pour prendre une fourchette large.

— Tu as pu le passer dans le programme de reconnaissance faciale ?

— Oui. J'ai tenté. Mais sans résultat. L'ordinateur n'a trouvé aucune correspondance. Non seulement la photo est une capture d'écran de médiocre qualité, mais en plus je l'ai bidouillée. À mon sens, on devrait diffuser le portrait sur les réseaux sociaux de la police.

— C'est trop risqué pour le moment, Charlot l'apprendra. Et Dieu sait comment il pourrait réagir. Il n'est d'ailleurs pas impossible que quelqu'un le reconnaisse sur sa vidéo Facebook et nous contacte. Mais pas question d'attendre. Je suggère qu'on travaille de manière ciblée pour tenter de l'identifier. Vu les démonstrations qu'il nous a faites, Charlot ne semble pas être un mime néophyte. Il faudrait montrer ce portrait, même imparfait, à des metteurs en scène, à des acteurs, des écoles de théâtre. Aller dans les rues à la rencontre d'autres mimes. Peut-être que quelqu'un le reconnaîtrait.

— Je vais contacter en urgence la Blécherette pour qu'ils mettent des inspecteurs sur le coup.

Andreas se connecta à Play RTS sur son portable pour regarder les nouvelles qu'il n'avait pas pu voir en direct.

Après le générique, la présentatrice apparut à l'écran.

— Bonjour à toutes et à tous. Merci d'être avec nous pour ce 12h45. Tout le pays a les yeux rivés sur le Chablais où une prise d'otages se déroule en ce moment même au sein de la mine, en plein site touristique. Nous nous rendons sans plus tarder auprès de notre envoyée spéciale aux Mines de sel de Bex. Que pouvez-vous nous dire à ce stade?

La jeune correspondante se tenait devant une banderole «Police – zone interdite».

— Un ou plusieurs ravisseurs se sont en effet retranchés dans la partie touristique, à plus de mille six cents mètres au cœur de la montagne. Une trentaine de personnes seraient retenues captives. Parmi elles, une classe de l'école d'Aigle. Des élèves de treize à quatorze ans.

— Savons-nous quelles sont leurs intentions?

— Un homme grimé en Charlot qui s'est exprimé en direct sur les réseaux sociaux dit vouloir combattre toutes les formes d'injustice et invite tout le monde à en faire autant. Selon nos sources, il aurait exigé une rançon de dix millions de francs.

— Il semble qu'une vive effervescence règne aux alentours de la mine?

— Dans la zone de crise délimitée et surveillée que vous voyez derrière moi, les forces de l'ordre ont déployé de nombreuses unités qui s'affairent pour gérer cette délicate situation. Les parents d'élèves affolés, d'abord réunis à la hauteur du barrage dressé par la gendarmerie, ont été pris en charge par la police. D'après ce que nous savons, l'un des élèves pourrait être le neveu d'un inspecteur chargé de l'enquête…

De rage, Andreas abattit son poing sur la table.

29

4 heures et 41 minutes
après le début de la prise d'otages

Après la retransmission du téléjournal, Andreas avait reçu un appel de Jessica. Frédéric, le père de Valentine, était prêt à payer la rançon, mais préférait s'adresser à Andreas de crainte que sa décision ne s'ébruite. Les deux hommes s'étaient rencontrés maintes fois lors des matchs du FC Aigle où Adam et le frère de Valentine jouaient ensemble.

Andreas lui avait immédiatement proposé de venir au Bouillet. L'opportunité était inespérée, cependant Andreas s'était abstenu de lui avouer qu'Adam et Valentine s'étaient cachés au moment de la prise d'otages et qu'il avait perdu leur trace.

Il avait ensuite rejoint Viviane dans le fourgon. Le versement de la rançon avait donné lieu à une vive discussion par conférence téléphonique avec le commandant Verdon. Andreas avait réussi à les convaincre : mieux valait encadrer la transaction souhaitée par le père de Valentine que de le laisser se risquer à entreprendre des démarches à leur insu. Répondre à la requête de Charlot leur permettait de faire libérer les enfants et de gagner du temps.

De retour à l'auberge au Poste de commandement judiciaire, Andreas fut informé de l'arrivée de Frédéric. Après s'être présenté aux gendarmes aux Dévens, là où avait été déplacé le barrage de police, il avait été emmené dans une des navettes de la Protection civile qui assurait le transport entre la zone de bouclage et le lieu de rassemblement des parents.

Andreas alla à sa rencontre et le fit monter à l'étage pour s'entretenir au calme avec lui.

— Tu es toujours d'accord pour payer la rançon?

— Regarde ce qu'ils m'ont envoyé! Ça répondra à ta question.

Frédéric lui montra une image: Valentine, agenouillée, les yeux recouverts d'un bandeau, un fusil d'assaut pointé contre sa tempe.

Si les ravisseurs avaient mis la main sur Valentine, Adam se trouvait fatalement parmi les otages, songea Andreas.

— Si tu me dis que vous n'avez pas de scénario alternatif, je le fais sans hésitation. Je veux que ma fille sorte de là! Et Adam! Et les autres gamins, aussi.

— Cela nous permettrait de négocier la libération des élèves et de gagner du temps.

Une rage soudaine s'empara d'Andreas. Contre ce Charlot... qui instrumentalisait des enfants au nom d'un prétendu combat contre l'injustice.

— Comment as-tu reçu cette photo?

— Par WhatsApp, envoyé depuis le portable de Valentine.

Sachant que la police n'accéderait pas à leur requête, les preneurs d'otages lui avaient adressé la même demande de rançon. Frédéric savait donc ce qu'on attendait de lui.

Ingénieur, le père de Valentine avait vendu son entreprise de biotechnologie deux ans auparavant pour une somme dépassant les deux cents millions de francs. De toute évidence, les ravisseurs le savaient. La présence de Valentine parmi les otages n'était pas un hasard. Faire pression sur son père était leur seul moyen d'obtenir l'argent de la rançon. Restait à découvrir comment ils s'y étaient pris pour que cette classe, celle-ci précisément et pas une autre, planifie son excursion dans la mine le jour même où le Bloc identitaire suisse y tenait une séance. Il ne pouvait s'agir d'une simple coïncidence.

Andreas regarda le père de Valentine dans les yeux.

— Dans quel délai peux-tu réunir cette somme?

— J'ai pris les devants et averti mon banquier. Tout est en ordre. Ils ont fait appel à leur société de transport de fonds. Un fourgon blindé devrait déjà être arrivé au siège de la banque à Lausanne.

— Et pour les bitcoins ?

— Si tu me donnes accès à un ordinateur, je peux les acheter immédiatement.

— Il faut les charger sur une clé USB spécifiquement faite pour cela, non ?

— Aucun problème. J'en ai pris une avec moi. On pourra y transférer la somme qu'ils demandent.

Andreas raccompagna Frédéric à la cellule de soutien où les autres parents attendaient la libération de leurs enfants. Ils se donnèrent une vigoureuse poignée de main.

— Andreas ! Ne vous plantez pas !

30

5 heures et 12 minutes
après le début de la prise d'otages

Andreas rejoignit le fourgon de commandement et s'assit sur la banquette à côté de Viviane et de Barbara, de la Fedpol. En face, l'adjudant Beaumont, chef du DARD, et Chantal, la représentante des négociateurs, patientaient fébrilement.

L'un des écrans installés dans le véhicule diffuserait à nouveau en direct les pourparlers entre Bakary et Charlot. Viviane semblait tendue. Le poids sur ses épaules était considérable. Contrairement à Bakary, elle n'était pas directement confrontée à Charlot, mais les décisions lui revenaient. C'était une partie d'échecs.

Passionnée de jeux de stratégie, elle avait participé à des tournois dans sa jeunesse. Rompue aux subtilités du jeu, elle savait deviner les intentions de son rival et définir ses manœuvres pour affaiblir la position de son adversaire et prendre le dessus.

Dans la partie qui se jouait maintenant entre Charlot et elle, certaines pièces manquaient à l'échiquier. Avancer sans pouvoir distinguer la nature des menaces qui pesaient sur elle relevait d'une véritable gageure. Parmi ses propres pions figuraient Bakary, Andreas, Beaumont... mais en face, pour le moment, seul Charlot s'était fait connaître.

— Le fourgon vient de passer à la hauteur de Chexbres, annonça Maxime.

Sur son ordinateur, Maxime pouvait suivre la position du véhicule blindé, escorté par deux patrouilles de la gendarmerie, qui transportait les billets de banque d'un montant de cinq millions de francs.

— Parfait. S'il n'y a pas d'embouteillage sur la route, il sera là à temps, estima Chantal.

— C'est étonnant qu'ils veuillent que la rançon leur soit apportée à l'intérieur de la mine. Ils vont se retrouver coincés avec leur magot. On les cueillera de toute façon à un moment ou un autre, jugea Beaumont.

— C'est bien ce qui m'inquiète, répondit Andreas.

— Quoi donc ?

Perplexe, Andreas se massa le front, comme pour faire jaillir une nouvelle idée.

— L'argent comptant, dit Viviane, ils devront le ressortir physiquement de la mine, à moins qu'ils ne le cachent quelque part. Mais les bitcoins, ils pourraient déjà les transférer sur une autre adresse à partir de la clé USB qu'ils vont recevoir, grâce à la connexion Internet dont ils disposent, non ?

— Ce n'est pas si évident, dit Andreas. Toutes les opérations sont enregistrées sur une *blockchain*...

— C'est quoi une *blockchain ?* l'interrompit-elle.

— Une technologie de stockage et de vérification de données. Je ne fais que répéter ce que Christophe m'a expliqué. Ça peut paraître complexe, mais en fait c'est simple. Charlot pourrait transférer les bitcoins de l'adresse que le père de Valentine a utilisée sur une autre adresse de portefeuille de monnaie virtuelle. La transaction sera répertoriée, mais sans aucune identité révélée. Il peut donc récupérer toute la somme *incognito*, mais toujours sous forme de cryptomonnaie. S'il souhaite transformer les bitcoins en liquidités, il devra passer par une bourse d'échange. Cela pose toutefois le problème de l'anonymat, car ce processus exige une identification formelle, quel que soit le montant. Pour éviter de devoir fournir ses données personnelles, Charlot sera forcé de solliciter le concours d'une mule, comme pour le blanchiment traditionnel. Le risque pour les preneurs d'otages serait que nos experts détectent cette transaction et trouvent l'identité du détenteur, qu'il s'agisse de Charlot ou de la mule.

— Est-ce qu'ils peuvent utiliser cette monnaie cryptée comme simple moyen de paiement?

— Oui. Des distributeurs de billets spécifiques permettent de retirer de l'argent liquide à partir de comptes bitcoins. Certains de ces bancomats acceptent la transaction sans identification, mais sous une certaine limite, souvent cinq mille francs. Et ces appareils sont toujours vidéosurveillés. Se rendre à ces machines sans se faire repérer par une caméra ne pourra donc, à nouveau, se faire que par l'entremise d'une mule. Transférer des bitcoins sur une carte de débit est également envisageable. Mais là, ce n'est pas anonyme et le montant est limité.

— Donc, ce ne sera pas simple pour eux de blanchir cet argent, mais pas impossible. Et...

— Taisez-vous! dit soudain Maxime, qui écoutait en continu la retransmission du mouchard d'Elias Fischer, l'agent infiltré.

Sur un des écrans, le spectrogramme commençait à s'affoler. Maxime augmenta le volume. Ils tendirent l'oreille aux chuchotements des membres du Bloc identitaire suisse.

— On ne va pas rester comme ça à ne rien faire.

— Dieu sait qui sera le prochain d'entre nous.

— Il nous veut quoi, ce gros con? demanda une voix féminine.

— Qu'est-ce que tu veux que j'en sache!

— Il faudrait qu'on tente de le maîtriser au moment où il entre dans la pièce.

— Ouais, on pourrait se cacher contre la paroi, à côté de la porte, quand on l'entend monter l'escalier.

— Tu oublies la webcam.

— Et que mon gilet est bourré d'explosifs...

— Vous avez raison. C'est trop risqué.

— Fait chier! On n'est pas dans la merde..., conclut la voix féminine.

Soudain, les otages se turent. Des pas retentirent, une porte grinça puis une voix grave brisa le silence.

— Je dois faire mon choix.

Derrière la respiration étouffée d'Elias, des sanglots lointains résonnèrent dans le fourgon.

— Ne vous en faites pas. Il ne va rien vous arriver.

Andreas poussa un soupir de soulagement. Il avait vu juste : ils ne toucheraient pas aux enfants.

— Toi, viens avec moi !

— Pourquoi moi ?

Plus distincte que les autres, la voix semblait provenir de celui qui portait le mouchard.

Barbara serra son poing.

— Merde, c'est Elias.

La voix ironique du ravisseur retentit.

— J'aime bien ta tête et j'ai envie de t'offrir un inoubliable tour en train.

Barbara bondit de la banquette et posa son regard noir sur Viviane.

— Il faut faire quelque chose. Maintenant !

31

5 heures et 19 minutes
après le début de la prise d'otages

Après chaque contact de Bakary avec Charlot, toute l'équipe se réunissait pour débriefer l'échange et déterminer la manière d'aborder la suite. Chacun devait balayer ses préjugés pour éviter de négliger un aspect essentiel. Réfléchir et discuter à plusieurs permettait d'échafauder pas à pas la stratégie de négociation.

Aidé de Chantal et Antonin, Bakary avait tenté de définir un premier profil de Charlot. Pour le moment, il était le seul ravisseur à qui ils avaient eu affaire. Parfaitement organisé, il ne dévierait pas d'un iota du plan qu'il avait établi. Il n'avait pas attendu pour éliminer d'emblée un des otages. Son déguisement, son entêtement à incarner un rôle pouvaient dénoter une tendance mégalomaniaque, ou du moins un désir excessif de puissance et de contrôle. Pour la première fois de sa carrière, Bakary était confronté à une *prise d'otages sacrificielle*, la plus compliquée à résoudre. Les membres du comité d'extrême droite n'étaient peut-être pas des cibles personnellement visées, mais ils étaient porteurs d'une dimension symbolique. Si son pressentiment était juste, Charlot irait jusqu'au bout de ses intentions, quitte à se sacrifier lui-même.

La page web communiquée par Charlot était restée ouverte, ce qui lui permettait d'être accessible à tout moment. Bakary cliqua sur «Démarrer une conversation». Aucune réponse. Il essaya à plusieurs reprises, en vain. À la cinquième tentative, Charlot apparut à l'écran. Il était assis à son habituelle table ronde dans la taverne et regardait fixement l'objectif.

Bakary engagea la discussion sans perdre de temps.

— Charlot, nous allons pouvoir accéder à votre demande. L'argent est prêt. Le fourgon blindé est en route.

Charlot écrivit sur sa tablette:

ET LES BITCOINS?

Bakary prit la clé USB et la lui montra.

— Un *wallet* contenant trois mille neuf cent soixante-huit bitcoins, l'équivalent de cinq millions de francs y est enregistré.

Charlot esquissa un léger sourire de satisfaction.

— Avez-vous réfléchi à notre requête? demanda Bakary.

Charlot saisit son stylet et rédigea trois phrases qu'il fit défiler une à une à l'écran:

OK POUR L'ÉCHANGE!

Bakary avait mis la main dans sa poche et tenait son galet dans sa paume, soulagé.

FRIC + CLÉ USB À LA GARE SAINT-PIERRE
... À 15H00!!!

Bakary acquiesça sans broncher.

L'annonce de l'arrivée de la rançon sur le site du Bouillet à l'heure de l'ultimatum ne lui suffisait pas. Charlot voulait avoir l'argent entre les mains à 15 heures.

Chantal envoya immédiatement un SMS à Viviane et souffla la réponse à Bakary quelques secondes plus tard.

— Il vient de passer à Villeneuve. Selon le GPS, il reste dix-huit minutes.

Bakary effectua mentalement le calcul: pour parcourir le trajet du Bouillet à la gare Saint-Pierre, le train mettait douze minutes.

Pour tenir le timing du preneur d'otages, le convoi ferré devait partir au plus tard à 14h48. Il jeta un coup d'œil à sa montre: 14h24.

Entre-temps, Charlot avait écrit deux autres messages, coup sur coup:

LE CONDUCTEUR VIENDRA CHERCHER L'ARGENT...
... QUAND LE VÉHICULE BLINDÉ SERA SUR PLACE.

À ces nouvelles injonctions, les espoirs de Bakary s'effondrèrent. La surface lisse et douce du galet dans sa main eut de la peine à canaliser son stress. 15 heures... cela ne marcherait pas. Chantal lui souffla de tenter de négocier un délai avec Charlot. Bakary parut hésiter, craignant de braquer son interlocuteur.

Entre-temps, au Poste de commandement d'engagement, tous étaient scotchés à l'écran pour suivre les pourparlers. La tension devenait tangible.

— On ne peut pas juste rester là à attendre qu'un de mes hommes crève sous nos yeux, s'énerva Barbara.

— Laissons nos négociateurs accomplir leur travail. Ils vont parvenir à trouver une solution, tenta de la rassurer Viviane.

— Même s'ils réussissent l'échange, Elias risque d'être la prochaine victime. J'exige une intervention.

— Mes hommes sont prêts! affirma posément l'adjudant Beaumont en se tournant vers la commissaire.

Viviane Bourgeaux, sentant tous les regards posés sur elle, trancha d'une voix ferme:

— Pas tant que les enfants sont à l'intérieur.

Au départ, les négociateurs avaient imaginé demander à Charlot de libérer aussi les enseignantes et les employés, avant de se raviser et de se concentrer avant tout sur les élèves. Trop exiger revenait à hypothéquer leurs chances.

Charlot leur présenta alors trois nouveaux messages:

DÉPOSEZ LES SACS DE BILLETS DANS LE WAGON.

DONNEZ LA CLÉ USB AU CONDUCTEUR.
QUAND J'AURAI TOUT, LES MÔMES SORTIRONT.

Charlot leva les deux bras en montrant ses paumes, tout en inclinant la tête, les yeux écarquillés.

Il voulait savoir si le fourgon était arrivé, songea Bakary. Il jeta un coup d'œil à Chantal qui lui indiqua neuf minutes avec ses mains.

— Dis-le-lui maintenant, lui chuchota-t-elle dans l'oreillette.

Sa cheffe avait raison. Impossible de déformer la vérité sans risquer que la suite des événements tourne à la catastrophe. Bakary scruta le visage impassible de son interlocuteur.

— Charlot, on vient de m'informer que des bouchons retardent le fourgon, mais il sera là dans dix minutes au maximum. Et...

Charlot leur lança un regard réprobateur, puis coupa la connexion sans laisser le temps à Bakary de lui proposer d'envoyer la clé USB en attendant l'argent physique.

Deux gendarmes du DARD étaient postés vers l'entrée de la mine avec une couverture anti-feu. Andreas était à leurs côtés. Maxime, le chef suivi, qui surveillait d'un œil attentif les images de la caméra de la galerie du Bouillet, les avait avertis qu'un nouveau wagon avait quitté la gare Saint-Pierre en roue libre.

Andreas entendit un crissement sur les rails qui résonnait de plus en plus fort, puis un bruit de tôle froissée lorsque le wagonnet s'écrasa contre le fourgon de police disposé en travers de la sortie du tunnel. Un des agents sauta dans le véhicule et, malgré un des côtés complètement défoncé, parvint à le déplacer pour dégager l'accès à la galerie.

Libéré, le wagon se mit doucement en mouvement à cause de la pente. L'un des gendarmes du groupe d'intervention se précipita, fit coulisser la porte et réussit à tirer les câbles du mécanisme juste avant que la lumière du jour n'active le système de mise à feu.

32

6 heures et 38 minutes
après le début de la prise d'otages

Quoique choqué, Elias Fischer était sain et sauf. Un médecin et un psychologue l'avaient pris en charge. Ligoté dans le wagon, ses vêtements imbibés d'essence et recouverts de sel, l'agent avait regardé avec appréhension le témoin lumineux du système de mise à feu clignoter comme une étoile dans la galerie obscure et crut sa fin proche pendant les interminables minutes que dura le supplice.

Au Poste de commandement d'engagement, tout le monde se félicita d'avoir sauvé la vie du policier, mais Andreas restait dubitatif. Le fourgon blindé transportant l'argent était arrivé au Bouillet à 14 h 47. Le wagon avait jailli de la mine à 14 h 59 précises. Sans la traction de la locomotive, le wagon avait sans doute mis un peu plus de temps que les douze minutes habituelles pour dévaler la pente. Quinze minutes, selon le responsable des mineurs. Charlot n'avait ni attendu de savoir si l'argent arriverait réellement dans le temps imparti ni même respecté l'heure de l'ultimatum avant de mettre en mouvement le convoi funèbre.

Charlot aurait dû se douter que la police tenterait tout afin d'éviter d'avoir une nouvelle victime sur les bras et essaierait d'arrêter le wagon avant sa sortie pour empêcher le déclenchement de la cellule photovoltaïque. S'il avait été à sa place, Andreas aurait procédé différemment pour parvenir à ses fins. Mais, il n'était pas Charlot. Et Charlot n'était peut-être pas si malin qu'il l'avait cru. Ou alors... son dessein était qu'Elias demeure en vie. Avait-il simplement cherché à écarter Elias de son champ d'action? Si tel était le cas, Charlot savait donc qu'Elias était un policier infiltré. Tuer un membre du Bloc identitaire suisse était une chose, assassiner un agent fédéral une autre.

La porte du fourgon s'ouvrit et le commandant Verdon monta à bord. Il avait quitté le Poste de commandement des opérations à la Blécherette pour venir sur place en raison de la gravité de la crise.

— Bonjour à tous. En route, j'ai parlé avec le conseiller d'État. Sans surprise, le gouvernement exige une issue rapide à cette situation. Et surtout, sans nouvelle effusion de sang.

Viviane lui jeta un regard désabusé qui ne passa pas inaperçu.

— Je sais, concéda Verdon. Ça ne nous aide pas beaucoup.

Il s'assit sur la banquette à côté d'Andreas et lui donna une tape dans le dos.

— Poursuivez. Viviane reste responsable des opérations. Elle a toute ma confiance pour gérer cette crise.

La commissaire se contenta d'un hochement approbateur.

— Charlot nous berne, dit Chantal. Si nous ne respectons pas ses désirs à la virgule près, il continuera certainement à tuer des innocents.

— C'est une démonstration de force de sa part, ajouta Beaumont. Il ne souhaite pas négocier, il veut juste nous mener par le bout du nez.

Le commandant Verdon fixa Chantal, assise en face de lui.

— Après le cinglant revers subi, devons-nous changer de négociateur?

— Quel revers?

— Une victime se trouve déjà à la morgue, non?

Chantal prit une profonde inspiration.

— Bakary se débrouille très bien, même si la situation est complexe. Nous devons lui laisser le temps d'établir une relation de confiance avec Charlot.

— Ça semble mal parti, répondit Verdon.

33

7 heures et 1 minute
après le début de la prise d'otages

Installé devant son ordinateur, Bakary fixait la carte postale du parc Marakele. Il avait la sensation d'y être, de ressentir la solitude des grands espaces, de voir les vautours se laisser emporter par les thermiques au-dessus des falaises de Kransberg, d'assister au manège incessant des animaux venant se désaltérer aux points d'eau, d'entendre le cri des hyènes après le coucher de soleil...

L'appel entrant le ramena à la réalité.

Lorsque l'image devint visible, un individu vêtu d'une tenue d'assaut sombre était sur le quai de la gare Saint-Pierre. Derrière lui, un wagon attelé à la locomotive jaune avait à son bord plusieurs otages.

L'homme cagoulé fit apparaître une première phrase sur sa tablette:

LE TRAIN PARTIRA DANS 5 MINUTES.

Puis il fit défiler deux messages supplémentaires:

POUR PROUVER MA BONNE FOI...
... TROIS OTAGES VONT ÊTRE LIBÉRÉS.

Une fois de plus, Bakary se trouvait déstabilisé. La manière d'agir de Charlot ne correspondait à aucune des catégories de ravisseurs définies dans le manuel de négociation. Après avoir coupé court aux tractations, bafoué les délais et les conditions qu'il avait lui-même fixés, le voilà qui revenait vers eux, comme pour leur accorder une faveur.

Bakary entrevit les silhouettes assises dans le wagon à travers la vitre. Mais il ne distingua aucun élève.

VOUS METTREZ L'ARGENT DANS LE WAGON...
... ET VOUS DONNEREZ LA CLÉ USB AU CONDUCTEUR.

Le ravisseur paraissait sûr de lui. Bakary ne lui avait pourtant pas confirmé l'arrivée du fourgon.

LE «CONDUCTEUR DU TRAIN» REGAGNERA LA MINE.

Avec ses lettres majuscules entre guillemets, le message était on ne peut plus clair: pas question de remplacer le mécanicien par un policier.

— D'accord, Charlot. C'est bien vous sous cette cagoule?

Charlot fixa l'objectif et leva le pouce de sa main droite tout en hochant la tête.

— J'imagine que vous avez de très bonnes raisons d'agir de la sorte. Je vais entreprendre tout ce qui est en mon pouvoir pour que nous puissions trouver une solution ensemble. Mais pour cela, je vous propose un marché, se risqua Bakary.

Au travers de la cagoule, il vit Charlot battre des paupières.

— Nous mettrons la moitié de la somme dans le train, c'est-à-dire l'argent liquide. Ensuite, vous relâcherez les élèves. Puis vous obtiendrez les bitcoins. C'est du donnant donnant.

Pour que les pourparlers puissent aboutir, Bakary devait se montrer empathique, chercher à gagner la confiance de son interlocuteur, sans pour autant se soumettre. Il espérait avoir vu juste. Conscient que le moindre grain de sable pouvait enrayer la mécanique qu'il tentait de mettre en place, il redoutait un deuxième échec. Charlot était un mime expérimenté et parvenait à dissimuler ses véritables émotions derrière un jeu d'acteur bien rodé. C'était à Bakary de déceler une fissure et de s'y insinuer.

L'homme cagoulé resta figé de longues secondes telle une statue vivante, avant de mouvoir son bras à la manière d'un automate. Son poing était fermé. Il fit un clin d'œil puis leva le pouce.

Bakary inspira.

— Nous avons un accord !

34

7 heures et 18 minutes
après le début de la prise d'otages

Le train émergea du tunnel et s'arrêta sans heurts après le porche d'entrée de la gare. En descendirent trois otages, les deux sauniers et la serveuse. Des policiers les emmenèrent immédiatement à la cellule de soutien psychologique mise en place à l'auberge du Bouillet. Ils les interrogeraient par la suite, espérant obtenir des informations utiles sur la situation au sein de la mine.

Deux agents du DARD déposèrent les valises de transport contenant les billets sur la banquette du wagon, pendant qu'Andreas parlait avec Jeannot, le conducteur de train.

— Combien sont les ravisseurs, selon vous ?

— J'en ai vu deux, mais je ne peux pas vous dire s'il y en a d'autres.

— Vous pouvez me les décrire ?

— Je n'ai pas vu leurs visages. Ils portent toujours une cagoule noire. L'un est assez bien bâti, grand, environ un mètre quatre-vingts. L'autre, plus petit. Celui-là, je ne l'ai vu qu'une seule fois, quand ils nous ont pris en otage et enfermés dans la salle Alexandre-Dumas. Sinon, c'est le plus grand qui est venu chaque fois.

— Y a-t-il autre chose que vous pouvez nous dire à leur sujet ?

— Un détail, oui. Lorsque j'étais assis dans la locomotive, l'un des deux me tournait le dos. Il s'est gratté la nuque en soulevant légèrement sa cagoule. Il porte un tatouage. Je n'en ai vu qu'une partie, une couronne de laurier, il me semble. Avec deux ronds à l'intérieur.

Andreas consigna l'information dans son petit carnet. Il en parlerait à Mikaël tout à l'heure.

— À quel moment vous ont-ils pris en otage?

— Je suis arrivé vers 8 heures à la gare Saint-Pierre avec la classe. Vers 8 h 10, les jeunes sont partis pour la visite, accompagnés par Jacqueline, la guide. Je me suis fait un café et j'ai été fumer une cigarette, juste en dessous de la salle Alexandre-Dumas. C'est à ce moment-là que j'ai entendu des pas et vu les deux hommes débouler. Ils ont pointé leur arme sur moi. Ils avaient déjà attrapé la serveuse qui travaillait à la taverne. Ensuite, ils nous ont fait monter l'escalier qui mène à la salle de conférences. Et c'est là qu'ils ont pris le groupe en otage...

Andreas fixa le conducteur.

— Le ravisseur a exigé que ce soit vous qui retourniez dans la mine. Est-ce que vous vous sentez en état de le faire?

— Je crois que je n'ai pas le choix.

Le calme imperturbable dont faisait preuve Jeannot impressionna Andreas. Aucun signe de nervosité ne transparaissait sur son visage. Mais son apparente absence d'émotion cachait sans doute une grande inquiétude.

Andreas lui mit la main sur l'épaule.

— Ça va aller, vous êtes sûr?

Il regarda Andreas droit dans les yeux.

— J'ai peur. Mais je veux faire mon possible pour aider ces enfants.

— Merci, Jeannot. Je doute qu'il s'en prenne à vous. Il a besoin de vous pour conduire le train.

— Je l'espère.

35

7 heures et 33 minutes
après le début de la prise d'otages

Confortablement installé dans le fauteuil du salon de leur chalet à Gryon, Mikaël buvait un thé, son ordinateur sur les genoux. Minus, leur saint-bernard, dormait sur la peau de mouton devant la cheminée, la tête posée par terre, les babines affalées entre ses deux grosses pattes. Et Lillan, la petite chatte noire aux pattes blanches, ronronnait sur le canapé à côté de Mélissa, la sœur aînée d'Adam. Sur la table basse, elle avait trouvé le dernier numéro du magazine *Géo* consacré à la Laponie et le feuilletait distraitement.

Dans la cuisine ouverte sur le salon, Jessica préparait de quoi grignoter. Personne n'avait mangé de la journée. Après la nouvelle de la prise d'otages, paniquée, Jessica s'était rendue au Bouillet pour parler à son frère qui lui avait immédiatement suggéré de rejoindre Mikaël à Gryon avec Mélissa afin de ne pas rester seule.

Mikaël effectuait des recherches pour déterminer l'identité du fameux Charlot. Face au peu d'informations en sa possession, il visionna à nouveau les deux vidéos réalisées par les ravisseurs. Chacune était une mise en scène comme s'il s'agissait du tournage d'une production cinématographique. Sur les deux claps, les titres des films de Charlie Chaplin étaient accompagnés d'une locution latine.

Mikaël avait noté ces éléments dans son carnet :

CHARLOT DÉBUTE – AMICITIA PACTUM SALIS
LE DICTATEUR – CUM GRANO SALIS

Le lien entre le titre et la locution latine lui permettrait de comprendre le sens dissimulé derrière toute cette mise en scène.

Charlot débute racontait l'histoire d'un homme se présentant à une audition pour devenir acteur. Après avoir tenté désespérément et par tous les moyens d'entrer dans le bureau du producteur, Charlot perturbe le tournage d'un film et se retrouve finalement engagé comme accessoiriste. Lorsqu'un comédien est renvoyé, Charlot tient la chance de sa vie. Mais ses maladresses sèment le chaos et il finit par quitter le plateau, non sans avoir assommé le producteur avant son départ.

Mikaël songea que le Charlot des mines s'imaginait peut-être, lui aussi, se lancer dans une carrière, mais autre que cinématographique. Tournerait-elle aussi court que dans le film ? Le preneur d'otages semblait ne pas manquer d'humour.

La locution latine évoquait un *pacte entre amis*. Cela lui fit penser au rite sémite du pain et du sel. Dans la culture de l'Orient, partager et manger le pain ensemble avait valeur de lien fraternel. Partager le sel revenait à sceller un pacte, celui de la fidélité entre amis.

À sa sortie de la mine, l'inspecteur infiltré était couvert de sel et Andreas avait cru déceler une substance blanchâtre sur le corps avant qu'il ne s'embrase. Le sel était à n'en point douter au cœur de cette histoire.

Sa formation théologique et sa culture chrétienne lui étaient décidément toujours très utiles. Mikaël se leva, saisit une bible dans sa bibliothèque et commença à la feuilleter. Rapidement, il tomba sur le verset qu'il cherchait : « Sur toute offrande que tu présenteras, tu mettras du sel ; tu n'omettras jamais le sel de l'alliance de ton Dieu sur ton offrande ; avec chacun de tes présents, tu présenteras du sel[*]. »

---

[*] Lévitique 2, 13.

Ce verset du Lévitique évoquait l'alliance inaliénable entre Dieu et l'homme, l'alliance du sel. Dans le *Midrash*, un recueil de textes anciens qui commentaient la Bible, il était expliqué que, lors de la création du monde, Dieu sépara les eaux supérieures des eaux inférieures. Ces dernières pleurèrent, car elles furent éloignées de Dieu. Pour les apaiser, Dieu contracta une alliance : l'homme s'attacherait à prélever le sel des eaux pour saler ses sacrifices et redonner au monde son état originel, avant que le péché ne le corrompe.

La victime, recouverte de sel et brûlée dans le wagon, tenait donc lieu d'offrande expiatoire, comme les *korban olah*[*] de l'Ancien Testament, ces animaux mâles choisis parmi le petit ou le gros bétail et brûlés pour apaiser la colère de Dieu et se purifier de ses fautes.

Difficile de savoir quelles offenses Charlot espérait réparer par ce sacrifice. Ses propres errements ou alors ceux des membres du Bloc identitaire suisse ? Peut-être s'imaginait-il redresser les péchés de l'humanité tout entière ?

Son message était clair : Charlot estimait que le monde tournait mal. En s'exprimant sur Facebook, il avait commencé en lisant un passage de l'Évangile de Marc : « Car chacun sera salé au feu. C'est une bonne chose que le sel. Mais si le sel perd son goût, avec quoi le lui rendrez-vous ? Ayez du sel en vous-mêmes et soyez en paix les uns avec les autres. »

Pour énigmatique qu'il fût, le choix de ce verset n'était pas un hasard. Charlot y trouvait une justification à ses actes : les mouvances d'extrême droite devaient expier leurs fautes par le feu purificateur, sans quoi aucune paix entre les hommes n'était possible. Charlot enjoignait à chacun d'agir pour un monde meilleur et de lutter contre ce qu'il considérait comme un crime contre l'humanité.

Mikaël s'attarda sur le deuxième enregistrement audiovisuel où Charlot, déguisé en dictateur, avait exhibé une phrase différente des autres : « Nous devons préserver l'existence de notre peuple et l'avenir des enfants blancs ! »

---

[*] Offrande brûlée.

Il entra la citation dans la barre de recherche et trouva immédiatement la réponse. Ces mots étaient attribués à David Lane, un écrivain américain convaincu de la suprématie de la race blanche. D'abord passé par le Ku Klux Klan, Lane avait fondé le groupe de terroristes néonazis The Order, avec pour objectif de renverser le gouvernement américain, contrôlé, selon eux, par des Juifs éminents. Arrêté en 1987 pour le meurtre d'un avocat juif, condamné à cent cinquante ans de prison, c'est en cellule qu'il coucha son idéologie nationaliste sur papier et inventa ce slogan nommé *Fourteen Words**.

Charlot n'adhérait pas aux thèses de Lane, c'était certain. La locution latine *cum grano salis*, qui se traduisait par «avec un grain de sel», semblait en effet suggérer que cette mise en scène avec le dictateur devait être prise avec un peu de recul. En donnant à lire cette devise suprémaciste, Charlot cherchait avant tout à pointer du doigt ses otages cibles, ceux qu'il haïssait sans doute plus que tout.

Mikaël sortit prendre l'air sur la terrasse en compagnie de Minus, lorsqu'il reçut un SMS d'Andreas. Il revint s'asseoir et pianota sur son ordinateur.

Le conducteur de train avait entraperçu un tatouage sur la nuque du ravisseur. Deux cercles entourés d'une couronne de laurier. Mikaël lança une recherche et fit défiler les images sur son écran. Parmi les dizaines de photos anodines, le portrait d'un skinhead au front tatoué de quatre chiffres noirs retint son attention. 1488. Les deux ronds identifiés par le conducteur correspondaient sans doute aux boucles inférieures des deux chiffres 8, signe de reconnaissance néonazi renvoyant au salut hitlérien. Le 8 représentait la huitième lettre de l'alphabet. Deux fois «H»: «*Heil Hitler*»! Certains ajoutaient un 14 devant le nombre 88, en référence aux *quatorze mots* de David Lane.

---

* Les «quatorze mots» en anglais: «*We must secure the existence of our people and a future for white children.*»

36

7 heures et 53 minutes
après le début de la prise d'otages

Andreas raccrocha le téléphone. Grâce à Mikaël, il était parvenu à décrypter les messages de Charlot en peu de temps. Son information s'avérait cruciale : si l'un des preneurs d'otages portait un tatouage néonazi, il s'agissait sans doute d'un extrémiste repenti.

Barbara et Elias qui surveillaient de près ces milieux pourraient certainement l'aider à retrouver sa piste. Alors qu'il s'apprêtait à les rejoindre, Christophe déboula.

— J'avais raison !

— Quoi ?

— J'ai trouvé la taupe !

Jusqu'à ce moment, ils n'avaient pas encore mis de mots sur leurs soupçons. Charlot semblait trop bien informé de ce qui se passait en dehors de la mine.

— Qui est-ce ? demanda Andreas.

— Pas qui, mais quoi... Je te la fais courte. Le site web utilisé par Charlot pour communiquer avec les négociateurs a été programmé de manière à ce qu'il puisse entendre continuellement tout ce qui se dit autour de l'ordinateur dans les locaux de la cellule de négociation. En gros, c'est en lien avec le JavaScript employé en arrière-plan.

— Tu plaisantes ?

— Même quand Charlot n'est pas en ligne, le flux audio reste actif et il peut écouter ce qui se passe de l'autre côté.

— C'est décidément un petit malin, ce Charlot. Comment tu as découvert ça ?

— J'ai contacté Nathan, un des informaticiens à la Blécherette, afin qu'il lance une analyse de la connexion Internet à l'intérieur de la mine. L'un des *sniffers** a détecté un flux UDP. Notre collègue a mis le temps, mais il a fini par découvrir que ce flux a été délibérément dérouté directement sur le serveur de Charlot, sans passer par le centre de la Blécherette, comme tout le reste de la communication réseau du portable des négociateurs, que Nathan surveille depuis le début des opérations. En examinant la provenance au moyen de la signature matérielle, il a constaté que le micro du *laptop* était actif sans que personne s'en rende compte.

— Bon, je ne comprends pas tout à ton histoire, mais en gros, Charlot a trouvé un moyen d'écouter ce qui se raconte au sein de la cellule de négociation. Et on vient juste de s'en rendre compte ?

— C'est ça. Des données de type média quittent le microphone du portable de Bakary en direction du serveur hébergeant le site web de Charlot.

— Le matériel n'est pas sécurisé ?

— Si. Lorsque les spécialistes de la police mettent des appareils techniques ou informatiques à disposition des enquêteurs, ils suivent un protocole très strict afin d'assurer le bon fonctionnement de l'équipement sur place. C'est ce qui a été fait. Le système d'exploitation a été préparé pour éviter toute tentative de piratage.

— Et pourtant il a réussi à le déjouer. Charlot doit être un as de l'informatique pour réaliser une telle programmation.

— Lui, ou un de ses complices. Pour y parvenir, je ne vois qu'un *hacker* expérimenté. Par contre, pour le saboter, il a forcément dû avoir le *laptop* entre les mains pour modifier le système d'exploitation.

— Tu en es sûr ?

---

* Un *sniffer* – renifleur réseau – est un logiciel capable d'intercepter et d'enregistrer le trafic d'un réseau. Le *sniffer* capte chacun des paquets de données qui transitent par le réseau et analyse son contenu.

— Je n'en mettrais pas ma main au feu. Mais à mon sens, c'est la seule manière plausible de dérouter le flux vers le serveur de Charlot sans que les informaticiens de la police le remarquent.

Andreas dévisagea Christophe.

— Ça soulève une question embarrassante.

— Qui a eu accès au portable de Bakary ? interrogea Christophe.

— Est-ce que ça a pu être fait ce matin même ?

— Je ne pense pas. Cela ne se fait pas en quelques minutes.

— En combien de temps ?

— Une heure, voire un peu plus.

— Qui a pu accéder à son ordi ? insista Andreas.

Christophe regarda dans le vague avant de fixer Andreas d'un air circonspect.

— C'est le portable personnel de Bakary. La police le lui met à disposition. Donc, les informaticiens de la Blécherette en assurent la maintenance...

Christophe songea subitement à son collègue Nathan avant de terminer sa phrase :

— ... et bien sûr Bakary !

— Tu ne crois quand même pas...

— Je ne vois pas vraiment d'alternatives...

— Il faut que j'aille lui parler.

Andreas resta silencieux un bref instant.

— Et maintenant, interrogea-t-il, qu'est-ce qu'on fait avec cet ordinateur piraté ?

— Depuis le début, les opérateurs spécialisés de la Blécherette contrôlent le flux des données en provenance du portable des négociateurs, comme cela est prévu dans le protocole de la police. Jusqu'à ma demande, ils n'ont pas imaginé un instant que des informations pouvaient leur échapper. Cependant, après avoir constaté la faille, les informaticiens surveillent désormais aussi le flux média directement envoyé sur le serveur de Charlot. Et une vérification complète de l'intégrité de l'ordinateur a été effectuée. On sait à présent que le système d'exploitation du *laptop* utilisé ne pourra pas être piraté davantage.

— Et comment peut-on les empêcher d'entendre tout ce qui se passe ?

— Je dois rapidement trouver un moyen pour désactiver la fonction d'écoute. Dans les faits, je pourrais envoyer une terminaison de connexion, mais cela impliquerait que plus rien ne passe. Le site web deviendrait inutilisable et toute tentative de contact de la part de Charlot n'atteindrait plus le portable de Bakary. À partir de ce moment-là, ils devront choisir un autre canal de communication. Et Charlot sera évidemment conscient d'avoir été bloqué, ça ne peut pas se faire à son insu.

— Est-ce qu'on peut utiliser un autre moyen pour parler avec lui ? Skype par exemple ?

— Même dans ce cas, un risque persiste : que le processus activé par Charlot se relance automatiquement en arrière-plan. C'est pour cette raison que l'opérateur de la police surveillera tout cela en continu. Le mieux, c'est d'éviter l'ordinateur et de se servir d'un téléphone portable.

— Pas idéal. Essaie de voir ce que tu peux faire. On pourra ensuite discuter des options envisageables avec Viviane.

— En attendant, j'ai suggéré à l'équipe de négociation de continuer comme si de rien n'était. Et surtout de quitter impérativement la pièce s'ils doivent s'entretenir de sujets que Charlot ne doit en aucun cas entendre.

Andreas réfléchit à ce que Christophe venait de lui dire.

— Pour le moment, Charlot ne sait pas que nous savons...

— Exact.

37

8 heures et 15 minutes
après le début de la prise d'otages

Andreas faisait les cent pas devant l'entrée de la galerie. Il tentait de juguler son impatience. Le train conduit par Jeannot avait disparu à l'intérieur de la mine depuis bientôt trois quarts d'heure. Il priait pour un retour sans heurts des élèves. Surtout celui d'Adam. Andreas n'avait pas averti Jessica de la libération des enfants. Il l'appellerait lorsque Adam serait auprès de lui.

En levant la tête, il remarqua une petite webcam accrochée à un arbre dans la forêt qui surplombait le tunnel. Il alla dans le bureau des mineurs et interrogea Sylvain, le responsable, qui surveillait les écrans de contrôle de l'exploitation. Il devait s'assurer qu'en plus de la prise d'otages aucune autre catastrophe, comme une inondation dans une galerie, ne se produise. Le mineur accompagna Andreas et lui confirma que la caméra ne faisait pas partie de leur système de sécurité. Charlot avait donc pu voir ce qui se déroulait à l'extérieur de la mine à leur insu.

Andreas escalada le talus en évitant d'entrer dans le champ de vision de la caméra et suivit le câble électrique auquel elle était raccordée jusqu'à un boîtier de distribution, situé en contrebas. Il appela Viviane pour l'aviser de sa découverte. Tous deux décidèrent d'ignorer la caméra pour le moment, afin de ne pas attirer inutilement l'attention de Charlot. Andreas rejoignit l'entrée de la mine quand le phare de la locomotive perça du fond de la galerie.

Deux minutes plus tard, la motrice jaune conduite par Jeannot et les deux wagons remplis d'élèves émergèrent du tunnel. Soulagé, Andreas observa les écoliers descendre du train et être immédiatement pris en charge par des policiers. En voyant Valentine sans son inséparable ami, son cœur se mit soudain à battre à tout rompre. Il parcourut la foule d'élèves du regard, cherchant la casquette blanche avec un motif de chamois dont son neveu ne se séparait jamais. Enfin, il l'aperçut de dos, un peu plus loin. Andreas s'approcha de lui, mit la main sur son épaule et s'apprêtait à le serrer dans ses bras. Le garçon se retourna. Ce n'était pas Adam.

38

8 heures et 21 minutes
après le début de la prise d'otages

Depuis la taverne du Dessaloir, Charlot vérifia les images de la webcam fixée à la sortie de la mine. Il visionna l'enregistrement des deux dernières heures en avance rapide pour ne pas passer à côté d'un détail important. Il vit le train émerger du tunnel pour rejoindre le quai de débarquement, avec les deux sauniers et la serveuse à son bord. Mais il lui était impossible de percevoir exactement ce qui se passait, car le train n'était plus dans le champ de la webcam. Il aperçut ensuite le convoi entrer dans la galerie et distingua l'unique silhouette de Jeannot dans la cabine. Malgré un champ de vision réduit, la webcam lui permettait d'anticiper certaines actions de la police. Il continua à visionner la bande-vidéo, persuadé qu'ils s'apprêtaient à tenter quelque chose pour pénétrer dans la mine. Rien de spécial n'attira son attention, à l'exception de Christophe Joly qui était entré à 15 h 35 dans le bâtiment où se trouvait la cellule des négociateurs pour en ressortir une heure plus tard. Avec son style rock bohème et grunge, ses cheveux châtains mi-longs qui dépassaient d'un bonnet en laine rouge et ses lunettes, style vintage à la Woody Allen, il était impossible à manquer. Charlot savait qu'il était un expert en informatique, mais sa présence ne l'inquiétait pas outre mesure.

Charlot contempla les trois liasses de mille francs qui trônaient au centre de la table. Épaisses de dix centimètres, chacune pesait un kilo. Leur volume correspondait à peu de chose près à une brique de lait. Les cinq mille coupures de deux cents francs représentaient deux tas de vingt-cinq centimètres chacun. Les autres billets étaient encore rangés dans leur valise. Charlot saisit la clé USB contenant les bitcoins et la fit tourner distraitement entre ses doigts en imaginant tout ce qu'ils pourraient réaliser avec cette somme.

Pour le moment, tout se passait selon le plan. Mais leur prochaine requête, celle qui lui tenait particulièrement à cœur, pouvait se révéler plus difficile à obtenir. Quoi qu'il en soit, il était prêt à se battre. Peu importaient les conséquences personnelles.

Séquestrer les membres de ce mouvement d'extrême droite ne lui posait aucun problème, mais il ne voulait pas détenir les autres inutilement en captivité. Retenir l'adolescent en otage n'était pas son idée. Sa complice l'avait convaincu de l'utiliser comme monnaie d'échange. Prisonnier, le neveu de l'inspecteur Auer leur procurait un levier de plus à actionner en temps voulu. Il avait compris ses arguments et accepté de changer de stratégie, mais il désapprouvait la décision de son amie et aurait préféré qu'Adam soit libéré.

39

8 heures et 30 minutes
après le début de la prise d'otages

Charlot avait une nouvelle fois dérogé à sa promesse. Seuls quinze des seize élèves avaient été libérés. Interrogés par la police, les adolescents avaient expliqué que deux individus cagoulés les avaient séquestrés. Sous le choc, ils n'avaient pas remarqué que Valentine et Adam n'étaient plus avec eux. Vers midi, à leur grande stupéfaction, un des preneurs d'otages avait ramené leurs deux camarades dans la salle sous la menace du fusil. Ce dernier leur avait ensuite apporté des sandwichs et des bouteilles d'eau. Au moment de les libérer, l'un des ravisseurs avait intimé à Adam l'ordre de rester sagement assis aux côtés des deux enseignantes.

La partie était loin d'être terminée. Charlot ne s'arrêterait certainement pas en si bon chemin, songea Bakary, à la fois inquiet et curieux de connaître sa prochaine requête. Un signal d'appel entrant le tira de ses pensées. Il accepta la communication.

Toujours assis dans la taverne du Dessaloir, Charlot regardait fixement l'objectif. Les bougies des chandeliers au-dessus de lui flamboyaient. La caméra dézooma. Il posa la tablette qu'il tenait dans ses mains, se leva et se décala légèrement. Il fit mine de prendre un enfant dans ses bras. Il le serra, l'embrassa, l'air soulagé, puis tourna un visage radieux vers l'objectif.

Scrutant les images avec attention, Chantal nota un détail intéressant. Caché sous sa manche gauche, Charlot portait une sorte de montre connectée.

Suivi par la caméra, le mime revint vers sa table, pesa avec son doigt sur sa tablette. L'objectif zooma sur lui. Il saisit le clap de cinéma qu'il leva en direction de la caméra.

SCÈNE 3 : SOL LUCET OMNIBUS
TITRE DU FILM : THE KID
DATE : 3.3.2017
RÉALISATEUR : CHARLOT
CAMÉRAMAN : L'HOMME INVISIBLE

Charlot fit claquer l'ardoise d'un coup sec, avant d'enlever son chapeau qu'il appuya contre sa poitrine et fixa la caméra d'un air solennel. De l'autre main, il reprit sa tablette et montra les deux messages qu'il avait rédigés :

MOHAMMAD SALEH SURAJ (NÉ LE 5.1.1981)
IL DOIT OBTENIR L'ASILE POLITIQUE !

Bakary accueillit la requête de Charlot avec stupéfaction.

— Qui est ce Mohammad ? demanda-t-il. C'est quelqu'un que vous connaissez ?

Le regard perdu au loin, Charlot prit un air bienveillant, remit son chapeau, s'assit sur un tabouret en croisant les bras sur ses genoux. Son visage sembla se rembrunir.

— Je vais voir ce que je peux faire. Ce n'est pas de ma compétence ni de celle de la police.

Chantal vit Charlot se lever, l'air affolé. Le corps secoué de spasmes, il fit mine de suffoquer et de se débattre en gesticulant dans tous les sens, puis s'arrêta net, scrutant la caméra d'un air déterminé.

Il reprit son stylet et écrivit plusieurs messages, le regard empli de rage.

LE SEM* DOIT ME FOURNIR UN DOCUMENT OFFICIEL...

... QUI LUI DONNERA LE DROIT D'ASILE.

DEMAIN MATIN. À 8 HEURES PRÉCISES !

Déconcerté, Bakary observa fixement son interlocuteur.

— Je prends note. En échange, j'aimerais que vous relâchiez Adam et les deux enseignantes, Natacha et Adeline.

Charlot prit le temps de rédiger, puis montra une première phrase :

D'ACCORD. JE LIBÈRE LES DEUX PROFS.

Et il révéla ensuite la seconde.

MAIS LE GARÇON RESTE AVEC MOI !

* Le secretariat d'État aux Migrations.

40

Accoudé au bastingage, Alexandre, la tignasse flottant au vent, contemplait le sillage d'écume fendant les eaux bleues du Léman et la silhouette des montagnes qui se dressaient face à lui. Le vapeur passa devant le majestueux château de Chillon, longea la côte et aborda à Villeneuve, une petite bourgade, proche de l'embouchure du Rhône.

Il débarqua, se dirigea vers la diligence jaune qui l'attendait pour se rendre à Bex. Il se réjouissait de découvrir cette place commerçante importante grâce notamment à sa situation au pied des Préalpes sur la route en direction de l'Italie. C'était un lieu de transit de marchandises et de personnes. La voiture hippomobile tractée par quatre chevaux portait le nom enchanteur de *Dame du lac*. Le cocher l'invita à monter dans la berline.

En quittant Villeneuve, la diligence traversa une vaste plaine où foisonnaient vergers et prairies. Malgré les ressorts fatigués de la vieille *Dame* et le chemin cahoteux, Alexandre admira les vignes à flanc de montagne. Pour adoucir le voyage de ses vingt passagers, le postillon se mit à faire «chanter la *Dame*», plaisanta-t-il. En réalité, il actionnait une boîte à musique. Ses notes cristallines les plongèrent dans l'univers féerique de *La Dame du lac* de Rossini alors qu'ils traversaient le charmant bourg d'Aigle, réputé pour sa fameuse moutarde. Il en avait vu un pot dans une épicerie à Lausanne. Il coûtait vingt batz, une petite fortune.

Il s'émerveilla devant le château, une imposante forteresse entourée de remparts, au milieu des parcelles de vignes, ancienne demeure des gouverneurs bernois, apprit-il, qui abritait maintenant le tribunal et la prison du district.

Un peu plus tard, ils passèrent vers la carrière de Saint-Triphon renommée pour la qualité et la couleur particulière de ses marbres, puis se pâmèrent d'admiration devant la dent de Morcles et les dents du Midi dont les silhouettes s'étiraient de part et d'autre de la vallée sur un fond de ciel azuré.

Alexandre, ravi de ce périple enchanteur, se réjouissait d'arriver à destination. Approchant enfin de Bex, il découvrit un charmant bourg, entouré d'une forêt de châtaigniers, de noisetiers et de cormiers, au pied de belles collines parsemées de vignes.

Au sommet de l'impériale, des trompes aux pavillons scintillant sous l'effet des rayons du soleil retentirent. Le cocher arrêta la voiture au nom de fée devant la porte de l'hôtel de l'Union où l'écrivain demeurerait quelques jours. Alexandre se réjouissait déjà de dîner à cette table d'hôte, une des meilleures de Suisse, lui avait-on assuré.

Il descendit de la diligence, gravit les marches du perron et fut aussitôt accueilli par Benjamin Dürr, le propriétaire des lieux.

— Monsieur, soyez le bienvenu. Nous vous avons réservé notre plus belle suite à l'étage. Vous y bénéficierez d'un balcon, l'informa le patron en lui remettant les clés de sa chambre. Nous vous apportons vos bagages. Et quand il vous plaira, nous vous attendrons pour le souper.

Après s'être reposé des fatigues du voyage, Alexandre se changea et descendit à la salle à manger. Il salua les convives et s'installa à la dernière place libre, réservée spécialement pour lui. Aussitôt, une truite, délicatement apprêtée, accompagnée de légumes de saison lui fut apportée. Alexandre dégusta le poisson tendre et goûteux, tout en écoutant d'une oreille distraite les conversations futiles de ses compagnons de tablée. Le patron s'approcha et lui dit :

— J'espère que vous aurez le temps de profiter de nos bains minéraux. Notre eau sulfureuse, apportée dans des tonneaux depuis les mines, est l'une des meilleures pour la santé, n'est-ce pas monsieur Mercanton ?

— Cela me paraît très tentant, concéda Alexandre en saluant son voisin de table.

— Vous y trouvez des bains d'eau douce, chauds et froids, des bains d'eau soufrée, continua Benjamin Dürr, ainsi que des bains de vapeur, ordinaires et à la russe, et des douches ascendantes et descendantes.

— Peut-être un jour prochain, car demain, je me rends aux Mines de sel.

— Oui, M. de Charpentier nous en a informés.

— Ah, vous le connaissez ?

— Assurément. Souhaitez-vous que nous vous mettions à disposition une calèche pour vous conduire à lui ?

— C'est très aimable à vous, mais j'ai prévu de parcourir le trajet à pied. Cela me donnera l'occasion de découvrir la région à mon rythme.

— Fort bien, monsieur. N'hésitez pas à faire appel à moi, si vous avez besoin de quoi que ce soit.

— Je vous remercie.

Alors que le patron s'éloignait, Alexandre l'interpella.

— Serait-il possible de préparer à nouveau de la truite pour le déjeuner de demain ?

— Je vais voir s'il nous en reste.

Jean-Samuel Mercanton se pencha vers Alexandre et lui chuchota à l'oreille :

— M. Dürr est membre de la loge maçonnique « La Réunion » de Bex. Il en est le maître orateur. M. de Charpentier en fait également partie.

Ancien étudiant de l'École royale des mines de Paris, son voisin de table était désormais titulaire de la chaire de chimie et de minéralogie à l'université de Lausanne. C'est lui qui avait analysé les propriétés curatives des eaux sulfureuses.

— L'eau est d'une limpidité parfaite, bien qu'elle exhale cette odeur caractéristique d'œuf pourri. Son usage extérieur est recommandé pour traiter la gale, les dartres, les ulcères ou encore les gonflements lymphatiques.

Alexandre ouvrit son carnet pour y griffonner quelques notes.

— Elle peut même être bue. Sa richesse en hydrogène sulfuré et en sel de soude est particulièrement indiquée pour les problèmes des voies digestives et du tube intestinal. Elle est purgative et fortifiante.

— D'où vient-elle ?

— La source des Mines jaillit au cœur de la montagne et sort de terre près de la galerie du Bouillet, entre des pierres à chaux mêlées d'argile. Si vous souhaitez la boire, ne vous avisez pas de la faire bouillir. Elle en perdrait ses propriétés curatives.

— Quelle quantité faut-il en ingérer ?

— Si vous suivez une cure de plusieurs semaines, vous pouvez commencer par un verre le matin avant le déjeuner et augmenter peu à peu, jusqu'à six ou huit par jour.

— J'en prends bonne note.

— Et je ne saurais que trop vous recommander d'aller respirer l'air saturé de particules salines vers les bâtiments de graduation.

Mercanton était aussi intarissable que la source dont il vantait les vertus. Bien qu'intéressé par la conversation de son voisin, Alexandre espérait que quelqu'un viendrait mettre un terme à ce monologue sans fin, quand la maîtresse de maison sortit de la cuisine et leur apporta une bouteille.

— C'est du rhum de Jamaïque, année 1828. Offert par la maison.

Elle expliqua à Alexandre qu'ils n'avaient plus de truite, mais qu'elle s'arrangerait pour en faire pêcher d'ici le déjeuner.

— Maurice !

Un jeune homme d'une vingtaine d'années, celui-là même qui lui avait apporté ses malles dans la chambre et proposé de cirer ses bottes durant la nuit, surgit des cuisines. Maurice paraissait à moitié endormi et ne put retenir de longs bâillements lorsque la maîtresse de maison lui ordonna d'aller taquiner quelques truites. Alexandre se sentit légèrement coupable et intercéda en faveur de Maurice.

— Si cette pêche ennuie ce pauvre garçon...

Elle l'interrompit :

— Ne vous inquiétez pas pour lui ! C'est l'affaire d'une heure, le Rhône est à peine à une demi-lieue d'ici.

Puis elle se tourna vers Maurice.

— Allons, fainéant ! Prends ta lanterne et ta serpe. Et ne perds pas de temps !

Sa curiosité piquée au vif, Alexandre avala son rhum d'une traite, se leva et suivit le jeune homme.

Maurice saisit une serpe et un falot* pendus parmi les instruments de cuisine. Sur le seuil de la porte, il se tourna vers Alexandre.

— Vous pensez m'accompagner ?

— Si vous n'y voyez pas d'inconvénient. Cette pêche me paraît bien originale.

La voix de la maîtresse de maison retentit de la pièce voisine.

— Tu n'es pas encore parti, musard ?

Maurice fila à grandes enjambées sans attendre Alexandre. Ce dernier excusa le jeune homme.

— Ne grondez pas ce pauvre garçon. C'est moi qui l'ai retardé en lui demandant des détails au sujet de la pêche.

Alexandre sortit, s'élança à la poursuite de Maurice et de la flamme tremblotante de la lanterne qui s'éloignait rapidement.

---

* Sorte de grande lanterne.

41

8 heures et 40 minutes
après le début de la prise d'otages

Malgré la libération des élèves, la situation était critique. Adam était encore retenu dans la mine. Lorsque la journaliste avait révélé que le neveu d'un inspecteur de police chargé de l'affaire se trouvait parmi les enfants, les ravisseurs avaient certainement décidé de le garder. Comment cette journaliste avait pu commettre une telle bévue?

Si Andreas l'avait bien cerné, Charlot n'avait pas l'intention de faire du mal à Adam. Mais tant que son neveu ne serait pas en sécurité, le risque qu'il lui arrive quelque chose était bien réel, d'autant qu'on lui avait récemment diagnostiqué un diabète.

Adam serait certainement, le moment venu, une monnaie d'échange très utile, la garantie pour Charlot de se sortir du guêpier dans lequel il s'était fourré.

Soudain, une série de doutes traversa l'esprit d'Andreas. Les ravisseurs avaient de toute évidence préparé leur coup le plus minutieusement possible et semblaient très bien informés. La pression exercée sur le père de Valentine en témoignait. Peut-être avaient-ils dès le départ l'intention de retenir Adam captif? Et le preneur d'otages savait qu'Elias était un flic. Charlot ne voulait pas qu'il meure, simplement qu'il quitte la mine. Andreas lui-même n'était pas au courant jusqu'à ce que la cheffe de la Fedpol en parle le matin même. Qui pouvait détenir ces renseignements si ce n'était une taupe parmi les forces de police?

Andreas entra dans le bâtiment administratif et fit signe à Bakary, à travers la vitre, de le rejoindre à l'extérieur. Ils sortirent et allèrent s'accouder à l'une des tables hautes sous l'avant-toit. Depuis le début de la prise d'otages, Bakary était resté cloîtré dans la cellule de négociation et ils ne s'étaient pas parlé.

— Comment ça va, Bakary?

— Écoute, ça peut aller. C'est une situation extrêmement complexe pour tout le monde. Je suis navré pour Adam. J'ai vraiment tenté de convaincre Charlot...

— Je sais, le coupa Andreas. Merci.

— Et toi, tu as du nouveau?

— On essaie d'identifier Charlot, sans résultat concluant pour le moment.

Andreas marqua une pause et fixa son collègue dans les yeux.

— Par contre, plus ça avance, plus on se demande si les preneurs d'otages n'ont pas un complice en dehors de la mine. Peut-être même parmi la police.

— Qu'est-ce qui vous fait penser ça? s'étonna Bakary.

— C'est au sujet de ton ordinateur...

— Il a été piraté par ce Charlot, mais je ne vois pas le lien.

— Justement, le piratage a certes eu lieu au moment où tu as ouvert le site de Charlot, mais cela n'a été possible que grâce à une intervention physique préalable.

— Je ne comprends pas.

— D'après Christophe, le *hacker* a forcément eu ton portable entre les mains à un moment donné.

— Tu ne penses quand même pas...

— Quoi?

— Que je suis dans le coup?

Andreas scruta attentivement le visage de son collègue.

— Je ne crois pas que tu sois mêlé à la prise d'otages, mais les ravisseurs ont déjà visiblement eu recours au chantage.

Les traits de Bakary se crispèrent.

— Non, mais sois sérieux, Andreas. Tu me connais!

— Oui, mais je me dois d'explorer toutes les pistes.

Bakary leva les yeux au ciel et inspira profondément.

— Tu as quelque chose à me dire ? lui demanda Andreas.

— Je réfléchis à qui aurait pu avoir accès à mon ordinateur.

À son tour, il plongea son regard dans celui d'Andreas.

— Je sais que le premier suspect, c'est moi. Tu peux dire à Christophe qu'il peut contrôler mon téléphone, mes mails… Je n'ai rien à cacher.

— Merci, Bakary. Je suis navré.

— Fais ton job, lança-t-il sur un ton irrité.

— Qui d'autre a pu emprunter ton ordinateur ? Selon Christophe, le *hacker* a eu besoin de plus d'une heure pour pirater le système.

— En général, je l'ai toujours avec moi. Quand je suis au travail, il reste sur mon bureau. Quelqu'un aurait pu le prendre pendant que j'étais en réunion ou à la pause de midi.

— Est-ce que le service informatique l'a eu entre les mains ?

— Je l'ai apporté à Nathan, il y a quelques semaines. Il devait installer une mise à jour.

Ils demeurèrent muets un court instant.

— Mais il y a quelque chose qui cloche, dit Bakary.

— Qui pouvait savoir à l'avance que tu serais le négociateur aujourd'hui ? compléta Andreas, devinant l'interrogation de son collègue.

Bakary resta silencieux.

— Comment ça s'est passé ce matin ? poursuivit Andreas.

— Viviane a avisé Chantal. Ensuite, Chantal m'a appelé.

— Pourquoi toi, et pas un autre ?

— Parce que c'est moi qui ai le plus d'expérience et que cette prise d'otages sort de l'ordinaire.

— Et si tu avais été indisponible ?

— Chantal aurait pu contacter un autre collègue. Mais vu la situation, je pense plutôt qu'elle aurait endossé elle-même le rôle de négo 1.

— Donc, si je suis ton raisonnement, il était prévisible que l'un de vous deux se chargerait de cette négociation ?

— C'est ça.

— Il faut que Christophe vérifie l'ordinateur de Chantal. Si les preneurs d'otages ont tout planifié, ils auront aussi piraté le sien, par sécurité. Je dois parler à Nathan...

42

9 heures et 5 minutes
après le début de la prise d'otages

À la suite de la dernière revendication de Charlot, Andreas, Mélaine et Kinga s'étaient focalisés sur Mohammad Saleh Suraj. Ne pouvant joindre le secrétariat d'État aux Migrations, Andreas appela Clémence Barbier, la coordinatrice de l'Observatoire du droit d'asile et des étrangers*, à laquelle il avait déjà eu affaire dans le cadre d'une précédente enquête.

Andreas la salua et l'interrogea sans perdre de temps.

— Vous connaissez un certain Mohammad Saleh Suraj ?

— Oui, je suis au courant de son histoire. J'ai lu dans la presse que vous étiez sur cette affaire de prise d'otages. C'est en lien ?

— Je ne peux pas répondre à cette question, madame Barbier. Désolé. Que pouvez-vous me dire à son sujet ?

— Quand il est arrivé en Suisse en 2015, Saleh a rejoint son épouse Wasima et leur fils Khourchid, alors âgé de cinq ans, à Vevey dans un foyer d'accueil.

— Ce n'est pas Mohammad son prénom ?

* ODAE.

— Mohammad, c'est son prénom coranique, celui qu'on place avant le prénom usuel. En général, les Afghans ne portent pas de nom de famille, mais pour s'identifier en société, ils utilisent parfois le prénom du père comme patronyme : Suraj, dans son cas.

— Et Saleh n'est plus à Vevey ?

— Il a été renvoyé en Italie il y a à peine trois semaines.

— Et son épouse et son fils ?

— Toujours en Suisse.

— Pour quelle raison a-t-il été expulsé ?

— Attendez, je vais juste ouvrir le dossier... Voilà. Saleh et sa famille ont fui ensemble d'Afghanistan en 2014. Après avoir transité par l'Iran, ils sont arrivés en Turquie et se sont perdus de vue. Séparé de sa femme et de son fils, Saleh a poursuivi son périple jusqu'en Italie via la Grèce. Il y a acquis le statut de réfugié. Son épouse, Wasima, a débarqué l'année suivante en Suisse et a entamé une procédure d'asile. Ce n'est que deux ans plus tard qu'elle a obtenu une admission provisoire pour elle et son fils. Saleh est venu leur rendre visite à plusieurs reprises. En juillet 2015, il a présenté une demande en Suisse en espérant pouvoir les rejoindre définitivement.

— Et il a essuyé un refus, je suppose ?

— Début 2016, le SEM a rendu une décision de non-entrée en matière et ordonné à Saleh de retourner en Italie, où il était au bénéfice du statut de réfugié. On lui a conseillé d'entamer une démarche de regroupement familial en Italie. Le SEM estimait que Saleh ne pouvait pas se prévaloir du droit au respect de la vie privée et familiale.

— Pourquoi donc ?

— Selon eux, Wasima et Khourchid ne possédaient pas un droit de présence assuré en Suisse. En outre, ils considèrent que la relation du couple n'était pas étroite et affective. Saleh a alors déposé un recours. Son avocate a argumenté que leur volonté était, depuis le départ, de vivre ensemble, mais que les aléas de l'exil forcé les avaient séparés. Elle a conclu que le renvoi de Saleh violerait non seulement le droit au respect de la vie familiale, mais aussi l'intérêt supérieur de l'enfant. Le Tribunal administratif fédéral* a admis alors le recours et demandé au SEM de procéder à une nouvelle évaluation de sa situation. Quelques mois plus tard, le verdict n'a pas évolué : non-entrée en matière et décision d'expulsion à l'encontre de Saleh.

— En se fondant sur quoi ?

— Toujours pour les mêmes motifs. Ils refusent de reconnaître la relation entre Saleh et son fils, arguant que ce dernier a principalement développé des liens avec sa mère.

— C'est un scandale !

— Oui, comme vous dites... En plus, ils osent ajouter que son bien-être ne serait donc pas menacé en cas de renvoi de son père en Italie. Et ce n'est pas terminé. Un nouveau recours a été déposé devant le TAF en novembre 2016. L'avocate de Saleh a alors insisté sur le fait qu'une demande de regroupement familial en Suisse n'était pas réaliste dans un délai acceptable. Pour cela, sa femme aurait dû être indépendante financièrement, ce qui était loin d'être le cas. Toujours selon l'avocate, une telle requête ne serait pas non plus envisageable en Italie, car Saleh n'a pas les moyens de subvenir aux besoins des siens. Pour elle, seul le fait d'accorder le droit d'asile à Saleh aurait permis de les réunir au plus vite. En fin de compte, le TAF s'est malgré tout rangé du côté du SEM et a confirmé le renvoi de Saleh en Italie, dans un arrêt de janvier 2017.

— Je n'arrive pas à y croire.

— L'avocate de Saleh a alors déposé une demande de révision contre cet arrêt. Elle estimait que le TAF était resté silencieux sur la question de l'intérêt supérieur de l'enfant, d'autant que Wasima était enceinte d'un deuxième. Mais le TAF a jugé cette demande de réexamen vouée à l'échec. Et finalement, le 15 février 2017, à 6 heures du matin, des policiers se sont introduits dans leur logement et ont emmené Saleh.

— Où est-il maintenant ?

— Aux dernières nouvelles, toujours en Italie.

* TAF.

— Et sa famille ?

— Son épouse et ses enfants vivent à Bex dans un foyer de l'EVAM*. Le mois dernier, Wasima a accouché d'une fille, Zeyneb.

— Un très joli prénom.

— C'est le nom d'une plante du désert. Il signifie « belle fleur aromatique ».

— Vous semblez bien les connaître ?

— Je les vois régulièrement, en effet.

---

* Établissement vaudois d'accueil des migrants.

43

11 heures et 5 minutes
après le début de la prise d'otages

Andreas, Mélaine et Kinga arrivèrent dans la cour du foyer de l'EVAM à Bex. Andreas avait fait venir Clémence Barbier de Genève, arguant que sa présence réconforterait Wasima. Mais Andreas avait une autre raison de vouloir la rencontrer. Elle paraissait nourrir un lien affectif avec cette famille. En février dernier, après le refus du TAF de réviser le cas de Saleh, Clémence Barbier avait été l'instigatrice d'une pétition afin que les autorités vaudoises ne l'expulsent pas. Elle avait récolté plus de cinq mille signatures. Pourtant, cela n'avait pas empêché son renvoi. Clémence Barbier était sans nul doute une femme très engagée.

Andreas lui serra la main et l'observa pendant qu'elle saluait ses collègues. Ses vêtements de couleur vive faisaient ressortir son teint mat, ses yeux marron et ses cheveux brun foncé. Elle portait un tailleur-pantalon vermeil dont le blazer cintré soulignait sa taille. Même son rouge à lèvres était assorti. Son regard fut surtout attiré par son top blanc décoré de motifs d'yeux et de bouches à la Picasso.

Ils entrèrent tous ensemble dans la grande bâtisse et rejoignirent Wasima dans son studio. Elle tenait sa fille de deux mois dans ses bras. Khourchid, son fils âgé de six ans et demi, était assis sur le canapé, à côté d'elle.

Clémence présenta les trois policiers à Wasima, qui les invita à prendre place. Andreas passa la main dans les cheveux du petit et fut frappé par ses yeux vert olive, profonds et translucides, à la fois pétillants de malice et empreints de tristesse.

Andreas songea à la dernière mise en scène de Charlot. Après avoir fait semblant de serrer un enfant dans ses bras, il avait fait mine de suffoquer, gesticulant comme un forcené, tout en roulant des yeux angoissés, puis s'était assis, les bras croisés sur ses genoux. Ces trois séquences étaient tirées du film *The Kid*, comprit soudain Andreas : Charlot et l'enfant assis, côte à côte, sur le pas de la porte, la lutte avec la police pour sauver le petit de l'orphelinat, puis les retrouvailles à l'arrière du camion.

Sol lucet omnibus ! Le soleil luit pour tout le monde, aussi pour Khourchid. Charlot s'était pris d'affection pour cet enfant. Il ne pouvait en être autrement.

Plongé dans ses pensées, Andreas se rendit doucement compte du silence qui régnait dans la pièce. Mélaine le fixait, attendant qu'il prenne la parole. Kinga dévisagea Khourchid, puis lança un regard entendu à Andreas. L'aspirante aussi avait établi le lien entre Charlot et Khourchid.

— Wasima parle un peu le français, mais je vais me permettre de compléter pour que vous compreniez bien son histoire, annonça Clémence.

Andreas acquiesça et considéra la mère de Khourchid avec une sincère compassion.

— Wasima, je peux vous appeler ainsi ?

L'épouse de Saleh hocha timidement la tête.

— D'où venez-vous ?

— Shahristan.

— C'est une région dans la province de l'Orozgan, au centre de l'Afghanistan, ajouta Clémence.

— Pourquoi avez-vous dû quitter votre pays ?

— Nous sommes des Hazaras, répondit-elle d'une voix hésitante.

Clémence regarda Wasima d'un air bienveillant, puis se tourna vers Andreas.

— C'est une ethnie qui représente environ dix pour cent de la population afghane. Ils parlent le dari, un dialecte perse. Alors que le pays est à majorité sunnite, eux sont chiites et considérés comme inférieurs. Ils sont discriminés et persécutés par les autorités.

Wasima passa son bras autour des épaules de son fils et le serra contre elle.

— On avait peur. Les talibans...

— Avec l'arrivée de Daech en 2014, les Hazaras sont devenus une cible privilégiée des djihadistes, expliqua Clémence.

— Mon mari, mon fils et moi, on a fui vers l'Iran. On est restés cachés dans la communauté afghane. Après quelques mois, on est partis en Turquie.

— Avec l'aide de passeurs, compléta Clémence.

— C'était très dur. On a marché longtemps, le jour, la nuit. Dans les montagnes. Avec la pluie, la neige...

Les yeux embués de larmes, le souffle court, Wasima se tut un moment. Elle se moucha discrètement et poursuivit le cours de son récit.

— Après la Turquie, Saleh a pris un bateau. Khourchid et moi, on devait le retrouver plus tard.

— Pourquoi ne l'avez-vous pas accompagné ?

— Il n'y avait pas assez de place sur le bateau, intervint Clémence.

— Mais après je n'ai pas eu de nouvelles. Moi aussi, j'ai pris le bateau pour aller en Grèce. Un petit, plein de monde. Je suis restée dans un camp de réfugiés en Grèce. Puis avec d'autres personnes, on est allés en Macédoine, puis Serbie, Croatie, Slovénie, Autriche et ensuite, la Suisse.

— Comment vous êtes-vous retrouvés ?

— Un jour, un jeune Afghan est arrivé à Vevey, dans le même foyer que moi. Il avait rencontré Saleh en Italie.

— Et vous avez réussi à contacter votre mari ?

Wasima parut soudain empruntée.

— C'est moi qui l'ai aidée, reconnut Clémence.

Andreas afficha une photo du preneur d'otages déguisé en Charlot sur l'écran de son portable et la montra à Khourchid.

— Est-ce que tu le connais ?
Le petit garçon esquissa un sourire.
— C'est Hugo !

44

11 heures et 14 minutes
après le début de la prise d'otages

L'heure était venue de mettre un terme à son jeu d'acteur. Hugo se rendit dans les sanitaires pour se changer et se défaire de son fard. Après avoir enlevé sa perruque, il commença par ôter l'épaisse couche de fond de teint à l'aide d'un coton et d'un lait démaquillant, puis se passa de l'eau sur le visage pour en retirer les résidus. En tournant légèrement la tête, il aperçut le reflet de son tatouage dans le miroir, un 88 entouré d'une couronne de laurier, signe indélébile d'un passé marqué au fer rouge.

À dix-sept ans, révolté par l'indifférence de parents égoïstes et peu aimants, Hugo s'était laissé embrigader dans un mouvement d'extrême droite. Il avait suffi qu'un militant lui accorde un peu d'importance pour qu'il se perde dans la cause de la race blanche. Il avait fait le salut hitlérien devant le camp de concentration d'Auschwitz, contribué à *casser du pédé*, comme ils disaient, et encore bien d'autres choses peu avouables qui avaient fini par le conduire en prison.

En détention, il avait entamé un chemin de déradicalisation. Pour tuer le temps, il s'était mis à lire la Bible qui se trouvait dans sa cellule et y avait redécouvert les versets que les idéologues du mouvement dont il avait fait partie interprétaient de manière littérale, pour justifier leurs théories haineuses. À la lecture de ces passages dans leur contexte, il s'était rendu compte de la supercherie intellectuelle dans laquelle il était tombé.

Forcé de partager le quotidien de personnes d'origines diverses, Hugo avait réalisé que la haine de l'autre n'avait aucun sens. Derrière les barreaux, tous étaient logés à la même enseigne.

À sa sortie de prison, à l'âge de vingt-six ans, Hugo avait trouvé un job dans un restaurant d'une chaîne de fast-food. Convaincu que l'ignorance l'avait mené à la radicalisation, il avait commencé à suivre des cours pour décrocher un certificat de maturité gymnasiale, puis avait obtenu une licence universitaire en journalisme, tout en continuant à travailler le soir et les week-ends. Il s'était juré d'œuvrer contre la menace du néonazisme et d'attirer l'attention sur le danger de cette nouvelle vague de fanatiques décomplexés qui déferlait sur l'Europe et la Suisse. Bien que le Bloc identitaire suisse cherchât à se distancier des groupes les plus violents, leurs membres n'en étaient pas moins radicaux et nuisibles dans leurs tentatives de banaliser leur discours pernicieux.

Ses anciens compagnons n'avaient pas digéré sa désertion et encore moins son revirement. Il avait reçu à plusieurs reprises des lettres de menaces, qui avaient achevé de le convaincre de la nécessité de son combat.

Engagé par un quotidien romand, Hugo s'était donné la mission de devenir la voix des gens socialement exclus, le cri de ceux que la société refusait d'entendre, le signal d'alarme des victimes de discriminations.

Inquiet, son rédacteur en chef lui avait conseillé de ne pas s'enfermer dans une croisade solitaire et l'avait convoqué pour l'avertir des risques qu'il encourrait à enquêter sur les milieux d'extrême droite. Continuant à négliger les autres sujets qu'on lui demandait de traiter, Hugo fut affecté à un bureau régional. Son chef espérait ainsi l'occuper à autre chose et le dissuader de poursuivre sa *guerre sainte*. Sans succès. Lorsque le groupe éditorial annonça une restructuration pour des raisons financières, la direction en profita pour éloigner Hugo de ses rangs.

À la nouvelle de son licenciement, il éprouva un profond sentiment de trahison, d'injustice. Condamné à se taire, sa voix ne porterait plus.

Sa descente aux enfers ne fit que commencer. Il dégringola dans la dépression, l'alcool et l'isolement. Réduit à la mendicité et sans domicile fixe, il se réfugia dans son rôle de mime qui lui évita un naufrage et reprit peu à peu goût à la vie. Hugo avait découvert le mime quelques années auparavant dans un documentaire. Touché en entendant Marcel Marceau déclarer: «La parole n'est pas nécessaire pour exprimer ce qu'on a sur le cœur», il avait entrepris de suivre des cours d'été à l'école Dimitri.

Finalement, sa rencontre avec la sorcière en lévitation sur les quais veveysans avait été décisive. Il la surnommait affectueusement sa «sorcière bien-aimée» en référence à la série culte américaine des années septante. À défaut de jeter des sortilèges, elle s'amusait à bouger son nez à la manière de Samantha Stephens. Elle était parvenue à dérider Hugo et à le faire rire de bon cœur pour la première fois depuis des années.

Même s'il ne pouvait plus communiquer à travers les pages de son ancien quotidien, sa mission demeurait. Il était devenu une voix muette, un simple observateur, mais restait fermement décidé à agir et à ouvrir les yeux des citoyens sur les injustices et les discriminations. Incarner le personnage fétiche de Charlie Chaplin s'était imposé à lui comme une évidence. Ses satires sociales dénonçaient les injustices, représentaient les oubliés de la société, créant auprès du public un vif sentiment d'empathie. Qui de mieux placé pour exprimer son profond ressenti, si ce n'était Charlot?

Quand il eut terminé de se démaquiller, il revêtit sa tenue de combat et sa cagoule noire, sortit sa boîte de comprimés et avala ses pilules. Il quitta ensuite les sanitaires et rejoignit le coin fumeurs, tout proche de la gare Saint-Pierre, sous la baie vitrée de la salle où étaient retenus les otages. Il alluma une cigarette, tira une bouffée et expira lentement la fumée. Pourquoi continuait-il à respecter l'interdiction de fumer dans la mine alors qu'il avait toute liberté de le faire? Sans doute par rituel.

Lorsqu'il s'autorisait le répit d'une cigarette, il aimait venir s'accouder à la table haute et observer la belle cavité illuminée qui s'offrait à sa vue. Il inhala une nouvelle bouffée, espérant une nuit tranquille.

Les otages étaient enfermés dans la salle depuis bientôt douze heures. Dans un coin de la pièce, un gros bidon leur servait de toilettes et des couvertures les isolaient du sol en béton nu pour dormir. Mais ils devaient avoir faim. Hugo écrasa son mégot, se servit de la nourriture qui regorgeait dans les réfrigérateurs de la taverne et monta leur apporter de quoi se sustenter. Ne restait plus qu'à leur souhaiter une agréable nuit.

45

12 heures et 9 minutes
après le début de la prise d'otages

Installé sur la banquette à côté de Viviane, Andreas sentit son estomac gargouiller. Il n'avait rien avalé depuis le début de la prise d'otages. Il attrapa une barre chocolatée pour se redonner un peu de force.

Wasima et Khourchid avaient effectivement rencontré plusieurs fois Hugo sur les quais à Vevey. Mais la famille afghane et lui semblaient moins proches qu'Andreas ne l'avait imaginé. Ils avaient discuté ensemble, à plusieurs reprises Hugo les avait invités à partager un verre ou un repas et s'était montré intéressé par leur histoire. Pourtant, Wasima et son fils ne savaient pas grand-chose de lui. À chacune de leurs rencontres, il portait son déguisement et un épais maquillage si bien que Wasima ne put leur donner une description précise d'Hugo et se contenta d'évoquer un homme aux yeux bleus translucides, âgé d'une cinquantaine d'années.

Andreas eut de la peine à la croire. Se taisait-elle pour le protéger? Clémence Barbier n'avait quant à elle jamais rencontré le mystérieux Hugo.

Viviane et Chantal discutaient des options qui s'offraient à eux pour résoudre la crise, pourtant Andreas ne les écoutait que d'une oreille distraite. Il ne pouvait rien faire pour sortir Adam de cette terrible situation et un sentiment d'impuissance l'envahissait. Il devait se concentrer sur l'identification des ravisseurs.

Grâce à Khourchid, il avait maintenant le vrai prénom de Charlot : Hugo.

La prise d'otages allait se poursuivre durant la nuit. Viviane avait pris des mesures pour organiser l'intendance pour tout le monde. La Protection civile avait dressé deux tentes au Bouillet : l'une faisant office de cantine, l'autre avec des lits de camp pour que chacun puisse, à tour de rôle, dormir un peu. D'autres tentes avaient été installées à chacun des accès à la mine, là où étaient postées les unités du DARD. Les policiers pouvaient s'y restaurer et s'y reposer.

La porte s'ouvrit et le commandant Verdon monta à bord du fourgon.

— J'ai enfin reçu des nouvelles du président du Conseil d'État.

Tout le monde était suspendu à ses lèvres.

— Il a finalement pu parler avec la conseillère fédérale, chargée du Département de justice et police, dont dépend le SEM. Elle est consciente de la gravité de la situation, mais elle ne veut pas assumer la responsabilité d'une telle décision. Elle estime qu'octroyer un droit d'asile en réponse à l'ultimatum d'un preneur d'otages créerait un précédent.

— Tu lui as précisé que des vies étaient en jeu ? réagit Viviane sur un ton résolu.

— Bien entendu, qu'est-ce que tu crois ! Mais je comprends ses arguments. Si Charlot arrive à ses fins, cela pourrait donner des idées à d'autres.

— Si cette lettre ne nous parvient pas demain matin, Bakary devra se montrer convaincant pour faire patienter Charlot, affirma Chantal.

— La conseillère fédérale va contacter le président de la Confédération pour en débattre avec lui. Mais, quelle que soit la décision, il me paraît en effet peu probable que nous obtenions à temps le document souhaité par Charlot.

Si la complexité de l'administration suisse s'ajoutait aux revendications des ravisseurs, c'était l'enlisement assuré.

— C'est pas vrai, fait chier ! tonna Viviane.

Andreas était un peu étonné des réactions de sa cheffe. En général, elle savait garder son calme dans ce genre de circonstances.

— Après mûre réflexion, j'ai pris le parti de faire intervenir le DARD cette nuit, malgré les risques, annonça posément le commandant Verdon.

Andreas, furieux, le défia du regard.

— Quoi ? Tu n'es pas sérieux ?

— C'est le président du Conseil d'État qui t'a influencé ? lui demanda Viviane.

— Nous en avons parlé, effectivement.

Concentré, l'adjudant Beaumont suivait la discussion sans broncher, peaufinant déjà les détails de son plan d'action.

— Ce n'est pas à lui de prendre ce genre de décision. C'est uniquement du ressort de la police.

Verdon, impérieux, regarda l'inspecteur Auer.

— Ma décision est définitive.

En guise de réponse, Andreas secoua simplement la tête.

— Viviane, je te laisse avertir le procureur, lui enjoignit le commandant.

— Qui nous dit qu'il n'a pas installé d'autres caméras ou d'autres moyens techniques pour assurer sa sécurité ? renchérit Andreas, bien décidé à le faire changer d'avis.

— C'est un risque à prendre, concéda Verdon.

— Sans oublier que, d'après les informations fournies par l'inspecteur infiltré de la Fedpol, un des otages porte un gilet explosif, poursuivit Andreas.

— Rien ne nous certifie que ce sont de vraies charges, rétorqua Verdon.

— Et rien ne nous prouve le contraire, riposta Andreas.

— L'objectif est de surprendre et neutraliser les Tangos avant qu'ils ne puissent réagir.

— Nous ne savons même pas où ils se trouvent dans la mine ni combien ils sont, répliqua Andreas.

— Je comprends ton inquiétude. Mais nous n'avons pas le choix. Nous devons tenter quelque chose. Si on ne fait rien, un Oscar de plus sera mort demain matin, présagea Verdon.

— Ou alors plusieurs victimes cette nuit, s'indigna Andreas en ouvrant la portière du fourgon.

— Inspecteur Auer !

Il se retourna et fixa Verdon.

— Dans les faits, je devrais t'écarter de cette enquête. Tu es trop impliqué émotionnellement.

Andreas sortit du véhicule sans répondre et claqua la porte, sous le regard dubitatif de Beaumont.

Le chef du DARD n'avait pas d'autre choix que d'accepter la décision du commandant et de s'introduire dans les mines pour neutraliser les Tangos. L'obstacle majeur auquel il se heurtait était la coordination de l'intervention. Dès que les unités seraient à l'intérieur et jusqu'à ce qu'elles rejoignent la zone touristique, elles ne seraient plus atteignables par radio ou par téléphone. Selon Elias Fischer, les Oscars se trouvaient dans la salle Alexandre-Dumas. Beaumont opta donc pour envoyer un premier groupe à pied par la galerie de la Barmaz, pour ensuite remonter par le puits du Bouillet, évitant ainsi la webcam de Charlot. Sur les six gendarmes de l'unité d'élite stationnés à l'étage du Coulat, quatre pénétreraient dans la mine et deux resteraient en position à l'extérieur. Quatre autres descendraient dans le puits du Jour, puis par les deux puits de Providence pour rejoindre les deux mineurs toujours cachés dans la zone d'exploitation, dans la salle César-Oyez. L'objectif était de se rapprocher discrètement de l'endroit où étaient détenus les otages. Plus ils en seraient proches, plus rapidement ils pourraient donner l'assaut.

Ses hommes le savaient, leur marge de manœuvre était infime. Lorsqu'ils tomberaient sur les Tangos, l'ordre était de les neutraliser coûte que coûte avant qu'ils ne déclenchent les explosifs. Dès qu'ils seraient en position, Beaumont aviserait.

46

13 heures et 3 minutes
après le début de la prise d'otages

Lorsque Andreas arriva dans la salle qui leur était réservée au premier étage de l'auberge du Bouillet, son équipe était déjà attablée devant les filets de bœuf cuits sur le sel, spécialité que le patron, surnommé le Chat, leur avait préparée. En référence à son sobriquet, l'auberge, un typique bistrot suisse, était décorée de nombreuses figurines et illustrations de félins.

Andreas prit place à côté de Mélaine, végétarienne convaincue, qui avait choisi un curry de légumes.

— Bon appétit ! lança-t-il.

Il coupa un morceau de viande tendre et le mit dans sa bouche. C'était le premier vrai repas que lui et son équipe prenaient depuis le début de la prise d'otages.

En sortant du Poste de commandement d'engagement, il avait appelé Mikaël pour vider son sac. Dans des situations de crise, son oreille attentive agissait sur lui comme une soupape de sécurité. Il avait ensuite parlé à sa sœur Jessica pour tenter de la rassurer, sans grand succès. Il n'avait pas osé lui dire que le DARD s'apprêtait à intervenir pendant la nuit.

Un peu plus tôt, Christophe l'avait informé avoir contrôlé l'ordinateur de Chantal. Comme ils l'avaient soupçonné, son système d'exploitation avait été manipulé, de la même manière que celui de Bakary. Les preneurs d'otages avaient tout prévu pour que leur plan de mise sur écoute puisse être réalisé, quel que soit le négociateur le jour J.

Andreas en avait aussitôt parlé à Nathan qui lui avait garanti ne pas être impliqué avec les ravisseurs. Pour prouver sa bonne foi, il avait accepté que des inspecteurs procèdent à une perquisition chez lui et leur avait donné accès à son ordinateur personnel, ainsi qu'à ses téléphones professionnels et privés.

Après avoir avalé une autre bouchée de viande, Andreas lâcha :

— Le DARD va s'introduire dans la mine.

Un silence éloquent envahit la salle.

— T'es sérieux ? s'exclama Christophe.

— À quelle heure ? demanda Karine.

— Ils vont entrer vers 23 heures. L'équipe des négociateurs a fait un point de situation fictif, sachant que Charlot les écoute. Dans la discussion, ils ont mentionné qu'il était prévu de ne rien entreprendre avant le lendemain et d'attendre la prochaine échéance de l'ultimatum. On verra si Charlot tombe dans le panneau.

— C'est quand même risqué, non ? intervint Mélaine.

— Le sujet est clos. Ce n'est pas de notre ressort. Maintenant, il faut poursuivre l'enquête. Tant que nous ne sommes pas sortis de cette crise, nous devons nous atteler à fournir un maximum d'informations aux négociateurs.

Tout le monde acquiesça.

— Que donnent les interrogatoires des membres du personnel et de leurs familles ? demanda Andreas à Karine.

— Pour l'instant rien de concluant. Mais nos collègues de Lausanne n'ont pas terminé.

— Christophe, tu as du nouveau de ton côté ?

— D'autres policiers du CB sont toujours en train de passer en revue les enregistrements. Vu le nombre de caméras, ils en ont pour des heures de visionnage, mais pour le moment, ils n'ont rien détecté d'anormal. Par contre, j'ai fait une découverte intéressante. Au sujet de *l'homme invisible.*

Tous se tournèrent vers lui, curieux de savoir.

— Jusque-là, on imaginait que le caméraman qui filmait Charlot était une personne. Mais il n'en est rien. Chantal a repéré que

Charlot portait une sorte de montre connectée. En agrandissant l'image, j'ai pu identifier le nom du produit. En fait...

Andreas jeta un œil réprobateur à la jeune aspirante et l'interpella.

— Kinga ! Ça ne t'intéresse pas, ce qu'on dit ?

Prise sur le fait, elle releva la tête.

— Désolée, je répondais juste à un message.

— Et c'est plus important que notre discussion ?

— Navrée, je..., bredouilla-t-elle.

Christophe poursuivit son explication.

— Il s'agit d'un bracelet connecté relié à une caméra robotisée. Celle-ci est posée sur un trépied avec une rotule motorisée. L'objectif suit ainsi de lui-même la personne qui porte le bracelet. Le zoom est piloté depuis une application sur la tablette.

— Donc, pendant que Charlot se fait filmer par cette sorte d'androïde, le deuxième ravisseur peut vaquer à d'autres occupations, commenta Mélaine.

— Le deuxième ? On ne sait pas combien ils sont réellement, remarqua Kinga.

Mélaine dévisagea l'aspirante et riposta sèchement :

— C'était juste une façon de parler. Pour le moment, les témoins évoquent deux preneurs d'otages.

Andreas se rappela l'arrivée de Christophe dans son équipe et la jalousie manifestée alors par Karine. Elle s'était sentie délaissée, persuadée qu'Andreas se focalisait sur le nouveau venu. Andreas se demanda si c'était la même chose. Les relations humaines étaient à la fois élémentaires à comprendre et complexes à gérer, songea-t-il. Andreas avait obtenu un poste supplémentaire et avait mentionné à son équipe que Kinga était sur les rangs pour le décrocher à l'issue de son stage. Arrivée dans l'équipe depuis moins d'un an, Mélaine voyait peut-être Kinga comme une menace, alors qu'elle-même n'avait pas encore réellement trouvé sa place. Andreas fixa son visage anguleux, ses yeux verts conquérants derrière ses mèches de cheveux bruns.

Le portable d'Andreas sonna.

— Je dois répondre à cet appel. C'est Alain.

— En attendant, je vais commander des cafés, proposa Mélaine.

Andreas s'écarta un peu et se concentra sur la voix du légiste.

— Je suis dans la salle d'autopsie. Ton macchabée est devant moi sur la table. Il n'a pas vraiment bonne mine.

Cela faisait plusieurs années qu'il côtoyait Doc, un personnage à la fois surprenant et attachant. Faire parler un cadavre pour une ultime fois, c'était sa raison de vivre. Andreas le visualisa scalpel à la main. Avec ses yeux exorbités, ses cheveux hirsutes et ses lunettes aux verres plus épais qu'une vitre pare-balles, Doc était prêt à s'atteler à la dépouille humaine allongée devant lui. Loin d'être insensible ou irrespectueux, il utilisait l'humour pour instaurer une distance avec la mort et l'absurdité de l'existence.

— Tu as...

— ... pas encore fini l'autopsie, coupa Doc.

— Malgré les brûlures, est-ce que les photos des membres du Bloc identitaire suisse que je t'ai envoyées t'ont permis de l'identifier ?

— La victime n'a pas eu le temps de subir de phénomène de carbonisation. Selon ce que tu m'as dit, ton otage a été exposé à une ignition par l'essence pendant environ deux minutes. Aussi bizarre que cela puisse paraître, mettre le feu à une dépouille mortelle et la détruire par les flammes n'est pas aisé. Pour ton information, la crémation de cadavres en funérarium se réalise au moyen de fours électriques dont la température interne est portée à mille degrés. *De visu*, je constate la présence de brûlures étendues du revêtement cutané sur la plus grande partie du corps, sauf les régions d'appui, à savoir la zone supérieure du dos, les fesses et la face postérieure des cuisses puisqu'il était en position de décubitus dorsal. En ce qui concerne l'aspect et les reliefs anatomiques notamment au niveau du visage, ils ont été en grande partie préservés. Mais, comme tu le sais, la reconnaissance faciale n'est pas suffisante sur le plan médico-légal pour permettre une identification. Elle devra comporter un examen odontologique ou une analyse ADN. Ça prendra un peu de temps.

— Merci pour toutes ces informations Doc, mais ce n'est pas ce que je te demandais.

— Son visage ressemble en effet à une des photos. Il pourrait à mon sens s'agir de Peter Aebi, mais tant que je n'aurai pas...

— Je sais, coupa cette fois Andreas. Merci déjà pour ton aide !

— Attends, je n'ai pas tout à fait fini. Grâce à des prélèvements que j'ai réalisés au niveau du revêtement cutané sur une région du corps plus ou moins épargnée, le laboratoire a pu caractériser la présence de sel.

Comme sur les habits d'Elias, songea Andreas en raccrochant.

Le patron vint leur apporter les desserts, une coupe « Grisou » et les cafés. En le voyant, Andreas esquissa un léger sourire. Claude avait un talent particulier pour divertir sa clientèle : il était vice-champion du monde de l'imitation du cri du cochon. Il allait lui demander d'en faire la démonstration, mais se ravisa. La situation était critique.

Andreas but son expresso d'un trait et dégusta ensuite sa glace vanille recouverte de raisins macérés durant six mois dans la lie, avant de revenir au sujet des ravisseurs.

— Qui est Hugo ? lança Andreas.

— Tu nous demandes son profil psychologique ? interpréta Mélaine.

— Le tatouage qu'il porte est révélateur. Ça pourrait être un néonazi repenti. Le fait qu'il réclame l'asile politique pour le père de Khourchid suggère qu'il cherche à se racheter, estima Karine.

— Et en même temps, il veut se venger, ajouta Kinga.

— De quelqu'un en particulier ou de personnes qui étaient comme lui auparavant ?

— Il désire les punir pour ce qu'elles représentent, affirma Mélaine.

Kinga, qui était appuyée contre le dossier de sa chaise, un peu en retrait, s'avança et posa ses mains sur la table.

— S'il était déterminé à exercer des représailles contre une personne en particulier, il ne ferait pas toute cette mise en scène destinée à attirer notre attention et celle du public sur un problème de société qu'il considère comme grave.

— Les deux hypothèses ne sont pas incompatibles, suggéra Christophe.

— Je suis d'accord avec toi, concéda Andreas. D'autant que la demande d'asile pour Saleh semble être pour lui une affaire personnelle. Il connaît Wasima et Khourchid et veut leur venir en aide. Je crois que la mission qu'il s'est donnée se joue à différents niveaux. La question que je me pose est celle du déclic ou des événements déclencheurs, qui ont amené Charlot à entreprendre cette croisade contre le Mal. À quel moment, et pourquoi, a-t-il quitté le milieu de l'extrême droite ? Quand et comment est née cette idée de prise d'otages ?

— Peut-être à la suite d'une rencontre, imagina Karine.

— C'est ce que je pense, en effet. On sait qu'il n'est pas seul. Qui sont le ou les autres protagonistes de cette mise en scène ?

— Des gens qui partagent son point de vue sur les néonazis ? tenta Kinga.

— Ça ne nous aide pas à circonscrire nos pistes. Moi aussi je partage ce point de vue, reconnut Andreas.

Kinga, qui visiblement essayait de se racheter aux yeux d'Andreas, ajouta :

— Des individus qui traînent un passé d'extrémistes, alors ?

Karine se leva pour se dégourdir les jambes et vint se placer derrière son chef, les mains posées sur le dossier de sa chaise.

— Ou des gens qui ont souffert à cause d'eux et qui cherchent à se venger. Qui veulent agir à leur manière contre un danger qui guette notre société. Quoi qu'il en soit, pour s'engager dans une voie criminelle, je suppose que les raisons sont ancrées profondément. Et le lieu qu'ils ont choisi n'est pas anodin. Tout semble tourner autour du sel.

— Je m'interroge aussi sur leur plan, intervint Mélaine. Ils sont coincés dans la mine. Toutes les issues sont contrôlées par le DARD. Comment Charlot a-t-il imaginé sortir avec l'argent ?

— En se servant d'un ou plusieurs otages ? supposa Christophe.

Andreas ferma les yeux, craignant qu'Adam soit l'otage choisi par Charlot pour échapper à la police. Il espérait, sans trop y croire, que l'action du groupe d'intervention serait couronnée de succès et ne ferait pas de victime. Il regarda sa montre, puis se leva.

— Je dois rejoindre le PCE !

47

13 heures et 48 minutes
après le début de la prise d'otages

Scindés en deux groupes distincts, les otages se tenaient assis le plus loin possible de la porte, adossés au mur du fond de leur geôle.

Amputé de deux membres, le Bloc identitaire suisse craignait le pire. Au fil des heures, les espoirs qu'il plaçait dans la police s'amenuisaient. Michel, Julien et Sophie entouraient Daniel, les yeux rivés sur le lourd gilet lesté d'explosifs qui continuait à clignoter, s'interrogeant secrètement sur la motivation des ravisseurs.

Assise en retrait, l'enseignante, Natacha, restait murée dans un silence doublé d'un sentiment de culpabilité. Elle avait été victime d'un chantage anonyme la menaçant d'informer son époux de sa relation extraconjugale et de publier sur Internet une des *sextapes* tournées avec son amant. Sa situation paraissait inextricable. Pourtant elle avait dû résoudre ce dilemme cornélien : céder à l'ultimatum sans en connaître les conséquences ou alors prendre contact avec la police et risquer de voir sa vie familiale et sa réputation se briser en mille morceaux. Rien que d'imaginer que les images sadomasochistes d'elle et de son amant puissent être diffusées la remplissait de honte. Elle avait entrevu un moyen de se tirer de ce pétrin. Elle s'était rendue à la gare d'Aigle, sur le quai numéro 1. Au moment où le train direct était entré à vive allure, elle avait esquissé un pas en avant... avant de se raviser. Elle avait été lâche, incapable d'assumer. Cédant finalement à la revendication des maîtres chanteurs, elle avait organisé une excursion dans les Mines de sel avec sa classe, prétextant un cours sur l'histoire de ce lieu emblématique.

Natacha s'était, malgré elle, rendue complice de cette prise d'otages. À son grand soulagement, les élèves avaient été libérés, mais Adam était encore là, captif. Elle ignorait pourquoi les ravisseurs le retenaient encore, mais priait pour qu'il s'en sorte indemne. Le reste importait peu.

À l'autre bout de la salle, Daniel puisait dans ses dernières forces. Exténué, il en vint à espérer qu'il serait le prochain à être emmené par les preneurs d'otages. Ses paupières s'alourdirent, un sommeil irrépressible s'empara de lui. Il tenta de résister, mais les muscles de ses épaules et de sa nuque se relâchèrent. Sa tête bascula sur le côté.

Alors qu'il somnolait, il sursauta et ouvrit les yeux. Au milieu de la salle, un des preneurs d'otages, armé de son fusil, balayait lentement la pièce du regard, fixant leur visage, un à un.

Une chape de froid s'abattit sur Sophie, un frisson parcourut son échine. Le ravisseur posa ses yeux sur elle. Elle se serra contre Julien. Elle ignorait ce qui était arrivé à Peter et Elias, mais craignait maintenant pour sa propre vie. S'il l'emmenait, c'en était fini pour elle.

Sophie prit appui sur ses mains et allait se redresser quand l'homme s'avança, fixa Julien qui faisait mine de dormir et braqua son arme sur lui. La fureur contenue dans les yeux du ravisseur la fit frémir.

— Lève-toi !

Effrayé, Julien obéit sous le regard épouvanté des autres otages. Bousculé sans égards, il fut poussé hors de la salle, un fusil pointé dans le dos.

L'homme cagoulé se retourna alors et dévisagea Adam, assis en tailleur entre les deux enseignantes.

— Toi aussi, bouge-toi !

48

Alexandre se réjouissait de découvrir les Mines de sel de Bex, à l'invitation du directeur M. de Charpentier. Pour l'heure, il prenait des notes sur son carnet, en savourant la truite pêchée la veille par Maurice, et consignait les souvenirs de cette première journée à Bex pour ses *Impressions de voyage*.

Jamais partie de pêche ne lui avait paru plus farfelue. Depuis la rive, il avait observé Maurice retrousser ses pantalons et s'enfoncer dans le fleuve en balayant son falot au-dessus de l'eau pour attirer les poissons à la surface et les frapper sur la tête avec sa serpe. Après s'être défait de ses guêtres, de ses souliers et de son pantalon, Alexandre était entré dans l'eau jusqu'à la ceinture pour s'essayer à cette technique peu habituelle. À eux deux, ils avaient rapporté huit truites. De retour à l'hôtel, Alexandre, engourdi par le froid, s'était mis au lit avec un bol de vin chaud que lui avait apporté la maîtresse de maison en personne.

Après son petit déjeuner, Il quitta l'hôtel sous un soleil radieux. Maurice lui avait gentiment indiqué un raccourci pittoresque, afin de rejoindre les Dévens. Il grimpa au sommet du Montet, une colline offrant une superbe vue sur la vallée du Rhône. Il put admirer une brèche gypseuse et des fragments de marne verte. Au lieu-dit l'Orgeolet, il déboucha sur une carrière de pierre à chaux gris cendré, puis emprunta un charmant sentier traversant une châtaigneraie. Il ne put s'empêcher, à l'aide d'un caillou, de faire tomber une pluie de bogues. Il les ouvrit en s'aidant de ses pieds pour en extraire les fruits. Entre deux châtaignes grignotées, il récitait des poèmes de Victor Hugo et de Lamartine pour s'occuper l'esprit.

Lorsqu'il arriva à la saline des Dévens, Jean de Charpentier lui présenta le jeune homme qui le guiderait à travers les mines. Aaron, un garçon bien bâti, lui sourit d'un air affable. Le directeur des Mines de sel souffla discrètement à l'oreille d'Aaron de veiller à la sécurité de leur hôte et de le traiter avec les égards dus à sa notoriété, puis tous deux se mirent en route pour le Bouillet. Alexandre se réjouissait de découvrir ce monde souterrain. Avant d'entrer, Aaron lui fit signer et dater le registre: «Alexandre Dumas, vendredi 28 septembre 1832». Puis il lui donna une capote de toile noire pour protéger ses vêtements, une lampe, un briquet, des allumettes et de l'amadou*.

Après l'avoir informé des précautions d'usage, Aaron le précéda dans la galerie du Bouillet. Le boyau souterrain s'enfonçait en ligne droite dans la montagne sur plus de six mille six cents pieds et ouvrait sur un vaste dédale de galeries, de puits, d'escaliers et de salles.

La première partie de la galerie, creusée dans un terrain meuble, était soutenue par des ouvrages en bois. Les poutres placées longitudinalement sur le sol humide permettaient de marcher les pieds au sec. En progressant, Alexandre lisait les inscriptions gravées dans la roche, qui indiquaient l'avancement du percement de la galerie par les mineurs. À certains endroits, lui expliqua Aaron, la pierre était si dure, que même les meilleurs outils s'émoussaient, alors qu'elle s'effritait à d'autres et menaçait de s'ébouler. Pour cette raison, certains passages, comme à l'entrée, étaient consolidés à l'aide d'une charpente supportée par des étais. De l'eau s'écoulait dans des troncs de mélèze de part et

---

* Matière spongieuse et inflammable préparée à partir de l'amadouvier, une espèce de champignon qu'on retrouve sur du chêne.

d'autre de la galerie, de la saumure qui partait à la saline d'un côté et, de l'autre, de l'eau sulfureuse destinée aux bains.

Avant de poursuivre dans le boyau principal, Aaron lui fit visiter deux réservoirs. Alexandre admira les six piliers massifs creusés dans la roche qui soutenaient la voûte du réservoir Marie-Louise, baptisée ainsi en l'honneur de l'impératrice Marie-Louise d'Autriche, l'épouse de Napoléon Ier, venue visiter la région en 1814.

Un peu plus loin, il l'amena au bord d'un gouffre sans fond, le puits du Bouillet, et lui expliqua que quarante-neuf échelles étaient nécessaires pour atteindre sa base, sept cent cinq pieds plus bas.

Pour lui donner une idée de la profondeur, Aaron alluma un morceau d'amadou et le laissa tomber dans le puits. Il s'éteignit bien avant de toucher le fond.

— Mon ami, j'aimerais bien y descendre.

— C'est trop dangereux. Et surtout, M. le directeur me l'a formellement interdit. Je n'ai pas le droit de vous y emmener.

— Il n'en saura rien, assura Alexandre.

Aaron posa un regard dubitatif sur l'écrivain. C'était la première fois qu'il faisait visiter les mines. Jean de Charpentier avait insisté pour qu'il joue le guide, en raison de la renommée d'Alexandre Dumas et de sa pleine confiance en lui. Aaron hésita, puis décida de déroger à la règle.

Il ouvrit le portail de la clôture et attaqua la descente, invitant Dumas à le suivre. L'auteur progressait précautionneusement afin de ne rater aucun échelon. Lorsqu'ils arrivèrent à la dix-septième échelle, seule la lueur de leurs lampes éclairait la roche humide et brillante. En contrebas, tout était sombre, l'échelle suivante à peine visible.

Alors qu'il allait poursuivre sa descente, Aaron vit Dumas hésiter.

— Dites donc, l'ami. Est-ce que nous ne sommes pas bientôt au bout de cette plaisanterie ?

— Nous avons accompli un peu plus du tiers du chemin.

— Ah ! Il nous reste, voyons voir, à peu près quatre cent cinquante échelons ?

— Quatre cent cinquante-sept exactement, précisa Aaron.

Alexandre commençait à paniquer. Il se cramponna au montant, tant et si fort, qu'il lâcha sa lanterne. Il put suivre la flamme quelques instants du regard avant qu'elle s'éteigne, puis il entendit le bruit métallique de sa lampe, heurtant la paroi et les échelles durant sa longue chute, jusqu'à un *plouf* sourd.

Aaron leva la tête vers Dumas.

— Que se passe-t-il ?

— Un étourdissement... Rien de grave.

Alexandre continua la descente. Privé de source de lumière, il resta au plus près d'Aaron. Au bout d'une dizaine de minutes, ils arrivèrent au bas de la quarante-neuvième échelle. Accroché à un rebord humide et glaiseux, Dumas observa attentivement l'eau, mais ne vit aucune trace de sa lanterne.

Il se sentit soudain oppressé au fond de cet immense gouffre. Près de seize cents pieds de terre et de roche occupaient l'espace au-dessus de leurs têtes. Il commença à haleter, incapable d'entendre les explications d'Aaron.

Quand Aaron posa le pied sur l'échelle pour remonter, Dumas le suivit sans broncher dans cette longue ascension.

De retour dans la galerie du Bouillet, l'écrivain, ragaillardi, poussa un soupir de soulagement. Ils continuèrent alors à s'enfoncer dans l'étroit boyau, se plaquant parfois à la paroi, pour laisser passer les rouleurs et les chiens de mine remplis de gravats.

Après trois mille pieds de profondeur, ils empruntèrent le fameux Grand Escalier et gravirent courbés ses sept cents marches, veillant à ne pas glisser sur le sol humide. En cours de montée, ils prirent place dans une niche de repos afin de laisser passer deux mineurs.

Alexandre en profita pour reprendre son souffle. Il n'enviait aucunement la condition de ces ouvriers souterrains. Travailler loin de la lumière du jour et du grand air, respirer la poussière de la roche concassée dans l'humidité et le froid leur ruinait la santé. Sans parler des dangers qui les guettaient quotidiennement : chute de pierres, effondrements de charpentes ou coups de grisou.

Arrivé en haut, Aaron le précéda dans un étroit boyau en direction de la chambre de la Roue d'où partait le puits du Jour. En levant la tête, il lui sembla d'ailleurs apercevoir de minces rais de lumière. Cette salle abritait une énorme roue verticale de trente-six pieds de diamètre. Un courant d'eau douce provenant du haut de la montagne la mettait en mouvement, expliqua Aaron. La roue activait des pompes qui permettaient de remonter l'eau salée à la galerie du Coulat. De là, elle ruisselait dans les saumoducs* vers l'extérieur de la mine, jusqu'à la saline des Dévens.

Aaron proposa alors à Dumas de rejoindre la sortie par le chemin qu'ils avaient emprunté à l'aller. Mais l'écrivain tenait à visiter l'exploitation Saint-Louis et la nouvelle poche salée dont Aaron lui avait parlé.

En quittant la salle, ils croisèrent plusieurs mineurs, Ferdinand en tête, s'apprêtant à prendre leur pause. Ce dernier demanda à son ami :

— Où allez-vous ?

— Nous allons explorer Saint-Louis.

— Et tu comptes revenir ici après ?

— Je pense qu'on sortira par le Fondement. Ce sera plus rapide que de revenir sur nos pas.

Tandis qu'Alexandre posait des questions à Samuel Ansermet, Ferdinand s'approcha de son ami et lui souffla à l'oreille :

— Ce n'est pas raisonnable, Aaron. Tu sais que cette galerie est particulièrement dangereuse.

— Ne t'inquiète pas. Je ferai attention.

Aaron précéda Dumas dans l'ascension d'un escalier de près de trois cents marches et l'emmena vers la salle de Bon Espoir. Depuis la découverte de la nouvelle poche salée, les mineurs avaient creusé un labyrinthe de galeries communiquant entre elles par des escaliers, des rampes, des puits. Aaron invita Dumas à passer son doigt sur la roche et à le porter à sa bouche pour en goûter la saveur salée.

---

* Canalisation utilisée pour le transport de la saumure.

Il le conduisit ensuite dans la partie la plus élevée de l'exploitation, s'assurant que personne ne rôdait dans les parages. Tout au fond se trouvait l'accès à la galerie menant à la sortie. Achevé seulement quelques semaines plus tôt, le long couloir n'avait pas encore été sécurisé par une charpente de soutènement.

Aaron se saisit d'une perche et alluma un torchon imbibé de pétrole avec son briquet. Ils longèrent avec prudence la galerie de six cents pieds de long. Aaron, qui tenait le bâton devant lui, recommanda à Dumas de rester en retrait. À mi-chemin, la flamme entra en contact avec du gaz et déclencha une petite explosion. Ils purent ensuite continuer sans encombre jusqu'à l'extérieur et débouchèrent sur un vallon sauvage. Un sentier qui traversait la forêt et longeait la Grionne les ramena au Bouillet en un peu plus d'une heure.

Alexandre Dumas sortit des pièces de sa poche et tendit deux écus à Aaron, l'équivalent de six fois son salaire journalier. Il le remercia amicalement et se remit en route pour Bex.

49

14 heures et 30 minutes
après le début de la prise d'otages

Les unités du DARD, accompagnées chacune par un guide, pénétrèrent dans la mine à 23 h 30 précises.

L'unité ALFA partait rejoindre les deux mineurs cachés dans la salle César-Oyez, au pied des deux puits de Providence. Deux premiers gendarmes prirent place dans l'étroite nacelle biplace qui descendait le long du puits du Jour. Le trajet jusqu'à la chambre de la Roue dura huit minutes. Ils y attendirent le binôme suivant, avant de poursuivre leur descente.

Entrés par la Barmaz, les hommes du groupe BETA progressaient en direction du puits du Bouillet afin de rejoindre la galerie du Bouillet, quarante-cinq mètres plus haut. De là, il leur faudrait ensuite longer l'étroit boyau jusqu'à la nouvelle gare des Salines suisses, située juste avant la zone des visiteurs.

Les quatre gendarmes de l'unité GAMMA avançaient dans la galerie du Coulat en direction de l'ancienne exploitation Graffenried pour rallier le secteur touristique par le Grand Escalier.

Dès qu'ils seraient en position, les trois groupes du DARD y attendraient les instructions de l'adjudant Beaumont.

Dans le fourgon de commandement, l'équipe écoutait avec appréhension les communications entre Beaumont et les unités à l'intérieur de la mine.

— GAMMA de PC, répondez !

Seul un léger grésillement résonna en réponse.

— GAMMA de PC, vous me recevez ? tenta-t-il une deuxième fois.

La radio crépita, puis il distingua la voix du chef de groupe.

— PC de GAMMA, je vous reçois 3 sur 5. À vous.

— Compris. Quelle est votre position ? Répondez !

— Nous avons avancé d'environ cent mètres.

— Compris. Terminé.

Le caporal Rudin, chef du groupe GAMMA, précédait ses hommes et le guide. Jusqu'à leur arrivée vers la zone touristique, son unité serait seule, sans moyen de communiquer avec l'extérieur. Avec sa tenue d'assaut verte, son casque et son pistolet-mitrailleur, Rudin devait se baisser pour avancer dans cette galerie étroite et humide. Son cœur battait la chamade sous l'effet de l'adrénaline. Ils progressaient dans un calme absolu. Chacun connaissait son rôle, mais ils pouvaient tomber sur les preneurs d'otages à tout moment.

Durant la soirée, Hugo reçut un message sur l'application Signal qui lui permettait de communiquer de façon cryptée. Mis au fait des plans de la police, il s'était installé sereinement à la taverne du Dessaloir devant son ordinateur avec un sandwich et un verre d'eau. Le calme qui régnait à l'intérieur de la mine le fascinait. Il avait éteint les halogènes du plafond dont la lumière froide et artificielle était trop violente à son goût. Il ne laissa que les spots qui éclairaient la paroi rocheuse. Puis il avait allumé les bougies de quelques chandeliers, ce qui donnait une ambiance des plus romantiques.

Un peu plus tôt, trois détecteurs avaient simultanément sonné l'alarme et immédiatement déclenché les caméras de surveillance.

Sur son ordinateur, il observait le visuel des caméras piratées par HelioZ. Puisqu'il ne pouvait garder un œil permanent sur les images, le *hacker* avait configuré un logiciel afin de détecter les mouvements et les présences humaines sur les images filmées par les caméras. Dans la mine où rien ne bougeait et où la lumière était constante, le système fonctionnait à merveille. Au moindre événement suspect, une alarme sonore se déclenchait. Hugo avait ainsi pu voir passer les hommes du DARD et les compter.

Les gendarmes progressaient par différentes voies en direction du secteur touristique. Quatre d'entre eux étaient arrivés au bas du puits de Providence 2, quatre s'approchaient de l'exploitation Graffenried. Selon ses estimations, quatre autres longeaient la galerie du Bouillet.

Hugo afficha un sourire satisfait.

Anxieux, Andreas écoutait les points de situation entre Beaumont et les hommes du DARD. Chaque membre des unités portait une caméra sur son casque permettant de suivre leur progression en direct. Mais depuis qu'ils s'étaient enfoncés dans les galeries, les images ne leur parvenaient plus. Incapable de rester assis plus longtemps, Andreas se leva et quitta le fourgon pour prendre l'air.

Il tomba sur Kinga qui fumait sous l'avant-toit du pavillon d'accueil.

— Donne-m'en une.

— Tu fumes, toi ?

— Là, j'en ai besoin.

Kinga lui tendit son paquet et sortit un briquet de sa poche.

— Il ne lui arrivera rien. Ne t'inquiète pas.

— J'aimerais en être aussi sûr, rétorqua sèchement Andreas en serrant son poing.

Kinga eut un léger mouvement de recul.

— Désolé. Ce n'est pas à toi que j'en veux.

Andreas tira une dernière bouffée, écrasa sa cigarette d'un geste fébrile avant de remonter dans le fourgon.

Tous les regards étaient rivés sur l'un des écrans : Charlot tenait un homme en joue.

Bakary avait accepté la communication de Charlot. Il reconnut immédiatement les lieux. Les images diffusées provenaient de la taverne du Dessaloir. Charlot pointait son fusil sur la nuque d'un homme, agenouillé entre les tables, les bras attachés dans le dos. Son visage exprimait une frayeur extrême.

— C'est Julien Rapaz, l'un des membres du Bloc identitaire suisse, l'informa Chantal dans l'oreillette après avoir jeté un rapide coup d'œil sur le panneau des otages.

Charlot fixait la caméra, les traits figés, puis sourit jusqu'aux oreilles. Une forte détonation retentit. Le corps de Julien Rapaz s'affaissa, du sang s'écoula de sa tête. Charlot effectua un mouvement de charge qui éjecta la douille. Il posa son arme et avança vers la table. Une fois assis, il saisit sa tablette et fit défiler plusieurs messages à l'écran :

FAITES RESSORTIR LE DARD !
SINON, CE SERA AU TOUR DU GARÇON...
PS. LES DEUX MINEURS RESTENT À L'INTÉRIEUR !

Charlot se dirigea vers le fond de la taverne et se posta derrière la chaise sur laquelle Adam était ligoté. La caméra zooma sur son visage pétrifié, puis l'image devint noire.

Andreas leva le poing et s'apprêta à l'abattre sur la table, avant de se raviser en croisant le regard de sa cheffe.

— Qu'est-ce que je vous avais dit ! rugit-il d'un ton accusateur.

— Calme-toi, lui enjoignit Viviane.

Il fusilla le commandant du regard.

— Ce Charlot nous mène par le bout du nez. Il contrôle tout.

— Comment a-t-il pu savoir ? demanda Verdon.

— Il a sans doute piraté les caméras !

Andreas se leva et sortit du fourgon en claquant la porte.

Viviane ordonna à l'adjudant Beaumont de tout stopper.

Il réussit à contacter l'unité ALFA parvenue aux abords de la zone touristique et l'unité BETA qui se trouvait auprès des deux mineurs dans la salle César-Oyez. Il leur somma d'arrêter leur progression et de faire demi-tour.

Le groupe GAMMA restait désespérément injoignable. Il appela avec son portable, espérant que ses hommes captent du réseau au bas du Grand Escalier. La connexion était impossible.

Il essaya finalement avec la radio.

— GAMMA de PC, vous me recevez ?

Seul un crépitement lui parvint en retour.

50

15 heures et 10 minutes
après le début de la prise d'otages

Charlot jeta un œil au bar depuis son écran d'ordinateur et vit une bouteille de cognac posée sur une étagère. Lui qui n'avait connu aucune rechute depuis un an fut soudain pris d'une irrépressible envie de boire. Il secoua la tête. Pas question de craquer. La prise d'otages était loin d'être terminée.

Sur les images de vidéosurveillance, il aperçut l'un des groupes évacuer la galerie du Bouillet et deux gendarmes sortir par la nacelle au Fondement. Grâce à la caméra située au bas de l'escalier des 70 Marches, il avait pu suivre l'avancée d'une des unités du DARD accompagnée de deux employés des mines et leur soudaine volte-face.

Il savait depuis le départ que deux mineurs s'étaient réfugiés dans la zone d'exploitation. Le matin même, il les avait vus entrer avec le train, mais ne s'était pas préoccupé d'eux. Même s'ils étaient en contact avec la police, ils ignoraient ce qui se déroulait dans le secteur touristique. S'ils avaient tenté de s'y rendre, les caméras de surveillance l'auraient alerté. Il reçut toutefois un message crypté via l'application Signal lui indiquant le lieu précis où ils étaient retranchés. L'heure était venue de les capturer. Il s'occuperait d'eux au plus vite.

Pour l'instant, l'équipe du DARD qui s'était introduite par la galerie du Coulat n'était pas encore repassée devant la caméra.

Il se rappela soudain que les ondes radio ne passaient pas dans le Grand Escalier.

— Merde. Prends le gamin ! lança Charlot à son complice.

Le caporal Rudin du groupe GAMMA et ses hommes entamaient la descente du Grand Escalier, plus étroit et glissant que la galerie. Beaumont restait injoignable par radio. L'unité devait attendre ici de nouvelles instructions, mais à cette profondeur, leur téléphone ne captait pas le réseau interne de la mine. Rudin prit la décision de continuer à avancer, dans l'espoir de recevoir un signal en approchant de la zone touristique.

Les deux hommes enfilèrent leur cagoule. Hugo empoigna le fusil automatique, son complice endossa un gilet bardé d'explosifs et saisit Adam par le bras. Ils se précipitèrent vers la salle du Colimaçon et gravirent à la hâte le boyau en spirale en direction de la galerie de Base.

En bas du Grand Escalier, Rudin ordonna à la guide de rester en retrait. Les quatre gendarmes du DARD débouchèrent dans la galerie de Base, une longue salle voûtée, basse de plafond, et avancèrent doucement, leurs pistolets-mitrailleurs au poing.

Soudain, des bruits de pas retentirent et deux hommes cagoulés surgir du colimaçon, à l'autre bout de la galerie.

L'un d'eux pointa son fusil d'assaut en direction du caporal Rudin qui devançait ses collègues.

— Laisse tomber ton arme ! lui ordonna Rudin.

Terrorisé, Adam sentit ses muscles se raidir et une sueur froide lui parcourir l'échine. L'un des ravisseurs le maintenait fermement contre lui. Sa main droite, qui serrait un bouton-poussoir relié à son gilet par un câble, tremblait. L'homme était tout aussi terrifié que lui.

— Si vous faites le moindre geste, on explose tous, menaça-t-il.

Le caporal entendit un de ses hommes, qui avait épaulé son pistolet-mitrailleur, chuchoter dans son oreillette :

— Je l'ai dans ma ligne de mire.

Rudin vit le point lumineux rouge du viseur *red dot*[*] sur le front d'un des ravisseurs.

— Et moi le deuxième, confirma un autre gendarme.

Le chef de groupe jaugea la situation. Un seul mot de sa part suffirait à anéantir les deux malfaiteurs. Il ignorait toutefois si d'autres complices se trouvaient au fond de la mine et ne pouvait négliger le risque d'explosion.

— Je compte jusqu'à trois, avertit l'homme cagoulé.

Il tenait le bouton-poussoir dans ses mains.

— Un… deux…

Le chef du groupe prit une profonde inspiration, avant d'ordonner :

— Baissez vos armes !

---

[*] Point rouge.

51

Une année et quelques mois
avant la prise d'otages

Un matin, près de l'embarcadère Vevey-Marché, Hugo avait vu, à sa grande surprise, une statue vivante léviter à l'endroit même où il se postait chaque jour. Vêtue d'une longue et ample robe noire et d'un chapeau pointu enfoncé sur une perruque poivre et sel, sa concurrente portait un masque en latex avec un nez crochu, des pustules sur le visage et des yeux globuleux. Il s'installa en face d'elle sans prendre la peine de la saluer, vexé qu'une intruse s'implante dans son secteur.

Lorsque les premiers touristes débarquèrent du bateau, il se rendit vite compte que la concurrence était réelle. Un Charlot défraîchi ne faisait pas le poids face à une ensorceleuse en lévitation. Les gens déposaient de l'argent dans son bol, tandis que le sien restait désespérément vide. Lorsqu'elle recevait une pièce, elle inclinait la tête en signe de remerciement. Cacher son visage derrière un masque constituait à ses yeux une solution de facilité lamentable. Un vrai mime parvenait à créer l'illusion d'être pétrifié, capable de demeurer immobile, sans le moindre tressaillement. Manifestement, cette pseudo-sorcière en était incapable. Et léviter était un jeu d'enfant. Le manche de son balai était solidement fixé à une lourde plaque de métal, dissimulée sous un tapis. Une astucieuse armature partait d'un bâton, son balai en l'occurrence, continuait dans la manche et se terminait en forme de chaise à suspension camouflée sous ses vêtements. La sorcière pouvait ainsi se tenir assise en équilibre des heures durant, sans aucun effort.

Toute la matinée, Charlot l'avait toisée, hésitant à aller asséner ses quatre vérités à celle qui osait accaparer ses maigres revenus.

Ce fut finalement elle qui vint le voir. Une fois son chapeau pointu et son masque ôtés, elle lui offrit un visage affable et souriant. Elle l'invita à manger un sandwich sur les quais. Ils avaient parlé, longuement, étonnés de se découvrir de nombreux points communs. Puis elle le rassura. Elle n'avait aucune intention de lui faire de l'ombre : ses activités de statue vivante ne l'occuperaient que quelques semaines, le temps de gagner un peu d'argent de poche avant de commencer une formation. Une formation qui changerait sa vie, lui confia-t-elle.

Avant de se séparer, ils conclurent un marché : elle léviterait à ses côtés tandis que lui se produirait comme mime suiveur et ils partageraient les recettes à parts égales en fin de journée.

52

22 heures et 30 minutes
après le début de la prise d'otages

Karine, une tasse de café fumant à la main, réveilla Andreas. Assoupi depuis seulement deux heures, Andreas se leva, marmonnant un vague «merci» à sa collègue, but l'expresso d'une traite et sortit prendre l'air quelques instants.

L'intervention du DARD s'était soldée par un échec cuisant et avait coûté la vie à une deuxième victime. Tuée d'une balle en pleine nuque. La situation paraissait inextricable, trop risquée pour entreprendre une nouvelle tentative de libération des otages.

Andreas rejoignit ses collègues. Karine, Kinga, Mélaine et Christophe prenaient le petit déjeuner. Il se servit un deuxième café et s'assit à côté de Christophe.

Charlot et ses complices avaient réussi à pirater le système de surveillance, lui expliqua-t-il. Au cours de la nuit, les spécialistes en informatique de la Blécherette avaient découvert que les enregistrements de deux caméras avaient été trafiqués.

Quatre microcoupures, espacées de trente secondes, avaient été décelées sur les images enregistrées par chacune de ces caméras. À 23h56 et à 00h48, les images des caméras de la galerie du Coulat et du Grand Escalier avaient été remplacées par une image statique suivant l'ordre de leur progression. Deux coupures similaires furent pratiquées sur les mêmes caméras à 4h11 et 4h52, en sens inverse.

Impossible de récupérer les images de ce qui s'était déroulé durant ces laps de temps ou de savoir combien de personnes étaient passées devant les caméras. Leur seule certitude était qu'une personne au moins était entrée et sortie de la mine. Selon les otages libérés, seuls deux individus cagoulés s'étaient chargés de leur séquestration. Selon Christophe, un seul homme n'aurait pas pu y apporter tout le matériel nécessaire. Peut-être étaient-ils entrés à plusieurs, deux restant dans la mine tandis que d'autres, dont la fameuse taupe, étaient ressortis ?

Les spécialistes découvrirent que les logs, contenant les enregistrements des capteurs de mouvement, avaient également été trafiqués. Le responsable de cette manipulation avait dû être dérangé dans sa tâche et n'avait pas totalement réussi à camoufler ses traces. Il avait cependant eu le temps de supprimer du fichier log les enregistrements précis de chaque déclenchement des détecteurs, indiqua Christophe, en connaisseur.

Ce ne pouvait être l'œuvre d'un amateur formé pour l'occasion. La mise sur écoute grâce à l'ordinateur de Bakary, les caméras, les détecteurs… Le *hacker* possédait un niveau de maîtrise digne de ceux qui étaient enrôlés de force, après avoir été arrêtés par une agence gouvernementale ou un service de renseignements.

Christophe et son collègue informaticien, Nathan, s'employaient désormais à déterminer par quel moyen les ravisseurs étaient parvenus à pirater le système et à en prendre le contrôle. Si une autre intervention du DARD devait avoir lieu, il fallait contourner le problème et empêcher Charlot de les voir entrer.

Avant de s'endormir, Andreas s'était efforcé de se mettre dans la peau de Charlot et d'imaginer son plan de fuite. Ses complices et lui ne pouvaient s'être aventurés dans la mine sans avoir songé à la façon d'en sortir en grands seigneurs, avec la rançon et des otages comme assurance-vie. Encore fallait-il arriver à prendre la fuite. Charlot n'en avait visiblement pas terminé avec ses revendications. Il laissait à Andreas et à son équipe un surcroît de temps pour parvenir à les identifier. Un peu de temps, c'était l'unique moyen dont ils disposaient pour anticiper leurs plans secrets.

53

22 heures et 50 minutes
après le début de la prise d'otages

Épuisés, les membres de l'équipe de négociation s'étaient relayés pour dormir quelques heures, mais Bakary n'avait pas fermé l'œil de la nuit. Il regarda la vapeur se dégager du percolateur, puis se tira un expresso, le cinquième depuis qu'il s'était levé, deux heures plus tôt.

Durant la nuit, Christophe réussit à installer un interrupteur qui lui permit de stopper matériellement la transmission des données audio, en bloquant les connexions de cuivre à l'intérieur de l'ordinateur de Bakary. Viviane et le commandant Verdon avaient longtemps hésité, même après la déconvenue de la veille, à courir le risque de couper le flux vers le site de Charlot. Ils craignaient sa réaction, mais Andreas les avait convaincus : il fallait prouver aux preneurs d'otages qu'ils devaient composer avec un adversaire de taille.

Les nouvelles apportées par Chantal n'étaient guère enthousiasmantes. La lettre du secrétariat d'État aux Migrations accordant l'asile à Saleh n'était pas arrivée. Pire, la question était visiblement toujours débattue dans les plus hautes sphères du gouvernement.

— Mais c'est pas vrai ! s'écria Bakary.

— Calme-toi ! lui dit Chantal.

— Désolé, mais c'est la première fois que je me sens autant en porte-à-faux dans une situation de négociation. Quoi que je dise ou fasse, je me fais balader ! Charlot n'en fait qu'à sa tête !

— Tu as déjà réussi à obtenir la libération des enfants, lui rappela Chantal pour essayer de lui redonner confiance.

— Peut-être, mais c'était certainement prévu dans son plan. Ce n'est pas moi qui suis parvenu à le convaincre.

— Ne te sous-estime pas.

Sentant son collègue fébrile, Chantal se risqua à proposer un échange.

— Dis-le-moi, si tu veux que je te remplace.

Piqué au vif, Bakary fixa sa cheffe. Il avait besoin d'empathie et d'encouragement, pas d'un remplaçant. Il se savait compétent, l'un des meilleurs. Ce n'était pas pour rien qu'il avait été choisi pour cette mission délicate. Il sortit un tissu de sa poche, et nettoya soigneusement ses lunettes en faisant mine de réfléchir, puis secoua la tête.

— Ça ne va pas être simple... mais je continue ! Tant qu'on ne sait pas qui il est, nous n'aurons aucun point d'accroche pour tenter de toucher une corde sensible.

— Je vais voir avec Andreas où ils en sont, dit Chantal en se levant.

À ce moment, la sonnerie de l'ordinateur signala un appel entrant. Chantal reprit place sur sa chaise, Bakary s'installa face à son écran et déclencha l'interrupteur pour permettre au flux audio de transiter. Charlot s'était forcément rendu compte que le son provenant de la cellule de négociation ne lui parvenait plus.

Bakary prit son galet dans sa main, inspira profondément, se recentra sur lui-même et accepta l'appel.

Charlot apparut à l'image, assis les bras croisés, à sa table dans la taverne du Dessaloir. Un léger sourire se dessinait au coin de ses lèvres, presque imperceptible. Ses yeux semblaient briller.

Dans une prise d'otages classique, le ravisseur passait par différentes phases émotionnelles tout au long du processus : la peur, la colère, le déni, l'angoisse, la révolte... Mais Charlot paraissait au-dessus de tout cela, comme indifférent. Et c'était ce qui inquiétait Bakary.

Toujours aussi décontracté vingt-trois heures après le début de la prise d'otages, il restait maître de la situation. Son visage ne trahissait aucun signe de fatigue ou de faiblesse. Les émotions semblaient n'avoir aucune prise sur lui. Au contraire, Charlot provoquait Bakary à un duel virtuel. Ce combat à armes inégales tournait à l'avantage de Charlot. Une victime de plus avait péri la veille, sans qu'ils puissent l'empêcher. Or Bakary était prêt à mener une lutte acharnée contre son adversaire. Paradoxalement, il devait essayer de convaincre Charlot que ce duel se transformait en collaboration afin de sortir de cette crise.

Charlot fit défiler deux phrases sur sa tablette en fronçant les sourcils :

JE NE VOUS ENTENDS PLUS !
QUEL DOMMAGE...

Il fit à nouveau glisser son doigt sur l'écran, alors que Bakary tentait de dissimuler la tension qui l'habitait en manipulant son galet hors du champ de vision de la caméra.

BRAVO À CHRISTOPHE !

Se montrait-il beau joueur ? s'interrogea Bakary. Il lui adressa un sourire timide.

En réponse, le visage de Charlot se contracta et redevint grave. Il lui présenta le message suivant :

PASSONS AUX CHOSES SÉRIEUSES.

Bakary afficha un regard déterminé et se jeta à l'eau.

— Comme vous le supposez sans doute, la lettre qui confirme le droit d'asile ne nous est pas encore parvenue.

Charlot demeura impassible, le visage figé comme un masque vénitien.

— Vous n'êtes pas sans savoir que cette décision n'est pas de notre ressort. Le commandant de la police est en contact avec le Conseil fédéral, et j'ai bon espoir. La lettre va bientôt arriver.

Charlot décroisa les bras, inclina légèrement la tête et laissa errer son regard sur la voûte de la taverne.

— En attendant que ce document nous parvienne, je vous propose que nous discutions de la manière de résoudre cette situation.

Charlot saisit sa tablette, commença à rédiger, puis la tourna vers la caméra :

MENSONGES... !

Bakary écarquilla les yeux.

— Un menteur, moi ?

Charlot répliqua :

VOUS N'EN SAVEZ RIEN...

Bakary hocha doucement la tête, tout en serrant les lèvres.

— C'est vrai, Charlot, nous ne pouvons pas être certains que cette lettre va arriver. Mais jusqu'à présent, nous avons fait notre maximum pour satisfaire vos revendications. Et nous continuons à le faire dans la mesure du possible. Je vous demande de m'accorder votre confiance. Je suis là pour vous aider.

Charlot singea alors un rire à gorge déployée, puis, le visage impassible, écrivit trois nouveaux messages :

VOUS FAIRE CONFIANCE ??

... ET LE DARD HIER SOIR !!!

COMPRENEZ MA RÉTICENCE...

Bakary éleva la voix et durcit le ton.

— Ce que je comprends, c'est que vous cherchez à abuser de ma bienveillance. Vous me prenez pour un débutant ? Cela ne restera pas sans conséquence, j'espère que vous en êtes conscient ?

Charlot lui jeta un regard empreint de colère, le visage crispé, et se mit à écrire de manière compulsive.

— Si vous êtes assez naïf pour croire que nous allons attendre sans rien entreprendre...

Chantal secoua discrètement la tête. Bakary devait faire preuve de détermination, mais il fallait éviter à tout prix de s'emporter. Elle lui glissa à l'oreillette :

— Adoucis un peu le ton...

Bakary poursuivit sur un rythme plus posé :

— Charlot, chacun de nous deux cherche à résoudre cette crise à sa manière. Il faudrait qu'on trouve un chemin commun.

Les traits du visage de Charlot se détendirent. Il afficha coup sur coup les phrases qu'il avait rédigées. Celles-ci arrivèrent en décalage par rapport à l'échange.

NAÏF, MOI ?
VOUS N'AVEZ PAS COMPRIS...
... J'AI TOUJOURS UN COUP D'AVANCE.
ET JE SUIS D'ACCORD :
CHACUN DOIT ASSUMER SES ACTES !
VOUS EN ÊTES CONSCIENT ?

Bakary choisit de mettre Charlot face à ses responsabilités.

— Charlot, si vous et moi n'élaborons pas une ébauche de solution, le DARD n'aura pas d'autre choix que d'intervenir à nouveau. Vous le savez aussi bien que moi.

Charlot ne broncha pas.

— Je suis là pour éviter que tout cela se termine mal.

La réponse de Charlot ne tarda pas :

MAL POUR QUI ?

Bakary scruta intensément son interlocuteur au travers de l'objectif.

— Pour les otages et pour vous. Je ne crois pas que vous leur souhaitiez du mal. Votre requête pour venir en aide à Khourchid est tout à fait louable. Je comprends que ce soit important pour vous...

Bakary laissa sa phrase en suspension avant de conclure :

— Un bain de sang n'arrangerait rien.

Charlot, le visage neutre, reprit sa tablette, traça quelques mots, et fixa la caméra.

QUE ME PROPOSES-TU ?

Bakary était enfin parvenu à faire fléchir Charlot. Il en profita.

— Vous nous envoyez un train dans lequel se trouveront Jacqueline, la guide, les deux enseignantes, Natacha et Adeline, et Adam. Moi, je monte dans le wagon et je reviens avec le conducteur pour que nous puissions parler face à face.

C'est seulement après avoir répondu que Bakary s'en rendit compte. Pour la première fois, Charlot l'avait tutoyé.

54

23 heures et 12 minutes
après le début de la prise d'otages

Andreas observait attentivement la conversation entre Charlot et Bakary depuis le fourgon de commandement. Charlot les devançait à nouveau d'un coup. En félicitant nommément Christophe, il montrait qu'il connaissait l'identité de celui qui avait déjoué le piratage, et prouvait qu'il continuait à espionner les faits et gestes de la police.

Charlot avait réussi à mettre en place un dispositif d'écoute via son site Internet et il contrôlait le système de vidéosurveillance. Peut-être n'avaient-ils pas tout découvert? Ou alors une personne l'informait en temps réel... Andreas devenait sans doute un peu parano. Il fallait impérativement qu'ils trouvent un moyen d'isoler Charlot et l'empêchent d'accéder à tous ces renseignements, sans quoi il garderait sur eux un avantage qui pourrait se révéler décisif.

À la proposition de Bakary de le rejoindre dans la mine, Charlot avait esquissé un sourire narquois qui ne présageait rien de bon. Andreas l'avait ensuite vu baisser les yeux et pencher la tête à gauche. Charlot avait regardé avec attention sa montre, avant de couper la connexion. Andreas se répétait les derniers mots: «Chacun doit assumer ses actes! Vous en êtes conscient?» lorsqu'il entendit Maxime annoncer qu'un wagon en roue libre venait de passer sur les images des caméras de surveillance de la galerie du Bouillet.

Andreas sortit précipitamment du fourgon et se rua sur une voiture de police stationnée à une trentaine de mètres. Il fit signe au gendarme de lui donner les clés, sauta au volant et démarra en trombe en direction de la mine. Il tira de toutes ses forces sur le frein à main. Le véhicule fit une embardée, son côté droit vint s'écraser contre l'entrée du tunnel. Andreas ouvrit la portière et bondit hors de la voiture, juste à temps. Le wagon percuta le flanc de la voiture. Andreas fut violemment projeté en arrière par le souffle d'une déflagration.

55

24 heures et 36 minutes
après le début de la prise d'otages

Après l'explosion, Andreas fut transporté d'urgence vers une des ambulances stationnées non loin de l'auberge. Protégé par la voiture de gendarmerie, il s'en sortait indemne, mais souffrait de légères lésions au visage. Sa cheffe, Viviane, insista pour l'envoyer à l'hôpital, Andreas refusa. Ses blessures pansées, il retourna aussitôt sur la scène du carnage où gisait le cadavre déchiqueté d'un otage.

Doc était sur les lieux. Selon lui, la charge avait été placée sur la poitrine de la victime, la paroi abdominale étant complètement éclatée. Le corps avait subi de multiples fragmentations, le visage était méconnaissable. Les membres étaient dilacérés, certains entièrement détachés du reste de la dépouille.

Après cette exécution, Charlot avait froidement fixé un nouvel ultimatum pour que lui soit remise la lettre accordant l'asile à Saleh. À 11 heures précises. Charlot étant en discussion avec Bakary au moment de la détonation, un complice avait forcément lancé le wagon dans la pente en direction de la sortie.

Cette troisième victime confirma le pressentiment funeste d'Andreas : peu importait la tournure des événements, Charlot avait prévu de liquider tous les membres du Bloc identitaire suisse.

Avant la déflagration, trois d'entre eux étaient encore retenus prisonniers : Daniel Kursner, Sophie Corboz et Michel du

Pasquier. Malgré le visage méconnaissable du mort, Doc estimait qu'il s'agissait d'un homme.

Les experts de la Brigade de police scientifique déterminèrent que l'explosion avait été déclenchée à l'aide d'un signal radio. À nouveau, Charlot n'avait rien laissé au hasard. Il s'était assuré que l'otage ne puisse pas en réchapper, ce qui, *a contrario*, renforçait la théorie selon laquelle Charlot n'avait eu aucune intention de tuer Elias.

Cette mise à mort révéla cependant une information cruciale. Selon Christophe, l'amorçage n'avait pu s'effectuer depuis la zone touristique où les ondes radio ne passaient pas. Il émit deux hypothèses. Soit l'un des ravisseurs avait accompagné le wagon dans sa descente et sauté du train juste avant de déclencher la bombe, soit une personne avait envoyé le signal depuis l'extérieur.

L'idée d'une taupe au sein de la police taraudait Andreas. Lorsque Christophe avait découvert que Charlot pouvait écouter ce qui se passait dans les locaux occupés par la cellule de négociation, Andreas avait mis de côté ses soupçons. Pourtant, cette hypothèse refaisait surface maintenant.

56

Aaron, assis à la table de sa cuisine, mangeait de la charcuterie et du fromage qu'il avait rapportés de sa journée à Grion lorsqu'il entendit frapper à la porte. Il se leva et alla ouvrir. Louise Kalbfuss, la femme du géologue, se tenait devant lui sous la neige tombante, les yeux boursouflés et une ecchymose sur la joue gauche.

— Viens. Entre.

Elle le suivit et s'assit sur le banc, tremblante. Aaron tenta maladroitement de la réconforter et lui apporta un godet de vin rouge. Ce n'était pas la première fois qu'elle débarquait inopinément chez lui dans cet état. Comment Kalbfuss pouvait oser lever la main sur elle ?

Aaron se remémora la première fois qu'il avait posé les yeux sur elle, le jour de son arrivée à Bex. Lorsqu'il était entré dans l'hôtel de l'Union, les frêles épaules dénudées et le visage lumineux de la jeune femme l'avaient immédiatement séduit. En croisant son regard, il s'était senti rougir. Louise gardait un souvenir à la fois amusé et attendri de ce moment.

Leur deuxième rencontre eut lieu lorsque Aaron emménagea dans la maison de Samuel Ansermet. Louise, sa nouvelle voisine, était venue lui offrir, en cadeau de bienvenue, un pot de confiture de mirabelles qu'elle avait confectionné.

Il la regarda avec affection.

— Je n'en peux plus, soupira-t-elle, le visage embrumé.

— Que s'est-il passé, cette fois?

— Charles est rentré d'une partie de chasse avec ses amis. Il était pressé, car il devait se rendre à l'hôtel de l'Union pour la célébration du solstice de la Saint-Jean.

— Tu n'étais pas invitée?

— Non, seuls les hommes membres de la loge maçonnique peuvent y participer. Il était furieux que je ne lui aie pas préparé ses habits du dimanche. Il m'a reproché d'être en retard, c'était ma faute. Puis il m'a frappée à toute volée.

Aaron avança sa main et la posa sur celle de Louise. Après un moment de silence, elle se tourna vers lui.

— Je le hais!

— Quitte-le...

— Et qu'est-ce que je ferais, alors?

— Tu pourrais venir habiter avec moi.

— Tu sais bien que je ne peux pas. Charles est le syndic. Il a de l'influence, du pouvoir. Moi, je ne suis rien. Je ne suis bonne qu'à lui obéir et à répondre à ses moindres désirs.

Louise éclata en sanglots.

Aaron se rapprocha d'elle et la serra contre lui. Peu à peu, elle se calma, essuya ses larmes et lui adressa un sourire reconnaissant. Sa touchante maladresse pour la réconforter, son invitation à venir habiter chez lui l'émouvaient. Elle posa sa tête sur son épaule et murmura: «Je t'aime».

57

25 heures après le début de la prise d'otages

Le premier point-presse de la journée se tenait devant un auditoire plein à craquer. Au-delà des représentants de la médiasphère francophone présents la veille, une meute de journalistes suisses allemands et même étrangers avaient afflué.

Felley, le porte-parole de la police cantonale, avait maintenant établi la cellule de communication dans la grande salle de Bex, afin de maintenir les journalistes à distance de la zone de crise. Deux de ses collaboratrices spécialistes en relations presse l'épaulaient.

À intervalles réguliers, pendant les points-presse, ils leur donnaient un communiqué ainsi que des images officielles prises par le *pool images*, constitué d'un photographe et d'un caméraman. Ils étaient convenus avec certains d'entre eux, qui se montraient de plus en plus insistants, de les emmener sur la zone de crise. L'« équipe communication » leur permettrait de réaliser quelques clichés de manière disciplinée et contrôlée.

Felley grimpa sur l'estrade, accompagné d'Andreas. Le porte-parole ruminait ses déclarations. Charlot étant certainement à l'écoute, il lui fallait faire preuve de prudence. D'autant qu'en s'exprimant sur Facebook Live le preneur d'otages s'était attiré le soutien d'une partie de l'opinion publique. La vidéo avait déjà été partagée des milliers de fois et agitait la Toile. Le responsable des réseaux sociaux de la police, qui assurait la veille sur Internet, le tenait régulièrement au courant du contenu des commentaires, discussions et partages. Certains voyaient en lui une sorte de héros archétypal, un Robin des Bois contemporain. La plupart semblaient prêts à lui pardonner ses crimes.

Le porte-parole prit place derrière le pupitre et alluma le micro.

— Mesdames et messieurs, la prise d'otages est encore en cours dans les Mines de sel. Nos négociateurs sont toujours en contact avec le ravisseur, qui se fait appeler Charlot. Après avoir obtenu la libération des élèves, ils sont parvenus à faire sortir deux des employés affectés à la production de Fleur des Alpes ainsi qu'une serveuse, hier dans l'après-midi. D'ici la fin de la matinée, d'autres otages devraient être relâchés.

— En échange de quoi? lança une pigiste du fond de la salle.

— Une nouvelle rançon a-t-elle été versée?

Irrité, Felley fulmina intérieurement contre l'employé de banque ou de la société de transport responsable de cette fuite. L'obstination des journalistes était décidément proportionnelle à l'incapacité des gens à garder un secret.

— Je ne peux pas vous répondre.

— Qui a payé la rançon pour les enfants?

— Comme je l'ai expliqué hier...

— Est-ce le père de Valentine, Frédéric Mercier? l'interrompit l'un des reporters.

— La personne en question désire rester anonyme.

— À quel montant s'élève la rançon?

— C'est une information que nous tenons pour l'instant à garder confidentielle.

— *It seems The Tramp is still keeping one of the kids hostage**, poursuivit un anglophone au premier rang.

Au fond de la salle, une interprète travaillait en simultané.

— C'est exact, concéda Felley.

— De qui s'agit-il?

— Je ne peux pas vous répondre, désolé.

— Est-ce le neveu de l'inspecteur Auer?

— Combien d'otages se trouvent encore à l'intérieur?

---

* Il paraît que Charlot a gardé en otage un des enfants.

— Combien y a-t-il de ravisseurs au total ?

Les questions déferlaient.

— S'il vous plaît, répéta-t-il d'une voix ferme. Laissez...

— Mister Felley, pouvez-vous nous dire si vous avez identifié Charlot ? le coupa l'un des correspondants étrangers avec un accent américain.

— Laissez-moi finir ! tonna le porte-parole.

Le brouhaha cessa. Felley poursuivit :

— En plus de l'élève qui n'a pas été libéré, plusieurs autres otages sont encore retenus prisonniers. Parmi eux se trouvent les deux enseignantes et la guide qui accompagnaient la classe, deux mineurs employés de la saline de Bex, un des conducteurs de train ainsi que trois membres d'une organisation. Tous sont réunis dans le local de conférences.

— Trois ? Hier, vous parliez de six personnes. Est-ce qu'il y a eu d'autres exécutions ?

— Nous en déplorons malheureusement trois.

— Comment sont-ils morts ? Est-ce en lien avec l'explosion que nous avons entendue ?

Nul besoin de décrire les circonstances du premier décès. Les images avaient déjà fait le tour des réseaux sociaux, avant d'être relayées par la presse. Le reporter amateur avait été identifié. La caissière de l'accueil du site touristique avait filmé la sortie du premier wagon depuis le bâtiment administratif et envoyé les clichés à son mari. Tout le personnel avait depuis lors été transféré, loin de la zone de crise.

Le bouclage de sécurité avait également été déplacé aux Dévens, à plus d'un kilomètre de là, bloquant ainsi la seule route d'accès aux mines. De nombreux gendarmes continuaient à surveiller les alentours afin d'éviter que des curieux ne s'approchent. Ils avaient même déployé un *drone killer* pour désactiver les véhicules aériens sans pilote qui tenteraient de survoler le secteur. Cet appareil qui ressemblait, en plus court, à un fusil *bullpup*[*], permettait de

[*] Type d'arme dont la culasse et le canon sont reculés le plus profond possible dans la crosse, ce qui la rend plus courte.

neutraliser les drones à une distance de huit cents mètres. Comme si elle n'avait pas assez à faire, la police devait de surcroît dépenser une énergie considérable pour sécuriser les lieux.

— Nous avons entendu une forte détonation vers 8h15, ce matin. Est-ce lié à la prise d'otages ? insista le journaliste.

— Un otage a été exécuté cette nuit, à l'intérieur de la mine, répondit Felley après un silence. Un deuxième otage a, en effet, été tué par une explosion non accidentelle ce matin. Comme la première victime, il a été envoyé à l'extérieur de la mine dans un wagon circulant en roue libre. Cette fois, les ravisseurs ont fait usage d'explosifs.

Une rumeur s'éleva dans la salle.

— Un troisième otage a failli subir un sort identique hier, mais nous avons pu le sauver en déjouant le système de mise à feu. Une cellule psychologique a été constituée pour soutenir les familles des victimes, ainsi que les proches des personnes retenues captives. Nous faisons, en ce moment même, tout ce qui est en notre pouvoir pour trouver une solution à cette situation de crise. Nous allons maintenant répondre à vos questions.

Fabien Berset leva la main, on lui amena un microphone.

— Après la demande de rançon, quelles sont les nouvelles revendications de Charlot ?

— Les négociateurs mènent actuellement des pourparlers avec les ravisseurs. Nous ne pouvons rien vous dire de plus à ce stade.

— Qui est ce Charlot ? enchaîna-t-il.

— Vous comprendrez que nous ne pouvons pas divulguer ce genre d'information tant que la prise d'otages n'est pas résolue.

Le micro fut amené à une jeune femme assise au premier rang.

— Qui sont les trois victimes ?

— Deux d'entre elles ont pu être formellement identifiées. Elles faisaient partie de l'organisation qui avait loué une salle pour sa réunion. Mais nous ne pouvons vous révéler leur nom à ce stade.

— De quelle association s'agit-il ? intervint Berset, sans attendre le micro.

Felley jeta un coup d'œil à Andreas avant de déclarer :

— D'une organisation d'extrême droite, le Bloc identitaire suisse.

Fabien Berset hocha la tête. Il s'était dernièrement offert une plongée dans les milieux fascistes romands en vue d'une série d'articles et avait interviewé Daniel Kursner. Affable, le président du Bloc s'était efforcé de paraître mesuré et de signaler son mépris des groupuscules violents. La lutte qu'ils menaient ne passait pas par des camps d'entraînement au tir dans un pays de l'Est ou encore par des formations en arts martiaux. Leur combat était plus subtil. Ils œuvraient à la transformation des mentalités. Pour Berset, c'était de la poudre aux yeux. Malgré l'aura de respectabilité dont il tentait d'habiller son mouvement, l'idéologie restait la même. Seul le *packaging* changeait.

Une image surgit alors de manière inopinée dans l'esprit du journaliste : un visage. Berset, à qui on avait entre-temps donné le micro, posa la question suivante qui, en fait, n'en était pas une :

— Charlot s'imagine donc comme une sorte de Zorro qui combat l'injustice ?

— C'est ce que son intervention sur les réseaux sociaux laisse entendre.

— Cette organisation d'extrême droite constitue-t-elle une cible symbolique à ses yeux ? Ou s'agit-il d'une affaire de vengeance personnelle ?

— Je ne peux pas entrer dans les détails de l'enquête.

— Inspecteur Auer, est-il vrai que Charlot a demandé d'obtenir le droit d'asile pour un ressortissant afghan ? poursuivit Berset, refusant de lâcher le micro.

Avec un entêté pareil, garder des informations confidentielles tenait de la gageure, se dit Andreas.

— Je n'ai aucun commentaire à ajouter.

— Inspecteur ? Pouvez-vous me confirmer que...

— C'est tout pour le moment, coupa Andreas.

Il se plaça en retrait et laissa Felley conclure.

— Mesdames, messieurs. Plus de questions ? Je vous remercie. La conférence de presse est terminée.

Une rumeur persistante s'empara de l'assistance lorsque Felley et Andreas quittèrent la salle.

58

25 heures et 32 minutes
après le début de la prise d'otages

En sortant, Andreas fut hélé par un journaliste et son caméraman.

— Inspecteur Auer, que pouvez-vous nous dire sur ce Charlot ?

— Rien, je n'ai rien à ajouter à ce qui a été dit durant le point-presse.

Au moment où l'opérateur s'approchait pour réaliser un gros plan de lui, Andreas mit la main sur l'objectif et baissa la caméra.

— Ça suffit, bonne journée.

Il se dirigea vers sa voiture et s'apprêtait à déverrouiller la portière, quand une voix familière l'interpella.

— Inspecteur Auer !

Sans prendre la peine de se retourner, Andreas sauta dans son véhicule et démarra le moteur. Fabien Berset courut, se posta devant la BMW et posa ses mains sur le capot.

— Je crois que je sais qui c'est !

Andreas hésita un instant avant de baisser sa vitre.

— Montez !

Il démarra et roula jusqu'à l'extérieur de Bex où il se gara dans un chemin forestier.

— Racontez-moi ce que vous savez !

— En voyant Charlot sur les images Facebook, son visage m'a semblé familier. J'ai d'abord eu un doute. À l'époque, il avait des cheveux longs, une barbe. De plus, je n'arrivais pas à associer la personne que je connais à cette prise d'otages. Mais quand j'ai appris qu'il séquestrait un groupe d'extrême droite, ça a fait *tilt*. Un collègue de travail avec qui j'avais noué une solide amitié a été licencié, il y a deux ans. Il a sombré dans l'alcool. Sa femme l'a quitté. Je l'ai hébergé quelques semaines, mais après le divorce, la situation a dégénéré. J'ai dû lui demander de partir. Ensuite, on s'est perdus de vue.

— Vous vous souvenez de la date ?

— De mémoire, il a été licencié en janvier 2015. Sa femme l'a mis à la porte juste avant l'été. Il est venu chez moi début juin et il est resté jusqu'à la fin du mois de juillet.

— Et après ? Plus de nouvelles ?

— Je ne l'ai revu qu'une fois, alors que je me promenais sur les quais à Vevey. Il faisait du mime, déguisé en Charlot. C'est lui qui m'a apostrophé, sinon je ne l'aurais pas reconnu. Il ne m'avait jamais parlé de son activité de mime.

— C'était quand ?

— En septembre 2015, mais je ne suis pas certain de la date.

— Votre ami a-t-il une couronne de laurier avec le chiffre 88 tatoué sur le cou ?

— Oui, c'est la trace de son triste passé.

59

25 heures et 51 minutes
après le début de la prise d'otages

Chantal entra en trombe dans la cellule de négociation, une enveloppe dans les mains.

— C'est bon, la lettre est là !

Bakary prit le pli et l'ouvrit. Il s'assit, soulagé, contacta Charlot sans attendre et lui montra le document.

— Voilà le courrier qui confirme le droit d'asile pour Saleh. Il pourra rejoindre sa famille dès qu'il le souhaite.

Charlot saisit son stylet, griffonna quelques mots, puis tourna l'écran de sa tablette vers l'objectif :

MERCI POUR EUX !

Depuis la dernière communication avec Charlot, Bakary et Chantal avaient discuté de l'intérêt de passer au tutoiement. Selon eux, ce changement n'était pas fortuit. Charlot n'avait pas glissé inconsciemment vers le tutoiement, il avait eu le temps de réfléchir à ce qu'il rédigeait. Peut-être cherchait-il à emmener Bakary sur le terrain de la sympathie ? Si l'empathie était nécessaire, la sympathie restait un écueil à éviter dans une négociation. Mais Chantal et Bakary s'étaient dit qu'un rapprochement pouvait jouer en leur faveur, créer une intimité qui permettrait d'amener doucement Charlot à envisager la reddition.

Bakary se lança, sûr de lui :

— Puisque tu as commencé à me tutoyer, je m'autorise aussi à le faire. Je te propose de libérer les quatre otages dont nous avons parlé et, en retour, la lettre te parviendra.

Charlot fronça les sourcils et esquissa un geste de la main, signalant à Bakary de ne pas aller trop vite. Il écrivit sans se hâter, puis lui montra sa réponse, phrase après phrase :

CE QUE JE ME PERMETS...
... EST UNE CHOSE !

Charlot dévoila alors un visage grave, avant de lui présenter le message suivant :

ON N'A PAS GARDÉ LES COCHONS ENSEMBLE...

Charlot singea un éclat de rire. Quand il s'arrêta, il afficha :

MAIS, SOIT.
ON VA PEUT-ÊTRE DEVENIR AMIS.

Charlot changeait de répertoire et passait à l'ironie. Depuis le début, son talent de mime lui permettait de dissimuler ses propres émotions et empêchait Bakary d'accéder à l'homme qui se cachait derrière le personnage.

— Donc, c'est d'accord ?

La réplique ne tarda pas à arriver :

TU VIENS PAS ME VOIR ?

Bakary s'était laissé emporter en lui proposant de venir lui parler à l'intérieur de la mine. Chantal le lui avait rappelé, il en était hors de question.

— C'était une mauvaise idée.

Charlot haussa les épaules, la tête penchée sur le côté, puis rédigea plusieurs nouvelles phrases sur sa tablette :

MES CONDITIONS :
LE CONDUCTEUR VIENT CHERCHER LA LETTRE...
... ENSUITE LES OTAGES SORTIRONT.

Bakary n'insista pas.

60

26 heures et 2 minutes
après le début de la prise d'otages

Andreas grimpa dans le fourgon et s'exclama aussitôt :
— Charlot s'appelle Hugo Duverney !
— C'est qui ce Duverney ? demanda Verdon.
Viviane lui lança un regard abasourdi.
Andreas répondit au commandant, tout en scrutant sa cheffe :
— C'est un ancien journaliste.
— Comment tu as trouvé son identité ? l'interrogea Viviane.
— C'est Fabien Berset qui l'a reconnu, au moment de la conférence de presse. Lorsqu'il a entendu qu'un groupe d'extrême droite était retenu en otage, ses doutes se sont éveillés. Duverney était un de ses collègues. Il a été licencié du journal pour lequel il travaillait. Berset l'a hébergé quelques semaines et, par la suite, il a perdu sa trace. Mais il l'a revu par hasard l'année dernière. Il faisait le mime suiveur, sur les quais, à Vevey. Berset m'a dit que Duverney était très impliqué dans la défense des droits de l'homme.
— Comment ça ?
— Il a rédigé de nombreux articles au sujet des mouvements néonazis en Suisse. Et selon Berset, il était assez virulent sur le sujet. Il aurait aussi écrit des papiers sur des personnes victimes de discrimination et autres injustices...
— Bien joué ! Enfin, on tient une piste !

— Que sais-tu de plus sur lui ? demanda Chantal.

— Après son licenciement, il a sombré dans l'alcool et sa femme a lancé une procédure de divorce. C'est tout, mais j'ai envoyé Karine et Kinga rencontrer son ex-épouse à Martigny.

Chantal se leva pour aller rejoindre la cellule des négociateurs et leur apprendre la nouvelle.

Jeannot, le conducteur, assurait tous les trajets entre l'intérieur et l'extérieur de la mine, continuant à assumer courageusement sa fonction, entre captivité et liberté. Lorsqu'il aurait apporté la lettre à Charlot, le convoi repartirait avec les otages. Si Charlot ne s'était pas moqué d'eux, Adam serait libéré. Charlot avait accepté l'accord de Bakary, mais Andreas doutait qu'il tienne sa promesse.

Andreas sortit retrouver Viviane et lui quémanda une cigarette. Sa cheffe semblait anormalement nerveuse.

— Tu le connais ? demanda Andreas.

— Qui ça ? répondit-elle en détournant le regard.

— Duverney ?

— Non, affirma-t-elle brusquement.

61

26 heures et 46 minutes
après le début de la prise d'otages

Karine était accompagnée de Kinga. Elle sonna à la porte de la villa. La maison se trouvait à deux pas de la fondation Gianadda, où son mari l'avait emmenée dernièrement voir une exposition sur Hodler, Monet et Munch. Contrairement à Luca, Karine connaissait mal la peinture, mais elle avait contemplé avec une curiosité ravie ces tableaux si proches et différents de trois artistes qui ne s'étaient jamais côtoyés.

Vivre en couple était assez nouveau pour Karine. Fille unique, elle avait grandi avec des parents aimants, mais n'avait jamais eu envie de reproduire le modèle familial. Jusqu'à sa rencontre avec Luca, quatre ans plus tôt. Elle menait alors une existence libre, centrée sur son travail à la brigade criminelle. Son mariage n'avait pas entamé son besoin d'indépendance et Luca acceptait de la *partager* avec Andreas.

Une femme dans la petite quarantaine, silhouette athlétique et cheveux courts, ouvrit la porte.

— Nicole Ballet ? Inspecteurs Nowak et Joubert. Nous souhaiterions vous poser quelques questions au sujet de M. Duverney, dit Karine. Pouvons-nous entrer ?

L'ex-épouse d'Hugo Duverney les précéda dans le salon. Un adolescent jouait sur sa console, affalé sur le canapé.

— Brian, laisse-nous un moment, s'il te plaît. Va dans ta piaule.

Contrarié, son fils jeta la manette d'un geste rageur et monta nonchalamment l'escalier avant de claquer la porte de sa chambre.

Karine et Kinga s'installèrent sur le canapé, Nicole s'assit en face d'elles, l'air soucieux.

— Il est arrivé quelque chose à Hugo ?

— Vous êtes au courant pour la prise d'otages dans les mines, je suppose ? demanda Karine.

— J'ai vu les infos à la télévision, concéda-t-elle, sans comprendre.

— Il semblerait que votre ex-mari soit un des ravisseurs.

— Hugo ? C'est impossible !

— Il communique avec la police, déguisé en Charlot, expliqua Kinga.

Devant son air interloqué, Karine lui présenta une photo.

— C'est bien lui. Mais pourquoi ? Qu'est-ce qu'il veut ?

— Vous n'avez pas vu la vidéo diffusée sur les réseaux sociaux ?

— Non.

Kinga lui montra l'enregistrement sur son smartphone. Nicole Ballet le regarda jusqu'à la fin, stupéfaite.

— Ça, c'est tout lui. Il a mal tourné dans sa jeunesse. Il s'est laissé embrigader dans un mouvement d'extrême droite avant de retourner sa veste et de consacrer sa vie à lutter contre ses anciens amis. Il en garde d'ailleurs un épouvantable tatouage.

— Pourquoi n'a-t-il pas fait enlever ce tatouage ? demanda Kinga.

— Il voulait le conserver comme ce qu'il appelait « l'empreinte indélébile de la période la plus sombre de son existence ». Il portait des cheveux longs pour couvrir sa nuque et il enroulait toujours une écharpe autour de son cou.

— Et vous, cela ne vous dérangeait pas de voir ce tatouage ?

— Si. J'ai essayé à maintes reprises de le convaincre de le faire enlever. Mais ça n'a servi à rien. Son obstination... C'est ce qui m'a plu chez lui au départ, et c'est ce que j'ai haï plus tard.

Kinga et Karine laissèrent s'installer le silence pour l'encourager à continuer.

— Hugo était journaliste. Il réalisait des reportages et rédigeait des articles pour dénoncer les dérives fascistes et néonazies.

Surtout, il parlait des victimes et des injustices qu'elles subissaient. Il était très impliqué et luttait avec conviction. Il écrivait également pour *La Horde*, un site antifa.

— Comment avez-vous fait connaissance?

— On s'est rencontrés lors d'une soirée organisée par un groupe antifasciste en Suisse.

— Vous étiez donc aussi engagée dans la même cause?

— Oui, mais moins que lui. C'est la détermination dont il faisait preuve qui m'a séduite.

— Et d'où lui vient son intérêt pour Charlot? demanda Kinga.

— Un jour, il y a plusieurs années, Hugo est rentré en me disant qu'il allait commencer à suivre des cours de théâtre pour devenir mime. Il avait parfois des lubies. Là, il est allé jusqu'au bout de son idée. Ça m'a d'ailleurs surprise qu'il puisse s'investir autant dans quelque chose d'aussi éloigné du journalisme.

— Quand l'avez-vous vu pour la dernière fois?

— Chez le juge, au moment du divorce, en mai 2016.

— Comment était-il à ce moment-là?

— Étonnamment, il semblait bien dans sa peau. Il avait bonne mine. Il m'a dit qu'il avait arrêté de boire, qu'il s'apprêtait à commencer une nouvelle vie.

— Il vous a expliqué ce qu'il entendait par là? demanda Kinga.

Karine jeta un regard à l'aspirante. Sans même avoir fini sa formation, Kinga participait à sa première enquête sur le terrain et s'impliquait déjà comme une professionnelle. Son audace, à la limite de l'impudence, lui rappela ses propres débuts dans la police.

— Je lui ai demandé s'il avait quelqu'un dans sa vie. Il m'a répondu sèchement que ça ne me concernait plus.

— Votre fils l'a-t-il revu? poursuivit Kinga.

— Il ne veut plus le rencontrer depuis que le juge m'a accordé sa garde exclusive.

À cet instant, Brian, qui avait pris soin de claquer la porte pour faire croire qu'il était dans sa chambre, fit irruption dans le salon.

— Papa est passé me voir à la sortie des cours, la semaine dernière.

— Quoi? Et tu ne m'en as pas parlé?

— Brian, que voulait ton père? l'interrogea Karine.

— Il m'a proposé d'aller prendre un verre, mais j'ai refusé. Il m'a juste dit qu'il m'aimait et qu'il espérait que bientôt je serais fier de lui. Qu'il s'apprêtait à accomplir quelque chose de bien ! Et quand je me suis éloigné, il m'a encore dit que ce serait peut-être la dernière fois qu'on se voyait.

— Et tu n'as pas trouvé ça bizarre ?

— Je n'ai pas compris ce qu'il voulait dire. Et d'ailleurs, je m'en fous !

— Pourquoi avez-vous divorcé ? demanda abruptement Kinga.

— C'est une longue histoire...

— C'est un salaud ! s'exclama Brian. Il a trompé ma mère. Puis il nous a abandonnés.

— Brian, laisse-moi parler. Notre relation n'était plus au beau fixe. Pourtant je l'ai aimé de tout mon cœur, mais il avait ses travers...

Nicole Ballet resta songeuse, puis poursuivit :

— J'espérais qu'on pourrait se retrouver, lui et moi. Mais je n'ai jamais pu lui pardonner son infidélité. C'est comme si quelque chose s'était cassé entre nous. Quelques mois après cette histoire, Hugo a perdu son job dans le cadre d'une restructuration. C'était en janvier 2015. Il a répondu à quelques offres d'emploi, sans succès, et a plongé dans une dépression, puis il a commencé à boire. J'ai essayé de le convaincre de se soigner, mais il n'a rien voulu savoir. Il était obstiné dans le bien comme dans le mal. Les choses sont devenues invivables, et n'ont fait qu'empirer. Quand je lui ai demandé de quitter la maison, il est d'abord allé habiter chez un ami.

— Quel ami ?

— Un de ses anciens collègues, un journaliste, Fabien Berset. Il m'a contacté quelques semaines après notre séparation pour m'expliquer qu'il avait dû mettre mon ex-mari à la porte, tant il était insupportable. Hugo est venu me demander si j'acceptais qu'il revienne à la maison. J'ai refusé. Je lui ai suggéré de s'adresser à l'aide sociale, mais il a préféré devenir clochard.

Karine se tourna vers Brian.

— Est-ce que tu serais d'accord de parler à ton père ?

— Non. Je me fiche de ce qui lui arrive !

62

26 heures et 58 minutes
après le début de la prise d'otages

Charlot affichait un sourire satisfait. Lorsqu'il avait reçu la lettre, il avait immédiatement envoyé une photo du document à son amie pour lui annoncer la nouvelle. Il avait ensuite relâché trois otages : les deux enseignantes et la guide. Adam était resté avec lui.

Bakary chaussa ses lunettes et commença d'un ton calme :

— Tu nous avais promis qu'Adam serait libéré.

S'impatientant de la réponse de Charlot, il triturait son galet au fond de sa poche.

J'AI CHANGÉ D'AVIS.

Bakary s'apprêtait à réagir, lorsque Charlot leva un doigt pour lui signaler qu'il n'avait pas terminé. Il lui montra un deuxième message :

TROIS PERSONNES, C'EST SUFFISANT.

Les deux négociateurs restèrent muets. Ils s'étaient interrogés sur la pertinence de révéler à Charlot qu'ils connaissaient son identité. L'idée semblait risquée à certains égards, mais pouvait leur permettre de le déstabiliser et les aider à reprendre le dessus.

Bakary rompit le silence.

— Est-ce que je peux t'appeler Hugo ?

Le visage renfrogné, Charlot toisa son interlocuteur, puis posa sa tablette. Ses lèvres s'entrouvrirent. À la grande stupéfaction de tous, il lâcha d'une voix bien timbrée, lui qui, jusque-là, avait refusé de s'exprimer oralement :

— Bravo ! Vous avez mis le temps.

Bakary ne releva pas le sarcasme.

— Content d'entendre enfin le son de ta voix, Hugo.

— J'aimerais que tu continues à m'appeler Charlot !

Un silence trouble s'installa, chacun attendant que l'autre le brise.

— Tu sais, je pense que tu es quelqu'un de bon, au fond, commença Bakary.

Hugo hocha la tête.

— Du coup, je ne comprends pas pourquoi tu gardes ce garçon en otage. Il doit être terrifié.

— Ne t'inquiète pas pour lui. Ce gosse a du caractère.

— Tu as un fils, toi aussi. Brian, c'est ça ?

— Écoute, Bakary, je commençais tout juste à t'apprécier. J'étais à deux doigts de te proposer de faire *schmolitz** pour officialiser le tutoiement. Alors, ne gâche pas tout.

Chantal venait de comprendre pourquoi Duverney ne souhaitait pas être appelé par son vrai prénom. De plus, il avait bloqué la tentative de Bakary d'évoquer son fils Brian. Il entendait rester dans la peau de Charlot. Garder ses distances. Il s'interdisait d'établir une relation plus intime avec Bakary.

— Je voulais seulement qu'on fasse un peu mieux connaissance.

— Ne me prends pas pour un con. Tu mentionnes mon fils pour essayer de m'attendrir. Ensuite, tu vas le faire venir pour qu'il me parle.

---

* Rituel suisse qui consiste à se servir un verre de vin chacun. On le prend dans la main droite, on croise son bras avec celui de l'autre, puis chacun boit son verre. Après ce rituel, on se tutoie.

— Tu sembles être au fait des techniques de négociation.

— Pas vraiment, mais je connais l'être humain. Donc, je te connais. Je sais qui tu es, Bakary, dit-il en dardant son regard sur lui.

Chantal, toujours assise en face de Bakary, assistait en direct à la conversation sur son ordinateur. Elle devait admettre que Duverney était très fort. Il refusait de baisser sa garde. Préparé, il s'attachait à garder le contrôle de la négociation et de ses propres émotions. Il se permettait même de renverser la situation pour tenter de fragiliser Bakary et l'emmenait sur un terrain de plus en plus glissant.

— Et maintenant, on fait quoi ? demanda Bakary.

Hugo Duverney ne réagit pas, tant et si bien que Bakary formula une proposition.

— Vois-tu, Charlot, je crois que nous devrions nous accorder du temps pour discuter et essayer de trouver une solution acceptable pour tous. Et...

Hugo partit d'un rire dément, comme le ricanement d'une hyène.

— Pas si vite, mon cher ami.

Bakary se figea.

— Je sais que tu as peur de perdre ce gamin...

Chantal vit Bakary poser son regard sur la carte postale de la savane africaine.

— Ça te rappellerait trop de mauvais souvenirs.

Chantal serra son poing. Duverney venait de confirmer son pressentiment. Il était au courant que son collègue, quelques années plus tôt, avait dû faire face à une situation terrible, une prise d'otages où un père retranché avait tué son fils avant de se suicider. Duverney s'était préparé minutieusement et semblait parfaitement bien renseigné. La manière dont il avait obtenu cette information demeurait cependant une énigme.

Bakary paraissait serein, déterminé à sauver Adam et les derniers otages. Même s'il avait débriefé l'affaire avec le psychologue de la police, une blessure vive subsistait au fond de lui. Il avait d'abord culpabilisé, estimant qu'il aurait dû trouver un moyen pour convaincre le forcené de se rendre. Il avait fait le maximum, toutefois, la folie meurtrière du père n'avait pu être jugulée.

Tout en faisant glisser son galet entre ses doigts, une autre blessure refit surface. Bakary songeait à son petit frère. Chantal l'avait deviné. Elle connaissait cette blessure intime, que son collègue avait partagée à mi-mot avec elle. Lorsqu'il avait cinq ans, Bakary avait vu son petit frère de deux ans basculer dans le vide. Ils jouaient tous les deux sur un balcon. Son petit frère était monté sur une chaise. Leurs parents avaient eu du mal à ne pas le rendre responsable du drame. Bakary avait enfoui ce traumatisme dans son inconscient. C'est seulement à la mort de son père, alors qu'il était adolescent, que sa mère avait fini par évoquer ce frère qui avait continué à exister par son absence. Ce spectre silencieux dont il ne gardait qu'un vague souvenir prit enfin un nom : Demba.

Une psychothérapie l'avait aidé à mettre des mots sur cette souffrance et à se libérer de son sentiment de culpabilité. Son métier de négociateur, parce qu'il lui permettait de sauver des vies, était pour lui l'aboutissement logique de ce vécu douloureux.

— Maintenant que nous t'avons identifié, tu dois savoir que d'une manière ou d'une autre tu vas devoir répondre de tes actes. Si tu acceptes de relâcher les derniers otages, je m'engage à ce que tout se passe au mieux pour toi.

— J'ai encore deux souhaits, coupa Hugo.

Bakary resta silencieux.

— Ensuite, ce sera fini. Je peux te l'assurer.

— Tu as déjà fait des promesses que tu n'as pas tenues.

— Je le regrette, très sincèrement, s'excusa Hugo en souriant.

Puis, redevenant sérieux :

— Regarde-moi droit dans les yeux !

— Oui ?

— À partir de maintenant, tu peux me faire confiance.

— La confiance, ça se gagne...

— Tu as raison, Bakary. Je suis sûr qu'au fond de toi tu sais comment tout cela va se terminer. Toi et moi, on va attaquer ce dernier bout de chemin ensemble...

Même si Charlot s'était mis à parler, le cerner demeurait complexe. Il maniait la parole et la voix avec autant d'aisance que la gestuelle du mime, mêlant le sérieux à l'ironie et au sarcasme.

— Tu obtiendras ce que tu veux. Et moi aussi, dit-il.

— Quelles sont tes demandes?

— Voilà ce que je te propose. Si vous accédez à ma prochaine requête, je libérerai l'un des deux mineurs. Au cas où vous vous posiez la question, je peux vous confirmer qu'ils sont avec les autres otages. Mais je pense que vous l'aviez déjà compris. Lorsque mon dernier souhait sera exaucé, je laisserai sortir le conducteur, le deuxième mineur et le garçon.

— Pourquoi pas les deux mineurs tout de suite?

— Parce que c'est comme ça, rétorqua-t-il sèchement.

— Lequel alors? Alberto ou Éric?

— Cela n'a aucune importance. Tu verras bien.

— Et concernant Sophie et Daniel?

— Ils vont m'être encore utiles.

Hugo Duverney ferma les yeux et posa la main sur son front. Sans rien dire, il se leva avant de revenir deux minutes plus tard.

— Ça va? lui demanda Bakary.

— Ne t'en fais pas pour moi.

Duverney prit le clap de cinéma sur la table et le présenta à la caméra:

SCÈNE 4: VIRTUS JUNXIT MORS NON SEPARABIT
TITRE DU FILM: L'OPINION PUBLIQUE
DATE: 4.3.2017
RÉALISATEUR: CHARLOT
CAMÉRAMAN: L'HOMME INVISIBLE

Il reposa l'ardoise.

— Pour vous faciliter la tâche, la phrase en latin signifie: «Ce que la vertu a uni, la mort ne le séparera pas.»

— Et où veux-tu en venir avec ça?

— Je laisse ton équipe spéculer sur le sens à donner à cette maxime. En attendant, vous allez faire venir l'abbé Mauron, le supérieur du district suisse de la Fraternité sacerdotale Saint-Pie-X.

— Quoi ?

— Tu as bien compris. Lors d'un prochain point-presse, je souhaite que l'abbé, en son nom et au nom de sa communauté, s'excuse d'avoir incité par ses paroles à la haine contre les gays. Et qu'il demande pardon !

— Tu ne cesses de me surprendre. Puis-je te demander...

— Ce n'est pas fini, l'interrompit Hugo. L'abbé Mauron choisira ses propres mots. Mais il devra aussi lire un texte que je vais t'envoyer par courrier électronique. Je vous donne jusqu'à 18 heures. Cela laissera le temps à l'inspecteur Auer d'aller convaincre Mauron à Soleure. En partant d'ici, il faut compter deux heures. La balle est dans votre camp !

63

Eugénie sella et brida les deux chevaux sous le regard impatient de Louise. Elle était entrée à dix-sept ans au service de Charles Kalbfuss, quelques mois après qu'il avait épousé Louise. Libre comme l'air elle était, libre comme l'air elle avait décidé de rester. Elle ne s'était donc pas mariée.

Depuis longtemps, les deux femmes avaient noué une amitié solide, qu'elles se gardaient pourtant d'afficher devant Kalbfuss. Arrogant et violent, le géologue partageait ses journées entre son travail à la mine et ses occupations de notable de la région. Il maltraitait Louise quand il rentrait, mais il n'avait jamais osé lever la main sur sa servante. Et pour cause...

Eugénie était grande et costaude. Son visage anguleux aux traits presque masculins et sa voix grave lui donnaient un air dur, fermement résolu à ne pas se laisser marcher sur les pieds. Les hommes se méfiaient d'elle comme de la peste, certains la fuyaient même, Charles Kalbfuss le premier. Mais sous son apparence farouche, la domestique cachait une sensibilité et une gentillesse auxquelles seule Louise avait accès.

Les deux femmes enfourchèrent leurs chevaux et quittèrent les Dévens. Eugénie avait accroché à sa selle le fusil qu'elle emportait toujours avec elle lorsqu'elle sortait.

— Tu crois vraiment que c'est une bonne idée ?

— Écoute, Louise, tu dois savoir te défendre. Un point, c'est tout.

Lorsque Eugénie avait une idée en tête, il était impossible de la lui enlever. Louise admirait sa détermination. Eugénie était une femme pragmatique, loyale et ne craignait ni Dieu ni diable.

Elles traversèrent le pont de bois sur la Grionne et passèrent devant l'Abbaye de Salaz.

— Tu vois toujours Aaron en secret?

— Nous nous aimons.

Eugénie la considéra d'un regard bienveillant et préoccupé à la fois.

— Louise, j'aimerais te dire que c'est merveilleux. Aaron est un garçon charmant, mais tu sais ce que j'en pense.

— Je dois me méfier de Charles, je sais, fit-elle sur un ton désinvolte.

Les deux femmes s'avançaient dans la magnifique châtaigneraie de la forêt d'Antagnes. Quand elles arrivèrent dans une clairière, elles descendirent de cheval. Eugénie sortit les deux pistolets à silex. Elle expliqua une nouvelle fois à Louise leur fonctionnement: lorsqu'on pressait sur la détente, un morceau de silex fixé sur le chien venait percuter une lamelle de fer et provoquait une gerbe d'étincelles qui propulsait la balle. Louise savait tout cela. Ce n'était pas la première fois qu'elles s'exerçaient au tir. Louise chargea les deux armes par la bouche, enfonçant dans le canon la poudre et la balle enveloppée dans une bourre, à l'aide d'une tige métallique.

Eugénie avait appris à tirer avec son père. Il était chasseur et voulait lui apprendre à traquer le gibier. Elle ne gardait qu'un vague souvenir de sa mère, morte lorsqu'elle avait trois ans. Son père l'avait élevée.

— Vise l'arbre, là-bas, dit-elle. Imagine que c'est une personne armée.

Louise prit sa mire.

— Rappelle-toi que tu n'as qu'une balle, une seule chance...

Louise appuya sur la détente.

— En plein dans le mille, se réjouit Eugénie.

64

28 heures et 39 minutes
après le début de la prise d'otages

Karine et Kinga étaient parties fouiller l'appartement d'Hugo Duverney. Christophe essayait de reconstituer sa vie à partir de ses traces numériques. Il lui fallait analyser ses conversations téléphoniques et informatiques, contrôler ses comptes, rechercher des informations auprès des divers services administratifs, relever ses antécédents judiciaires, afin de dresser un tableau de ses fréquentations et de ses habitudes.

Après avoir passé quelques mois dans la rue, Hugo s'était finalement inscrit à l'aide sociale, en mars 2016. Depuis, il bénéficiait d'un revenu d'insertion. Christophe examina en détail les transactions de son compte postal. Après son divorce, en juin 2016, il avait reçu un montant appréciable correspondant à sa part de la maison familiale, rachetée par son ex-femme. Au fil des semaines et des mois, il avait retiré des sommes d'argent importantes. Désormais, son compte était vide.

Les deux enquêteuses gravirent l'escalier d'un immeuble subventionné de l'avenue de Gilamont à Vevey. Au quatrième étage, elles étaient attendues par la concierge, une assistante de l'Association régionale d'action sociale et un serrurier auquel Karine demanda de forcer la serrure.

Le studio était d'un confort spartiate, tout était parfaitement rangé, rien ne traînait, ni sur la table ni ailleurs. Karine jeta un œil à travers la fenêtre. Visiblement, Hugo Duverney n'avait pas choisi cet appartement par hasard. La vue dominait deux tours de quatorze étages, aux façades recouvertes de deux fresques monumentales, des scènes de films de Charlot. L'une, blanche, représentait le vagabond aux prises avec la machine des *Temps modernes* et la danse des petits pains de la *Ruée vers l'or*. L'autre, noire, rendait hommage à Chaplin, le réalisateur et compositeur de la musique de ses propres films.

Kinga ouvrit la penderie, les étagères étaient vides.

— On dirait qu'il avait prévu de ne pas revenir.

Pendant que Kinga continuait de fouiller, Karine se tourna vers l'assistante sociale.

— Quand l'avez-vous vu pour la dernière fois ?

— Il est venu à son rendez-vous au Centre social régional Riviera à Vevey, comme d'habitude. C'était il y a deux semaines.

— Comment s'est-il comporté ?

— Comme toujours. Charmant. Il ne m'a jamais causé le moindre souci.

— Vous l'avez vu dernièrement ? demanda Karine à la concierge.

— Oui, mercredi passé en fin de journée. Je l'ai croisé dans la cage d'escalier, une valise à la main.

— Il était seul ?

— Non, un jeune homme l'accompagnait.

— Est-ce que vous pourriez me le décrire ?

— Une trentaine d'années environ. Les cheveux clairs, coupés court. Mais je n'ai pas fait très attention.

— Nous allons prendre vos coordonnées. Un de nos collègues vous contactera pour recueillir votre déposition. Il vous sollicitera pour tracer un portrait-robot.

Kinga ouvrait les placards de la cuisine un à un. La jeune aspirante inspecta le frigo, puis la poubelle, vide.

— Les ordures de la semaine ont été ramassées ? demanda Karine à la concierge.

— Oui, hier. C'est le mardi et le vendredi. Par contre le papier et les cartons, c'est le mercredi.

— Pourriez-vous nous conduire au local à poubelles?

La concierge les accompagna au sous-sol et leur montra le conteneur en plastique jaune. Karine le renversa et vida le contenu par terre.

— Désolée, s'excusa-t-elle.

Les deux inspectrices s'agenouillèrent et commencèrent leurs fouilles. Après plusieurs minutes, Kinga se releva et tendit à sa collègue un bout de papier déchiré couvert de notes manuscrites. Deux mots cochés d'un «vu» y figuraient.

— De l'acétone et de l'acide sulfurique.

— À quoi ça peut lui servir? demanda Kinga.

— Si tu les mélanges à de l'eau oxygénée, tu obtiens du peroxyde d'acétone. Ensuite, un simple détonateur suffit à produire une déflagration terrible avec un dégagement de gaz brûlants. Les terroristes y incorporent des billes ou des clous pour un impact maximum.

— On doit pouvoir trouver le reste de la feuille.

Parmi les déchets, elles tombèrent sur une lettre de l'assistance sociale au nom d'Hugo Duverney, un relevé bancaire, ainsi qu'une enveloppe décachetée provenant d'une agence de voyages. Karine en sortit un prospectus avec la photo d'une piscine enchanteresse en pleine jungle balinaise. Peut-être s'y rendrait-elle avec Luca pour les fêtes, songea-t-elle.

— Ah, en voilà un autre bout! s'écria Kinga.

Karine prit le petit morceau de papier des mains de sa collègue.

— Deux Dräger Oxy 6000.

Elle sortit son portable et lança une recherche sur Google.

— Des masques à oxygène.

65

29 heures et 10 minutes
après le début de la prise d'otages

Andreas et Mélaine roulaient à toute allure sur l'autoroute, sirène et feux bleus enclenchés. Andreas prit la sortie de Sursee et s'engagea sur la route cantonale en direction de Rickenbach. En contactant l'abbé Mauron, Viviane s'était gardée d'annoncer la raison de la visite impromptue de deux inspecteurs de la sûreté vaudoise.

Andreas devinait pourquoi Duverney avait suggéré que ce soit lui qui s'attelle à convaincre le supérieur du district de Suisse de faire son mea-culpa devant la presse. Hugo avait expressément mentionné son nom à Bakary, comme si cette tâche lui revenait de droit. Envoyer un policier gay parlementer avec le responsable d'un ordre religieux intégriste ne manquait pas de piquant. Lui-même appréciait l'ironie de la situation.

Le portable d'Andreas sonna. Il mit son oreillette et répondit :

— Salut, Mikaël, ça va ?

— Tout va bien. J'ai pas mal de choses à te dire...

— OK, on n'a pas beaucoup de temps, on arrive dans une dizaine de minutes. Mais avant, j'aimerais te poser une question : tu connais Hugo Duverney ?

— De nom, oui. C'était l'un de mes confrères. Je l'ai forcément rencontré à quelques occasions, mais on ne se côtoyait pas. Pourquoi ?

— C'est Charlot…

— Quoi ? Comment le sais-tu ?

— Grâce à Berset. Ils étaient collègues. Peut-être qu'il a encore gardé des liens avec d'autres journalistes ? Regarde si tu peux glaner des informations à son sujet.

— D'accord. Je t'appelais pour te parler du film *L'Opinion publique*, il faut savoir que Charlie Chaplin l'avait préfacé. Je te lis ces quelques lignes : « L'humanité est composée non de héros et de traîtres, mais simplement d'hommes et de femmes. Et les passions qui les agitent, bonnes ou mauvaises, c'est la nature qui les leur a données. Ils errent dans l'aveuglement. L'ignorant condamne leurs fautes, le sage les prend en pitié. »

Mikaël respira calmement avant de poursuivre. Son état s'améliorait progressivement, mais il conservait des séquelles du long coma dans lequel il avait été plongé*, des problèmes d'élocution et une certaine lenteur de débit.

— J'ai d'abord eu du mal à interpréter ces phrases, mais je pense qu'elles expriment un jugement moral. Le film en est d'ailleurs totalement exempt.

— Et donc ?

— L'abbé Mauron représente la Fraternité sacerdotale Saint-Pie-X pour le district de Suisse. Je suppose que Charlot le compare à un ignorant qui condamne et il lui demande de devenir un sage qui fait preuve de pitié.

— De pitié ?

— Oui, dans le sens de compassion, d'empathie envers autrui.

— Et la phrase latine ? *Virtus junxit* quelque chose ?

— … *mors non separabit* : « Ce que la vertu a uni, la mort ne le séparera pas. » On peut aussi traduire *virtus* par « bravoure ».

— Quel lien avec Charlot ?

— Je ne sais pas trop. Dans le cas de Khourchid, Hugo Duverney s'engage à aider quelqu'un qu'il estime être la victime d'une décision arbitraire et injuste. Ici, peut-être s'agit-il de

* Voir *L'Aigle de sang*, Éditions Slatkine et Cie 2019, Pocket 2020.

quelqu'un qui est décédé ou qui s'est suicidé ? Selon une étude, un gay sur cinq aurait tenté de mettre fin à ses jours.

— Même la mort ne les séparera pas… Peut-être une personne en couple ?

— Si on suit la logique de Charlot, il se pourrait qu'il connaisse quelqu'un dans ce cas. Il en imputerait la faute à cette société de prêtres traditionalistes.

— Il faut que tu cherches si la Fraternité est mêlée à une affaire ayant conduit à un décès.

— Je m'en occupe. En attendant, j'ai glané quelques infos à leur sujet.

— Je t'écoute.

— C'est une communauté intégriste fondée en Suisse par Mgr Lefebvre en 1970. Ils estiment défendre la tradition catholique et refusent les décisions les plus progressistes du concile Vatican II, notamment le dialogue interreligieux, la liberté religieuse et l'abandon du latin dans la célébration de la messe.

— Ça donne le ton…

— En 1988, Lefebvre a ordonné quatre évêques de son propre chef pour assurer l'avenir du mouvement. La réaction de Jean-Paul II ne s'est pas fait attendre. Il les a excommuniés. Mais en 2009, le pape Benoît XVI a levé la sanction pour renouer le dialogue, malgré les déclarations négationnistes d'un des quatre prélats. Sa décision a provoqué un tollé dans le monde catholique.

— Et aujourd'hui ?

— Les différends entre la Fraternité et le Vatican ne sont toujours pas réglés. Le supérieur général de la communauté tient une ligne dure.

— Et en Suisse ?

— Ils ont fait beaucoup parler d'eux en 2016, lors de la *gay pride* à Fribourg. Ils y avaient organisé une contre-manifestation.

66

29 heures et 16 minutes
après le début de la prise d'otages

Christophe abandonna ses recherches pour s'entretenir avec les deux enseignantes qui sortaient de la cellule psychologique. Natacha et Adeline l'attendaient au premier étage.

— Comment vous sentez-vous ?

— Je suis encore sous le choc. C'était terrible, murmura Adeline d'une voix pâle.

— Ça peut aller, fit Natacha, avec calme.

Christophe les observa l'une après l'autre. Chaque otage réagissait à sa manière au traumatisme. Ébranlée, la première semblait avoir besoin de s'épancher, la deuxième restait sur la réserve.

— Avez-vous une idée du nombre de ravisseurs ?

— Deux, je dirais, répondit Adeline.

— Oui, deux individus nous ont pris en otage alors que nous entamions la visite.

— Mais après, c'était la même personne qui s'est chargée de nous apporter à manger, à boire et qui a...

— ... choisi la victime suivante, compléta Natacha.

— Et lorsqu'ils nous ont libérées, c'est encore cette personne qui est venue nous chercher, tandis que l'autre nous attendait à côté du train.

L'entretien n'avait donné aucune nouvelle information. Christophe remercia les deux enseignantes.

— Un gendarme va vous raccompagner chez vous.

Natacha sembla hésiter, puis se risqua :

— Est-ce que je peux vous parler en tête à tête ?

Adeline se leva, l'air interrogateur.

— Je t'attends dehors.

La porte à peine fermée, Natacha se lança.

— J'ai commis une énorme bêtise.

— Je vous écoute.

— C'est à cause de moi si nous sommes venus dans la mine hier.

Christophe la fixa d'un air dubitatif.

— Je ne comprends pas.

Natacha détourna le regard, hésita.

— Quelqu'un m'a obligée à organiser la visite, ce vendredi 3 mars. Hier, le matin...

— Qui vous y a forcée ? Et de quelle manière ?

— J'espère que ça restera entre nous, balbutia-t-elle sans même y croire.

— Ça, je ne peux pas vous le garantir.

Natacha eut une brève hésitation, consciente que ce qu'elle s'apprêtait à révéler bouleverserait son existence.

— J'ai reçu un mail.

Natacha sortit son téléphone, ouvrit sa boîte de réception et le tendit à Christophe.

Il lut le message envoyé le 28 janvier à 3 h 4 :

« Chère Natacha,

Vous constaterez que nous sommes au courant de votre aventure extraconjugale... Rien ne s'ébruitera si vous programmez une excursion dans les Mines de sel de Bex avec la classe 10VP/3. Réservez le vendredi 3 mars à 8 heures. Vous avez une semaine pour vous organiser. Nous saurons si vous avez suivi nos indications.

Merci pour votre aide !

PS. En cliquant sur le lien ci-dessous, vous trouverez la vidéo que nous diffuserons sur Internet si vous ne coopérez pas. »

Tout s'éclairait. Christophe ne parvenait pas à expliquer pourquoi Duverney avait jeté son dévolu sur Adam parmi les élèves. L'adolescent constituait un moyen supplémentaire de pression sur Andreas. Encore fallait-il savoir qui était Adam et qu'Andreas serait l'inspecteur chargé de l'enquête... Adam représentait un bonus bienvenu, mais la véritable cible était Valentine. Duverney savait pertinemment que l'État ne verserait pas un centime. La fille d'un richissime entrepreneur parmi les otages lui permettait d'obtenir l'argent désiré. Tout était planifié dans les moindres détails.

Christophe transféra le mail sur sa propre boîte et rendit le portable à Natacha, confuse.

— Je m'en veux tellement, vous savez...

— Vous avez bien fait de m'en parler. Un gendarme va vous ramener chez vous. Mais vous serez convoquée au poste demain pour enregistrer une déposition.

Christophe raccompagna Natacha auprès du policier, puis remonta à l'étage. Il ouvrit le mail, cliqua sur le lien et commença à visionner la vidéo. Natacha était dans une pièce aux murs rouges, les bras ligotés par une corde rattachée à un crochet au plafond. Une barre fixée à ses chevilles la contraignait à rester jambes écartées. Derrière elle se trouvait un homme masqué, vêtu de latex de la tête aux pieds, un fouet à la main. Du trou à l'entrejambe de son pantalon émergeait un sexe en érection.

Christophe ferma la vidéo, gêné pour Natacha, puis releva l'adresse de l'expéditeur: kgficd+3bn634d8hgvo@guerrillamail.com.

Guerrillamail était un service anonyme qui ne nécessitait ni inscription ni mot de passe. Les messages entrants et sortants disparaissaient automatiquement après un délai d'une heure, sans laisser aucune trace. Identifier l'expéditeur à partir de l'adresse cryptée qui s'affichait dans le courrier reçu par Natacha tenait de la gageure, le retrouver par son adresse IP relevait de l'impossible. Christophe fit tout de même une tentative qui lui révéla l'adresse du serveur SMTP. Comme il s'y attendait, ce service transitait par le *dark web* via un service surnommé

Onionland en raison du suffixe *.onion* de ses URL. Le but de ce réseau étant de garantir l'anonymat de ses utilisateurs, tout effort supplémentaire pour obtenir l'identité de l'expéditeur était voué à l'échec.

67

29 heures et 22 minutes
après le début de la prise d'otages

Andreas désactiva son gyrophare et se gara devant une grande bâtisse aux volets d'un vert triste. En gravissant les marches du perron, Andreas et Mélaine découvrirent une plaque de bronze accrochée sous une lanterne murale avec l'inscription : « Priesterbrüderschaft St. Pius X* ».

Se regardant comme pour s'encourager, ils sonnèrent.

Un jeune prêtre vêtu d'une longue soutane noire les accueillit.

— Inspecteurs Auer et Genet.

— Nous vous attendions. Suivez-moi.

Il les précéda jusqu'au bureau du supérieur du district. Derrière son secrétaire d'acajou et bronze doré, l'abbé Mauron les invita à s'asseoir sans prendre la peine de se lever. Par-dessus sa longue soutane noire, il portait une chaîne et une croix pectorale en or. Andreas regarda le crucifix accroché au mur avec un Christ souffrant, résigné. Puis son attention fut attirée par une statuette de la Vierge en bois d'olivier qui trônait sur le bureau et pensa, une fois de plus, à la profonde contradiction de l'Église catholique. Figure féminine par excellence, Marie y occupait un rôle central.

---

* Fraternité sacerdotale Saint-Pie-X.

Pourtant l'institution ecclésiale ne laissait qu'une place mineure aux femmes. À elle seule, la pauvre vierge se devait d'incarner l'unique dimension féminine d'une organisation phallocrate dont l'un des représentants se tenait face à lui.

— Monsieur l'abbé, merci de nous recevoir. Nous avons une requête très particulière à vous soumettre.

Andreas vit son visage se renfrogner au fur et à mesure qu'il lui expliquait l'ultimatum de Duverney.

— Je comprends, finit-il par dire. C'est une situation critique. Mais je ne peux malheureusement pas répondre à votre sollicitation.

— Vous comprenez pourtant que des vies sont en jeu ! répliqua Mélaine sur un ton très incisif.

Andreas lui fit signe de se calmer. Il fixa Mauron avec intensité.

— Monsieur l'abbé, le nom d'Hugo Duverney vous dit-il quelque chose ?

— Non, pas du tout.

— Les preneurs d'otages doivent avoir une raison bien précise de vous inclure dans cette affaire, insinua Andreas. Et j'aimerais simplement savoir pourquoi.

Andreas vit le visage de Mauron se crisper.

— Des membres de votre Fraternité ont manifesté lors de la *gay pride* de Fribourg l'année dernière, n'est-ce pas ?

— Nous estimions nécessaire de faire contrepoids à ce défilé. Nous voulions rendre témoignage à Dieu, faire part de notre désaccord avec tout ça.

— Qu'entendez-vous par « tout ça » ? lui demanda Andreas.

— Nous n'avons rien contre ces personnes, mais l'idéologie qu'elles répandent est une aberration aux yeux de Dieu. Elles enfreignent ses commandements de façon délibérée, et nous nous devons de résister fermement à la propagation de ces comportements immoraux ! La pratique de l'homosexualité s'est développée comme une métastase. Et cette culture dite « *gay-friendly* » justifie et encourage ce vice.

Sous les regards confondus d'Andreas et de Mélaine, l'abbé poursuivait :

— Vous devez comprendre que les actes homosexuels sont contraires à la loi naturelle inscrite par Dieu dans le cœur de tous les hommes.

— Quel ramassis de conneries ! s'indigna Mélaine.

Surpris par la véhémence de sa réaction, Andreas se tourna vers sa collègue, mais n'eut pas le temps de réagir.

— Qu'est-ce que vous faites de l'amour inconditionnel de Jésus ? Et de la compassion ? continuait Mélaine.

L'abbé Mauron ne répondit pas à sa provocation, mais la fixa avec une sorte de défiance mêlée de fausse commisération.

— Saint Augustin a dit : « Hais le péché, aime le pécheur. »

— Nous ne sommes pas là pour engager un débat théologique, rappela Andreas.

— Vous savez, nous ne jugeons pas les personnes aux sexualités déviantes, mais l'homosexualité en tant que telle est une ignominie. C'est une corruption profonde de l'homme, de la société, de la famille. Ces personnes doivent se repentir et se soigner. C'est leur seule manière d'obtenir le salut.

— Est-ce que vous réalisez que depuis le début de l'année plus de cent cas de violence physique ou verbale ont été rapportés à la LGBT+ Helpline ? poursuivit Mélaine.

— Nous ne sommes aucunement responsables de ces faits.

— Ce ne sont pas vos mains qui frappent, mais vos paroles causent autant de dégâts.

L'abbé Mauron secoua la tête.

Le portable d'Andreas vibra dans la poche de son jeans. Il le sortit discrètement et consulta le message : « Rappelle-moi, j'ai une info urgente ! »

— Excusez-moi quelques instants.

Andreas se leva et quitta la pièce.

Andreas appela son compagnon.

— Attends, je cherche un endroit tranquille.

Il fut soudain saisi d'une irrépressible envie de fumer. Il hésita à aller prendre ses cigarettes dans la voiture, avant de se raviser. Pas question de céder à ce piège et de remplacer ses excellents cigares par de vulgaires cigarettes. Il se faufila jusqu'au bout du couloir, poussa la porte et pénétra dans la chapelle.

— Je t'écoute, Mikaël..., fit-il en prenant place sur un banc.

Trois minutes plus tard, Andreas revint, s'assit et demanda aussitôt à Mauron :

— Est-ce que le nom de Sophie Corboz vous inspire quelque chose ?

Le supérieur du district hocha la tête.

— Elle faisait partie de notre Fraternité en tant que bénévole, mais elle nous a quittés pour rejoindre les rangs d'un groupe d'extrême droite.

— En juin 2016, elle défilait avec vous à la *gay pride*, n'est-ce pas ? J'aimerais que vous me racontiez ce qu'il s'est passé ce jour-là, précisément.

— Un jeune homme est mort. Il est tombé d'un pont. Quelqu'un l'a bousculé, il a perdu l'équilibre, a chuté dans la Sarine en heurtant la base d'un pilier.

— Sophie Corboz a été condamnée à une peine avec sursis pour avoir incité ses amis à passer à tabac une personne homosexuelle. Deux autres individus ont écopé de la prison ferme pour homicide. Tous trois étaient alors des bénévoles liés à votre organisation, expliqua Andreas.

— Oui, c'est exact. Ils ont été sanctionnés, mais la Fraternité n'est aucunement responsable de leurs actes.

— Sur un plan juridique, vous avez raison. Mais ce qui échappe à la justice humaine vous revient aujourd'hui comme un boomerang en plein visage, dit Andreas, en plantant son regard dans le sien.

— La vie d'un enfant et de plusieurs adultes est en jeu, insista Mélaine. Devant l'urgence de la situation, je vous demande instamment de bien vouloir revoir votre appréciation.

Elle dévisagea Mauron avec insistance.

— Votre Fraternité porte une lourde responsabilité, monsieur l'abbé. Ne vous esquivez pas !

68

Quelques mois avant la prise d'otages

Kaddishel était sur le pont de Saint-Jean, en basse-ville de Fribourg. Par cette soirée de décembre 2016, la neige tombait à gros flocons. De chaque côté de la rive, l'éclairage des maisons émettait une lumière floue, vacillante. Il serrait un bouquet de roses dans ses mains gantées. Avec lui se trouvaient sa meilleure amie et leur camarade, Hugo. Sinon personne.

Six mois plus tôt, Léo, son compagnon, était venu à Fribourg pour participer à la *gay pride*. Alors en déplacement professionnel, lui-même n'avait pu s'y rendre. N'ayant pas encore fait son *coming out*, il n'avait d'ailleurs jamais pris part à une manifestation de ce genre.

Léo et lui avaient fait connaissance l'année précédente sur une application de rencontres. Ils étaient tombés amoureux lors de leur premier rancard autour d'un verre dans un bar de Lausanne, Le Saxo. Kaddishel découvrait pour la première fois l'ambiance du milieu gay. Un peu nerveux au départ, il s'était très vite senti à l'aise, grâce à la présence rassurante de Léo. Durant la soirée, ils avaient chanté en duo au moment du fameux « kara-aux-gays » et avaient assisté au numéro final du patron, Jacques, interprétant *La Grande Zoa*, affublé de son boa. Tout le monde avait repris en chœur le tube de Régine.

Pour Kaddishel, cette soirée marqua le début d'une nouvelle existence.

Léo était très impliqué dans la vie associative gay et défendait avec détermination la cause LGBT. Bénévole chez Dialogai, il rencontrait des jeunes en conflit avec leurs familles. Il s'était aussi investi dans le groupe Network et participait au projet *Pride@Work* afin de lutter contre les discriminations dans les entreprises et créer un climat inclusif pour les employés LGBT. Kaddishel admirait l'engagement de Léo.

Six mois plus tôt, lors de la *gay pride*, quand le cortège commençait à se disperser, Léo l'avait appelé pour lui raconter sa journée. La marche avait été un succès, mais des prêtres en soutane et une cinquantaine de jeunes de la Fraternité sacerdotale Saint-Pie-X avaient organisé une contre-manifestation et entonné des prières en latin en agitant des pancartes aux messages homophobes: «La famille en danger», «Protégeons nos enfants», «*Gay pride* = offense à Dieu»...

Oser dire «nous n'avons rien contre ces gens» relevait à son sens d'une odieuse hypocrisie. Outré par leurs propos, Léo avait lui-même brandi un écriteau avec l'inscription: «Dieu nous aime tels que nous sommes!»

C'était la dernière fois que Kaddishel et Léo s'étaient parlé.

Son compagnon avait continué la fête à la salle de concert Fri-Son. Vers 2 heures du matin, il était parti avec son meilleur ami en direction de la basse-ville de Fribourg. En traversant le pont de Saint-Jean, un groupe d'inconnus les avaient pris à partie et insultés. Une jeune femme, particulièrement virulente, avait incité ses acolytes à les frapper. Ils avaient été encerclés puis quelqu'un s'en était pris à Léo, lui assénant un crochet en plein visage. Le nez en sang, il avait réussi à esquiver de justesse le second coup de poing quand un autre homme, venu prêter main-forte, l'avait violemment bousculé. Léo avait perdu l'équilibre et basculé par-dessus le parapet du pont. Dans sa chute, sa tête avait heurté la base d'un des piliers. Son corps avait disparu dans les eaux sombres de la Sarine.

Le lendemain matin, après des heures de recherche, la police parvint finalement à retrouver sa dépouille, quelques centaines de mètres en aval. Grâce au témoignage du meilleur ami de Léo, les agresseurs furent identifiés et appréhendés. Ils purgeaient à présent une peine de prison. Sophie Corboz, la jeune femme qui avait jeté de l'huile sur le feu, n'écopa que d'une condamnation avec sursis.

En lançant les roses par-dessus le pont, Kaddishel se fit la promesse de venger Léo. Les fleurs virevoltèrent dans le vent parmi des flocons, avant d'être emportées par le courant de la Sarine.

69

30 heures et 2 minutes
après le début de la prise d'otages

Karine et Kinga filaient en direction du centre d'hébergement Le Hublot. En quittant l'appartement, l'aspirante avait contacté les différentes associations d'aide aux sans-abri de la région et découvert qu'Hugo était un habitué du foyer veveysan de Caritas.

Durant le trajet, les deux femmes évoquèrent la liste manuscrite reconstituée grâce aux fragments de papier retrouvés dans la poubelle de l'immeuble. C'était une liste de matériel : masques à oxygène, produits chimiques, lampes frontales, vêtements antistatiques... Les produits chimiques pouvaient servir à fabriquer une bombe artisanale, peut-être un fumigène, d'où la nécessité des masques ?

Faute de place, Karine gara le véhicule sur le trottoir devant la maison. En entrant, elles furent accueillies par le responsable qui les conduisit dans son bureau.

À peine assise, Karine le remercia et aborda le vif du sujet.

— Au téléphone, vous avez confirmé à ma collègue qu'Hugo Duverney avait fréquenté votre centre.

— C'est exact. Il passait chez nous assez régulièrement. Deux à trois fois par semaine. En attendant votre arrivée, j'ai vérifié dans nos registres. Sa première visite date du 3 août 2015.

— Et quand l'avez-vous vu pour la dernière fois ?

— Il a dormi ici le 2 novembre de la même année.

— Où passait-il la nuit lorsqu'il n'était pas chez vous ?

— Probablement dehors, je ne saurais vous dire où. Il venait chez nous pour manger, se doucher, faire sa lessive et utiliser Internet.

— Quel genre de personne était Hugo Duverney ?

— Il était assez secret sur sa vie, mais je peux vous dire qu'il était têtu. Je lui ai proposé plusieurs fois de s'adresser à l'assistance sociale, mais il ne voulait pas en entendre parler. C'était un homme sympathique, bien que discret. Plutôt jovial et sociable, lorsqu'il n'avait pas bu.

— Lui connaissiez-vous des amis ?

— Pas vraiment. Mais je sais qu'il discutait souvent avec Gabriel.

— Et où peut-on le trouver, ce Gabriel ?

— En général, il traîne vers la gare ou sur la place du Marché. Il joue de l'accordéon.

70

Aaron arriva à Grion à pied, suivi de Louise, juchée sur le dos d'une mule. Ils passèrent devant le temple. À la fontaine, une vieille femme à la peau tannée frottait son linge sur une planche avec de l'eau de lessive chargée de potasse*. Elle était vêtue d'une robe brune qui descendait sur ses sabots. De profondes rides parcouraient son visage brûlé par le soleil. Deux autres villageoises essoraient un drap, en bavardant. Ils les saluèrent gaiement avant de poursuivre leur chemin et de traverser le village jusqu'au lieu-dit Rabou.

Ferdinand, l'ami mineur d'Aaron, les attendait sur un banc, devant son chalet. En ce dimanche de juin, il était revenu depuis peu du culte auquel il se devait d'assister. Membre de la Société des chantres de Grion, sociétariat qu'il avait hérité de son père, il aimait beaucoup les cantiques, mais se serait volontiers épargné le sermon du pasteur pour s'adonner à d'autres activités. Cependant, ne pas participer au service religieux était sanctionné par une amende.

---

* «Potasse» vient sans doute de l'anglais *pot ashes* qui signifie les «cendres du pot». On mélangeait de l'eau aux cendres pour en faire de la lessive. C'est de l'hydroxyde de potassium.

Ferdinand les invita à entrer dans son chalet en gros madriers et au toit couvert de bardeaux. La porte à double battant ouvrait sur la vaste cuisine où une marmite en fonte mijotait doucement sur le feu. De la viande de porc, des saucisses et des saucissons prêts à être fumés étaient suspendus sur des bâtons horizontaux. Une seule petite fenêtre éclairait le sol, mal nivelé, recouvert de carrons usés. Il y avait un banc, quelques tabourets et une table que Marie avait dressée pour le repas. Louise et Aaron la saluèrent et embrassèrent les deux enfants du couple.

— Va me chercher des patates et des carottes, s'il te plaît. Et prends aussi un morceau de fromage, demanda Marie à son époux.

Ferdinand saisit une corbeille, sortit du chalet et se dirigea vers la cave creusée dans la terre. Il ouvrit la trappe, descendit les marches en pierre, choisit quelques carottes et dix des plus grosses pommes de terre qu'il déposa dans son panier. Celles du fond, les petites, séparées des autres par une planche, étaient destinées aux porcs. Sur le bord des étagères, des saucissons étaient suspendus à des clous. Et au milieu de la cave, un poteau était rivé au sol et au plafond avec des tablards tout autour. Des œufs, du lait, du beurre et du fromage y étaient disposés. Ferdinand attrapa une cruche de vin, achetée pour quatre batz à l'épicerie du village, une fortune pour eux, mais l'occasion s'y prêtait.

Dans cette famille modeste, tous contribuaient à la subsistance du foyer. Même son fils de onze ans. Il était taupier et empochait cinq rappes pour chaque taupe rapportée à un membre de la municipalité. Une bouteille de vin coûtait donc huit taupes. Ferdinand aurait bien aimé être, comme son père, *visiteur des morts*, pour arrondir ses fins de mois et recevoir huit batz à chaque décès constaté et annoncé au pasteur. L'année précédente, treize personnes avaient rendu l'âme à Grion. De quoi gagner dix livres et quatre batz. Mais la fonction était réservée à l'un des municipaux. Être mineur payait certes mieux qu'être seulement paysan. Mais, à s'échiner au fond de la mine, il finirait par y perdre la santé. Ferdinand referma la trappe et revint à la cuisine.

Tout en discutant avec Louise, Marie coupait les queues des vercouennes, des épinards sauvages, qu'elle avait cueillis sur l'alpage. Ferdinand s'apprêtait à servir un godet de vin à Aaron.

— Pendant que je finis de préparer le dîner avec Louise, allez me chercher l'eau, demanda-t-elle aux deux hommes.

La fontaine la plus proche, celle de Rabou, était à une centaine de pas de leur maison. En remplissant ses deux boilles, Ferdinand écoutait Aaron lui parler de la Pologne.

— Je suis originaire de Bochnia, mais depuis plusieurs générations ma famille habite dans le petit village de Nowy Wiśnicz à deux lieues de la mine.

— C'est un long trajet à parcourir chaque jour.

— Oui, très long... Mais nous sommes juifs, précisa-t-il. Et les Juifs ne sont pas les bienvenus à Bochnia. La ville bénéficie du *Privilegium de non tolerandis Judaeis*. Le privilège de ne pas accepter les Juifs... C'est pour cette raison que nous vivions dans le village voisin.

— Un privilège, tu dis ? Les Polonais ne sont pas mieux que les Bernois...

— Pourquoi ça ?

— En 1787, les Bernois ont publié une ordonnance qui interdisait aux Juifs d'exercer le négoce sur tout le territoire en leur possession ou d'y séjourner dans ce but.

Aaron avait du mal à y croire. Il songea à sa situation et à celle de sa famille en Pologne. Durant des siècles, la communauté juive avait contribué au développement du commerce et été soutenue par les souverains qui voyaient en eux des partenaires importants de l'économie du royaume. Les Juifs bénéficiaient même de certains avantages. Plusieurs d'entre eux avaient dirigé les mines de Wieliczka, notamment Lewko ben Yarden, qui avait obtenu la concession du roi Casimir le Grand en 1368.

Aaron connaissait l'histoire de la communauté juive polonaise sur le bout des doigts. Ces privilèges n'étaient pas du goût de tous, surtout des familles de haut lignage qui cultivaient une haine viscérale envers ceux qu'ils considéraient comme de dangereux compétiteurs. Les Juifs furent ainsi persécutés, contre la volonté du roi, et certains nobles promulguèrent des édits à leur encontre. Sous le règne d'Alexandre Ier Jagellon, la pression de l'aristocratie fut telle qu'il ne put empêcher la proclamation d'un décret interdisant aux Juifs de vivre dans la capitale, Cracovie. Tout au long du XVIe siècle, d'autres villes appliquèrent successivement le *Non tolerandis Judaeis*. À Bochnia, l'édit fut adopté en 1605. Cette loi était toujours en vigueur en 1834, alors que son pays était passé sous tutelle russe.

À la suite de la défaite de Napoléon Ier et des décisions du congrès de Vienne en 1815, le grand-duché de Varsovie fut attribué au tsar Alexandre Ier qui devint ainsi le roi de Pologne. Les Polonais, eux, appelaient officieusement leur nation « Royaume du Congrès ».

Depuis quelques années, un vent de résistance s'était mis à souffler, mais Aaron s'était résigné à quitter sa terre natale, non sans demander à son père de le prévenir si une occasion de se battre pour l'indépendance de son pays se présentait.

Les deux boilles remplies, Aaron aida Ferdinand à les charger sur la charrette.

À leur retour, le dîner était prêt. Marie posa un plat avec les pommes de terre et les vercouennes au centre de la table, et un deuxième avec de la viande. Quand Ferdinand prit le pot, sa femme lui rappela :

— N'oublie pas la bénédiction !

Marie s'assit sur le banc à côté de Louise et joignit les mains. Tous l'imitèrent, y compris Aaron, pour qui Dieu restait Dieu, peu importait la religion.

Ferdinand ferma les yeux et récita une prière en patois apprise de son père :

Diu no bènechè
è bènechè chi rèpé
pu, la coujenère ke l'a incotchi.
Mon Diu,

Chôplié, balyidè d'ou pan
*À ti hou ke n'ïn d'an rin**

— Bon appétit, leur souhaita ensuite Ferdinand avant de verser un verre de vin à Aaron.

Tous répondirent en chœur et se servirent. Louise coupa une tranche de pain et mordit dedans.

— Il est tellement bon!

— C'est Ferdinand qui l'a fait.

— Vous avez un four à pain? demanda Aaron.

— Cela fait des lustres que Ferdinand me promet d'en bâtir un, mais son travail dans les mines ne lui laisse pas beaucoup de temps, déplora Marie.

— En attendant, je fais cuire le pain dans un des deux fours du village pour quelques batz. J'aimerais bien construire le même. C'est un four à coupole, en grès de Taveyanne.

Tandis que Ferdinand racontait son projet de four, Aaron observait Louise, assise en face de lui. Comme Ferdinand, la jeune femme était originaire de Grion, mais ses parents avaient quitté le village pour aller vivre en plaine lorsqu'elle était enfant. Elle était belle, rayonnante.

— Tu as vu que la municipalité a annoncé une vente de bois aux enchères publiques la semaine prochaine, dit Marie à Ferdinand. Il faudra en acheter pour l'hiver.

Elle se tourna ensuite vers Louise et Aaron.

— Dimanche, nous montons à l'alpage, à Taveyanne. Vous voulez nous accompagner?

— Avec joie, dit Louise.

Aaron adressa un clin d'œil à sa compagne et remarqua l'air circonspect de Ferdinand. Bien qu'il les reçût avec plaisir depuis plusieurs mois, Ferdinand s'inquiétait de la légèreté avec laquelle Aaron et Louise abordaient la situation. Parti visiter les mines de Wieliczka et de Bochnia en Pologne, Charles Kalbfuss ne

---

* Seigneur, bénissez-nous, bénissez ce repas, plus la cuisinière qui l'a préparé. Mon Dieu, donnez du pain à ceux qui n'en ont pas.

serait pas de retour avant trois semaines, mais Ferdinand ne pouvait s'empêcher de craindre que le géologue démasque leur liaison.

Soudain, il se leva et se précipita à l'extérieur du chalet. Aaron le suivit. Ferdinand se mit à tousser à en perdre le souffle, le corps plié en deux.

— Ça va ? lui demanda Aaron en lui posant une main sur le dos.

Ferdinand essuya un filet de sang au coin de ses lèvres et se redressa.

— Merci, ça va aller, répondit-il sur un ton qui se voulait rassurant.

Le soir venu, Ferdinand et lui iraient boire un verre à la pinte communale, la pension Ravy, jusque vers 22 heures. À partir de cette heure-là, ils ne servaient plus de vin, une décision de la municipalité, sauf en cas de nécessité – il se demandait de quel genre de nécessité il pouvait s'agir – ou aux étrangers. Mais lui, Aaron, ne pouvait plus réellement être considéré comme tel. Cela faisait maintenant huit années qu'il vivait dans la région.

71

30 heures et 40 minutes
après le début de la prise d'otages

Pour retrouver plus vite Gabriel, Karine et Kinga décidèrent de se séparer. Kinga tenta sa chance autour de la gare de Vevey, Karine prit la direction de la place du Marché. D'une certaine manière, elles avaient l'impression de marcher dans les pas d'Hugo, de refaire ses parcours et de déjà mieux le connaître.

D'après les témoignages recueillis, la personnalité d'Hugo s'était forgée au travers de différentes périodes marquantes. Sa dérive extrémiste d'abord, puis la prison, avant d'opérer un changement de cap radical en devenant militant convaincu. Malgré l'adversité, il avait lutté avec acharnement contre l'extrémisme de droite. Puis tout s'était écroulé : le chômage, l'alcool, la rue. Faire de la pantomime l'avait sans doute empêché de sombrer totalement, mais pour quoi faire ? L'activiste humanitaire était prisonnier d'un costume de Charlot.

Cependant, dans ce parcours, un élément du puzzle manquait encore : quel déclencheur lui avait permis de se relever de la déchéance ?

Karine comprenait sa volonté de lutter contre l'extrémisme, mais elle ne pouvait adhérer à ce qu'il était en train d'accomplir. Hugo avait franchi une limite et était devenu un fanatique, au même titre que ceux qu'il combattait. Pire, un assassin ! Elle repensa à la discussion qu'elles avaient eue avec son ex-femme.

Au moment du divorce, en mai 2016, Hugo avait arrêté de boire, il s'était inscrit à l'aide sociale deux mois plus tôt. Entre Le Hublot où Hugo avait régulièrement logé d'août à novembre 2015 et l'appartement que l'assistance lui avait procuré en mars de l'année suivante, où avait-il habité ? À moins d'avoir passé l'hiver à la rue, Hugo avait nécessairement trouvé une solution.

Soudain, Karine entendit un air de polka provenant du marché couvert de la Grenette. Elle gravit les marches, passa entre deux colonnes et aperçut un homme qui jouait sur un vieil accordéon diatonique, appuyé contre l'un des piliers. Elle s'approcha et lança une pièce dans la casquette posée par terre.

— Très beau morceau, c'est quoi ?

Le musicien s'arrêta de jouer. Le visage marqué de rides, il leva vers elle des yeux fatigués.

— C'est *Perles de cristal* d'Yvette Horner.

— Vous êtes Gabriel ?

— Oui. Et vous êtes qui, vous ?

— Karine Joubert, inspectrice de police.

Gabriel regarda son badge, puis la toisa.

— Vous connaissez un certain Hugo Duverney ? lui demanda-t-elle.

Il hocha la tête.

— Qu'est-ce que vous lui voulez ?

— Rien de méchant. Je peux vous l'assurer. J'aimerais simplement que vous me parliez un peu de lui.

Gabriel se racla la gorge, regarda l'inspectrice avec une vague défiance, hésita, puis se décida à lui répondre.

— C'est mon ami Charlot, sourit Gabriel. Un SDF, comme moi. On se voyait de temps en temps au foyer d'accueil. Sinon, on dormait souvent au même endroit. Un coin protégé du vent, dans une cour intérieure.

— Et depuis, il a quitté sa vie de sans-abri ?

— Oui.

— Vous a-t-il dit pourquoi ?

— Il m'a raconté que quelqu'un l'avait aidé à s'en sortir.

— Vous connaissez son nom ? Un homme ou une femme ?

— J'en sais trop rien.

— Quand l'avez-vous vu pour la dernière fois ?
— Juste avant Noël, l'année dernière.
— C'est lui qui est venu vous trouver ?
— Oui, comme l'année précédente, il m'a donné un peu d'argent pour que je puisse passer l'hiver au chaud.
Touchée par sa sincérité, Karine le remercia et lui glissa une coupure de vingt francs, avant de tourner les talons.
À peine avait-elle fait quelques pas que Gabriel la héla.
— Je crois que c'était une femme.
Le billet lui avait rendu la mémoire.
— Il avait fait la connaissance d'une jeune femme qui pratiquait le mime comme lui, enfin presque. Lui faisait de la pantomime, et elle la statue vivante déguisée en sorcière.
— Et vous pensez que cette sorcière est celle qui l'a aidé à quitter sa vie de sans-abri ?
— Lorsqu'elle a arrêté de se produire, Hugo m'en a souvent parlé. Une personne géniale, qu'il disait. Je lui ai demandé si c'était sa nouvelle copine. Mais je me rappelle qu'il m'a répondu un truc du genre : « Oui, mais pas dans le sens où tu l'entends ».
— Vous l'avez aussi rencontrée ?
— Une ou deux fois.
— Vous pourriez la décrire ?
— Elle avait de beaux yeux noisette qui tiraient sur le vert. Et un drôle de petit nez. Ça, je m'en souviens.
— Vous pourriez être plus précis. Quelle taille faisait-elle ?
— Un peu comme vous, assez grande pour une femme. Et ses cheveux étaient foncés, bruns.
— Et son nom ?
— Désolé. Je ne me rappelle plus.
— Était-elle aussi une sans-abri ?
— Non, elle ne vivait pas parmi nous. Mais je ne peux rien vous dire de plus.
Karine le salua et le remercia encore une fois. Gabriel lui tendit alors la main d'un air entendu. Il ne perdait pas le nord. Elle sortit à nouveau son portefeuille, lui donna un autre billet, et partit rejoindre sa collègue.

72

33 heures après le début de la prise d'otages

Au retour de Rickenbach, Mélaine laissa le siège passager à l'abbé Mauron et s'installa sur la banquette arrière après avoir soigneusement replié le plaid couvert de poils de Minus. Mauron resta silencieux durant tout le trajet, réfléchissant sans doute à ce qu'il allait dire. Andreas avait contacté Fabien Berset : son journal retransmettrait en direct sur sa page Facebook l'intervention de Mauron. Bakary en avait déjà informé Hugo Duverney.

L'abbé avait finalement accepté d'accéder à la demande de Charlot. Lorsque l'inspecteur Auer avait quitté la pièce pour répondre au téléphone, l'inspectrice Genet avait su trouver les mots pour le convaincre. La vie d'un adolescent était en jeu. Et même si c'était à contrecœur, la charité chrétienne lui imposait de le faire pour un enfant de Dieu. S'il refusait, il aurait une mort sur la conscience. Elle avait ajouté que ses démons intérieurs risquaient de le hanter jusqu'à la fin de ses jours.

Elle l'ignorait, mais elle avait mis le doigt sur une corde sensible. Il avait failli à sa mission de protéger les enfants. Des parents lui avaient révélé qu'un prêtre avait agressé sexuellement leur fils. L'abbé Mauron avait étouffé l'affaire et fait en sorte que l'ecclésiastique quitte le pays. Le prêtre avait sévi ailleurs avant d'être définitivement écarté et envoyé en retraite dans un monastère. Dans sa volonté de ne pas entacher la Fraternité, Mauron avait privilégié la réputation de l'organisation au détriment de l'intégrité du garçon et exposé de futures victimes à ce prêtre abuseur. Il avait reproduit inconsciemment ce qu'il avait lui-même vécu. Lorsqu'il était adolescent, son oncle l'avait agressé sexuellement. Il s'en était ouvert à ses parents. Ne pouvant accepter d'égratigner le vernis de respectabilité de leur famille, ils avaient passé l'affaire sous silence et décidé de l'envoyer en pension, lui enjoignant de s'orienter vers le séminaire. Si son oncle avait abusé de lui, c'était de sa faute, parce qu'il manquait de virilité, qu'il était efféminé, lui avaient fait comprendre ses parents. Dans ce foyer traditionaliste où l'on méprisait la faiblesse, il était le malade à mettre en quarantaine pour le bien de son entourage.

Mauron avait trouvé refuge au sein de la Fraternité et rejoint le séminaire d'Écône. Sa voie était toute tracée. Il avait tout abandonné pour suivre le Seigneur Jésus-Christ, non par vocation, mais par nécessité. Être prêtre, lui avait expliqué le fondateur, signifiait s'offrir en victime avec Jésus, la Victime par excellence. C'est ce qu'était Mauron, une victime.

En revêtant l'habit ecclésiastique, il s'était donné tout entier à Jésus-Christ et avait délaissé, sans s'en rendre compte, tout esprit critique. Un membre du clergé en avait parlé comme d'une robe de mariage... Quelle ironie ! Au-delà de sa valeur symbolique, la soutane représentait pour lui une protection contre le monde extérieur et contre lui-même. En l'endossant, il avait eu le sentiment d'abandonner ce qu'il était pour devenir un autre.

La Fraternité formait des hommes d'Église armés pour un combat spirituel : transformer la société païenne en société chrétienne et œuvrer pour le triomphe de la vérité catholique. Il s'était convaincu que si le ministère du prêtre venait à cesser le monde basculerait dans le chaos.

Après six années d'études, Mauron fut enfin ordonné, avant de grimper, un à un, les échelons de la hiérarchie pour être hissé à la fonction de supérieur du district de Suisse. Il était parfaitement préparé à exercer cette haute fonction. Il pensait que sa profonde union à Dieu était la pierre angulaire qui le rendait solide comme un roc face à l'instabilité du monde moderne. En voulant transmettre aux séminaristes l'idéal de l'imitation du Christ, il avait oublié le plus important : guérir sa propre âme meurtrie. Longtemps, il avait refusé d'entendre ce que sa voix intérieure lui soufflait. Mais, une brèche qui ébranlait ses certitudes s'était à présent ouverte. L'enfant qu'il avait abandonné aux portes du séminaire le rattrapait.

Au moment où les deux policiers étaient arrivés dans son bureau, Mauron avait en réalité déjà mûri sa décision. Un courrier électronique reçu un peu plus tôt y avait fortement contribué. Le message anonyme, envoyé depuis *guerrillamail*, lui avait fait comprendre que s'il n'obtempérait pas la presse serait avisée de son choix de taire un cas d'abus sexuel. Si l'affaire éclatait au grand jour, il ne pourrait jamais prétendre à la fonction suprême de la Fraternité.

Avant de prendre la route pour Bex, il avait contacté le supérieur général de la FSSPX* pour lui expliquer la situation. Ce dernier avait tenté de le dissuader de s'exprimer publiquement au nom de la Fraternité. Mauron lui avait tenu tête, sa décision était sans appel.

Derrière son pupitre, l'abbé Mauron faisait face à une large assemblée de journalistes, armés d'enregistreurs et de calepins. Des dizaines de caméras étaient braquées sur lui. Felley annonça que le supérieur du district suisse de la Fraternité sacerdotale Saint-Pie-X consentait, à la demande des ravisseurs, à s'exprimer publiquement, puis se plaça en retrait.

L'abbé Mauron s'approcha du micro, ouvrit la Bible.

— Évangile de Jésus-Christ selon saint Matthieu au chapitre 7, les versets 1 à 5 : « Ne vous posez pas en juge, afin de n'être pas jugés ; car c'est de la façon dont vous jugez qu'on vous jugera, et c'est la mesure dont vous vous servez qui servira de mesure

---

* Fraternité sacerdotale Saint-Pie-X.

pour vous. Qu'as-tu à regarder la paille qui est dans l'œil de ton frère ? Et la poutre qui est dans ton œil, tu ne la remarques pas ? Ou bien, comment vas-tu dire à ton frère : "Attends ! Que j'ôte la paille de ton œil" ? Seulement voilà : la poutre est dans ton œil ! Homme au jugement perverti, ôte d'abord la poutre de ton œil, et alors tu verras clair pour ôter la paille de l'œil de ton frère. »

L'abbé ferma la Bible et inspira calmement avant de reprendre :

— Je m'adresse à vous aujourd'hui pour présenter mes excuses et demander pardon au nom de la Fraternité sacerdotale Saint-Pie-X. Je demande pardon parce que nous avons péché. Je demande pardon, car nous n'avons pas su voir la poutre dans notre propre œil. Je demande pardon, car nos paroles ont incité à la haine contre les personnes homosexuelles.

Il sortit ensuite une feuille de la poche intérieure de sa soutane et lut :

— Dieu nous aime tels que nous sommes, quelle que soit notre orientation sexuelle. Comme Charlot, aujourd'hui, je m'élève contre toute forme d'injustice, de discrimination et d'intolérance. Aujourd'hui, je vous demande de combattre ces crimes contre l'humanité, chacun dans la mesure de ses moyens.

Après avoir annoncé publiquement sa démission des fonctions qu'il occupait, l'abbé Mauron descendit de l'estrade et quitta la salle sans un regard pour l'auditoire ébahi par sa déclaration.

73

33 heures et 38 minutes
après le début de la prise d'otages

Après la retransmission de l'intervention de l'abbé Mauron, Hugo Duverney avait, comme convenu, libéré l'un des deux mineurs, et annoncé qu'il formulerait une dernière requête à 20 heures.

Andreas gara sa voiture devant l'auberge du Bouillet. Avant de monter retrouver ses collègues, il sortit de la poche de sa veste le paquet de cigarettes qu'il avait acheté en route à la station-service. C'était la première fois qu'il s'en achetait un. Il s'appuya contre le capot de sa BMW grise et sortit un briquet.

Andreas commençait à discerner les contours de la personnalité de Duverney. Depuis qu'il s'était formé au *profiling*, au National Center for the Analysis of Violent Crime du FBI, s'insinuer dans l'esprit des criminels était une seconde nature pour lui.

Au fil des enquêtes, il avait acquis une forte capacité d'empathie et d'analyse comportementale. Se confronter aux côtés sombres de ces personnalités déviantes n'était jamais anodin. Andreas avait suivi plusieurs années de psychanalyse pour apprendre à mieux gérer ses propres zones d'ombre dans ces rencontres intimes avec les esprits criminels.

Il n'y a pas de lumière sans ombre, résumait Jung. Andreas avait abondamment étudié les travaux du fondateur de la psychologie analytique. L'ombre était l'éternel antagoniste qui imposait de se confronter à ce que nous préférons ignorer de nous-mêmes. L'ombre le fascinait. Celle des meurtriers. La sienne, aussi.

En tentant d'entrer dans la tête de Duverney, Andreas ne pouvait s'empêcher d'éprouver une certaine sympathie pour lui, pour ses idées. Pourtant, l'homme n'hésitait pas à infliger une souffrance psychologique à des enfants. C'était un assassin. Pas un de ces psychopathes ou sociopathes qui se distinguent par leur absence totale de remords. Mais, d'évidence, Duverney savait en déclenchant cette prise d'otages qu'il serait amené à tuer. Il avait déjà exécuté de sang-froid trois victimes, abattant la deuxième d'une balle dans la nuque.

Certains tuent pour la volupté euphorique qu'ils ressentent en décidant de la vie ou de la mort d'un être, d'autres pour répondre à un besoin sexuel ou à des visions ou des voix qui les somment d'accomplir un meurtre. Certains pour le simple plaisir de tuer. À chaque fois, tuer leur procure un gain, celui d'assouvir une pulsion irrépressible.

Hugo Duverney se rapprochait davantage des meurtriers qui tuent pour débarrasser la société d'éléments indésirables. Des prostituées, des homosexuels, tout individu méprisable aux yeux du tueur. C'était le cas de Ted Kaczynski, Unabomber, qui avait mené une croisade contre les nouvelles technologies en adressant des colis piégés à des scientifiques qui, selon lui, conduisaient la société au désastre.

La personnalité de Duverney révélait deux facettes. D'un côté, il s'émouvait de la situation de Khourchid et se voyait lanceur d'une mobilisation collective pour soutenir les opprimés. De l'autre, il n'hésitait pas à éliminer ceux qu'il rendait responsables de leurs souffrances.

En usant de la violence pour promouvoir sa propre vision du monde, Hugo ne se différenciait pas des terroristes djihadistes qui tuaient pour des motifs politiques et religieux. Ceux d'Hugo étaient sociaux et humanistes.

Andreas s'interrogea sur la finalité de la prise d'otages. Hugo était-il prêt à jouer les martyrs ? Il était du type organisé, structuré et avait tout planifié. Peut-être même sa mort. S'il savait qu'il n'en réchapperait pas, il ferait tout pour porter le chapeau et éviter que ses complices soient identifiés, songea Andreas.

Il écrasa son mégot.

74

33 heures et 46 minutes
après le début de la prise d'otages

En arrivant au premier étage de l'auberge, Andreas salua son équipe à la ronde et balaya la pièce du regard.

— Où est Kinga ?

— Je l'ai vue quitter la salle il y a quelques minutes. Elle est dehors.

Andreas sortit sur la terrasse et l'aperçut de dos en train de téléphoner.

— Kinga !

Elle se retourna, coupa court à sa conversation et rejoignit Andreas.

— On t'attend. Tu parlais à qui ? lui demanda Andreas, d'un ton réprobateur.

— Je n'avais pas donné de nouvelles à ma mère depuis hier, se justifia-t-elle, en le suivant à l'intérieur.

Quand tout le monde fut assis autour de la table, Andreas prit la parole.

— Il nous reste une heure et quart avant le prochain ultimatum de Duverney. Selon lui, ce sera sa dernière demande. Quelles sont les nouvelles pistes ?

— Hugo Duverney a entièrement vidé son appartement avant la prise d'otages. Il n'y a plus que les meubles. Il ne comptait pas y revenir, dit Karine.

— Il a peut-être prévu de s'enfuir à l'étranger, suggéra Kinga. Dans les poubelles, on a trouvé une liste de matériel mentionnant deux masques à oxygène et des produits qui ont pu lui servir à confectionner des charges explosives.

— Et il y a cette femme mystérieuse, dit Karine. Au dire d'un SDF que fréquentait Duverney, la rencontre avec elle aurait été importante pour lui.

— Sa nouvelle copine ? demanda Christophe.

— C'est plausible, concéda Karine. À la suite de cette rencontre, Duverney a renoncé à son existence de sans-abri, en novembre 2015. Puis en mars 2016, il s'est inscrit à l'aide sociale.

— Et il a fait connaissance avec Khourchid et sa mère en août 2015, c'est ça ? demanda Andreas.

— Exact, confirma Mélaine. Son ex-épouse a d'ailleurs raconté qu'au moment du divorce en mai 2016 Duverney ne buvait plus et s'apprêtait à commencer une nouvelle vie.

— On peut donc imaginer qu'il a passé l'hiver chez cette mystérieuse personne ? supposa Kinga.

— Mais pourquoi se serait-il ensuite installé dans un appartement du social plutôt que de rester chez elle ? demanda Christophe.

— Peut-être que cette femme n'était pas sa compagne. Peut-être qu'ils sont devenus amis, qu'elle l'a dépanné durant la saison hivernale, qu'elle lui a permis de cesser de boire et...

Karine s'interrompit et regarda Andreas, plongé dans ses pensées.

— Andreas ? Tu réfléchis à quoi ?

— Si cette femme est une complice, cela pourrait vouloir dire qu'ils se sont trouvé des points communs.

— Une cause à défendre ?

— Sans doute, confirma Andreas. C'est l'aspect idéologique qui rassemble les ravisseurs.

— Et si c'était Sophie Corboz ? lança Mélaine.

Andreas se tourna vers elle, étonné.

— Elle a été condamnée à une peine de prison avec sursis pour avoir incité ses amis à passer à tabac Léo, un jeune gay en

2016. À la suite de l'altercation, il s'est fracassé le crâne en tombant d'un pont.

— Sophie Corboz a peut-être eu un parcours similaire à celui d'Hugo Duverney, dit Karine. Imagine qu'elle l'ait rencontré : elle se repent comme il l'a fait, puis adhère à la même cause que lui, et décide de se battre contre les groupes d'extrême droite dont elle a fait partie.

— Et que ferait-elle au fond de la mine parmi le Bloc identitaire suisse ? demanda Kinga.

— Elle aurait pu s'infiltrer dans le Bloc en vue de la prise d'otages. C'est d'ailleurs l'une des deux personnes qui n'ont pas été exécutées par Duverney, soutint Mélaine.

— L'ultimatum lancé à l'abbé Mauron pourrait signifier que Sophie Corboz estime la Fraternité coupable de l'avoir endoctrinée, conjectura Andreas.

— Pour elle, la Fraternité serait responsable de la mort de Léo, ajouta Mélaine.

Andreas réfléchit à l'hypothèse quelques instants.

— Ça se tient, dit-il. La première revendication, après la demande de rançon, avait un rapport personnel avec Duverney. Si on suit cette théorie, la deuxième serait en corrélation étroite avec le passé de Sophie Corboz.

— Si on applique la logique jusqu'au bout, la troisième requête que Duverney s'apprête à formuler sera liée à un troisième PO, remarqua Christophe.

— Selon les témoignages des otages libérés, précisa Kinga, il s'agit de deux hommes. Si Sophie Corboz fait partie des complices, pourquoi Duverney n'a-t-il acheté que deux masques à oxygène ?

— Peut-être que le troisième est resté en dehors de la mine, supposa Karine.

— Le mécanicien de la locomotive n'a pas dit qu'ils avaient été faits prisonniers par deux hommes ? demanda Kinga.

— Le conducteur et les autres otages libérés ont parlé de deux individus cagoulés, en tenue noire. L'un plus grand, l'autre plus petit. Le plus grand serait Duverney. Le conducteur a aperçu une partie du tatouage sur sa nuque. Le plus petit pourrait être Sophie Corboz, non ?

— Tu oublies, Mélaine, que selon les témoignages des otages libérés, Sophie n'a jamais quitté la salle. Elle ne peut donc pas être l'un des deux individus cagoulés.

— C'est vrai. Mais elle pourrait être une PO infiltrée parmi les otages.

— Ce n'est pas impossible, en effet, concéda Karine.

— Je pense pouvoir vous confirmer qu'un complice se trouve à l'extérieur de la mine, affirma Christophe.

— Comment ça ? demanda Andreas.

— Et même plus. Cette personne est présente dans les environs, à l'intérieur de la zone de sécurité délimitée par la police. Quand on a su que l'explosion du wagon avait été déclenchée par signal radio, on a installé un *IMSI-catcher**. On a ainsi pu intercepter toutes les communications dans cette zone, dont celles du réseau GSM de la mine.

— Et alors ? s'impatienta Andreas.

— Trois téléphones portables ont attiré mon attention. Ils échangent des messages entre eux depuis hier matin. Deux d'entre eux sont sur le réseau interne à la mine, le troisième se trouve à l'extérieur. Ils sont tous les trois munis de cartes SIM prépayées.

— Excellent. Donc tu as les identités de leurs propriétaires ?

— Eh bien non. En Suisse et dans la plupart des pays d'Europe, fournir une pièce d'identité pour acheter une carte prépayée est obligatoire, mais pas en Indonésie...

— En Indonésie ?

— Oui, ce sont des SIM indonésiennes. Chez Duverney, en fouillant dans la poubelle, Karine est tombée sur un catalogue de voyage balinais. J'ai ensuite vérifié auprès des services de douane aéroportuaires qui m'ont confirmé qu'il s'y était rendu en janvier. Seul.

---

* L'*IMSI-catcher* est un appareil de surveillance qui simule une fausse antenne relais. Il permet d'intercepter le trafic de communication, de récupérer du contenu ou encore de pister les utilisateurs des appareils téléphoniques.

— Tu as pu accéder au contenu de leurs échanges ? demanda Andreas.

— Non, car ils utilisent l'application Signal qui encode les communications de bout en bout.

— Est-ce que tu penses qu'avec un peu plus de temps tu vas pouvoir déchiffrer leurs messages ?

— On va essayer, mais la réponse est probablement non. Les protocoles employés par Signal sont trop robustes pour l'infrastructure que nous avons.

— On pourrait déployer un brouilleur cellulaire pour les empêcher de communiquer entre eux, non ? suggéra Mélaine.

— C'est une option, en effet, dit Andreas. Mais cela impacterait aussi nos propres téléphones.

— Donc un des complices pourrait être l'une des personnes qui circulent dans le coin. Un journaliste, un employé des mines, un civil ou même un flic ? demanda Kinga.

— C'est une possibilité, répondit Christophe. L'antenne 4G située sur le site du Bouillet couvre une zone assez importante, sans doute quelques kilomètres carrés.

Andreas, dubitatif, changea de sujet.

— Mélaine, je souhaiterais que tu creuses encore cette histoire de Léo qui a été poussé en bas du pont. Il faut cartographier tout l'entourage de ce jeune homme.

— Tu ne crois pas à la théorie impliquant Sophie Corboz ? lui rétorqua-t-elle.

— Comme tu le dis, c'est une théorie...

75

34 heures et 12 minutes
après le début de la prise d'otages

Barbara Seematter, la cheffe de la Fedpol, et Elias Fischer rejoignirent Andreas à l'auberge du Bouillet.

— Comment ça va ? demanda Andreas à Elias.

— Ça va. J'ai eu chaud. Et d'ailleurs, il paraît que c'est toi que je dois remercier d'être encore en vie.

— Moi et le gendarme qui a désactivé les explosifs. À charge de revanche, plaisanta Andreas. Je sais que tu as déjà tout raconté et j'ai lu le procès-verbal de l'interrogatoire. Mais j'aimerais t'entendre de vive voix. Qu'est-ce que tu peux me dire des ravisseurs ?

— Un homme a débarqué, pendant qu'on tenait notre réunion. Il était armé d'un Fass 90 et avait déjà pris en otage le conducteur et la serveuse. Il a forcé Daniel Kursner, le président du Bloc, à endosser un gilet bourré d'explosifs. Puis il a installé une charge sur la porte. On était coincés.

— C'est le même qui t'a emmené ?

Il hocha la tête.

— Il était seul ?

— Oui. Il m'a fait sortir de la salle, descendre l'escalier et m'a escorté vers un wagon détaché de la locomotive. Ensuite, il m'a assommé. Lorsque j'ai repris connaissance, j'étais allongé sur la banquette, ligoté. Puis le wagon s'est mis en mouvement.

La seule chose que j'ai pu apercevoir, c'est une lumière qui clignotait sur moi. J'ai bien cru ma fin proche.

— Et tu as vu d'autres ravisseurs ?

— Au moment où d'autres otages ont été amenés, ils étaient deux. Ils ont fait entrer les élèves, les enseignantes, la guide et les deux sauniers en même temps, mais j'ai compris ensuite, en entendant les discussions entre les élèves et les enseignantes, que deux enfants manquaient. Ton neveu et sa copine Valentine. À ce moment-là, il manquait aussi un membre du Bloc, Julien, qui était parti aux toilettes.

— Le preneur d'otages avait remarqué son absence ?

— Oui, il nous a demandé où il était. Il est revenu un peu plus tard avec lui, en le menaçant de son fusil.

— Que vous a raconté Julien ?

— Qu'au moment où il sortait des W.-C. il a vu deux ravisseurs convoyer les otages vers la salle. Il s'est caché dans les sanitaires, mais il aurait mieux fait d'aller se terrer dans une des galeries.

— Quelqu'un parmi les otages a-t-il émis des hypothèses sur l'identité des PO ?

— Tout le monde était stupéfait, moi compris. Daniel s'est rapidement douté qu'on en voulait soit au groupe soit à un membre en particulier. Mais personne n'a cité de nom ou évoqué de piste concrète.

— Tu étais infiltré depuis quand ?

— À peu près dix-huit mois.

— Comment tu t'y es pris ?

— Souvent, une source interne s'occupe de nous introduire, en général une personne qu'on a arrêtée et qui coopère avec nous. Mais cette fois, je suis entré par le biais d'un agent français, lui aussi infiltré dans un de ces groupes, qui m'a présenté à Daniel Kursner. Ma fausse identité avec pedigree *ad hoc* et condamnations bidon pour appel à la haine a suffi à le convaincre. Du coup, mon intégration a été beaucoup plus rapide.

— Est-ce que quelqu'un du Bloc suspectait que tu étais un policier ?

— Non, ça m'étonnerait. Ces derniers temps, tout se passait comme d'habitude.

— Et les preneurs d'otages ?

— Lorsque le PO est venu me chercher, j'ai eu l'impression qu'il savait. Je ne pourrais te dire pourquoi, c'est juste un sentiment. Et je pensais vraiment qu'il allait m'éliminer.

— Depuis quand Sophie Corboz est-elle membre ?

— Elle a rejoint le comité en automne 2016.

— Qui l'a recrutée ?

— C'est elle qui a pris contact avec Kursner, après une conférence publique avec un représentant de Casa Pound, un parti néofasciste italien.

— Comment la décrirais-tu ?

— C'est une femme très combative et l'un des membres les plus virulents de l'équipe. Elle cultive une haine viscérale de l'homosexualité. Elle est à la fois sadique et perverse dans ses prises de position.

— Est-ce que tu crois qu'elle a pu jouer la comédie ?

— Comment ça ? demanda soudain Barbara.

— On a imaginé que tu n'étais pas la seule personne infiltrée dans le comité du Bloc, dit Andreas s'adressant à Elias. Ce n'est qu'une conjecture à ce stade, mais on a pensé que Sophie Corboz pouvait faire partie de l'équipe des PO.

— Je n'y crois pas une seconde, dit Elias.

Barbara regarda son inspecteur.

— Pourtant toi aussi, tu as su te faire accepter dans ce groupe en endossant un rôle.

— À force de se créer des identités, on devient bon menteur.

Andreas lui sourit.

— Que peux-tu nous dire au sujet des autres membres ?

— Ils ont tous des profils très différents. Kursner est d'origine valaisanne. Il a fréquenté les intégristes quand il était jeune, à Écône, un des séminaires de la Fraternité sacerdotale Saint-Pie-X, le premier qu'a fondé Mgr Lefebvre en 1970.

— Le même arrière-plan idéologique que Sophie Corboz, remarqua Andreas. Ils sont donc tous les deux liés indirectement à l'abbé Mauron.

Elias hocha la tête et poursuivit :

— Pour en revenir à Kursner, il s'est d'abord engagé dans la Garde suisse pontificale. Il en a été licencié pour avoir frappé un de ses collègues à la suite d'un différend. Puis il a oscillé entre l'extrême gauche et l'extrême droite. Puis il s'est enrôlé dans la Légion étrangère et a été envoyé en Afghanistan. De retour, il ne s'est plus senti chez lui en Suisse. Trop multiculturelle, trop ultralibérale. Pour lui, le seul remède, c'est de mettre un terme à l'immigration extra-européenne, en particulier celle des musulmans. C'est ce qui l'a fait basculer dans l'extrême droite. Il s'est engagé au PNS et a noué des contacts avec le PNOS, la branche suisse allemande. C'est là qu'il a fait la connaissance de Peter Aebi, un crâne rasé, ancien membre de Blood & Honour, un réseau de promotion de musique néonazie.

— Il faisait partie de leur section armée, non ?

— Exact. Combat 18, un groupuscule radical à vocation terroriste encore actif aujourd'hui. Peter est un nostalgique du IIIe Reich. Il a purgé plusieurs condamnations. À sa sortie de prison, il est revenu en Suisse et s'est un peu calmé. Mais c'est une brute qui ne fait pas dans la demi-mesure.

— Il y a aussi Michel du Pasquier, continua Barbara. C'est lui qui définit la propagande du Bloc et l'intellectualise. Il tient des propos sophistiqués, étaye son discours de références littéraires. Il était professeur à l'université de Lausanne. Des étudiants l'ont accusé de verser dans une pseudo-sociologie teintée de xénophobie. Le rectorat l'a gentiment prié de prendre une retraite anticipée il y a deux ans. L'histoire a fait les choux gras de la presse. C'est à ce moment-là que Kursner a sollicité l'aide de du Pasquier pour monter son association.

— Et Julien Rapaz ? demanda Andreas.

— Julien, c'est le dernier venu. Et maintenant, Duverney l'a exécuté. Il nous a rejoints en septembre de l'année dernière. Il était informaticien de métier. Sous-officier à l'armée, tireur sportif dans une société, c'était le seul à ne pas avoir d'antécédent chez les fachos. Pas à ma connaissance, en tout cas.

— Comment est-il entré au comité ?

— Le Bloc a invité des orateurs, venus de groupes similaires, de France, d'Allemagne ou d'Italie pour une série de conférences. Julien a participé à chacune. C'est Sophie, avec qui Julien avait beaucoup discuté, qui a proposé sa candidature à Kursner. Le comité s'intéressait particulièrement à ses compétences informatiques et à son expertise des réseaux sociaux.

— Merci beaucoup, Elias.

— Une dernière chose. Je ne peux pas être à cent pour cent sûr, mais je crois que Julien était gay.

— Qu'est-ce qui te fait dire ça ?

— Mon *gaydar*[*]...

---

[*] Contraction des mots « gay » et « radar » : capacité intuitive à reconnaître une personne homosexuelle.

76

34 heures et 47 minutes
après le début de la prise d'otages

Andreas rejoignait le fourgon de commandement. Les suspicions d'Elias sur l'homosexualité de Julien Rapaz ne révélaient rien de particulier en soi. En tant que gay, qu'il se soit enrôlé dans un groupuscule d'extrême droite paraissait en revanche surprenant, mais il n'était ni le premier ni le dernier homo refoulé à afficher une posture homophobe. La peur du jugement des autres engendre parfois un mécanisme de défense, voire des attitudes agressives. Les milieux d'extrême droite sont toujours un terreau propice. Quoi de mieux que de *casser du pédé* pour cacher son homosexualité ?

Andreas aperçut Viviane, à l'écart, en train de fumer. Il s'approcha d'elle.

— Qu'est-ce que tu ne me dis pas ?

— Quoi ?

— Écoute, Viviane. Je te connais. Et là, depuis ce matin, je vois que quelque chose ne va pas.

— Je suis un peu tendue à cause de cette situation, c'est tout.

— C'est en lien avec Duverney ?

À sa réaction, il comprit instantanément que sa cheffe se sentait mal à l'aise.

— Tu fais chier, Andreas.

Viviane jeta son mégot et l'écrasa, puis ralluma immédiatement une autre cigarette.

— Duverney est venu à la Blécherette. Il voulait me rencontrer pour un article. C'était au sujet d'une affaire d'agression homophobe par des néonazis.

Andreas attendait la suite.

— C'était en 2014. Après avoir discuté au bureau, on est allés prendre un verre.

— Et ? Ne me dis pas que...

— Il ne s'est rien passé ! J'étais en plein divorce. Mais c'est vrai que je n'étais pas insensible à son charme.

— Vous vous êtes revus après ça ?

— Non, jamais. Bon. Faut qu'on retourne dans le fourgon.

— Pourquoi tu ne me l'as pas dit ?

— Tu sais très bien comment ça se passe. Ils m'auraient écarté du commandement. Andreas, fais-moi confiance. Ça n'a aucun lien avec cette affaire. Je te le garantis...

Viviane regardait fixement Andreas dans les yeux.

— Je te rappelle que je te couvre quand tu n'en fais qu'à ta tête et que tu refuses de suivre les procédures...

— D'accord. Mais au fait, tu aurais dû le reconnaître sur la vidéo.

— Il portait les cheveux longs à l'époque, une barbe. Et là avec ce visage grimé, sa fausse moustache...

Andreas toisa sa cheffe.

— Si tu as quelque chose à confesser, c'est le moment !

Viviane jeta son mégot sans rien dire et monta dans le fourgon.

77

35 heures après le début de la prise d'otages

À 20 heures précises, Duverney appela Bakary via son site Internet.

— Salut, mon ami !

— Salut, Charlot.

— J'ai vraiment apprécié la conférence de presse de l'abbé. Quelle délectation ! Tu remercieras l'inspecteur Auer pour moi. Il a fait du bon boulot. Je n'en attendais pas tant.

Bakary fut surpris du changement de ton de Duverney. Il paraissait enjoué, presque amical. D'être passé au tutoiement n'y était sans doute pas étranger. Il aurait dû calibrer son discours sur celui de son interlocuteur, mais il n'oubliait pas la gravité de la situation. Cinq otages étaient toujours retenus prisonniers dans la mine : Adam, Jeannot, le conducteur du train, Alberto Bianchi, l'un des deux mineurs, ainsi que Sophie Corboz et Daniel Kursner.

— Tu lui en veux personnellement ?

— À qui ?

— À l'abbé Mauron.

— Je ne pense pas être le seul.

— Tu songes à Sophie ?

Duverney marqua un silence et dévisagea Bakary.

— Vous, la police, remontez gentiment dans mon estime, mais nous ne sommes pas là pour bavarder, mon cher.

Il se saisit du clap de cinéma sur la table et le fit résonner.

— C'est la dernière scène à laquelle je vous invite, annonça-t-il.

Bakary redoutait l'ultime demande de Duverney.

Hugo retourna alors l'ardoise :

SCÈNE 5 : REDDE CAESARI QUAE SUNT CAESARIS, ET QUAE SUNT DEI DEO
TITRE DU FILM : L'ÉMIGRANT
DATE : 4.3.2017
RÉALISATEUR : CHARLOT
CAMÉRAMAN : L'HOMME INVISIBLE

Duverney posa le clap, se leva et s'exclama avec grandiloquence :

— *Quae sunt Caesaris Caesari, quae sunt Dei, Deo... et ad Aaron Salzberg quae sunt Aaron Salzberg !*

— Peux-tu traduire ?

— Tu n'as pas étudié le latin à l'école ?

— Non. J'étais dans la section scientifique.

— C'est bien dommage.

Duverney marqua une pause avant de poursuivre.

— Ça veut dire : « Rendez à César ce qui est à César, à Dieu ce qui est à Dieu... et à Aaron Salzberg ce qui est à Aaron Salzberg ! »

— Est-ce que tu peux m'expliquer ce message cryptique ?

— Rebaptisez la salle Alexandre-Dumas en salle Aaron-Salzberg !

— Bon. D'accord. Je vais voir, bredouilla Bakary en guise de réponse.

— Une belle plaque en laiton gravée doit me parvenir... *tadam, tadam !*... demain matin à 8 heures sonnantes ! lança Charlot de manière théâtrale.

— Qui est cet Aaron Salzberg ?

— Faites votre boulot, moi je fais le mien.

— Bien Charlot, je vais voir ce que je peux faire. Ce n'est pas de...

— ... de ton ressort ! Je sais ! Mais cela ne devrait pas être trop difficile à obtenir, moins compliqué que mes revendications précédentes.

— Certes. Et demain matin, comme convenu, tu laisseras sortir Adam, Alberto et Jeannot, on est d'accord sur ce point?

— On a un accord, cher Bakary!

Duverney avança sa main vers l'ordinateur pour couper la communication. Bakary l'interpella:

— Hé! Attends. Il est temps que tu nous fasses parvenir le corps de Julien Rapaz.

— C'est vrai, tu as raison. Ce sera fait demain matin, dès que nous aurons reçu la plaque.

— Pourquoi pas maintenant?

— Chaque chose en son temps...

78

35 heures et 12 minutes
après le début de la prise d'otages

Andreas et Kinga s'apprêtaient à interroger les propriétaires de l'ancien bâtiment de la poste, en face du Centre gryonnais, là où Julien avait grandi. Depuis le récent décès de sa grand-mère, Julien n'avait plus de famille. Ses parents étaient morts depuis longtemps. Andreas espérait en apprendre davantage.

Depuis qu'il était installé à Gryon avec Mikaël, Andreas s'était bien intégré. Il avait fait la connaissance de nombreux Gryonnais, mais entre son travail et le côté casanier de leur couple, ils sortaient peu. Il ne se souvenait pas d'avoir jamais rencontré Julien. Il avait d'ailleurs quitté le village bien avant qu'ils y emménagent.

Andreas sonna à la porte. À sa troisième tentative infructueuse, un voisin sortit la tête d'une fenêtre de la maison mitoyenne.

— Salut, Andreas, ils ne sont pas là. Ils rentrent demain.

— Est-ce que je peux les joindre quelque part ?

— Ça m'étonnerait. Ils sont dans l'avion en ce moment. Ils reviennent d'un voyage en Australie.

— Est-ce que tu as une idée de l'heure à laquelle ils seront de retour à Gryon ?

— Ils atterrissent tôt demain matin, à Paris. Ils seront à Genève à 8 h 15. C'est moi qui irai les chercher.

Andreas le remercia et proposa à Kinga de passer chez lui, avant de retourner au Bouillet.

Andreas gara sa BMW 635 CSi sur la place recouverte de gravier devant leur chalet. Misant sur la nature opiniâtre de son compagnon, Andreas avait déjà informé Mikaël de la dernière exigence de Duverney pour qu'il entame des recherches au sujet d'Aaron Salzberg.

Andreas ouvrit la porte, convia Kinga à entrer. Minus vint aussitôt réclamer une caresse de l'invitée, la chatte Lillan se frotta aux jambes d'Andreas. Andreas présenta Kinga à Jessica et Mélissa, puis à Mikaël qui lui fit la bise.

Gênée de se retrouver dans l'intimité d'Andreas et de Mikaël, Kinga nota le regard tendre et complice des deux hommes, et observa attentivement le compagnon d'Andreas. Il était vêtu d'une chemise bleue par-dessus un chino beige, sobre et distingué. Sur sa joue gauche, un grain de beauté produisait tout son effet. Son épaisse chevelure brune ébouriffée, sa barbe de quelques jours et l'anneau en argent qu'il portait à l'oreille lui donnaient un petit un air rebelle qui ne lui déplaisait pas.

— Vous avez soupé ? Il reste des pâtes à la bolognaise. Je peux vous les réchauffer.

— Volontiers. On meurt de faim.

Andreas embrassa tendrement son compagnon.

— Je vais vite à l'étage me doucher et me changer.

Mikaël se tourna vers Kinga.

— En attendant, viens t'asseoir à la cuisine. Ça ne te dérange pas qu'on se tutoie ?

— Pas du tout, au contraire.

— Mélissa, tu peux sortir Minus, s'il te plaît ?

Mélissa se leva du canapé et mit son manteau. Minus tenait déjà la laisse entre ses crocs.

— Je t'accompagne, dit Jessica.

Kinga et Mikaël avaient pris place à la table haute.

— Je te sers à boire ?

— Tu as du coca ?

— Non, désolé.

Mikaël se leva et ouvrit le frigo.

— J'ai du tonic, de l'eau minérale ou alors de l'eau gryonnaise du robinet?

— Du robinet, ça ira très bien, merci.

Mikaël remplit une carafe, la posa sur la table et sortit deux verres.

— Andreas m'a dit beaucoup de bien de toi.

Kinga s'empourpra légèrement.

— Ça m'étonnerait, je suis en stage dans son équipe depuis hier seulement. Mais si c'est vrai, c'est gentil de sa part.

— Avec un tel prénom, tu dois être d'origine polonaise?

Elle hocha la tête.

— Kinga, c'est très joli.

— C'est mon père qui l'a choisi. C'est la sainte des mineurs.

— Soit c'est un heureux hasard, soit c'est un signe.

— Comment ça?

— Kinga, la patronne des mineurs, se retrouve mêlée à une enquête dans les Mines de sel de Bex.

Kinga parut empruntée. Mikaël n'insista pas et poursuivit:

— Avec Andreas, on a visité la chapelle dédiée à sainte Kinga. Elle est creusée entièrement dans la roche salée des mines de Wieliczka. Quelle splendeur!

— Alors, je n'ai pas besoin de te raconter toute la légende, dit-elle en souriant.

— Une belle histoire que celle de la découverte du sel. Ta famille est de là-bas?

— Mon père est né à Cracovie.

— D'origine juive, c'est ça?

Kinga se demanda soudain pourquoi Mikaël se montrait si intéressé par sa vie privée.

— C'est important?

— Non. Désolé, tu sais sans doute que je suis journaliste. La curiosité est mon incorrigible défaut.

— Oui, je vois ça, admit-elle en riant.

Mikaël se réfréna, de peur de paraître trop insistant. Andreas ne voulait rien laisser au hasard. Que Kinga puisse être impliquée dans cette histoire lui semblait peu plausible, mais ses origines polonaises, proches de celles d'Aaron Salzberg, avaient éveillé ses soupçons. À cela, il fallait ajouter son empressement à accompagner Andreas pour assister de près à l'enquête en lien avec la prise d'otages avant même le début de son stage.

Peut-être s'agissait-il d'une pure coïncidence ? Mikaël en savait toutefois assez pour entreprendre quelques recherches à son sujet.

— Mais dis-moi, Kinga, je saute un peu du coq à l'âne. Notre discussion me fait penser à cette dernière demande de Charlot. Il paraît qu'il veut rebaptiser la salle Dumas en salle Salzberg.

— C'est surprenant, en effet. On a commencé à enquêter au sujet d'Aaron Salzberg, mais on n'a rien trouvé pour l'instant. C'est un patronyme assez fréquent et des Aaron, il y en a aussi pléthore.

— Tu sais ce que Salzberg signifie ?

— Montagne de sel.

— Tu sais sans doute que c'est également le nom allemand de la ville de Bochnia ?

Kinga esquissa une moue dubitative.

— Ah non, je l'ignorais.

— Nous y sommes allés avec Andreas. Une des plus anciennes mines de sel au monde s'y trouve. Il y a aussi une chapelle Sainte-Kinga. Elle est moins grandiose que celle de Wieliczka, mais c'est une petite merveille.

— Où tu veux en venir ?

— Je me demande si la volonté de rebaptiser la salle Alexandre-Dumas en Aaron-Salzberg n'est pas en relation avec la Pologne. Peut-être qu'Aaron Salzberg est de là-bas ? J'ai vérifié. Ce patronyme est fréquent dans la région. Il est d'origine juive. Et le lien avec le sel paraît évident.

Andreas réapparut dans la cuisine et vint s'asseoir à table.

— Bon, on soupe et on file.

79

35 heures et 42 minutes
après le début de la prise d'otages

Comme Andreas, Karine avait le pressentiment qu'il fallait creuser la piste de Julien Rapaz. Son exécution semblait exclure la possibilité d'une complicité avec les preneurs d'otages. Mais la demande d'Hugo Duverney, le mea-culpa de l'abbé de la Fraternité, était des indices à ne pas négliger.

Karine avait contacté la patronne de Julien. Elle possédait une entreprise d'informatique à Monthey et lui avait suggéré de parler avec René Droz, un employé proche de Julien. Lorsque Karine l'avait appelé, il passait tranquillement la soirée chez lui. Elle n'avait qu'à venir, avait-il proposé.

Karine arriva avec Mélaine devant l'immeuble du quai de la Vièze. Elle appuya sur l'interphone.

— Joubert, brigade criminelle.

Un clic signala le déverrouillage de la porte. Elles entrèrent dans le hall.

— C'est au rez-de-chaussée, lut Mélaine sur la boîte aux lettres.

Karine se dirigea vers l'unique porte qui s'ouvrit au même moment. Elle montra son badge au jeune homme, puis présenta sa collègue.

— Et voici l'inspecteur Genet.

Un trentenaire aux cheveux en bataille et à la barbe bien fournie, style *hipster*, les accueillit et les précéda dans son appartement. Il était habillé d'un vieux jeans délavé et d'un haut de survêtement de sport gris. Il ferma la porte d'une chambre au passage et les invita à s'asseoir dans le salon plongé dans la pénombre. Il alluma la suspension, puis enleva son sweat-shirt, révélant le message «*FBI – Female Body Inspector**».

Le sourire esquissé par Mélaine en découvrant le texte floqué sur son t-shirt noir amusa René Droz.

— Je l'ai mis exprès pour vous, dit-il le plus sérieusement du monde. Si ça vous intéresse, vous avez mon numéro.

Karine le regarda avec un air désappointé. Chez quelle sorte d'hurluberlu était-elle tombée? Pourtant, son humour irrévérencieux ne lui déplaisait pas.

— Est-ce que je vous sers quelque chose à boire?

Karine commençait à avoir les paupières lourdes. Depuis le début de la prise d'otages trente-six heures plus tôt, elle avait à peine somnolé deux heures.

— Un expresso, volontiers. Serré!

— Pareil, mais avec un nuage de lait, demanda Mélaine.

René mit deux tasses sous le double bec verseur et appuya sur le bouton de sa machine.

En attendant son café, Karine continuait d'observer les lieux. Sur une étagère, elle aperçut un livre rouge orné d'idéogrammes à côté d'une statuette en bronze représentant un guerrier. Elle reconnut le général Sun Tzu, et la couverture de *L'Art de la guerre*.

— Si j'ai bien compris lorsque vous m'avez appelé, il s'agissait de Julien?

— Oui, c'est ça. Julien Rapaz.

René Droz leur apporta les cafés et vint s'asseoir.

Comme convenu avec Karine, Mélaine se chargea d'annoncer la nouvelle.

---

* Inspecteur de corps féminins.

— Nous devons malheureusement vous informer du décès de Julien.

— Pardon ? Comment ?

— Comme vous n'êtes pas un membre de sa famille, nous ne pouvons pas vous donner plus de détails...

— ... si ce n'est que ça s'est passé dans les Mines de sel, la coupa Karine.

— Merde alors ! J'ai vu les nouvelles. C'est lié à cette prise d'otages ?

Il sembla à Karine que René Droz n'était pas particulièrement ému d'apprendre la disparition de son ami, mais elle n'en fut pas plus surprise que ça.

— Oui, c'est en rapport avec les événements de la mine, confirma-t-elle.

— C'est dingue, cette histoire, il faisait partie des otages ?

Karine hocha la tête et commença l'interrogatoire.

— Vous vous connaissiez bien ?

— C'était un bon pote de boulot, mais on se côtoyait rarement en dehors.

— Savez-vous si Julien était engagé dans une association ? S'il pratiquait des activités en dehors de son travail ?

— Je sais qu'il était membre des amis de l'Abbaye de Gryon. Il m'avait raconté qu'il avait remporté le concours de tir annuel de la société. Il en était très fier, mais moi et les armes, ça fait deux.

— Est-ce que Julien était actif politiquement ?

— Le connaissant un peu, je ne pense pas.

— Il n'a jamais évoqué son engagement pour un mouvement d'extrême droite ?

— Sérieux ? Non, vous me l'apprenez.

— Comment tu pourrais, pardon, vous pourriez, le décrire ? Désolée, comme on a à peu près le même âge..., s'excusa Mélaine.

— Y a pas de souci. Julien est, enfin, était un très chouette gars, mais il ne disait pas grand-chose de lui-même. La plupart du temps, on parlait d'informatique. Il était aussi passionné que je le suis.

— Vous lui connaissiez des amis ?
— Il a dû en mentionner certains, mais je ne les connais pas.
— Hugo Duverney ou Sophie Corboz, ça vous évoque quelque chose ?
— Non, désolé.
Depuis son entrée dans l'appartement, Karine se sentait mal à l'aise, mais ne parvenait pas à s'expliquer pourquoi. Le ménage n'était visiblement pas le passe-temps favori de René Droz. De la vaisselle de plusieurs jours s'entassait dans l'évier et sur le plan de travail. Un couteau et une fourchette sales traînaient sur la table basse du salon, le canapé était envahi de magazines. Son trouble venait d'autre chose.
Karine se ressaisit et reprit la main sur la discussion.
— Julien avait une copine ? Ou un copain ?
— Je n'en sais rien.
— À votre avis, était-il gay ?
René se crispa et prit soudain une voix tranchante.
— C'est quoi, ces questions ?
— On aimerait avoir votre sentiment, c'est tout, précisa Karine d'un ton calme.
— Il n'était pas spécialement efféminé, en tout cas.
— Cela ne veut rien dire !
Manifestement surpris par l'intervention sèche de Mélaine, il répondit, penaud :
— Effectivement.
René se méfiait, se dit Karine. Cela arrivait fréquemment lors d'un interrogatoire, mais cette réserve réveilla son instinct de chasseur. Droz leur cachait quelque chose sur sa relation avec Julien. Ce t-shirt FBI machiste et sa remarque de dragueur bas de gamme visaient peut-être à brouiller les pistes.
— Et vous ?
— Moi, quoi ?
— Êtes-vous homosexuel ? lui demanda Karine d'un ton péremptoire.
René Droz la fixa sans broncher.
— Ça ne vous regarde pas. Je ne vois pas où vous voulez en venir. Vous vous imaginez quoi ? Que Julien et moi...

— On est désolées de vous avoir posé une question aussi intime, dit Mélaine. Mais, selon nos informations, il se pourrait que Julien ait été gay. Vu son engagement dans un mouvement d'extrême droite, cela nous paraît surprenant. Nous cherchons à comprendre comment et pourquoi Julien s'est retrouvé embrigadé chez les fachos. Pour cela, nous devons savoir qui il était, quelles étaient ses relations, quels milieux il fréquentait...

René secoua la tête.

— Comme je vous l'ai dit, Julien était simplement un de mes collègues, et...

— Quelles sont vos occupations en dehors de votre métier? l'interrompit Karine.

René la fixa, interloqué.

— Je regarde des films et des séries, je pratique pas mal de sport... Enfin, je fais du vélo d'appartement. J'en ai un dans ma chambre. Vous voulez le voir? lança-t-il ironiquement.

— Merci d'avoir répondu à toutes nos questions, monsieur Droz. Si jamais il vous revient quelque chose à l'esprit au sujet de Julien, contactez-moi. Voici ma carte.

Les deux inspectrices se levèrent. René les raccompagna à la porte.

80

36 heures et 26 minutes
après le début de la prise d'otages

Après la visite infructueuse au logement d'enfance de Julien Rapaz, Andreas décida d'aller avec Kinga à Leytron pour passer son appartement au peigne fin. Il s'assura en cours de route que les propriétaires de son deux-pièces pourraient leur ouvrir et appela le procureur pour obtenir un mandat de perquisition.

En arrivant au village, ils empruntèrent un étroit chemin entouré de vignes et se garèrent à l'arrière d'une belle villa. Un homme sortit et leur déverrouilla la porte, les laissant ensuite à leur travail.

Andreas entra le premier, il appuya sur l'interrupteur qui alluma la lampe suspendue aux solives et découvrit un salon aux murs de crépi blanc. La pièce était décorée de quelques meubles en bois naturel et d'objets en céramique. Sur une cloison, un poster représentait une forêt avec une chute d'eau bouillonnante. Un grand disque parsemé de signes chinois, entourant une sorte de boussole, ornait l'autre paroi. D'un coin de la pièce, on entendait le clapotis d'une fontaine en pierre de lave. Il n'y avait pas de télévision.

Andreas précéda Kinga dans la vaste chambre à coucher. Au-dessus du lit, rustique et sobre, était suspendu un attrape-rêve avec des plumes. De longues tiges de roseau dépassaient d'un vase posé à côté. Une grande bibliothèque croulant de livres courait le long du mur.

— Qu'est-ce que tu en penses, Kinga?

— Tout est parfaitement ordonné et entretenu avec soin. Il devait être assez maniaque.

Andreas remarqua un ouvrage posé sur la table de nuit à côté de deux statuettes dorées à tête de dragon, il le feuilleta rapidement.

— Tu savais qu'on était dans l'année du Coq de feu?

— Pardon?

— C'est un almanach Feng Shui.

— Et alors?

— Julien semble être un adepte de ces trucs.

— Je ne vois pas où tu veux en venir.

— Julien Rapaz a été baptisé dans la foi protestante, mais paraît s'en être distancié pour s'inscrire dans une démarche spirituelle d'inspiration asiatique.

Andreas reposa le livre et se plaça devant la bibliothèque.

— Approche, regarde. Il n'y a pas quelque chose qui t'interpelle?

Kinga observa attentivement les étagères remplies de livres.

— Une tablette complète d'ouvrages sur le judaïsme?

— Et au-dessus du lit, contre le mur, un châle de prière à bandes noires avec des franges.

— Un talit, dit Kinga.

— Qu'est-ce que ça t'inspire?

— Aaron Salzberg était juif.

— Tu es également d'origine juive, non?

Kinga le regarda avec méfiance. Mikaël lui avait posé la même question. Elle se demanda soudain s'ils la suspectaient d'être de mèche avec les preneurs d'otages.

— Je suis catholique, pourquoi?

— Rien. Je m'interrogeai, c'est tout. Tu connais le nom de ce châle...

— Je m'intéresse à mes origines. Je suis chrétienne, mais le judaïsme fait partie intégrante de l'histoire de mon pays.

Andreas changea de sujet.

— Est-ce que quelque chose dans ce logement pourrait nous indiquer que Julien était gay ?

— Ce lieu n'a rien de très personnel. Aucune photo de ses proches, pas d'album dans la bibliothèque. Je ne vois pas.

— Moi non plus. Au mieux, un sentiment. On n'a pas encore de preuve concrète, mais sans vouloir entrer dans les préjugés, cet appartement ressemble davantage à celui d'un gay qu'à celui d'un fasciste.

Andreas se dirigea vers le bureau sur lequel étaient posés le portable et une pile de livres d'informatique. Il alluma l'ordinateur. Un mot de passe l'empêcha d'accéder au contenu.

— On va l'emporter et le donner à Christophe.

Andreas inspecta ensuite les tiroirs, mais ne trouva rien d'intéressant. Aucun papier, pas de classeurs non plus. Julien devait certainement tout numériser.

— Viens voir, Andreas ! appela Kinga.

En fouillant dans la table de chevet, au milieu des revues d'informatique, elle en avait déniché une qui s'intitulait *360°*. Elle se redressa et la tendit à Andreas.

— Un magazine LGBT suisse.

81

37 heures et 46 minutes
après le début de la prise d'otages

Viviane mourait d'envie de sortir, de s'allumer une cigarette. Depuis la veille, elle avait déjà bien entamé son deuxième paquet. Elle s'apprêtait à envoyer un collègue lui en acheter un autre, quand la porte du fourgon s'ouvrit sur Andreas.

— Bon, on peut commencer, dit Viviane.

— Nous devons trouver un moyen d'entrer sans que Charlot s'en aperçoive, déclara le commandant Verdon.

— C'est plus facile à dire qu'à faire, rétorqua Beaumont.

— Et si on désactivait les caméras et les détecteurs ? dit Viviane.

— C'est possible, bien sûr, mais Charlot s'en rendrait immédiatement compte et pourrait menacer de tuer un autre otage.

— On ne peut pas prendre le risque qu'il exécute une victime de plus ! cria Verdon. Trouvez-moi une solution. N'importe laquelle ! Creusez une nouvelle galerie... Je n'en sais rien, mais trouvez quelque chose !

— Christophe y travaille en ce moment même avec Nathan, dit Andreas. C'est un des informaticiens du CB.

— Et ça donne quoi ? s'impatienta Verdon.

— D'après Christophe, il y a moyen de figer l'image des caméras pendant quelques dizaines de secondes. Ainsi, Charlot ne verrait pas entrer les gendarmes du DARD. Mais ce n'est pas une mince affaire.

— Et les détecteurs de mouvement ? demanda Viviane.

— C'est le deuxième problème. Les informaticiens bossent dessus. L'idée serait de les neutraliser sans que Charlot s'en rende compte, mais on n'y est pas encore.

— Le temps presse, rappela Verdon.

— Il y a une autre solution, dit Andreas.

— Laquelle ?

— Passer devant les détecteurs en effectuant des gestes et des mouvements ultralents, on en avait déjà parlé. Christophe s'est renseigné auprès du fournisseur. Ce sont des modèles à infrarouge dont la sensibilité est réglable. Si j'ai bien compris, le rayon d'action est découpé en une série de segments. Le passage d'un corps d'un segment à un autre déclenche l'alarme. Moins il y a de segments, moins le détecteur est susceptible de détecter une personne, à condition de se déplacer très lentement. On pourrait réduire la sensibilité au minimum. Mais c'est quand même risqué, surtout s'il faut faire entrer plusieurs unités du DARD de cette manière.

— Quel est le pourcentage de chances que ça fonctionne ?

— Impossible de te répondre. Il faudrait trouver un détecteur avec la même sensibilité et procéder à des essais.

— Je m'en charge, déclara l'adjudant Beaumont.

— Je vous laisse jusqu'à 4 heures pour élaborer une solution, dit le commandant.

— Vous avez de nouvelles informations sur les preneurs d'otages ? demanda Beaumont. Cela nous aiderait de savoir combien ils sont à l'intérieur.

— Ils sont au moins deux, selon toute vraisemblance. Et ce n'est pas un scoop !

— Vous avez réussi à identifier le deuxième ?

— Julien Rapaz, annonça Andreas sous les regards stupéfaits de ses collègues.

— Quoi ? Tu penses qu'il est toujours vivant ? demanda Viviane.

— J'en suis certain.

L'adjudant Beaumont considéra Andreas, l'air dubitatif.

— Ils auraient simulé sa mort ?

— C'est vrai qu'on n'a pas pu officiellement constater son décès, le corps est encore dans la mine, dit Viviane.

— Et qu'est-ce que vous faites du sang...

Andreas ne laissa pas Verdon finir sa phrase.

— Justement, le sang peut très bien provenir d'un sachet en plastique fixé sur sa poitrine et que Julien a percé lui-même, expliqua Andreas.

— Ça m'a pourtant paru bien réel.

— J'ai visionné la vidéo plusieurs fois. On ne voit pas la nuque de Julien sur les images avant qu'il ne soit allongé sur le sol dans une flaque de sang. Mais on est trop loin pour distinguer les détails et sa tête est penchée du mauvais côté.

Tous les regards étaient fixés sur Andreas.

— J'ai également constaté autre chose, en revoyant les images. Maxime, tu peux mettre la séquence ? Regardez bien...

Sur un des écrans apparaît une image de Charlot, braquant son fusil d'assaut sur la nuque de Julien. Le jeune homme est à genoux, les bras attachés dans le dos. Charlot fixe la caméra, sourit, puis tire. Le corps de Julien Rapaz s'affaisse, le sang coule sur le sol. Charlot effectue un mouvement de charge, la douille est éjectée.

Sans attendre la fin de la séquence, l'adjudant Beaumont s'exclama :

— C'est une cartouche à blanc !

— Comment peut-on en être sûr ? demanda Verdon, qui avait une formation de juriste et ne connaissait pas grand-chose aux armes.

— Le mouvement de charge.

— Il a raison, dit Andreas. Quand on a regardé les images en direct, on s'est tous focalisés sur la victime et ce détail nous a échappé. En revoyant la séquence plusieurs fois, j'ai soudain eu un doute et j'ai contacté mon ami Robin à Savatan, juste avant notre réunion. C'est un expert en armes. Il a confirmé mes soupçons.

— Avec le fusil d'assaut chargé d'une vraie balle, lorsqu'on appuie sur la détente, la douille est éjectée automatiquement.

Au moment de la mise à feu, la poudre s'enflamme, génère des gaz qui propulsent la balle dans le canon et permet d'actionner le recul de la culasse. C'est pendant ce mouvement d'avant en arrière que la douille est expulsée par la fenêtre d'éjection. Ensuite, sous la pression du ressort récupérateur, la culasse revient vers l'avant, engageant au passage une nouvelle munition dans la chambre à cartouche. C'est le principe des armes dites « semi-automatiques ».

Andreas poursuivit l'explication de Beaumont.

— Une cartouche à blanc ne produit rien d'autre qu'une détonation. Les gaz engendrés ne suffisent pas à faire reculer la culasse. Pour pouvoir éjecter la douille et engager une nouvelle cartouche, il faut effectuer un mouvement de charge après chaque tir. Julien Rapaz est donc vivant.

— Pourquoi vouloir simuler sa mort ? demanda Viviane.

— Pour nous mettre sur une fausse piste, éviter qu'on s'intéresse à lui de trop près.

— Tu penses que sa requête de rebaptiser la salle pourrait avoir un rapport avec lui ? interrogea Chantal.

— Pas sûr. Je crois que c'est le pardon de la Fraternité, qui est associée à Julien Rapaz. À mon sens, la dernière demande vient d'un autre ravisseur, sans doute lié à la Pologne et aux mines de sel.

82

C'était la fête de la Sainte-Barbe. Aaron et Ferdinand sortirent de la mine au Coulat. Avant d'assister au culte en l'honneur de la patronne des mineurs, Aaron accompagna son ami chez le médecin à Bex. En plus de ses problèmes respiratoires, Ferdinand souffrait de vertiges et de nausées depuis plusieurs semaines. Son état empirait, il avait de plus en plus de peine à assurer les travaux de la mine. En l'attendant, Aaron passa à l'épicerie Ruchet, puis s'installa au café du Cropt.

Ferdinand se présenta devant la porte de l'officine du médecin-chirurgien Pierre Samuel Guehret, non loin du château Feuillet. Le médecin, qui soignait les ouvriers des mines, le fit s'asseoir en face de lui à son bureau et ouvrit son grand cahier qui contenait les informations concernant ses patients.

— Vous avez quarante-huit ans, c'est juste, monsieur Pirolet?

Ferdinand acquiesça.

— Et vous travaillez dans la mine depuis l'âge de quinze ans. C'est exact?

— Oui, cela fait plus de trente ans.

Guehret l'invita à prendre place sur la table d'examen et l'ausculta.

— Un des plus gros problèmes, c'est l'air. Il s'altère, malgré les pompes qui en amènent dans les tunnels et les salles. À cela s'ajoutent la poussière, les odeurs méphitiques. Vous inhalez des particules chargées de silicium toute la journée. C'est ce qui attaque vos poumons.

— Est-ce que vous pouvez me soigner, docteur?

— Je crains que votre état de santé ne vous empêche de travailler longtemps. Il ne pourra qu'empirer.

— Comment vais-je faire? La ferme ne me permet pas de nourrir ma famille. Et si je ne peux plus subvenir à nos besoins, je vais devoir m'endetter, dit-il, catastrophé.

— Ferdinand, permettez-moi de vous appeler par votre prénom, je vais de ce pas rédiger une lettre pour vous. Vous la transmettrez au directeur, M. de Charpentier. Il pourra parler de votre cas au Conseil des mines et salines de Lausanne.

— Vous pensez qu'ils m'aideront?

— Cela se décide au cas par cas. Tout dépend du nombre d'années passées au service des mines. Dans votre situation, cela ne devrait pas être un problème, du moins je l'espère. Vous pourriez ainsi toucher une pension.

Le médecin prit sa plume et commença à rédiger diagnostic et conclusions.

Ferdinand rejoignit son ami qui l'attendait au café.

— Qu'est-ce qu'il a dit?

Ferdinand sortit la lettre et la déposa devant Aaron.

«Je soussigné certifie que Ferdinand Pirolet, âgé de quarante-huit ans et demeurant à Grion, est atteint de péripneumonie en raison de son travail dans la mine. Il souffre d'asthme, de difficultés respiratoires et d'une sensibilité au toucher, à la région latérale gauche de la poitrine. Ne pouvant déployer d'efforts sans éprouver de suffocation et de palpitation, M. Pirolet n'est plus en mesure d'assurer son emploi de mineur.

Bex, le 4 décembre 1834.

Pierre Samuel Guehret, chirurgien»

Aaron appela le serveur.

— Deux pintes de bière!

— Qu'est-ce que je vais faire?

— J'ai une idée, Ferdinand. Cette ancienne galerie que tu as découverte avec ton équipe, on ne va pas en parler à Kalbfuss.

— Quoi, tu veux la lui cacher?

— Exactement. Nous sortirons une partie de la saumure par là. Ni vu ni connu! Et toi, tu récupéreras le sel. On pourra ensuite le vendre.

— Mais le passage est obstrué.

— On va creuser un puits à l'endroit où la galerie s'est écroulée. Il doit y avoir à peu près cent pieds jusqu'à la surface. C'est faisable.

— Tu es complètement fou! Willy, le conducteur, est au courant de son existence, comme les mineurs de mon équipe.

— J'en fais mon affaire.

— Et Samuel Ansermet?

— Il ne travaille pas dans cette zone. Nous tâcherons simplement de les tenir à l'écart, lui et ses hommes.

— Il faudra trouver un moyen pour dissimuler l'accès.

— Ce n'est pas un problème. Nous allons étançonner la galerie, mais les planches seront amovibles. Tu verras.

83

38 heures et 2 minutes
après le début de la prise d'otages

Hugo, *alias* Charlot, s'était installé dans le local de pause des mineurs, non loin de la gare Saint-Pierre. Le dénouement de la prise d'otages approchait. Tout s'était déroulé comme prévu. Hugo avait fait connaissance avec celle qu'il appelait « ma sorcière bien-aimée » sur les quais de Vevey. Par la suite, elle lui avait présenté Julien, son meilleur ami qui, lui aussi, partageait leurs points de vue sur la société. Hugo avait cessé de boire le jour où ils étaient convenus de réaliser quelque chose. Quelque chose dont tout le monde se souviendrait. C'est ainsi qu'ils avaient noué un pacte qui scellait leur amitié, le « pacte de sel » !

Hugo jeta un coup d'œil sur les images qui lui provenaient de la salle Dumas. Alberto, le mineur, et Jeannot, le conducteur de train, étaient assis dans un coin. Les derniers membres du Bloc, Daniel et Sophie, étaient à l'opposé, avachis sur le sol, immobiles. Duverney n'avait pas voulu laisser Adam avec eux. L'adolescent ne méritait pas de subir la présence de deux êtres aussi ignobles.

Adam était à côté de lui. Il jouait sur son smartphone que lui avait rendu Duverney après en avoir retiré la carte SIM. Sans réseau wifi, Adam n'avait aucun moyen de contacter qui que ce soit.

— Tu joues à quoi ?

Adam leva sa tête. Des cheveux blonds dépassaient de sa casquette blanche avec un motif de chamois. Il fixa Hugo de son air espiègle.

— PES.

— C'est un jeu de foot, non ?

— Tu connais ?

— Mon fils Brian y jouait aussi, mais maintenant il préfère les jeux de guerre.

— OK, dit-il, replongeant dans sa partie.

— Tu joues au foot ?

— Ouais, répondit-il sans lever le nez de son écran.

— Tu ne peux pas lâcher ce téléphone un moment et me parler ? On va de toute façon bientôt manger.

Adam posa son portable.

— Tu veux causer de quoi ?

— Tu as quel poste dans l'équipe ? Attaquant ?

— Je suis défenseur central.

La porte s'ouvrit. Julien entra avec trois hamburgers préparés à la taverne et trois verres de coca. Il déposa le plateau sur la table et s'assit.

— Bon appétit. Servez-vous !

— Merci, répondit Adam, en attrapant un hamburger.

— À ce que j'ai entendu, la police ne prévoit pas de nous envoyer le DARD cette nuit, dit Hugo.

— Ils sont certainement en train de réfléchir à un moyen de contourner le système de sécurité.

— Cela nous laisse un peu de temps. Mais nous devons rester sur nos gardes.

— C'était une bonne idée de simuler ma mort. Mais ça ne les a pas empêchés de commencer à s'interroger à mon sujet, pesta Julien.

— On savait que ce n'était qu'une question de temps.

Hugo se tourna vers Adam.

— Ton oncle est un sacré flic.

— Ouais, je sais. Et il va venir vous arrêter tous les deux, lança-t-il d'un ton bravache.

— Ton enthousiasme fait plaisir à entendre, mais tu penses bien qu'on ne va pas se laisser faire aussi facilement.

— Utiliser des enfants comme otages, c'est lâche !

— Ne deviens pas impertinent. Fais tout de même attention à toi, mon p'tit gars, le mit en garde Julien.

— Sinon quoi ? répliqua Adam, en mordant dans son hamburger.

— Tu veux qu'on t'envoie dehors avec le wagon rempli d'explosifs, c'est ça ?

— Vous ne le ferez jamais. Vous n'oserez pas !

— Qu'est-ce qui te rend si sûr de ça ?

— Hugo m'a montré la photo de son fils, tout à l'heure. Il a presque le même âge que moi.

— Ça suffit, vous deux ! intervint Hugo. C'est vrai, Adam, on ne te fera pas de mal.

— Pourquoi vous faites tout ça ?

— Adam, tu dois comprendre une chose. Un peu partout en Europe, l'extrême droite prend de l'ampleur. Maintenant, ça commence à se développer en Suisse. On voit des groupes violents se coordonner.

— Et notre devoir est d'attirer l'attention de la population sur ce danger, compléta Julien.

— Et du coup, vous les tuez ?

— C'est nécessaire, dit Hugo.

— Ouais...

— Les gens qu'on a éliminés le méritaient, ajouta Julien.

— Pourquoi ? Personne ne mérite d'être tué.

— Écoute, Adam, tu es trop jeune pour comprendre.

— Au contraire, je pense que notre jeune ami peut et doit comprendre.

— Alors, expliquez-moi ! réagit Adam.

Hugo lui montra l'image de la webcam placée dans la salle.

— Tu vois, cette personne ? Elle déteste les étrangers. Elle déteste les Juifs. Et elle déteste les homosexuels comme Julien.

— Mon oncle et Mikaël sont gays aussi.

— Je suis au courant. Eh bien, elle a poussé des gens à tabasser un garçon qui s'appelait Léo, simplement parce qu'il était homo. Il est mort et elle a échappé à la prison, raconta Julien.

— Quelle salope !

— Surveille ton langage, jeune homme, le reprit Hugo.

— Mon père aussi déteste les gays. C'est un connard. Je ne lui parle plus.

— Donc, tu comprends ?

— Oui. Mais ce qu'elle a fait ne vous donne pas le droit de la tuer !

— Sur le principe, tu as raison Adam, concéda Hugo.

Il regarda le jeune garçon. Avec son aplomb et sa candeur, Adam exprimait ses propres doutes. En exécutant les membres du Bloc identitaire suisse, Julien et lui n'avaient-ils pas irrémédiablement basculé dans la haine ?

— Vous allez faire quoi de tout cet argent ? demanda Adam en pointant du doigt les liasses empilées sur la table.

— La rançon servira à faire des dons à des organismes d'entraide, à soutenir directement des personnes victimes d'injustices ou de discrimination.

— Vous êtes des sortes de Robin des Bois, c'est ça ?

— On peut dire ça comme ça.

84

Aaron était heureux. Tous avaient adhéré à son projet. Par solidarité avec Ferdinand, mais aussi par intérêt. Willy Pittier, le conducteur, avait été le plus difficile à convaincre. Il n'avait d'abord rien voulu entendre, craignant que Kalbfuss les attrape la main dans le sac. Mais Ferdinand était parvenu à trouver les mots.

C'était décidé, ils creuseraient leur propre puits dans l'ancienne galerie. Ils le baptiseraient Pirolet comme le nom de famille de Ferdinand. Afin de se donner le temps d'installer des conduites pour évacuer la saumure, ils dissimuleraient l'accès au boyau derrière des étançonnages. Ils creuseraient le puits là où la galerie s'était effondrée et excaveraient un réservoir au Fondement, d'où Ferdinand transporterait l'eau salée à dos d'âne jusqu'à Grion pour récupérer le sel par évaporation dans de grandes poêles. Chaque jour, deux mineurs viendraient y travailler en secret.

Aaron sortit de la mine au Bouillet. Kalbfuss l'attendait, un sourire narquois aux lèvres. Il se tenait fièrement à côté de son pur-sang noir. Il lui annonça que Jean de Charpentier requérait sa présence, sans lui donner plus de précisions, puis enfourcha son cheval. Aaron le regarda s'éloigner au trot.

Sur le chemin des Dévens, Aaron commença à s'inquiéter. Qu'est-ce que le directeur pouvait bien lui vouloir ? Être convoqué ainsi n'était pas alarmant en soi, mais le sourire de Kalbfuss ne présageait rien de bon. Kalbfuss avait-il été informé de sa liaison avec Louise ? Charpentier avait-il eu vent de leur projet de puits clandestin ? Soudain, une autre peur germa dans son esprit. Peut-être avait-il des nouvelles de Pologne. Aaron se mit à craindre le pire.

Il monta les marches de la maison et fut accueilli par la domestique qui le conduisit jusqu'au bureau du directeur.

Jean de Charpentier lui tournait le dos, debout devant la fenêtre.

— Asseyez-vous, Salzberg !

Aaron s'exécuta.

Le directeur se retourna et vint prendre place dans son fauteuil en acajou avec des têtes de béliers sculptées sur les accoudoirs.

— Vous me décevez, mon cher. Je pensais pouvoir vous faire confiance.

Aaron resta silencieux. Le patron savait pour la galerie. Ou alors, c'était Louise.

Jean de Charpentier le regardait sévèrement. Il tendit un livre à Aaron. Les *Impressions de voyage en Suisse*, signé Alexandre Dumas, paru l'année précédente.

— Je l'ai lu. C'est fort instructif !

Aaron ne comprenait pas.

— Vous m'avez désobéi, dit Jean de Charpentier. Vous avez emmené un illustre visiteur dans des endroits dangereux au sein de la mine.

— Il a sans doute romancé l'histoire. Il a dû exagérer. Je vous jure que...

— Ne jurez pas, Salzberg ! Il n'a pas pu inventer la descente dans le puits du Bouillet.

— Je n'ai pris aucun risque.

— Ce n'est pas de cela qu'il est question. Vous avez délibérément enfreint mes ordres. Ansermet a reçu ce livre des mains d'une cliente de Paris qui séjournait à l'hôtel de l'Union.

Aaron se souvint que Kalbfuss avait envoyé Ansermet à Bex pour rencontrer une femme qui désirait visiter les mines.

— Cette noble dame aurait demandé à Ansermet de suivre le même parcours qu'Alexandre Dumas. Et Ansermet m'a confirmé que vous lui aviez raconté votre dangereuse expédition avec l'écrivain.

Aaron ne fut pas étonné des mensonges de Samuel. Depuis qu'il avait perdu son statut, l'ancien gradueur nourrissait une rancune tenace contre lui.

Jean de Charpentier détourna les yeux.

— Salzberg, je n'ai pas le choix.

Le directeur des mines parut hésiter un instant, puis le regarda cette fois droit dans les yeux, l'air compatissant.

— Croyez que j'en suis profondément affligé, mais vous êtes renvoyé !

Ansermet tenait sa vengeance. Aaron comprit qu'il était inutile d'argumenter.

— Kalbfuss vous attend. Il vous paiera votre solde, puis vous empaquetterez vos affaires. Et demain à l'aube, vous vous en irez !

Aaron resta sans voix. Il ferma les yeux, inspira et les rouvrit.

En quittant la maison du directeur, il vit Samuel Ansermet et Charles Kalbfuss adossés contre un mur, un sourire aux lèvres.

85

39 heures et 12 minutes
après le début de la prise d'otages

Andreas venait de terminer sa conversation téléphonique avec Mikaël. Il avait aussi parlé avec Jessica et Mélissa. Tous trois étaient assis au salon et ne pouvaient pas imaginer fermer l'œil tant qu'Adam était retenu en otage au fond de la mine.

En se rendant à l'auberge, Andreas croisa Kinga.

— Tu vas où ? demanda-t-il.

— Je vais passer chez moi prendre une douche, me changer et dormir une heure ou deux.

Devant la moue d'Andreas, elle ajouta :

— C'est en ordre avec Karine, lança-t-elle sur un ton tranchant. D'ailleurs, elle me prête sa voiture.

— Bien sûr. Excuse-moi, je suis épuisé. Et toi, Kinga, tout va bien ? Tu me sembles un peu tendue.

— La fatigue aussi, sans doute. Ça fait plus de quarante heures que je n'ai pas fermé l'œil.

— Je comprends. Pour une première mission sur le terrain, c'est rude. Tu te débrouilles très bien.

Kinga esquissa un sourire.

— Va dormir quelques heures. Et garde ton téléphone à portée de main, en cas d'urgence. On t'attend au plus tard à 4 heures.

— À tout à l'heure.

Andreas regarda Kinga monter dans la Mini Cooper orange de Karine et prit le temps de fumer une cigarette avant d'entrer dans l'auberge.

Seule Karine était assise à table, avec une grande tasse de café devant elle. Dans une autre pièce, Christophe et Nathan discutaient du meilleur moyen de contourner le système de surveillance contrôlé par Duverney.

— Salut, Karine, tu tiens le coup?

Elle se retourna et adressa un sourire complice à son chef en hochant la tête.

— J'essaie de réfléchir à cette mystérieuse femme dont Charlot a fait la connaissance à Vevey. Mais...

Andreas balaya la salle du regard et l'interrompit.

— Où est Mélaine?

— Elle est rentrée chez elle un moment, comme Kinga d'ailleurs. Elle avait besoin de se reposer. Je lui ai dit de revenir dans quelques heures.

Karine but une gorgée de café.

— Je sens une certaine tension entre Kinga et Mélaine.

— De la jalousie? suggéra Andreas.

— Tu es impayable. Si je ne te connaissais pas, je te prendrais pour un gros macho.

— Tu crois vraiment que c'est le moment de plaisanter?

Karine se leva de sa chaise, s'étira, puis regarda Andreas.

— Au fond, tu as peut-être raison. J'ai demandé à Kinga ce qui se passait avec Mélaine. Elle m'a répondu assez sèchement qu'il n'y avait rien.

Andreas sortit son téléphone et essaya de joindre Robin à l'Académie de police. Il raccrocha en entendant la boîte vocale s'enclencher, puis bâilla.

— Je vais aller m'allonger un petit moment. Tu devrais faire pareil, suggéra-t-il à Karine.

Andreas s'écroula sur un lit de camp, épuisé, et s'endormit aussitôt.

86

40 heures et 23 minutes
après le début de la prise d'otages

Kinga se délassait sous la douche, alternant eau chaude et eau froide. Elle avait obtenu ce qu'elle désirait : participer à cette enquête. Mais devoir à nouveau côtoyer Mélaine la contrariait au plus haut point. L'eau coulait doucement sur sa peau depuis le pommeau fixé au plafond. Elle régla le jet sur la fonction « cascade » et ferma les yeux. Elle balaya l'image de sa future collègue et s'imagina dans la jungle indonésienne un jour de mousson. Adolescente, elle avait passé un séjour à Sumatra avec ses parents. Elle en gardait un souvenir marquant de forêts au feuillage dense, de fleurs multicolores et d'orangs-outangs paisibles.

L'image de son père apparut alors dans son esprit. C'est lui qui avait choisi de l'appeler Kinga. Elle en était fière et ne manquait en général pas une occasion de raconter l'origine singulière de ce prénom.

D'après la légende, Kinga était née en Hongrie au XIIIe siècle. Lors de ses fiançailles, son futur époux, le souverain de Pologne Boleslas, dit Boleslas le Chaste, lui offrit une bague avec un diamant d'une rare pureté. Le père de Kinga, le roi Béla IV, commença à constituer une dot en or et en bijoux. Elle refusa, prétextant que la Pologne était prospère. Béla ne pouvait se résoudre à envoyer sa fille dans un pays étranger sans une dot digne de ce nom. Après avoir mûrement réfléchi, Kinga suggéra à son père d'offrir du sel gemme à son futur mari. La Pologne ne possédait pas de mine de sel. Son père l'emmena dans les mines de Maramureş, le plus grand gisement de Hongrie. Ignorant comment transporter les précieux cristaux en Pologne, Kinga demanda conseil à Dieu, puis jeta sa bague au fond d'un puits.

En chemin pour la cour de Boleslas, Kinga s'arrêta avec sa suite dans le petit village de Bochnia et ordonna aux mineurs de creuser la terre. Parmi les morceaux de roche, Kinga reconnut un fragment de sel. Lorsqu'ils le brisèrent, ses hommes retrouvèrent la fameuse bague de fiançailles.

Kinga devint une reine respectée et appréciée pour sa miséricorde. À sa mort, les mineurs en firent leur patronne. Depuis lors, elle leur portait chance dans leur recherche de l'or blanc et veillait sur eux au fond des galeries souterraines.

Le père de Kinga avait choisi ce prénom pour sa fille en hommage à son propre père, employé des mines de Wieliczka avant d'être déporté à Auschwitz avec d'autres opposants politiques.

Communiste et fervent catholique, le grand-père de Kinga avait survécu au camp de concentration, comme sa future femme qu'il avait connue durant sa détention. Après la guerre, ils retournèrent à Cracovie et ouvrirent une épicerie.

Benjamin d'une fratrie de sept, le père de Kinga quitta la Pologne pour la Suisse à l'âge adulte. Il s'installa dans la région lausannoise où il devint pharmacien et fit la connaissance de sa future épouse, pharmacienne comme lui. Peu après, le couple donna naissance à Kinga. Elle était née suisse, mais son passé et ses origines étaient enracinés dans le prénom qu'elle portait.

En fermant le robinet de sa douche, Kinga se demanda si la patronne des mineurs viendrait aussi à leur secours. Elle ne put s'empêcher de s'interroger sur la justesse de ses dernières décisions. Elle espérait ne pas avoir à les regretter. Elle prit son téléphone, vérifia qu'elle n'avait reçu aucun message, enclencha l'alarme, et se coucha.

87

41 heures et 14 minutes
après le début de la prise d'otages

Andreas fut brusquement tiré de son sommeil, dans lequel il avait sombré à peine deux heures plus tôt, par la voix de Karine.

— Andreas, réveille-toi. Ton téléphone a sonné.

Il regarda son portable, se leva, se prépara un double expresso et sortit sur la terrasse pour rappeler Robin.

— Salut, Andreas, désolé. On était à Solalex pour un exercice de nuit et je n'avais pas de réseau.

— Merci de me rappeler au milieu de la nuit. C'est sympa, plaisanta Andreas en allumant une cigarette.

— Qu'est-ce que je peux faire pour toi ?

— Une question, Robin : Mélaine Genet et Kinga Nowak se connaissent-elles ?

— Elles ont commencé à l'Académie en même temps. Mais en cours d'année, Kinga a eu des problèmes de santé et a dû interrompre sa formation. Elle a finalement pu reprendre l'école l'année suivante.

— Qu'est-ce qu'elle a eu ?

— Une mononucléose infectieuse.

— Est-ce qu'elles s'appréciaient ?

— Savoir quelles relations entretiennent les aspirants entre eux, ce n'est pas évident, tu sais. Ils sont plus de cent cinquante par volée. Mais ces deux-là, je m'en souviens très bien. Elles se détachaient du lot. Lors d'un entraînement de ju-jitsu, Kinga a envoyé un coup à Mélaine qui s'en est tirée avec un œil au beurre noir. Kinga a prétendu que c'était accidentel, mais selon Mélaine, c'était délibéré.

— Et tu en penses quoi?

— Des bruits couraient sur la rivalité qu'elles entretenaient entre elles. Elles étaient les aspirantes les plus douées en arts martiaux. Chacune voulait être la meilleure. Pour répondre à ta question, elles ne s'appréciaient pas beaucoup. Elles se sont à nouveau écharpées, c'est ça?

— Non, c'est juste qu'on a ressenti une certaine animosité entre elles. Est-ce que tu te rappelles autre chose?

— Non, rien de particulier. Et toi, tu en es où de cette prise d'otages?

— Désolé, Robin. Je n'ai pas le droit de t'en parler.

— Je sais, mais je connais bien les mines et les galeries. Peut-être que je peux vous aider.

— C'est compliqué. On cherche une solution pour y pénétrer, mais les ravisseurs ont accès aux caméras de surveillance et aux détecteurs de mouvement.

— Ah, je vois.

— Comment ça se fait que tu connaisses si bien les mines?

— Chaque automne, on effectue un exercice avec les aspirants. D'ailleurs, Kinga était là, la dernière fois. Elle ne te l'a pas raconté?

— Non, elle ne m'en a pas parlé. Vous étiez dans quelle zone?

— Principalement dans le secteur des anciennes exploitations. On a encore pu pénétrer dans celle de Saint-Louis. Maintenant, l'air y est vicié par le méthane. Et par endroits, l'oxygène manque.

— Évidemment!

— Pardon?

— Merci, Robin! Je crois que je viens de comprendre l'utilité des masques. Je dois te laisser. Si jamais j'ai besoin de ton aide, je te rappelle.

— À ta disposition.

Andreas raccrocha et téléphona aussitôt à Christophe.

88

À presque minuit, ils étaient assis à table avec Ferdinand dans son chalet à Grion. Il se retrouvait sans emploi et sans logement. Ni lui ni Ferdinand ne travaillaient plus. Willy Pittier leur avait assuré qu'il mènerait à bien leur projet avec son équipe, mais les deux amis doutaient de la parole du conducteur.

Le feu dans l'âtre les réchauffait du froid et de la neige qui tombait à gros flocons. Aaron lui fit le récit de ce qui s'était passé la veille.

À l'aube, Aaron avait empaqueté ses quelques affaires dans un sac, sans oublier le carnet dans lequel il avait consigné tout ce qu'il avait vécu depuis son arrivée en Suisse huit années plus tôt.

Avant de partir, Aaron était allé chercher son salaire chez Kalbfuss. Il avait compris, en apercevant les sourires narquois d'Ansermet et de Kalbfuss, la véritable raison de son limogeage. Kalbfuss était au courant de sa liaison avec Louise. Lorsqu'il était rentré de son voyage en Pologne, Ansermet s'était empressé de lui dire qu'il avait vu Aaron et sa femme s'enlacer et s'embrasser dans le bois d'Antagnes.

Le géologue l'avait accueilli sur le pas de la porte en lui portant un coup de poing au visage. Alors qu'Aaron était à terre, Kalbfuss lui avait encore asséné un coup de pied en proférant des insultes sous le regard jubilatoire d'Ansermet. Ces mots restaient gravés dans sa mémoire : « Traître ! Sale truie de juif ! ».

En entendant des cris, Louise était sortie de la maison en courant. Elle était tombée à genoux à côté d'Aaron et avait épongé son sang avec sa robe. Son mari l'avait écartée, en la tirant par les cheveux. Aaron s'était jeté sur lui. Les ouvriers de la saline avaient dû les séparer. Depuis, Aaron était sans nouvelles de Louise. Il espérait qu'elle viendrait le retrouver à Grion.

Alors que Ferdinand leur resservait du vin, ils entendirent de violents coups frappés à la porte. Louise n'aurait pu cogner si fort, pensa Aaron. Ferdinand se leva et alla ouvrir. Cinq pandores se tenaient sur le seuil.

— Je suis le caporal Druey. Nous cherchons le dénommé Aaron Salzberg.

Ferdinand eut à peine le temps de bredouiller que les gendarmes le poussèrent de côté et entrèrent dans le chalet. Ils se jetèrent sur Aaron et lui passèrent les fers aux poignets.

Le caporal s'approcha. Il portait une tenue en drap gris marengo et un plastron bleu céleste fixé par des boutons dorés. Sur le retroussis de son uniforme, il arborait une grenade surmontée de flammes.

— Aaron Salzberg, vous êtes en état d'arrestation. Vous allez devoir nous suivre jusqu'à Bex où vous serez présenté aux autorités.

— Que me voulez-vous ?

Ferdinand s'était interposé devant la porte.

— De quoi l'accuse-t-on ?

— Tentative d'homicide.

— Je n'ai jamais essayé de tuer qui que ce soit, rétorqua Aaron.

— Tu t'expliqueras auprès de l'officier.

Druey menaça Ferdinand.

— Ôtez-vous de mon chemin !

Comme il ne bougeait pas, le caporal le bouscula violemment. Ferdinand tomba à terre.

Un des pandores brandit son arme dans le dos d'Aaron.

— Avance !

Sonné, Ferdinand se releva, sortit du chalet et les regarda partir. Deux des gendarmes précédaient Aaron, les deux autres le serraient de près, fusil à baïonnette pointé sur lui. Le caporal fermait la marche.

89

41 heures et 33 minutes après le début de la prise d'otages

Épuisées, Jessica et Mélissa s'étaient assoupies sur le canapé du salon. Mikaël s'efforçait de rester éveillé, assis à la table haute de la cuisine. Depuis qu'Andreas et Kinga étaient partis, il avait entrepris des recherches au sujet d'Aaron Salzberg.

Son intuition l'avait mené en Pologne d'où le nom semblait provenir. Selon les informations qu'il avait trouvées, ce patronyme existait depuis la fin du XVIIe siècle. Jusqu'alors, les Juifs ashkénazes n'en portaient pas. Parmi les nombreuses lois qu'avait promulguées Joseph II, empereur du Saint-Empire, l'une d'elles obligeait les Juifs à prendre un nom de famille afin de mieux les identifier et, au final, faciliter le prélèvement des taxes. Certains ajoutèrent le suffixe *-son* ou *-sohn* au prénom de leur père. « Mendelsohn » signifiait tout simplement « fils de Mendel ». D'autres choisirent leur métier : Fleishman, Fisher, Schnitzer*. Les marchandises qu'ils vendaient furent également utilisées pour en faire leur patronyme. Tabachnik était donc un commerçant en tabac. Puis, beaucoup d'entre eux optèrent pour le nom de leur lieu d'origine. C'était le cas de Salzberg, le nom allemand de la ville polonaise de Bochnia.

---

* Boucher, pêcheur, sculpteur.

Mikaël inscrivit «Salzberg» dans différents moteurs de recherche, dont le *Jewish Records Indexing* qui lui permit de trouver le nombre d'occurrences du patronyme en Pologne. Le site recensait quatre mille cinq cent trente-deux Salzberg, dont cent trente-six portaient le prénom Aaron. Mikaël eut alors l'idée de localiser ses investigations. Si les preneurs d'otages voulaient rebaptiser la salle du nom d'Aaron Salzberg, c'est qu'il devait exister un lien avec les Mines de sel de Bex. Mikaël alla chercher dans un carton la collection des *Revue historique du mandement de Bex*, qu'il s'était achetée lorsqu'il menait des recherches sur les origines de sa propre famille et sur son village.

Il en feuilleta quelques numéros et finit par trouver plusieurs articles et les procès-verbaux d'une affaire criminelle de 1834 impliquant un certain Aaron Salzberg.

Il s'y plongea aussitôt.

«Nous, Charles Bontems, Président du Tribunal du district d'Aigle, confirmons par la présente avoir reçu ce jour, le 8 décembre 1834, deux procès-verbaux de la part de l'officier de police Louis Formaz, concernant un crime commis sur la personne du dénommé Samuel Ansermet par le dénommé Aaron Salzberg.»

PREMIER PROCÈS-VERBAL

«Samuel Ansermet de Fenalet, accompagné de Willy Pittier, s'est présenté au bureau de police à huit heures, le soir du 6 décembre 1834. Constatant des blessures sérieuses, l'officier Formaz a jugé à propos de faire rédiger le présent verbal sur-le-champ, afin que ledit Ansermet fasse déclaration des circonstances du méfait et dénonce la personne qu'il accuse d'en être l'auteur.

Ledit Ansermet confirme par la présente déclaration avoir été agressé et blessé par ledit Aaron Salzberg, l'ayant parfaitement reconnu.

Après quoi, l'officier Formaz, estimant cette tentative d'homicide entourée de circonstances si atroces, a cru être de son devoir de pourvoir à l'arrestation dudit Aaron Salzberg. En conséquence, il a commis quatre gendarmes accompagnant le caporal Druey pour se rendre promptement à Grion au domicile du dénommé Ferdinand Pirolet, chez qui ledit Aaron Salzberg aurait élu domicile.»

SECOND PROCÈS-VERBAL

«Le caporal Druey et les quatre gendarmes détachés pour se saisir dudit Aaron Salzberg, accusé dans le précédent procès-verbal, sont arrivés à sept heures du matin au bureau de police de Bex.

Malgré les exhortations et l'interrogatoire auquel il a été soumis, l'accusé a persisté à nier formellement les faits rapportés par la victime.

L'officier Formaz voyant que ledit Salzberg s'opiniâtre à contester le crime dont il est accusé, et n'ayant pas voulu pousser les interrogatoires plus outre, a décidé que ledit Salzberg devait être conduit par le caporal Druey en toute sûreté au château d'Aigle accompagné de quatre gendarmes, afin que le juge Bontems en ordonne comme il trouvera à propos.»

Absorbé dans sa lecture, Mikaël continua avec le rapport de Pierre Samuel Guehret, chirurgien, mandaté le 7 décembre pour constater les blessures d'Ansermet.

«Suit présentement le *visum et repertus* du médecin:

Pour obéir à l'ordre qui m'a été adressé de la part de l'honorable juge Bontems, je me suis rendu ce jourd'hui bas daté à la maison de ville de Bex, où le dénommé Ansermet est alité ensuite de son malheur. J'ai pris une exacte connaissance tant de ses blessures que de l'état de la présente personne.

Je déclare en vérité qu'il se trouve avoir:

Premièrement, une plaie de deux travers de doigt d'un coup reçu à la partie moyenne de l'os coronal droit, laquelle pénètre deux téguments jusque sur l'os. Puis une seconde plaie sur l'os occipital grande de trois travers de doigt, pénétrant aussi jusqu'à l'os. Trois autres plaies superficielles sur la partie moyenne de l'os pariétal du côté gauche, dont la plus haute est de la longueur de quatre travers de doigt. Ensuite, nous avons trouvé sur la tempe gauche une forte contusion qui s'étend à l'entour de l'œil avec beaucoup de sang et qui descend jusqu'au bas de la joue. À l'épaule, nous avons constaté une autre plaie sur la tête de l'humérus, mais ne pénétrant que les téguments, une autre à l'omoplate. Les plaies sur la tête paraissaient avoir été produites par un objet tranchant alors que les plaies à l'épaule résultaient d'un coup de fusil.

Quoique considérables, je ne considère pas que les blessures soient mortelles à moins de quelques accidents, comme une mauvaise fièvre, ce que nous avons cru devoir prévenir par une saignée et des poudres antispasmodiques, de façon qu'il se trouve actuellement dans une situation tranquille de corps et d'esprit, autant qu'on peut l'attendre de son état. En sorte qu'à l'aide de Dieu et des remèdes que nous continuerons de lui appliquer nous pouvons espérer de l'amener à une rapide guérison.

C'est le témoignage que je donne de bonne foi pour remplir ledit ordre ; exécuté à Bex, ce 7 décembre 1834.

Signé : Pierre Samuel Guehret, chirurgien »

Mikaël se tira un café bien serré, avant de poursuivre sa lecture.

90

L'officier Formaz attendait avec impatience le retour de ses hommes au bureau de police de Bex. À travers la fenêtre, alors qu'un soleil radieux se levait, il vit le caporal Druey et les quatre gendarmes arriver au loin avec leur prisonnier, Aaron Salzberg.

La veille au soir, Samuel Ansermet et Willy Pittier avaient interrompu Formaz pendant son souper. Ansermet avait été pris dans une embuscade alors qu'il rentrait du Fondement pour se rendre au village de Fenalet où il habitait. Il venait faire constater ses blessures par l'officier de gendarmerie. Formaz avait ainsi pu observer que les habits de la victime étaient trempés de son sang et qu'il avait de graves plaies au niveau des épaules et de la tête.

Dans le bureau de Formaz, Ansermet reprit en détail sa déclaration. Il avait quitté les mines la veille vers 6 heures. Sur le chemin du retour, alors qu'il s'était arrêté au lieu-dit le Bey-de-la-Colice pour allumer sa pipe et poser sa lourde hotte remplie de bois, il avait entendu un bruit, et d'abord pensé à un renard. C'était un fusil qu'on armait. Il s'était écroulé, touché à l'épaule par de la grenaille, puis avait reçu un coup de crosse sur la tête. Et un deuxième, avant d'être poussé dans le ravin escarpé de la Grionne. Lorsqu'il retrouva ses esprits, il parvint à remonter jusqu'au chemin. Par chance, Ansermet avait réussi à reconnaître son assaillant : Aaron Salzberg. Ansermet avait péniblement rejoint le Coulat, là où résidait Willy Pittier. Ce dernier l'avait accompagné à Bex.

Le caporal et les gendarmes escortèrent Aaron dans le bureau de Formaz. Ils lui enlevèrent les menottes, l'assirent sur une chaise et le ligotèrent au dossier à l'aide d'une corde de chanvre.

— C'est bon, sortez ! ordonna Druey à ses hommes.

Le caporal resta debout contre la porte.

L'officier Formaz, installé derrière son bureau, dévisagea le prisonnier avec insistance.

— Vous êtes bien Aaron Salzberg ?

— C'est bien moi.

— Vous vous apprêtiez à prendre le large, n'est-ce pas ?

— Pourquoi aurais-je fui ?

— Vous savez très bien de quoi je parle.

— Non. Je vous assure que non.

— Pourquoi avez-vous tenté de commettre un homicide sur la personne de Samuel Ansermet ?

— Je n'ai rien fait.

— Monsieur Ansermet atteste qu'il vous a reconnu. Vous vouliez vous venger, car c'est lui qui vous a fait perdre votre travail aux mines ?

— Non. C'est faux !

Formaz fit un geste à Druey qui se plaça derrière Aaron et lui tira brusquement la tête en arrière.

— Alors, Salzberg ?

— Ce n'est pas moi, je le jure, bégaya Aaron.

Druey relâcha son étreinte. L'officier saisit un mousquet et le montra à Aaron.

— Vous reconnaissez cette arme ?

Impossible de nier, Aaron savait à qui elle appartenait. Les initiales gravées sur la crosse ne laissaient aucune place au doute.

— C'est celle de mon ancien chef, Charles Kalbfuss.

— Vous habitiez à côté de chez lui, non ? Ce fusil lui a été volé la nuit dernière.

— Je vous le répète. Je n'ai rien fait.

— Monsieur Kalbfuss nous a raconté que la veille une dispute avait éclaté entre vous et lui au sujet de son épouse.

— Oui, on s'est battus, c'est vrai. Mais tout le reste n'est que mensonge.

L'officier se leva et se plaça en face d'Aaron.

— Sa femme Louise s'est rendue coupable d'adultère. Avec vous, qui plus est. Un Juif.

Formaz lui cracha au visage.

— Vous avez volé l'arme de Kalbfuss pour le faire accuser de l'agression de Samuel Ansermet.

— C'est un coup monté ! s'exclama Aaron.

L'officier Formaz fit basculer la chaise à laquelle Aaron était attaché. Il tomba à la renverse. Druey se saisit d'un tissu qu'il appliqua sur sa bouche et sur son nez, tout en lui maintenant la tête. Formaz prit un broc rempli d'eau et commença à verser doucement. Aaron tenta de se débattre. Quand il se mit à suffoquer, Druey desserra son étreinte.

Aaron tourna la tête sur le côté pour recracher l'eau et reprit sa respiration à grand-peine.

Les deux hommes relevèrent Aaron. Formaz saisit son menton et inclina sa tête en arrière.

— Alors, Salzberg, vous êtes prêt à avouer votre crime ?

— Je ne peux pas avouer un crime que je n'ai pas commis, balbutia-t-il.

— Vous ne continuerez pas longtemps à nier les faits. Emmenez-le, Druey !

Le caporal fit entrer les quatre gendarmes qui détachèrent ses liens, le poussèrent hors de la maison et l'escortèrent jusqu'au château d'Aigle.

91

41 heures et 55 minutes
après le début de la prise d'otages

Mikaël continuait à compulser la *Revue historique du mandement de Bex*. Il tomba sur le premier procès-verbal de l'audience publique d'Aaron Salzberg.

«Du 15 décembre 1834. Le Tribunal d'examen des faits criminels, assemblé au château d'Aigle sous la Présidence de l'honorable juge Bontems, par-devant lequel a été conduit le dénommé Aaron Salzberg, a formulé les questions suivantes:

INTERROGÉ. S'il sait le sujet pour lequel il est ici détenu?
RÉPONDU. Que l'officier Formaz de Bex l'a informé qu'on l'accuse d'avoir blessé Samuel Ansermet, crime dont on le soupçonne à tort.
INTERROGÉ. Dans quelle relation il se trouve avec le dénommé Ansermet?
RÉPONDU. Dans une relation indifférente.
INTERROGÉ. Si le dénommé Ansermet l'a dénoncé auprès du sieur de Charpentier?
RÉPONDU. Que oui!
INTERROGÉ. S'il voulait se débarrasser du dénommé Ansermet!
RÉPONDU. Que non!

INTERROGÉ. Qu'il doit prendre garde à ce qu'il avance, puisqu'il se trouve des preuves qui témoignent du contraire et qu'il ferait mieux de rendre gloire à Dieu en avouant que c'est bien lui qui a perpétré ce crime odieux sur le dénommé Ansermet.

RÉPONDU. Qu'il s'est toujours bien conduit, sans n'avoir jamais causé de tort à personne.

INTERROGÉ. Quel bonnet il a coutume de porter?

RÉPONDU. Que c'est tantôt un rouge, tantôt un brun, mais que le rouge il ne le trouve plus dans ses affaires.

INTERROGÉ. Que son bonnet a été retrouvé taché de sang dans la forêt, près du lieu où le dénommé Ansermet a été agressé.

RÉPONDU. Qu'il ne sait comment il est arrivé là.

Ayant été derechef très sérieusement exhorté à rendre gloire à Dieu en avouant son crime à la décharge de sa conscience, l'accusé a persisté dans son entêtement. Après quoi, il a été reconduit en prison.

Le Tribunal, voyant l'obstination dudit prévenu à ne rien vouloir confesser, a décidé qu'il doit être adressé un ordre à l'officier Formaz pour prendre une exacte information tant de conduite que de tout ce qui peut avoir rapport au cas pour lequel ledit Salzberg est détenu. S'ensuivant, l'officier Formaz fera incessamment parvenir au juge Bontems le procès-verbal afin de poursuivre l'examen dudit Salzberg.»

Captivé, Mikaël avait pourtant du mal à concilier la dernière demande des ravisseurs et ce mineur accusé de crime. Il décida de continuer la lecture.

«Pour mettre en due exécution les ordres de l'honorable juge Bontems, l'officier Formaz a questionné plusieurs personnes aux Mines de sel sur les différentes raisons ayant porté le dénommé Salzberg à commettre la cruelle action dont on l'accuse. Elles se résumèrent à dire en substance:

Que ledit Salzberg menait une vie de parfait fainéant.

Qu'il avait la main moelleuse d'un juif hypocrite.
Que le caractère dudit Salzberg est d'être hargneux avec le monde et indocile aux conseils mêmes de ses plus proches.
Qu'il était connu que ledit Salzberg recherchait à entretenir la femme du sieur Kalbfuss, la dénommée Louise.
Que c'était un bruit dans le district que l'on s'attendait que le maltraitement aurait dû advenir plutôt, que ledit Salzberg avait menacé précédemment le dénommé Ansermet.»

Mikaël avait la nette impression qu'on chargeait ce pauvre Aaron de tous les maux de la terre. Les arguments sonnaient faux. L'officier Formaz dépeignait Aaron comme le diable en personne. En lisant les attendus du procès, Mikaël en connaissait déjà l'issue.

«Que ledit Ansermet a perdu son travail de gradueur à cause dudit Salzberg.
Que ledit Salzberg a fait visiter les mines à sieur Alexandre Dumas, sans tenir compte des ordres de M. le Directeur de Charpentier.
Que ledit Salzberg a risqué la vie de sieur Dumas.
Que ledit Ansermet a dénoncé ledit Salzberg auprès du Directeur des mines.
Que ledit Salzberg, suite à cette dénonciation, a été licencié par le Directeur de Charpentier.
C'est ce que nous avons pu recueillir en précis lors des interrogatoires.»

Mikaël referma la revue. Il tenait enfin le lien. «Rendez à César ce qui est à César, à Dieu ce qui est à Dieu... et à Aaron Salzberg ce qui est à Aaron Salzberg!»

Les ravisseurs voulaient rendre justice à Salzberg en rebaptisant la salle. Restait à trouver le lien entre Aaron et les preneurs d'otages, s'il y en avait un. Mikaël ouvrit la revue suivante:

«Du 18 décembre 1834. Le Tribunal d'examen des faits criminels s'étant de nouveau assemblé au château d'Aigle sous la

Présidence de l'honorable juge Bontems par-devant lequel a été conduit le dénommé Salzberg prévenu et interrogé comme suit :

INTERROGÉ. Qu'ayant eu maintenant tout le temps nécessaire à nourrir de sérieuses réflexions sur sa conduite passée, on espérait dudit Salzberg qu'il rende gloire à Dieu et avoue son crime.

RÉPONDU. Qu'il en est innocent, et qu'on lui fait du tort.

INTERROGÉ. Qu'il ne dit pas la vérité.

RÉPONDU. Que devant Dieu, il ne peut confesser ce qu'il n'a pas fait.

INTERROGÉ. Qu'il est terrible de prendre ainsi le nom de Dieu en vain, qu'il ferait beaucoup mieux tandis qu'il en est temps, et avant qu'il n'y soit contraint par la force, de rendre gloire à la vérité pour le salut de son âme.

RÉPONDU. Qu'il n'a rien à ajouter à ce qu'il a dit.

Ensuite de quoi ledit prévenu a été reconduit en prison. »

92

Aaron croupissait dans un cachot au quatrième étage de la tour carrée du château depuis déjà treize jours. Recroquevillé sur la banquette inconfortable, il entendit des bruits de pas dans le couloir, puis celui d'un clapet. Le geôlier venait alimenter le poêle avec des bûches.

À la suite d'une visite de l'architecte du Conseil d'État vaudois, les cachots vétustes des deux donjons circulaires avaient été condamnés pour en créer de nouveaux dans la tour carrée. Par comparaison aux conditions de détention sous le régime bernois qui avaient perduré jusque récemment, le poêle à bois était un luxe considérable. Le geôlier lui avait également fait remarquer que lui-même était bien plus bienveillant que les anciens baillis. Selon lui, à l'époque, les Bernois n'hésitaient pas à précipiter certains prisonniers par une trappe. Ceux-ci s'écrasaient cinq mètres plus bas dans une basse-fosse obscure et sinistre où la seule lueur provenait de deux étroites fentes verticales.

Aaron ne mourrait certes pas de froid, mais la situation dans laquelle il se trouvait n'avait rien d'enviable. Son sort serait fixé incessamment, mais il n'était guère convaincu que l'issue du jugement lui serait favorable.

Le geôlier ouvrit la porte de sa cellule et apporta un bol de soupe et du pain. Il veillait à lui servir de bonnes rations et il lui avait même fourni discrètement de la bière et du vin, à quelques reprises.

D'après l'avocat qu'on lui avait commis d'office, Aaron devait échapper à la peine capitale, car Samuel Ansermet n'était pas décédé. Les mentalités et l'arsenal répressif avaient évolué depuis la fin de la domination bernoise, lui avait-il expliqué. Les condamnations à mort et les expulsions devenaient rares. Aaron serait vraisemblablement transféré à Lausanne et incarcéré dans la prison du château de l'Évêché.

Au lieu d'évoquer sa défense lors des prochaines auditions au tribunal, son avocat lui prodiguait des conseils sur le comportement à adopter en détention. Le système était basé sur le principe de la punition et de la récompense. S'il se conduisait bien, il recevrait plus de nourriture et de meilleure qualité. Faute de quoi, ce serait la diète et l'isolement au cachot. Ou pire, l'infamie légale : il se verrait exposé sur la place publique avec un écriteau indiquant son nom et son crime.

Aaron ne pouvait s'empêcher de ressasser ses erreurs. Il avait été naïf d'imaginer que Louise et lui auraient pu passer leur vie ensemble. La découverte de leur liaison n'avait été qu'une question de temps. Lorsque Charles Kalbfuss avait appris d'Ansermet que son épouse le trompait, il s'était empressé de la chasser. Le sort de Louise importait finalement plus à Aaron que le sien.

Par chance, Ferdinand connaissait le geôlier, un cousin éloigné de sa femme. Il avait ainsi pu rendre visite à Aaron et le rassurer : Louise était chez lui. Elle les aidait à la ferme.

Aaron aurait aimé pouvoir consigner ces événements dans son carnet. Depuis qu'il était arrivé en Suisse, il y couchait chaque jour ses pensées. Mais son calepin était resté chez Ferdinand.

Aaron entendit à nouveau des bruits de pas, le cliquetis d'une clé dans la serrure. La porte s'ouvrit sur l'officier Formaz accompagné d'un gendarme. « Ce n'est pourtant pas l'heure de l'audience », songea Aaron.

Les deux hommes le saisirent par les épaules et l'emmenèrent sans ménagement dans une autre salle où ils s'apprêtaient à le convaincre d'avouer encore une fois son crime.

93

42 heures et 17 minutes
après le début de la prise d'otages

Brûlant de connaître le dénouement de l'histoire d'Aaron, Mikaël se plongea dans le dernier procès-verbal.

« La cour d'examen étant derechef assemblée sous la Présidence du juge Bontems au château d'Aigle en ce 22 décembre 1834, le dénommé Salzberg y a été conduit. Il lui a été demandé ce qui suit :

INTERROGÉ. S'il avait réfléchi depuis son dernier examen sur le cas pour lequel il était détenu. Et s'il y a sérieusement pensé, il doit présentement passer à des aveux sincères à la décharge de sa conscience.

RÉPONDU. Que oui ! Et qu'ainsi il veut dire la vérité. Qu'il n'a pas maltraité le dénommé Ansermet.

Surquoy, le Président du Tribunal, ayant imploré l'assistance divine, et le tout pris en considération, il a estimé :

Que n'ayant rien trouvé dans les faits et les circonstances de l'action commise par ledit Aaron Salzberg qui puisse témoigner d'une volonté réelle d'avoir eu le dessein de lui ôter la vie, si ce n'est une vengeance portée à l'excès, à la suite d'une querelle entre les deux hommes.

Que ledit Ansermet n'ayant reçu aucun coup mortel, comme l'atteste le rapport du médecin Guehret, et ayant eu la capacité de se rendre à Bex sans attendre pour y former son accusation.

Qu'étant au surplus aujourd'hui, par la grâce de Dieu, en pleine vie et au bénéfice d'une parfaite guérison.

Que se fondant sur ces réflexions, il ne peut envisager que le crime perpétré sur ledit Ansermet par ledit Aaron Salzberg, né le 10 janvier 1805 dans la ville de Nowy Wiśnicz, puisse être expié par une sentence capitale.

En conséquence, il requiert à l'encontre dudit Aaron Salzberg, prévenu pour s'être adonné à une violence aggravée, une peine de prison perpétuelle pour plus grande sécurité publique, et afin de servir d'exemple aux personnes qui pourraient vouloir se livrer à ce caractère de vengeance. »

Mikaël referma la revue. Il tenait désormais un nom, une date et un lieu de naissance. Il retourna sur la base de données du *Jewish Records Index* et entreprit une recherche plus ciblée.

94

— Voici l'honorable juge Charles Bontems, président du Tribunal d'examen des faits criminels à Aigle. Veuillez vous lever !

Bontems, ceint de son écharpe verte aux franges blanches, était réputé pour son intransigeance. Il avait d'abord été député au Grand Conseil vaudois avant d'être nommé au tribunal du district d'Aigle par le Conseil d'État vaudois.

Ferdinand et Louise, assis au fond de la salle, regardèrent Aaron amené par la porte en arc brisé, menottes aux poignets, entouré de deux gendarmes.

Charles Kalbfuss et Samuel Ansermet étaient assis non loin de Ferdinand. Après ce qu'ils avaient fait subir à Aaron, Ferdinand ressentait une profonde haine à leur égard et s'en voulait de ne pouvoir venir en aide à son ami. Kalbfuss était un homme influent. Aaron avait été naïf. Après avoir atteint Ansermet dans sa dignité, en lui faisant perdre son travail et sa maison, il avait humilié Kalbfuss à double titre. En découvrant le nouveau gisement salifère, qui lui avait valu les honneurs à la place du géologue. Et, bien sûr, en ravissant le cœur de sa femme.

Le juge Bontems, qui avait dirigé l'instruction et les débats, était installé non loin d'un poêle en faïence, la seule source de chaleur dans cette grande pièce où pénétrait un air froid et humide. Il s'adressa aux neuf juges présents.

— Avez-vous rendu votre verdict ?

— Oui, monsieur le président. Après avoir délibéré à huis clos, nous sommes parvenus à une décision.

— Accusé, levez-vous ! ordonna le greffier.

Aaron s'exécuta. Il suffisait des trois quarts des voix pour l'inculper, soit sept sur neuf. Il affronta leur regard, mais les visages impassibles qui lui faisaient face faisaient craindre le pire.

Le plus ancien des juges, debout et immobile, fixa Aaron dans les yeux, et annonça :

— Par sept voix contre deux, nous avons reconnu Aaron Salzberg coupable de la tentative d'assassinat sur la personne de Samuel Ansermet.

Un grondement s'éleva de la salle.

Le greffier s'avança et reçut un document des mains du juge. Il le déplia et lut d'un ton monocorde et solennel :

— Le crime commis par le dénommé Aaron Salzberg sur le dénommé Samuel Ansermet est entaché de plusieurs circonstances aggravantes. Que ledit Salzberg a tiré sur ledit Ansermet avec un fusil chargé à grosses grenailles, qu'il l'a terrassé avec un pieu de frêne fendu, qu'il a réitéré ses coups sur sa tête. En sorte que par toutes ces raisons, même si ledit Ansermet n'a pas perdu la vie, l'action dudit Aaron Salzberg n'en est pas moins un odieux méfait. N'ayant trouvé aucune circonstance atténuante, le jury considère cet acte comme un assassinat. En cette conséquence, pour l'expiation de son crime, ledit Aaron Salzberg devra être remis entre les mains du bourreau pour être par lui lié et garrotté, conduit au lieu du supplice et avoir la tête tranchée d'un coup d'épée.

95

42 heures et 49 minutes
après le début de la prise d'otages

Karine, Christophe et Andreas s'étaient rassemblés autour de Sylvain, le responsable des mineurs.

— Désolé de vous avoir réveillé, s'excusa Andreas. Et merci d'être venu aussi vite.

— Pas de soucis. C'est en général l'heure à laquelle je me lève pour aller travailler.

— Est-ce qu'il est envisageable de traverser l'exploitation Saint-Louis malgré le méthane, en portant des masques à oxygène ?

— Cela permet en effet de résoudre le problème du manque d'oxygène, mais ça ne protège pas des coups de grisou. Comme nous ne nous rendons plus dans cette partie, nous n'avons pas de mesures précises. Le niveau de LIE pourrait se situer autour des 30 %. Le mélange devient explosif entre 5 %, la limite inférieure d'explosivité, et 20 %, la limite supérieure. À moins de 5 %, le méthane n'est pas assez concentré pour brûler. À plus de 20 %, il l'est trop et ne flambe pas. Mais il peut y avoir des zones où on risque de se trouver en présence d'un mélange explosif, et là, ça ne pardonne pas.

— C'est donc périlleux, mais pas impossible, si je comprends bien ?

— Ce serait tenter le diable. Je ne m'y risquerais pas, même si on me payait très cher. Il suffit d'une étincelle, provoquée par l'électricité statique, et ça s'enflamme.

— Sérieux ? demanda Christophe.

— Tout corps en mouvement est susceptible de générer des charges électrostatiques. Lorsqu'elles se forment à la surface d'un matériau et qu'elles ne peuvent pas être évacuées, elles continuent à s'accumuler et peuvent atteindre un niveau qui entraîne une décharge électrique sous forme d'étincelle. Si cela se produit dans une zone ATEX, c'est l'inflammation assurée.

— ATEX ? interrogea Andreas.

— Atmosphère explosive, ce qui est le cas quand du méthane est mélangé à l'air.

Christophe sortit son portable et accéda aux données extraites de l'ordinateur de Julien Rapaz.

— Qu'est-ce qui peut provoquer une étincelle ? poursuivit Andreas.

— La génération de charges peut se produire de différentes manières. Par contact puis séparation entre le sol et les chaussures lorsque l'on marche. Ou par frottement, quand une personne frotte les vêtements qu'elle porte contre ceux d'une autre ou même contre les siens.

Christophe leva la tête de son ordinateur.

— Dans l'historique de navigation de Julien, j'ai trouvé : « Mutex Light surchaussures et chaussures ATEX ».

— Montrez-moi ça.

Christophe tourna son écran vers le responsable des mineurs.

— Ce sont des surchaussures en polypropylène avec revêtement en polyéthylène. Elles sont antistatiques, comme les chaussures de sécurité qui conduisent l'électricité.

— Et avec ça, on pourrait se déplacer sans danger dans la zone polluée ?

— Sans danger, c'est beaucoup dire. Cela réduirait le risque d'explosion, mais ne le supprimerait pas totalement. La roche humide est conductrice, ce qui permet aux charges de se dissiper. À mon sens, les chaussures antistatiques et les surchaussures ne suffisent pas. Il faudrait également porter…

— ... une combinaison intégrale Spacel 3500, suggéra Christophe.

— Exact, un vêtement de protection antistatique me paraît plus qu'indiqué.

— Je pense qu'ils doivent avoir tout l'équipement, dit Christophe.

— C'est donc par l'exploitation Saint-Louis qu'ils ont envisagé de fuir, présuma Karine.

— Et c'est aussi par là que le DARD devra entrer ! compléta Andreas.

— Quelles sont les possibilités de sortir par Saint-Louis ? demanda Karine en se tournant vers Sylvain.

— Il n'y a pas d'accès direct vers Saint-Louis. Il faut emprunter la galerie au niveau de l'étage du Fondement qui mène au labyrinthe des Sources, en passant par le haut de l'Escalier ruiné, qui est également pollué par le méthane.

— Cette issue est surveillée par un des groupes du DARD, dit Andreas.

— Aucune autre possibilité ?

Le responsable des mineurs sortit son téléphone portable et afficha le plan de la mine.

— Depuis le labyrinthe des Sources, on peut atteindre le puits du Jour et remonter à la surface.

— Là aussi, nous avons une unité du DARD. Et ici, c'est quoi, cette galerie ? demanda Andreas en pointant son doigt sur la carte.

— C'est un deuxième boyau au niveau du Fondement, mais il n'est pas accessible. L'entrée est obstruée et c'est un cul-de-sac.

— Il faudrait aller vérifier ça, suggéra Karine.

— Le DARD l'a déjà fait, mais on va y retourner pour en avoir le cœur net. Est-il possible qu'il y ait un accès que vous ne connaissiez pas ?

— Non, je connais parfaitement les coins et recoins de la mine.

— Il doit bien y avoir quelque chose qui nous échappe. Les ravisseurs ont dû prévoir que les issues seraient contrôlées par le DARD. Et on dirait bien qu'ils ont préparé leur sortie par cette zone polluée, avança Christophe.

— Les preneurs d'otages auraient-ils pu creuser le segment qui manque ?

— Cela aurait nécessité beaucoup de temps et on s'en serait aperçu. D'ailleurs, dans les conditions actuelles, travailler avec des outils ou des explosifs pour casser la pierre serait suicidaire, à cause du méthane.

— Et sur ce plan, il y a vraiment tous les accès et toutes les galeries ? insista Andreas.

— Oui, sinon on le saurait. D'autres boyaux de mine ont existé par le passé, mais ils ont été abandonnés et sont complètement obstrués aujourd'hui.

— Vous savez où ils se situent ?

— Pas de mémoire. Je les ai vus sur d'anciens plans.

— Où peut-on trouver ces plans ? demanda Karine.

Sylvain secoua la tête face à l'entêtement des deux inspecteurs.

— Aux archives d'État à Lausanne.

96

43 heures et 11 minutes
après le début de la prise d'otages

Kinga ne répondait plus aux appels. Un doute s'était immiscé dans l'esprit d'Andreas. Aucun élément tangible ne permettait d'imaginer qu'elle soit mêlée à la prise d'otages. Cependant, son attitude fuyante commençait à l'inquiéter. Et les informations trouvées sur l'ordinateur de Julien renforçaient ses soupçons.

Bien que Julien ait effacé ses historiques de navigation et une grande partie de ses documents, Christophe avait retrouvé quelques traces intéressantes. Julien avait téléchargé maints articles sur les mines de sel, en Suisse et en Pologne, et s'était renseigné sur la Seconde Guerre mondiale et les camps de concentration. Le nombre de livres ayant trait au judaïsme dans sa bibliothèque ne pouvait être un hasard. Julien et Kinga semblaient partager des intérêts communs.

Les rapprochements étaient tirés par les cheveux, mais Andreas n'arrivait pas à s'ôter de l'esprit l'idée qu'une taupe aurait pu s'infiltrer dans son équipe. Il ne pouvait y croire, pourtant les informations de Christophe apportaient un nouvel éclairage sur l'affaire. En passant les communications téléphoniques de Kinga au crible, Christophe avait découvert des échanges avec Alberto Bianchi, l'un des deux mineurs retenus captifs. Ils s'étaient envoyé des SMS et s'étaient même appelés alors qu'il était dans la zone d'exploitation avec son collègue. Au moment où Bianchi avait été capturé, Duverney lui avait sans doute soustrait son portable. C'est ce que suggérait la liste des communications. Bianchi n'avait plus répondu aux messages de Kinga.

— Si vraiment Kinga et Bianchi sont dans le coup, demanda Christophe, pourquoi n'utiliseraient-ils pas les portables avec des cartes SIM différentes ? Et pourquoi n'emploieraient-ils pas, comme les autres, une application de messagerie cryptée ?

Andreas se leva et fit quelques pas pour rassembler ses pensées. Il évaluait l'hypothèse qu'Alberto soit de mèche avec les ravisseurs. Peut-être l'avaient-ils payé afin d'avoir accès au système de sécurité de la mine ou avaient-ils exercé un chantage ?

— Il est possible que Kinga ait une relation privée avec Alberto Bianchi. Et qu'elle en ait tiré profit, peut-être même à l'insu de celui-ci, suggéra Andreas.

— Attendons de recevoir la liste avec le contenu de leurs échanges. Ça éclaircira la nature de leurs rapports.

— Comme elle ne répond pas, je vais passer chez elle.

— OK. Pendant ce temps, je vais vérifier s'il n'y a pas d'autres mouchards.

Christophe avait désactivé le système d'écoute déployé par Duverney grâce à l'ordinateur piraté de Bakary. Pourtant l'étrange sentiment que les ravisseurs demeuraient au courant de leurs moindres faits et gestes poursuivait Andreas. Christophe avait contrôlé de fond en comble le local où ils se réunissaient, à la recherche de micros, mais n'avait rien détecté. Restait à vérifier le fourgon de commandement.

— Et fais en sorte d'obtenir également la liste des communications du téléphone de Bianchi ! lança Andreas avant de quitter la salle.

Plus Andreas réfléchissait à la situation, plus les questions émergeaient. Les deux qu'ils avaient formellement identifiés étaient Hugo Duverney, *alias* Charlot, et Julien Rapaz. Combien étaient-ils en tout ? Qui étaient les autres preneurs d'otages ? Sophie Corboz, Kinga ou encore Alberto Bianchi ?

Identifier les complices de Duverney était la clé de résolution de cette affaire. Le problème : il ne leur restait sans doute plus beaucoup de temps pour atteindre leur but.

97

43 heures et 59 minutes
après le début de la prise d'otages

Sur la route d'Ollon, Andreas tenta à nouveau de joindre Kinga. Sans succès. Il se gara devant une maison résidentielle au cœur du village et sonna en vain à la porte. Craignant soudain qu'il soit arrivé quelque chose de grave, Andreas alla chercher dans sa voiture de quoi crocheter la serrure. C'est à ce moment-là que Kinga lui ouvrit, les yeux hagards, les cheveux en bataille.

— Désolée. Mon portable était éteint. Plus de batterie. Viens, entre. Je vais vite me passer le visage sous l'eau et me préparer.

Andreas la suivit. Au mur du salon, un immense poster représentait la chapelle Sainte-Kinga des mines de Wieliczka.

— Si tu veux, tu peux allumer la machine et te tirer un café. J'arrive.

Andreas sortit deux tasses du placard, et s'avança vers la bibliothèque, en attendant que le percolateur chauffe. Une étagère était dédiée aux sciences criminelles, une autre aux romans policiers. Il reconnut plusieurs ouvrages du procureur Nicolas Feuz. Andreas les avait tous lus. Sur la tablette du bas, à côté de volumes historiques sur la Pologne, des livres consacrés aux mines de sel de Wieliczka, de Bochnia et de Bex.

— Voilà, je suis prête.

— On boit notre café et on y va, proposa Andreas.

Kinga mit son portable à charger et prépara les deux expressos.

— Je suis navrée, Andreas. Tu dois penser que... Merde. Je ne suis pas à la hauteur. Je devais être vraiment épuisée.

— On est tous un peu sur les rotules. C'est normal.

Andreas avala une gorgée.

— Qu'est-ce qu'il y a, pourquoi tu me regardes comme ça?

— L'univers du sel te fascine, on dirait?

— Les mines en général me passionnent, et celles de sel en particulier. À cause de ma famille.

— Toute ta vie tourne autour des mines.

— Ça me paraît un peu exagéré, dit Kinga, en riant.

On lui aurait donné le bon Dieu sans confession, pensa Andreas. Pourtant, derrière son apparente candeur se cachait un charisme insolent. Cela tenait sans doute à ses yeux vifs et à son visage expressif au milieu duquel trônait un charmant petit nez relevé. Il décida d'aller droit au but.

— Parle-moi d'Alberto.

— C'est mon ex.

— Pourquoi tu ne m'as rien dit?

— Comme on n'est plus ensemble, j'ai pensé que ce n'était pas utile.

— Sauf qu'ensuite tu as été en contact avec lui. Et là non plus, tu as estimé que tu n'avais pas à m'en parler?

— De toute façon, la police était en communication avec lui et son collègue. J'ai considéré que ça ne changeait rien. J'ai simplement essayé de le soutenir un peu moralement.

— Arrête de jouer les naïves. Et ne me prends pas pour un idiot!

— Si je te l'avais dit dès le départ, tu n'aurais pas accepté que je participe à l'enquête. Et depuis que l'idée d'une taupe a été évoquée, j'avais peur que tu puisses penser que c'était moi. Du coup, j'ai préféré me taire.

— Dis-moi, Kinga. Vendredi matin à Savatan, est-ce que tu savais déjà qu'Alberto était au fond de la mine?

— Oui, je m'en doutais.

— Si un jour tu espères faire partie de mon équipe, il te faudra être honnête et intègre.

Elle opina de la tête.

— À partir du moment où j'ai commencé l'école de police, on ne se voyait plus très souvent. Notre relation battait de l'aile. En fin d'année, on s'est engueulés. Et on a décidé, entre guillemets, de s'accorder une pause.

— C'est lui qui a rompu ?

— Ouais...

— Il avait quelqu'un d'autre ?

— Pas à ce moment-là. Mais ensuite, il m'a demandé d'arrêter de l'appeler.

— Tu voulais le récupérer, c'est ça ?

— J'espérais que si je pouvais aider à le sauver il reviendrait peut-être vers moi.

— Et vous sortiez ensemble depuis quand ?

— Un peu plus de deux ans.

— Vous vous êtes rencontrés comment ?

— À la fête de la Sainte-Barbe en décembre 2015. Avec un petit groupe, j'ai participé au Trekkmines. Alberto nous accompagnait. Ensuite, on s'est retrouvés à la taverne pour manger une raclette. Je le trouvais sympa. En partant, je lui ai donné mon numéro.

— Est-ce que tu connais aussi Julien Rapaz ?

— Pourquoi tu me demandes ça ?

— Réponds-moi.

— Je commence à comprendre les raisons de cet interrogatoire en bonne et due forme. Tu penses donc que je suis impliquée dans cette histoire ?

— Ce n'est pas le cas ?

— Jamais de la vie ! s'indigna Kinga, piquée au vif. Andreas, que tu le croies ou pas, je n'ai rien à voir là-dedans.

— Tu n'as pas répondu à ma question.

— Julien Rapaz ? Non, je ne le connais pas.

— Bien. Écoute-moi, Kinga. J'espère vraiment que tu n'es pas mêlée à cette affaire. Mais je me dois de vérifier toutes les pistes. Et ma foi...

— Tiens, regarde.

Kinga déverrouilla son portable, ouvrit sa conversation avec Alberto et tendit son téléphone à Andreas.

Vendredi :

KINGA *(11 h 12)*.	Ça va, Alberto ? Je suis au Bouillet.
ALBERTO *(11 h 14)*.	Avec la police ?
KINGA *(11 h 14)*.	Oui, je fais partie de l'équipe des enquêteurs.
ALBERTO *(11 h 14)*.	OK. Ça va... Je suis au fond de la mine avec Éric, mon collègue.
KINGA *(11 h 15)*.	Tu as rien vu ou entendu de la prise d'otages ?
ALBERTO *(11 h 15)*.	Non rien. J'espère qu'ils ne savent pas qu'on est là... C'est qui ces tarés ?
KINGA *(11 h 15)*.	Un des ravisseurs se déguise en Charlot. Mais on en sait pas +. Je dois y aller. Je t'appelle + tard !
ALBERTO *(11 h 16)*.	Si t'as du nouveau, dis-moi.

L'échange suivant avait été engagé par Alberto peu avant minuit :

ALBERTO *(23 h 32)*.	La police est en train d'entrer dans la mine. On doit aller les rejoindre.
KINGA *(23 h 33)*.	Fais attention à toi.
ALBERTO *(23 h 33)*.	Suis désolé, Kinga. J'ai fait une grosse connerie. J'aurais jamais dû te quitter.
KINGA *(23 h 33)*.	On en parlera quand tu seras sorti. Je t'aime.
ALBERTO *(23 h 34)*.	Je t'aime aussi.

Samedi :

ALBERTO *(0 h 14)*.	Les policiers ressortent. Ils nous ont dit de rester dans la mine et d'attendre des nouvelles. Qu'est-ce qui s'est passé ?
KINGA *(0 h 14)*.	Ils ont foiré leur coup. Charlot a tué un otage... Et menace de tuer un élève.
ALBERTO *(0 h 15)*.	Putain ! Qu'est-ce qu'on doit faire ?
KINGA *(0 h 15)*.	Vous êtes où ?

ALBERTO *(0h15)*.	On s'est cachés dans la salle du Radium.
Kinga *(0h15)*.	Surtout, restez cachés. Je t'appelle dès que je peux.
ALBERTO *(0h52)*.	Pourquoi tu réponds pas?

La conversation avait ensuite cessé.

— Tu me crois maintenant? lança-t-elle à Andreas.

À moins qu'il n'ait été mis en scène, l'échange confirmait les dires de Kinga et innocentait Alberto Bianchi. Andreas restait pourtant sceptique. D'après les discussions avec Bianchi, Kinga savait où se trouvaient les deux mineurs après l'intervention du DARD, et c'est peu après que Duverney les avait pris en otages. Elle n'était certes pas la seule au courant, tous les membres du Poste de commandement d'engagement l'étaient également.

— D'accord Kinga. Je veux bien te croire.

Andreas hésita à la renvoyer à Savatan, avant de se raviser. La garder dans son équipe lui permettrait de contrôler ses faits et gestes.

— Il paraît que tu connais bien la mine?

— On y a été avec l'Académie pour un exercice. Et je te l'ai déjà dit, on a fait un Trekkmines.

— As-tu une idée de l'endroit où pourraient sortir les preneurs d'otages?

— Je me suis bien entendu posé la question, mais je n'en sais vraiment rien.

— Avec l'Académie, vous avez été dans l'exploitation Saint-Louis, non? Je pense que c'est par là que les PO vont fuir. Ils doivent éviter tous les accès officiels. De toute évidence, ils savent qu'ils sont gardés par le DARD.

Andreas révélait sa théorie pour tester Kinga. Il attendit sa réponse, guettant le moindre indice de sa complicité.

— Mais il n'y a aucune issue à Saint-Louis. Il faut passer par la galerie du Fondement, la sortie la plus proche, répondit Kinga, impassible.

Il sortit le plan des mines qu'il avait dans sa poche et le déplia sur la table.

— Les caméras de surveillance sont indiquées par des croix et les détecteurs par des ronds. Si tu devais les éviter, quel chemin emprunterais-tu pour te rapprocher le plus possible du secteur touristique ?

— Tu ne voulais pas plutôt savoir comment ils allaient sortir ?

— Prenons le problème à rebours. Imaginons qu'on a trouvé un accès pour entrer dans Saint-Louis...

— Peut-être, mais il y a de gros risques d'un coup de grisou.

— Cela ne m'intéresse pas pour le moment. Essaie de répondre à la question.

— D'accord. Dans ce cas, pour éviter de devoir passer par le Grand Escalier, je descendrais depuis le onzième étage de l'exploitation jusqu'au premier, le plus bas. C'est assez dangereux, car plusieurs niveaux sont effondrés et il faut faire du rappel pour descendre. De là, je longerais un boyau qui amène à la galerie du 4e Côté. Puis, je rejoindrais la chambre de la Roue pour prendre la nacelle et aller en bas du puits de Providence 2. Ensuite, on peut emprunter la galerie principale jusqu'aux abords de la zone touristique. Mais c'est ici que se pose le premier problème, puisqu'une caméra se situe au bas de l'escalier des 70 Marches.

— Il faut qu'on trouve l'accès qu'ils pensent utiliser. Lors de votre exercice, tu n'as rien vu qui pourrait être un boyau ou un passage non répertorié sur cette carte ?

— Non, rien. Désolée. Ça me paraîtrait quand même invraisemblable qu'il existe une entrée que les mineurs ne connaissent pas.

— Certes. Bon, on va retourner au Bouillet.

Pendant que Kinga mettait ses chaussures, Andreas en profita pour lui poser une dernière question.

— Dis-moi Kinga, qu'est-ce qui se passe entre toi et Mélaine ?

— Hein ?

— Tu sais très bien de quoi je parle. Si tu veux ma confiance...

— OK, j'ai compris. Je suppose que tu es au courant de notre conflit à l'Académie.

Andreas hocha la tête.

— On n'a jamais eu d'atomes crochus. Dès le départ, on se regardait en chiens de faïence. C'est difficile à expliquer. On s'est très vite senties en concurrence.

— Et un jour sur le tatami tu lui as envoyé un coup dans la figure. Pourquoi ?

— Tu ne me demandes même pas si c'était un accident ?

— Est-ce que c'en était un ?

Kinga secoua la tête.

— Je l'avais entendue me critiquer ouvertement devant un groupe d'aspirants.

— Je vois. Et sinon, vous vous êtes côtoyées en dehors de l'Académie ?

— Non, pas vraiment. On ne peut pas dire qu'on était amies, dit Kinga, en riant. Ensuite, j'ai dû arrêter la formation à cause de ma mononucléose. On ne s'était pas revues avant ce vendredi, au Bouillet.

— Votre vie privée ne me regarde pas, mais dans les circonstances actuelles, oubliez votre conflit. J'attends de vous que vous soyez professionnelles au travail, tant l'une que l'autre. Je dirai la même chose à Mélaine !

98

44 heures et 12 minutes
après le début de la prise d'otages

Après leur discussion avec Sylvain, Karine prit la voiture pour se rendre à Chavannes-près-Renens, embarquant Mélaine au passage.

Dans un ouvrage intitulé *Mines et salines vaudoises**, Mikaël avait découvert qu'à la fin du XVIIe siècle trois galeries avaient été creusées au Fondement. Elles n'avaient pas de nom, simplement des numéros : G1, G2 et G3. Seules les deux dernières figuraient sur le plan actuel.

Lorsqu'elles arrivèrent devant les locaux des Archives cantonales, Karine répondit à un appel de Mikaël.

— Je viens de t'envoyer par SMS la cote du plan, dit-il. J'ai trouvé l'information sur Davel, le site qui répertorie les archives vaudoises. D'après ce que j'ai vu, il serait possible de retrouver les trois galeries sur une carte datant de 1724. Le directeur de l'époque, Isaac Gamaliel de Rovéréaz, avait cartographié les mines avec minutie.

— Tu es sûr ? On n'a plus beaucoup de temps.

---

* Édouard Payot, *Mines et salines vaudoise de Bex*, Montreux, Société de l'Imprimerie & lithographie, 1921.

— Non, mais je te lis ça. C'est dans *Essai sur la montagne salifère du gouvernement d'Aigle*[*] d'un certain François Samuel Wild, directeur des mines à la fin du XVIIIe siècle : « La grande carte de Rovéréaz est absolument topographique ; elle effraie par le détail qu'elle contient, puisque les possessions particulières y sont déterminées ; mais ce grand détail, auquel on ne comprend pas comment la vie d'un homme ait suffi. »

Perfectionniste, pinailleur par moments, Mikaël s'entêtait à citer chacune de ses sources. Karine le remercia sans bien saisir l'utilité de celle-ci. Elle sortit de la voiture. La directrice des Archives, visiblement peu réjouie d'avoir été tirée de son lit au petit matin, la salua froidement et lui ouvrit la porte avec son passe. Elle mit en veille le système d'alarme, alluma les plafonniers et précéda Karine dans la salle prévue pour les visiteurs.

— Il me faudrait la carte..., commença Karine.

La directrice prit une feuille et la lui tendit.

— Remplissez-moi ça.

Karine s'exécuta et lui rendit le document complété : « N6/379 Plan des ouvrages du Fondement ».

— Cette carte est hors consultation. Elle est en mauvais état.

— Et ?

— Vous ne pouvez pas la voir. D'autres plans sont consultables.

Karine bouillonnait.

— C'est pourtant celui-ci qu'il me faut. Bien, j'appelle le procureur.

— Sachez que des vies sont en jeu, dont celle d'un enfant ! s'impatienta Mélaine.

Karine saisit son téléphone.

— C'est bon, attendez-moi.

La directrice revint dix minutes plus tard avec un chariot. Elle enfila des gants de coton blanc, prit délicatement le plan et le déplia sur la table. Il mesurait un mètre sur deux.

---

[*] Paru chez Manget et Cie à Genève en 1788.

— Je vous interdis d'y toucher.

Karine et Mélaine regardèrent la carte au niveau de l'étage du Fondement. Elles y virent les trois boyaux. Le plus profond, le G3, surveillé par le DARD, était encore accessible aujourd'hui et permettait de rejoindre le labyrinthe des Sources. Le G2, en revanche, s'arrêtait avant le cœur de l'exploitation. Ces deux galeries creusées l'une au-dessus de l'autre communiquaient par des escaliers avec une troisième, la G1, qui, elle, visiblement menait à l'extérieur.

99

Quelques semaines avant la prise d'otages

Elle commençait à connaître les mines comme sa poche. La dernière fois, Alberto l'avait emmenée visiter l'exploitation, fier de tout lui expliquer dans les moindres détails. Cette fois, il lui faisait découvrir la saline. Elle avait insisté pour qu'il demande l'autorisation à son chef. Après avoir suivi le parcours depuis l'entrée de la saumure dans la saline jusqu'à l'empaquetage du sel, ils pénétrèrent dans la salle de contrôle.

La totalité des systèmes du site de production de la saline et du site d'exploitation des Mines était pilotée depuis ce lieu. Alberto s'assit et commença à lui expliquer les différentes informations qui s'affichaient sur les écrans.

Elle sortit une bouteille de thé froid de son sac à main tandis qu'Alberto continuait à lui parler. En se penchant au-dessus de lui, elle en renversa sur la table.

— Mince, désolée.

— Pas grave, je vais chercher du papier absorbant, dit Alberto en se levant.

Elle profita de son absence pour extraire de sa poche le *keylogger*[*] qu'elle installa entre la prise du clavier et l'ordinateur.

---

[*] C'est un enregistreur de frappe, un périphérique espion qui permet de récolter toutes les frappes clavier de l'ordinateur sur lequel il est installé, et également d'en injecter.

Alberto revint dans le bureau et essuya la table.

— Bon, c'est l'heure de l'apéro. On va boire un verre avec mon chef? Il aimerait faire ta connaissance.

— Avec plaisir.

Elle sortit son portable, envoya un message, puis suivit Alberto.

À l'extérieur de la saline, un peu à l'écart sur un chemin forestier, HelioZ avait préparé son drone. Le courant de la rivière, particulièrement fort à cet endroit, couvrirait le bruit de l'appareil.

Au moyen de la télécommande, HelioZ fit décoller l'engin chargé d'un Raspberry Pi, muni de deux antennes scarabée. Le nano-ordinateur, à peine plus gros qu'un paquet de cigarettes, était couplé à une batterie externe qui lui procurait une autonomie de plusieurs jours. Il fit descendre le drone sur le toit de la saline.

HelioZ s'assit à l'avant de sa voiture, sortit son ordinateur portable. Tout fonctionnait comme prévu : il captait le signal du Raspberry Pi qui, lui, recevait les données du *keylogger*.

Ne lui restait plus qu'à attendre qu'un des employés de l'exploitation saisisse le mot de passe qui donnait accès au logiciel de pilotage et de surveillance. HelioZ pourrait alors prendre le contrôle de tout le système à distance.

100

Charles Kalbfuss invita Ansermet et l'officier Formaz à s'asseoir à table.

Eugénie, la servante, leur apporta un pot de vin, une corbeille de pain et du fromage.

— Tu peux nous laisser, maintenant, la pria Charles.

Eugénie retourna à la cuisine préparer le souper, en prenant soin de garder la porte légèrement entrouverte pour écouter leur conversation.

Charles leva son verre.

— À Aaron. Qu'il pourrisse en enfer !

— À Aaron, le juif arrogant qui se croyait meilleur que nous, trinqua Samuel.

— À la décision du jury, compléta l'officier.

Le matin même, le tribunal avait condamné Aaron à mort. Louis Formaz l'escorterait le lendemain avec cinq gendarmes au lieu-dit en Chalex où il serait exécuté.

— Merci, Louis ! dit Charles. Tu es sûr qu'ils ne vont rien dégoiser ?

— Sûr et certain, mon cher syndic. J'ai offert vingt livres au président du jury. Il n'en demandait pas tant.

— Et Guehret ?

— Le chirurgien a été grassement payé pour son faux rapport. S'il parle, il se verra révoqué par la municipalité.

Charles Kalbfuss se félicitait de la chute d'Aaron. Quand Samuel lui avait révélé l'infidélité de sa femme, il avait fomenté ce plan machiavélique pour prendre sa revanche et par la même occasion venger son ami Samuel. Pour ne pas s'exposer lui-même, Charles avait demandé à Samuel et Louis de s'occuper de la besogne. L'officier Formaz, bien qu'il n'ait rien eu de personnel contre Aaron, abhorrait les Juifs. Il n'avait pas été difficile à convaincre. Il s'était chargé d'infliger des blessures à Samuel. Lorsque Samuel s'était présenté au bureau de police de Bex, son visage et ses habits étaient couverts de sang. Mais ses plaies étaient superficielles et aucune balle ne l'avait atteint ni même frôlé. L'officier Formaz et le chirurgien Guehret avaient enjolivé le reste dans leurs rapports respectifs. Le président du jury n'avait eu ensuite qu'à convaincre les autres membres.

101

44 heures et 19 minutes
après le début de la prise d'otages

Christophe Joly et Nathan, l'informaticien de la police, entrèrent dans les locaux administratifs du Bouillet et commencèrent à fouiller les lieux, à la recherche de micros. Les membres de la cellule de négociation feignirent d'ignorer leur présence afin de ne pas attirer l'attention. Par contre, si les preneurs d'otages avaient installé une caméra espion, l'intervention des deux hommes ne passerait pas inaperçue.

Nathan s'apprêtait à inspecter tous les ordinateurs du personnel administratif. Il allait utiliser des moyens logiciels, mais également vérifier qu'aucune manipulation physique n'avait été effectuée.

Christophe entra dans la pièce occupée par la cellule de négociation et sortit deux appareils de son sac. L'un servait à détecter les micros, l'autre les caméras. Des équipements combinés existaient, mais Christophe les trouvait moins fiables. Les appareils de détection des micros travaillaient sur des fréquences radio très précises et spécifiques, alors que ceux de localisation de caméras fonctionnaient à la lumière infrarouge et visaient les lentilles grâce à un laser.

Il commença à balayer systématiquement la pièce, du sol au plafond, à l'aide d'un boîtier muni d'une antenne. Fonctionnant comme un détecteur de métaux, l'appareil bipait lorsqu'il percevait un signal wifi, GSM ou GPS. Tous les membres de la cellule avaient été prévenus d'éteindre leurs téléphones portables pour éviter les interférences.

De toute petite taille, les micros et caméras espions modernes pouvaient être dissimulés dans un luminaire, un détecteur de fumée, derrière un tableau ou encore dans un interrupteur ou une prise électrique. Lorsqu'il s'approcha d'une armoire, le détecteur se mit à biper. Un micro espion se trouvait à proximité. Il vérifia d'abord une lampe, posée sur un meuble, avant d'apercevoir une multiprise par terre. Il la débrancha et dévissa le boîtier. En l'ouvrant, il découvrit un minuscule micro espion doté d'une carte SIM qu'il retira.

Après avoir inspecté tous les recoins de la salle, Christophe se munit de son détecteur de caméra et répéta la même opération. Au centre de la pièce, l'appareil se mit à vibrer. Christophe se hissa sur une chaise, passa la main dans le plafonnier et trouva une caméra endoscopique dirigée sur les panneaux des négociateurs. Il la débrancha et retira la deuxième carte SIM.

Décidément, Duverney était parfaitement bien organisé. Ces nouvelles découvertes expliquaient pourquoi il avait constamment un coup d'avance sur la police. Après s'être assuré qu'il n'y avait plus rien dans la pièce, Christophe passa en revue les autres bureaux.

Nathan détecta un *malware*, un logiciel malveillant, sur l'ordinateur du directeur du site touristique. Il parvint à le neutraliser. Le logiciel espion avait permis à Duverney d'avoir accès à toutes les données du disque dur. Il s'était activé lorsque le directeur avait cliqué sur le lien vers la première vidéo de Charlot, mais ne s'était pas implanté sur les ordinateurs des policiers qui avaient ensuite ouvert le lien. Le système de sécurité de la police était plus efficace que celui des mines.

À sa grande surprise, Christophe ne dénicha ni micro ni caméra dans les autres pièces. Seule la cellule des négociateurs avait été appareillée. Il avait du mal à croire qu'un intrus ait pu installer le matériel avant le début de la prise d'otages. Comment les ravisseurs auraient-ils pu prévoir que les négociateurs se réuniraient ici ? Qui, à part eux, était entré dans cette pièce depuis le début de la crise ?

102

45 heures et 54 minutes
après le début de la prise d'otages

De retour de Lausanne, Karine et Mélaine rejoignirent leur salle de travail à l'auberge du Bouillet. Andreas et Kinga buvaient un café en compagnie de Jacqueline, relâchée la veille. La guide avait accepté de rester sur place pour aider la police.

Andreas ouvrit son ordinateur et afficha une des photos prises par Karine aux archives :

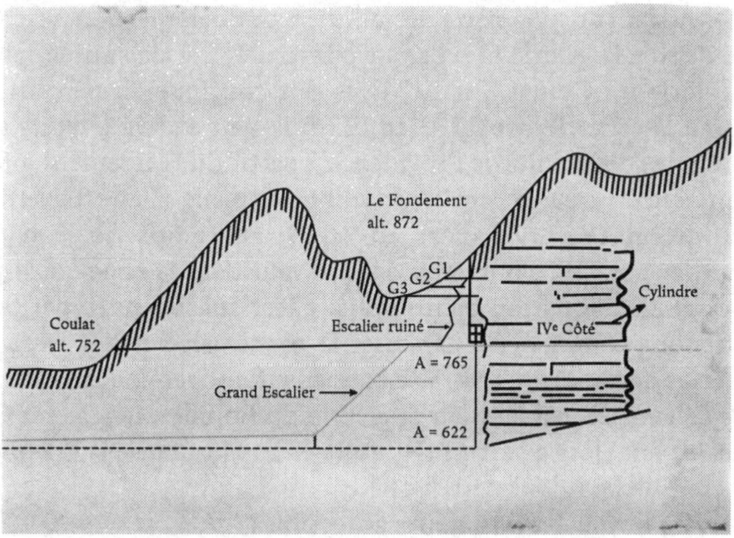

— La galerie G3 porte le nom de Maxime Roche d'après une inscription datée de 1684 sur la paroi. Elle est parfaitement accessible et permet de pénétrer dans la mine et de rallier l'Escalier ruiné, puis le labyrinthe des Sources et l'exploitation Saint-Louis, expliqua Jacqueline.

— Les hommes du groupe d'intervention surveillent l'entrée de cette galerie, précisa Andreas.

— La G2 est obstruée. On peut s'y engager et avancer sur une vingtaine de mètres, mais ensuite, c'est fini.

Deux gendarmes du DARD avaient déjà vérifié : cela correspondait à ce qu'avait dit la guide.

— Et cet escalier ? demanda Mélaine en posant son index sur le plan.

— À l'époque, il permettait de passer de G3 à G2, mais il est totalement effondré. Les deux boyaux ne communiquent plus entre eux. Comme vous le voyez sur les plans actuels, la G2 s'arrête avant d'arriver à l'exploitation Saint-Louis. La galerie G3 a été creusée en 1684, la G2 vers 1694. Les mineurs de l'époque cherchaient des sources d'eau salée à différents niveaux. C'est là qu'ils ont percé le labyrinthe des Sources. À cette époque, l'exploitation Saint-Louis n'existait pas encore.

— Et la G1, du coup ? demanda Andreas.

— À la fin du XVIIe siècle, les mineurs ont commencé à descendre depuis la galerie G3. Ils ont construit l'Escalier ruiné, puis la galerie du Coulat. En 1724, ils ont continué en perçant le Grand Escalier. Entre 1733 et 1736, ils ont excavé le puits du Jour et les deux puits de Providence à partir du Fondement, puis commencé à creuser la galerie du Bouillet, mais elle ne fut terminée qu'en 1821. Et c'est en 1824, au temps de Jean de Charpentier, qu'ils ont débuté les travaux dans la zone qui allait devenir l'exploitation Saint-Louis. C'est aussi à cette période qu'ils ont commencé à exploiter la roche salée et à la lessiver dans les dessaloirs. L'eau salée était ensuite acheminée à la saline des Dévens en passant par la galerie du Bouillet. La galerie G3 leur servait alors à sortir les gravats et ils ont creusé la G1 pour amener de l'air dans cette zone.

— Ce boyau est-il toujours accessible ?

— Oui, j'y suis même allée une fois.

Andreas la regarda avec de grands yeux ébahis.

— Il ne reste pas grand-chose de la galerie. Et c'est vraiment très dangereux. Comme je pratique la spéléo, je m'y suis aventurée, mais je n'y retournerai plus. Même l'entrée est difficile d'accès. Elle se situe au Fondement, en contrebas du pont sur la Gryonne, sous l'ancienne maison d'habitation des mineurs, à quelques mètres du torrent, dissimulée derrière des arbustes.

— Et elle permet de rejoindre Saint-Louis ? demanda Andreas.

— Non. Pour avancer dans la galerie, il faut progresser en rampant sur un sol terreux et boueux.

— Jusqu'où avez-vous pu aller ?

— Je dirais environ une septantaine de mètres. Mais il y a des passages très exigus. La dilatation de la roche provoquée par l'humidité a créé des cloques et rétréci le boyau. L'anhydrite est imperméable. Elle protège le sel des infiltrations d'eau et l'empêche de s'échapper. Mais quand elle se charge en eau, elle se transforme en gypse et gonfle. Du coup, à un moment donné, on ne passe plus. Il y a des éboulements à certains endroits. À d'autres, c'est le limon qui bouche le passage. La galerie est alors complètement obstruée.

— Et qu'en est-il depuis l'exploitation Saint-Louis ?

— L'accès à cette galerie depuis l'intérieur s'est certainement effondré. On ne l'a jamais trouvé.

— Pourquoi n'est-elle pas sur les plans actuels ? demanda Karine.

— On connaissait son existence d'après les anciennes cartes, mais plus personne ne savait où elle se situait. C'est un spéléologue qui a découvert assez récemment l'entrée de cette galerie G1 depuis l'extérieur.

— Est-ce que les preneurs d'otages auraient pu rouvrir ce boyau ? demanda Karine.

— C'est ce qu'il faut aller vérifier ! lança Andreas.

103

Trois jours avant la prise d'otages

Lorsque Hugo Duverney pratiquait le mime sur les quais à Vevey, il avait éprouvé, au fil du temps, un sentiment croissant d'inutilité. Depuis sa rencontre avec Khourchid, à qui l'État refusait de retrouver son père, il ne supportait plus d'être *spectateur*. Il voulait passer à l'action, donner du sens à sa vie, sans bien savoir du reste comment s'y prendre.

Pendant les mois où il s'était retrouvé à dormir dans la rue, Hugo avait commencé à fréquenter le temple. Surtout l'hiver. D'abord pour être au chaud, puis au fur et à mesure, il s'était mis à parler à Dieu.

À l'occasion d'un culte, il avait entendu un passage de l'Évangile de Matthieu : « Car le Fils de l'homme va venir avec ses anges dans la gloire de son Père ; et alors il rendra à chacun selon sa conduite*. » Il avait réalisé que changer son comportement ne lui suffirait pas pour obtenir le pardon. Il lui fallait prouver son intention par des actes.

Sans être croyant, il avait découvert dans la Bible des vérités humanistes qui lui correspondaient. Pour lui, parler à Dieu n'était pas un acte de foi, mais un exercice philosophique.

* Matthieu 16, 27.

En Dieu, il avait trouvé un partenaire de discussion qui l'amenait à réfléchir plutôt qu'à croire les yeux fermés.

Les croyances et les convictions étaient pour lui les principaux dangers qui guettaient l'humanité. Persuadé de détenir la vérité, chacun s'enlisait dans ses propres certitudes, renforçant ainsi sa propre ignorance. Hugo aimait bien la sentence socratique, « Tout ce que je sais, c'est que je ne sais rien ». Reconnaître son ignorance comme postulat de base était l'attitude nécessaire pour s'ouvrir à une quête du savoir intelligente et demeurer critique à l'égard de soi-même.

Pour Hugo, les membres du Bloc identitaire suisse illustraient à merveille le concept de *savants ignorants* qui pensaient tout savoir. Plus ils s'enfermaient dans leurs convictions, plus leur ignorance des choses de ce monde se renforçait.

Lui aussi s'était retrouvé dans un cercle vicieux, dans une lente déchéance. La rencontre avec Julien et « la sorcière bien-aimée » avait été providentielle. Ils étaient la réponse à ses aspirations les plus profondes.

Ils s'étaient réunis chez elle pour peaufiner les derniers détails du plan qu'ils avaient minutieusement élaboré depuis de longs mois.

Bien que ne faisant pas partie du « pacte de sel », HelioZ était présent. Loin d'égaler ses compétences en matière de piratage informatique, Julien avait réussi à le convaincre de les aider dans leur entreprise, moyennant une importante rétribution. Au fil du temps, HelioZ s'était intégré à leur projet. Il se sentait en accord avec la mission qu'ils se donnaient.

Julien et Hugo remplirent chacun leur sac à dos de nonante litres. Ils se répartirent les masques à oxygène, le matériel informatique et vidéo, le scotch opaque, les déguisements, les explosifs, les détonateurs, les munitions, ainsi que deux méthanomètres et l'équipement antistatique : lampes frontales, film en mousse, combinaisons, chaussures, gants, surchaussures...

Ils placèrent ensuite un fusil d'assaut ainsi que leurs chaussures militaires à côté de chacun des deux sacs. Un troisième sac contenait déjà leurs tenues de combat noires, les cagoules et les gants qu'ils enfileraient le moment venu. Chacun rentrerait chez soi le soir même avec tout son matériel.

La clé de la serrure de l'entrée du Coulat ainsi que les quatre téléphones portables avec une carte SIM indonésienne, configurés pour échanger des messages cryptés au moyen de l'application Signal, étaient posés sur la table. HelioZ y avait également implanté un logiciel afin d'alerter ses complices en cas de déclenchement d'un détecteur de mouvement. Ce dispositif afficherait alors l'image de la caméra concernée. La nuit précédente, Julien avait installé la webcam qui leur permettrait de voir ce qui se déroulait à l'extérieur de la mine à l'entrée du Bouillet.

Grâce aux informations sensibles récoltées par HelioZ et à la présence de Julien au sein du Bloc, ils s'étaient assurés que le comité du Bloc et la classe d'Aigle seraient dans la mine le même jour. Fille d'un riche ingénieur, l'une des élèves leur permettrait d'obtenir une rançon conséquente.

L'argent liquide serait distribué peu à peu, sur plusieurs années, en soutien à des associations d'aide aux migrants, à des organismes luttant contre les discriminations et le racisme. Dans certains cas, ils envisageaient même de donner de l'argent directement à des personnes en situation de précarité.

Pour la cryptomonnaie, ils avaient planifié la répartition des bitcoins sur de nombreux portefeuilles virtuels chargés de montants différents. Les divers bénéficiaires seraient informés de l'existence du *wallet* et pourraient y accéder. Pour disposer de l'argent liquide, ils n'auraient qu'à recourir à une bourse d'échange, des cartes prépayées ou un automate de retrait. Puisqu'ils n'auraient rien à se reprocher, divulguer leur identité ne leur causerait aucun préjudice.

Pour éviter que la police n'identifie les portefeuilles alimentés depuis celui de la rançon, ils transiteraient par plusieurs *wallets* intermédiaires ou utiliseraient des services en ligne, moyennant une commission. Il serait alors impossible de savoir qui étaient les détenteurs du portefeuille numérique initial.

Chacun des preneurs d'otages recevrait également un *wallet* de cryptomonnaie et du cash pour démarrer une nouvelle vie à l'autre bout du monde.

Ils passèrent le reste de la soirée à réviser dans le détail le plan qu'ils avaient élaboré. Toutes les étapes et les informations étaient affichées au mur. Chacun en détenait une copie sur son téléphone portable crypté. Connaissant parfaitement les méthodes de travail de la police dans ce genre de situation, ils avaient également prévu des solutions de replis en fonction des événements. Rien n'avait été laissé au hasard.

Avant de se quitter, ils décrochèrent tous les papiers et les brûlèrent dans la cheminée. HelioZ sortit trois enveloppes contenant des passeports et des permis de conduire falsifiés, achetés sur le *dark web*. Il remit l'une à Hugo, l'autre à la jeune femme et garda la sienne. Julien avait déjà reçu les documents dont il avait eu besoin pour mettre en place une partie de leur plan d'évasion. HelioZ donna à chacun une carte de débit en bitcoins qu'il alimenterait dès que la rançon serait entre leurs mains.

104

46 heures et 18 minutes
après le début de la prise d'otages

En sortant de l'auberge, Andreas rejoignit sa sœur qui l'attendait sur le parking et la serra dans ses bras.

— Je suis tellement inquiète pour Adam.

Récemment diagnostiqué diabétique, Adam avait encore du mal à gérer cette maladie survenue brutalement. Depuis, Jessica n'avait pas quitté son fils plus de quelques heures pour s'assurer qu'il prenait bien son traitement. Adam était dans la mine depuis bientôt deux jours. S'il s'était injecté les trois doses d'insuline quotidiennes prescrites, il n'en avait plus depuis la veille au soir. Il fallait lui en faire parvenir d'urgence.

— Voilà deux stylos injecteurs préremplis. Ça devrait suffire pour plusieurs jours.

Jessica inspira profondément.

— Je n'en peux plus, Andreas. Je suis à bout. Pourquoi ça nous tombe dessus ? Tu ne crois pas qu'on en a déjà assez bavé ?

— On va le sortir de là sain et sauf, dit Andreas.

— Andy, quand est-ce que ça va se finir, cette histoire ?

— Je n'en sais rien. Je ne te promets rien, mais on va s'efforcer d'obtenir des ravisseurs qu'ils relâchent Adam immédiatement. J'en ai parlé au négociateur. Il va leur faire comprendre qu'il a besoin de soins en urgence.

Jessica ouvrit son sac à main.

— Voilà un flacon d'alcool, des tampons d'ouate.
— Dès que j'ai du nouveau, je t'appelle.
Il embrassa sa sœur sur la joue.
— Va t'installer à l'auberge, en attendant.

Andreas rejoignit le fourgon. Sur la table trônait la plaque en laiton gravée au nom d'Aaron Salzberg.

Andreas informa les membres du Poste de commandement d'engagement de la découverte de Christophe dans la cellule de négociation. Il précisa que le véhicule dans lequel ils se réunissaient était exempt de mouchards.

— On va lui donner sa plaque. Et après? demanda Viviane désabusée.

— Je suis persuadé qu'il existe une issue que nous ne connaissons pas. C'est la seule possibilité pour qu'ils sortent avec l'argent sans se précipiter dans la gueule du loup.

Chantal parut dubitative.

— Un passage que même les mineurs ignoreraient? Encore une fois, cela me semble improbable.

— Je te l'accorde. Pourtant, c'est la solution qui expliquerait la nécessité des masques à oxygène et des combinaisons antistatiques.

— Il y a une autre possibilité. Ils pourraient exiger des véhicules pour partir d'ici et emmener les derniers otages comme garantie.

Andreas se tourna vers l'adjudant Beaumont.

— C'est en effet ce qu'ils risquent de nous demander pour gagner du temps et préparer leur fuite par une autre issue.

— Je vais donner l'ordre de mettre en place des barrages supplémentaires, annonça Viviane.

— Et d'ici là, on attend gentiment qu'ils sortent? interrogea Beaumont.

— Une partie de mon équipe est en train de se rendre au Fondement avec Jacqueline, dit Andreas. Il y existe un boyau non répertorié sur les plans actuels, la galerie G1. Ce qu'on ne sait pas, c'est si elle permet d'accéder à l'intérieur. On va s'en assurer.

— J'y envoie aussi quatre de mes hommes, proposa Beaumont.

— Entendu. En admettant qu'on puisse entrer par cette galerie, il faudrait qu'on envisage un plan d'intervention.

— Je vais faire en sorte d'obtenir le même matériel que les Tangos : masques à oxygène et vêtements antistatiques. Mais, même si on peut pénétrer par là et éviter les détecteurs et les caméras, cela ne règle pas tout. Il y a les caméras aux abords de la zone touristique. Et on ne sait toujours pas exactement où se trouvent les PO.

— On pourrait tout simplement couper le wifi et le GSM à l'intérieur de la mine, voire même l'électricité juste avant d'intervenir, non ? Dans ce cas pour les Tangos, plus rien ne fonctionnerait. Plus de lumière, plus de connexion ni de contrôle des caméras à distance, suggéra le commandant Verdon.

— Ça les plongerait dans le noir et ça nous permettrait d'agir sans être repérés. Mais on ignore comment ils réagiraient. Ils ont des fusils d'assaut et des explosifs... La priorité, c'est de ne pas mettre la vie des otages en jeu, déclara Viviane.

Andreas y avait déjà réfléchi.

— Il faut trouver un moyen de neutraliser les images des caméras qui surveillent l'accès à la zone touristique depuis les anciennes mines durant les quelques secondes où les hommes du DARD passeront. Christophe y travaille avec Nathan dans les locaux de la saline de Bex. Ils vont d'abord scanner les lieux et les ordinateurs pour découvrir comment Duverney a piraté le système et s'assurer qu'il n'y a pas d'autres mouchards. Ensuite, ils nous diront comment parvenir à déjouer la vigilance des ravisseurs.

105

Le jour avant la prise d'otages

HelioZ avait choisi son pseudo en hommage au général chinois Sun Tzu dont le nom était parfois retranscrit Sun Zi. « Sun », bien que n'ayant rien à voir avec le soleil en chinois, était devenu « Hélios », le dieu grec du Soleil, dont il avait ôté l'accent aigu et remplacé la dernière lettre par le Z américain, prononcé « Zi », comme dans ZZ Top, un de ses groupes fétiches. Son pseudo se prononçait « Helio-Zi ».

Après tout, Sun Tzu, ou Sun Zi, signifiait maître Sun. HelioZ n'était-il pas lui-même, en toute modestie, un maître dans son domaine ?

Passionné par « l'art de la guerre », HelioZ abordait chaque projet de *hacking* comme un combat, une guérilla menée contre un ennemi plus puissant que lui. Pour parvenir à le vaincre, malgré la disproportion des forces en présence, il appliquait les conseils de Sun Tzu.

Il but une gorgée de son breuvage énergisant, prit une petite poignée de pipas dans le sachet et les fourra dans sa bouche, dans la joue gauche. Il déplaça une des graines de tournesol de l'autre côté à l'aide de sa langue, puis la mit entre ses dents. Il croqua l'écorce et la cracha dans la poubelle avant d'avaler la graine elle-même. Puis il poursuivit avec la suivante. Sa méthode était bien rodée.

HelioZ avait tout vérifié. Les aspects techniques et informatiques, clé de voûte de leur entreprise, fonctionnaient parfaitement. Tandis que ses trois comparses seraient sur le terrain, il devait s'assurer à distance qu'ils pourraient accomplir leurs tâches dans les meilleures conditions.

Tout au long de la prise d'otages, HelioZ agirait en tant qu'espion. Comme l'écrivait Kia Lin un siècle après le maître : « Une armée sans agents secrets est comme un homme sans yeux et sans oreilles. » Installé derrière ses quatre écrans, il contrôlerait tout à distance pour ses trois complices.

Sur le *dark web*, il avait obtenu des documents d'identité falsifiés pour chacun d'entre eux et acheté le matériel nécessaire via le navigateur Tor qui offrait une discrétion absolue. Tout avait été livré de manière anonyme à de faux noms dans différents magasins, afin que la police ne puisse établir de lien entre eux et les objets commandés. Il avait aussi veillé à ce qu'on évite de pouvoir remonter jusqu'à lui.

Les rencontres du quatuor avaient été organisées par Julien, de vive voix. Pas de mails, pas de messages. Lorsqu'ils se retrouvaient, aucun d'entre eux ne prenait son téléphone portable afin de ne laisser aucune trace. À chacune de leurs réunions, ils remettaient à HelioZ de l'argent liquide, puisé dans leurs économies. Monter un tel projet représentait un investissement important : acheter le matériel, se procurer de faux papiers, réserver des billets, soudoyer certaines personnes et même acquérir une maison.

Au moment de la prise d'otages, sa première mission serait de s'assurer qu'Hugo et Julien entrent dans la mine sans que la police puisse déterminer comment ils y avaient pénétré.

En bon perfectionniste, HelioZ procéda encore une fois à la revue de son plan. Anticiper et prévoir était la clé de la réussite. Comme le disait Sun Tzu : « Un prince avisé et un brillant capitaine sortent toujours victorieux de leurs campagnes et se couvrent d'une gloire qui éclipse leurs rivaux grâce à leurs capacités de prévision. »

HelioZ n'avait jamais cherché à s'enrichir ou à tirer avantage de sa passion. Tout ce qu'il entreprenait dans le cadre du *hacking*, il le faisait par goût de la compétition. Plus les informaticiens renforçaient la sécurité, plus sa motivation à déceler les moyens de pirater les systèmes s'aiguisait.

Sa philosophie, c'était le *hacking éthique*. Il se considérait comme un *White Hat*[*]. Sa mission consistait à dénoncer ceux qui s'employaient à restreindre les libertés individuelles, à se battre pour la démocratie et les droits fondamentaux de chaque être humain.

Lorsque Julien lui avait demandé s'il était prêt à les aider, il avait d'abord hésité. S'impliquer dans leur projet l'obligeait à renoncer à sa *philosophie éthique*. En travaillant illégalement pour de l'argent, il devenait un *Grey Hat*[**], voire un *Black Hat*[***], puisque ses actions seraient pénalement répréhensibles. Finalement, le challenge et l'occasion d'empocher une jolie somme l'avaient convaincu. Il n'était pas insensible à leur projet et y entrevoyait la possibilité de quitter son emploi pour pouvoir se consacrer pleinement à sa passion. Et la perspective de s'installer dans un pays lointain au soleil pour s'adonner au kitesurf ne lui déplaisait pas. Il lorgnait d'ailleurs depuis un moment sur un foil dernier cri, un mât avec des ailettes fixées sous la planche qui lui permettrait de décoller et de voler au-dessus de l'eau.

Au final, même si HelioZ ne faisait pas partie de leur « pacte », il s'était investi pleinement dans leur projet, au-delà de ce qui avait été convenu au départ. Pendant plusieurs mois, il avait œuvré sans relâche afin de leur fournir les « outils » nécessaires à la réussite de leur entreprise. S'assurer qu'ils toucheraient une rançon était un point central. Comme l'État n'entrait pas en matière, trouver une autre solution s'avérait indispensable. Il avait ainsi fait ce qu'il préférait : déceler des failles. Dans son monde, il y en avait toujours une. C'est ce que sous-entendait

---

[*] Chapeau blanc.

[**] Chapeau gris.

[***] Chapeau noir.

Sun Tzu de manière imagée: «Vous vous présentez d'abord comme une vierge timide; l'ennemi laisse béer l'ouverture, alors, rapide comme le lièvre, vous vous engouffrez dans la brèche sans lui laisser le temps de la fermer.»

Avec patience et détermination, HelioZ avait cherché une brèche dans laquelle s'engouffrer. Il était finalement tombé sur la poule aux œufs d'or: un entrepreneur avait vendu sa société pour une somme très coquette et s'était installé dans la région. L'homme en question avait deux enfants.

«Il suffit d'attaquer ce à quoi il tient, pour qu'il vous mange dans la main», disait Sun Tzu. À partir de là, HelioZ avait échafaudé son plan pour s'assurer que la classe de la fille du millionnaire soit dans les mines au moment de la prise d'otages et s'était mis à rechercher les bons leviers.

HelioZ avait commencé par installer un boîtier dans l'école d'Aigle. Tous les smartphones utilisant du wifi dans le bâtiment se connectaient automatiquement à ce boîtier. Pour accéder à chaque téléphone, il effectua ensuite un certain nombre de manipulations. Il choisit de s'intéresser d'abord aux enseignantes susceptibles d'emmener les élèves dans les mines: la prof de géographie, celle d'histoire et la titulaire de la classe. Il n'avait pas eu trop de mal à trouver une faille: Natacha, l'enseignante d'histoire de Valentine, avait une relation extraconjugale.

Il avait alors piraté son téléphone ainsi que celui de son amant et mis la main sur une vidéo sadomasochiste. HelioZ n'aurait pu rêver mieux.

Natacha avait ainsi été contrainte d'organiser pour le jour J une visite des Mines de sel avec l'enseignante titulaire. Julien s'était assuré de son côté que le président du Bloc identitaire suisse fixerait une réunion le même jour, au même endroit.

La seule inconnue dans l'équation était le facteur humain. HelioZ le savait. On pouvait faire confiance à un ordinateur, pas à une personne. Valentine pouvait être malade et rester chez elle le jour de la prise d'otages. Les risques étaient modérés, mais pas nuls. Il avait alors surveillé les allées et venues de la famille. Un jour où ils étaient absents, il avait désactivé le système de sécurité pour permettre à Julien de s'introduire chez eux et d'installer plusieurs micros. En écoutant la famille, HelioZ avait entendu Valentine parler de son ami Adam et de son oncle inspecteur de police. Il avait alors entrepris des recherches. Si par malchance Valentine venait à être manquante, ils se rabattraient sur le neveu d'Andreas Auer.

Le lendemain matin, HelioZ serait bien sûr à l'écoute et pourrait suivre les déplacements de Valentine. Dès qu'il aurait l'assurance qu'elle était au Bouillet avec sa classe, il sonnerait le début de la prise d'otages.

106

46 heures et 46 minutes
après le début de la prise d'otages

Après avoir débriefé la stratégie à adopter avec Chantal et Antonin, Bakary s'installa derrière son ordinateur. Il lui restait un peu plus d'une dizaine de minutes avant l'heure de l'ultimatum. Cette fois, accéder à la demande de Duverney n'avait pas été compliqué. La plaque en laiton se trouvait sur la table devant lui. Bakary avait promis à Andreas de convaincre Hugo de relâcher Adam. À défaut, il lui ferait parvenir les stylos injecteurs d'insuline.

En ce troisième jour de prise d'otages, l'objectif de Bakary était simple : gagner du temps, afin que le DARD puisse élaborer un plan d'action et pénétrer dans la mine.

La sonnerie lui signala un appel entrant. Bakary l'accepta.

— Salut, Charlot, tu as de l'avance sur le programme.

— Y a une urgence. Adam fait une crise d'hypoglycémie. Il a besoin d'insuline.

Chantal réprima un sursaut. C'était la première fois qu'Hugo employait le prénom d'Adam. Jusque-là, il s'était contenté de l'appeler le garçon ou l'adolescent. En associant son jeune otage à un prénom, Hugo en faisait une personne. C'est précisément ce que les négociateurs cherchaient à faire : démontrer aux ravisseurs que les otages étaient des êtres humains. À l'intonation employée par Hugo, Chantal comprit qu'Hugo avait créé un lien avec Adam. Dès lors qu'on associait un otage à un prénom, celui-ci changeait de statut. De simple otage, il devenait une personne. Donner un prénom, c'était accorder à l'autre le droit d'exister. Et de ce fait, le tuer s'avérait psychologiquement plus difficile...

— Tu peux me décrire ce qu'il a ?

— Il transpire, il est pâle. Et il semble très agité, répondit Hugo d'une voix empreinte d'inquiétude.

— Tu dois le libérer ! Envoie-le-nous immédiatement avec le train.

La porte s'ouvrit et Andreas déboula dans la pièce, sous le regard stupéfait et irrité des membres de l'équipe.

— Enlève-toi, Bakary !

— Mais...

Andreas poussa son collègue de côté.

— Où est Adam ? Je dois le voir.

Bakary laissa sa place à Andreas, mais resta debout derrière lui. Il mit la main dans la poche de son pantalon et serra son galet.

— Bonjour, Andreas, articula Hugo.

— Les présentations, ce sera pour plus tard.

— Attends.

Duverney saisit sa tablette et pianota. La caméra zooma : Adam gisait sur une couverture à côté de la table.

— Comment ça va, Adam ? demanda Andreas.

— Pas très bien, marmonna-t-il.

L'objectif revint sur Duverney.

— Il a utilisé sa dernière dose avant de s'endormir hier soir.

— Écoute-moi bien, Hugo. Tu dois immédiatement lui donner une boisson sucrée. Un soda. Ou tu peux diluer trois morceaux de sucre dans de l'eau. Ensuite, tu le couches en position latérale de sécurité. Tu dois surveiller sa respiration et lui parler. Il ne doit pas perdre connaissance.

— D'accord.

— Maintenant, je saute dans le train. Ce n'est pas négociable !

Malgré le ton péremptoire d'Andreas, Duverney parut hésiter un bref instant.

— Tu laisses ton arme dehors ! Pas d'entourloupe !

Andreas bondit de sa chaise.

— Attends ! Prends la plaque avec toi.

Andreas approcha son visage de la caméra intégrée de l'ordinateur.

— Je te l'amène, mais sache que je ne ressortirai pas sans Adam.

107

La nuit avant la prise d'otages

À l'entrée du village de Fenalet, Julien bifurqua sur un chemin recouvert de gravier et continua sur quelques centaines de mètres avant de s'arrêter au milieu de la forêt, à une dizaine de minutes de la galerie du Coulat.

Hugo et Julien descendirent de la voiture, prirent leurs sacs dans le coffre et allumèrent leur téléphone portable. Ils enfilèrent leurs cagoules et ajustèrent leurs lampes frontales, serrèrent les sangles de leur sac à dos et s'enfoncèrent dans les bois, fusil d'assaut en main.

Hugo se remémora leur rencontre un peu moins de deux ans auparavant. Âgé de cinquante-quatre ans à l'époque, il s'était surpris à sympathiser avec un jeune homme de vingt-sept ans. Avec celle qu'il surnommait sa « sorcière bien-aimée », ils s'étaient vus régulièrement et avaient parlé de leur vision de l'avenir, de leurs idéaux. Tous trois étaient tombés d'accord : ils ne pouvaient rester oisifs et se contenter de s'apitoyer sur leur sort et sur celui des victimes de discriminations.

Ensemble, ils avaient élaboré ce projet. Tous trois étaient prêts à en assumer les conséquences. Avec l'aide d'HelioZ, ils avaient passé près de huit mois à planifier cette prise d'otages dans les moindres détails. C'était ce soir-là que les choses sérieuses commençaient.

Hugo se sentait calme. Des quatre complices, il était celui qui avait le moins à perdre. HelioZ paraissait serein, lui aussi. Son rôle, bien qu'essentiel, se limitait à tout contrôler derrière des écrans. En revanche, la nervosité des deux autres était tangible. L'issue favorable du plan dépendrait de leur sang-froid pendant les heures à venir, voire les jours que durerait la prise d'otages.

Après une dizaine de minutes, Hugo et Julien parvinrent à l'entrée de la galerie, fermée par une porte métallique.

Hugo regarda sa montre : 23 h 55. Il sortit la clé, déverrouilla la porte et envoya ensuite un message à HelioZ via l'application Signal. Il reçut la réponse deux minutes plus tard. La voie était libre. HelioZ avait désactivé l'alarme du détecteur de mouvement afin de ne pas alerter le mineur de garde chez lui. Hugo et Julien avaient trente secondes pour pénétrer dans la galerie, verrouiller la serrure et avancer rapidement pour être hors d'atteinte du système de surveillance.

Ils parcoururent une vingtaine de mètres à l'intérieur du boyau et contactèrent HelioZ. Tout avait fonctionné à merveille. HelioZ devait à présent trafiquer les logs afin de supprimer les enregistrements des détecteurs de mouvement et remplacer les images sur lesquelles on voyait Hugo et Julien par des images statiques d'une durée de trente secondes.

À partir de ce point, Hugo et Julien n'avaient plus aucune liaison avec l'extérieur jusqu'à ce qu'ils puissent accéder au wifi interne de la mine. Ils s'enfoncèrent dans le cœur de la montagne et rejoignirent la chambre de la Roue, où ils déposèrent une partie du matériel et s'accordèrent une brève halte avant de poursuivre en direction du Grand Escalier.

Arrivé au bas des sept cents marches, Hugo sortit son téléphone portable et rechercha le réseau auquel il se connecta. Il envoya un message à HelioZ. Les trois complices répétèrent la procédure pour déjouer le système de surveillance.

Hugo et Julien se trouvaient à présent dans la zone touristique, dépourvue de détecteurs, mais équipée de nombreuses caméras. La première d'entre elles se situait un peu plus loin. Hugo, cagoulé, s'en approcha et en boucha l'objectif avec du ruban adhésif opaque. Il procéda de la même manière avec toutes celles du secteur des visites, une à une, sachant parfaitement leur emplacement. Julien suivait à distance pour éviter d'apparaître dans le champ de vision des caméras avant qu'Hugo les neutralise.

Ils rejoignirent ainsi le local de pause des mineurs, non loin de la gare Saint-Pierre, et y déposèrent le reste du matériel. C'est ici qu'ils installeraient leur quartier général.

Pendant qu'Hugo se changeait et se maquillait en Charlot, Julien prépara le café. Tous deux gagnèrent ensuite la salle René-Burnier où ils tournèrent la première vidéo, puis ils allèrent à la taverne du Dessaloir filmer la deuxième séquence.

Vers 4 heures du matin, tout était prêt. Julien serra Hugo dans ses bras et fit le parcours inverse. HelioZ prit soin de camoufler toute trace de son passage sur les détecteurs de mouvement et les caméras de surveillance, comme il l'avait fait à l'aller.

Julien sortit de la mine et retrouva sa voiture. Il avait encore le temps de passer à Gryon, dans l'appartement de sa grand-mère, pour se doucher et se préparer avant d'aller à la réunion. Le rendez-vous au Bouillet était fixé à 7 h 15.

108

Aaron languissait dans la tour carrée du château, assis à même le sol, contre le mur de son cachot. Il contemplait le ciel maussade à travers l'étroite fenêtre du donjon, lorsqu'il entendit une clé tourner dans la serrure.

Le geôlier entra et regarda Aaron avec une sincère compassion.

— C'est l'heure, mon ami.

Il s'approcha de lui et lui posa la main sur l'épaule, sans rien dire. À cet instant, les mots devenaient inutiles. Le garde déverrouilla ensuite le cadenas qui le retenait aux entraves. Aaron se leva. Deux gendarmes le saisirent chacun par un bras, l'escortèrent à l'extérieur de la cellule, puis l'aidèrent à descendre l'escalier en colimaçon jusque dans la cour. Les trois autres pandores qui l'attendaient en compagnie de l'officier Formaz lui passèrent une chaîne de bagnard autour du cou et des poignets.

— Avance !

Encadré par les policiers, Aaron commença à claudiquer sous une pluie battante et le regard avide de nombreux citoyens, dont plusieurs se tenaient sur le chemin de ronde. Lorsqu'ils arrivèrent devant la porte principale, la herse fut levée sur un geste du premier gendarme.

Aaron avançait le long des vignes sous les huées de la foule bien décidée à l'accompagner jusqu'au lieu du supplice, à un peu plus de six mille pieds de la bourgade d'Aigle. C'est ainsi que son aventure en Suisse se terminerait, juste avant la fête de Noël. Il n'avait rien fait de mal, si ce n'est de s'être épris de la femme d'un autre. Il n'aurait plus la possibilité de retourner chez lui auprès des siens ni de revoir Louise, sa Louise qu'il aimait tant. La nouvelle de la grossesse de Louise l'avait d'abord transporté de joie, mais ne pas voir naître le bébé le rendait fou de douleur. L'enfant ne connaîtrait jamais son père.

En travaillant dans les mines, Aaron avait donné le meilleur de lui-même: son énergie, ses connaissances, son savoir-faire, son amitié même. Il avait œuvré de longues années pour extraire le sel de la terre. D'abord une bénédiction, le sel était devenu sa malédiction.

Dans un moment, sa tête tranchée et ensanglantée roulerait dans la sciure. Moisir dans les geôles de la prison en attendant la mort aurait sans doute été pire encore. Il implora sans y croire sainte Kinga de lui venir en aide. Une larme coula le long de sa joue jusqu'à sa lèvre supérieure. Il ne put s'empêcher de la lécher. C'était salé!

Parmi la foule, Aaron chercha désespérément du regard le visage de Louise. Ni elle ni Ferdinand n'étaient présents.

La pluie redoublait d'intensité, ils avancèrent dans la boue sur la route en direction du lieu-dit en Chalex. La cohorte de badauds venue assister au spectacle les suivait toujours, Charles Kalbfuss et Samuel Ansermet, au premier rang.

Au détour du chemin, ils entendirent soudain une voix grave crier:

— Laissez tomber vos fusils!

Quatre assaillants cagoulés fendirent la foule sur leurs montures, leur barrèrent le passage et les menacèrent de leurs armes. Les six gendarmes s'immobilisèrent et braquèrent leurs mousquets dans leur direction.

— Laissez tomber vos fusils! répéta l'un des hommes masqués.

— Et sans attendre! ajouta une voix qui venait de derrière eux.

Aaron sursauta. Cette voix lui parut familière. Il se retourna: quatre individus supplémentaires les avaient pris à revers.

Deux gendarmes firent feu et blessèrent deux assaillants. Leurs adversaires répliquèrent. Trois pandores, dont l'officier Formaz, s'écroulèrent sous les feux croisés.

Les trois derniers laissèrent tomber leurs fusils et levèrent les mains.

— Les clés ! réclama l'un des individus masqués.

L'un des policiers désigna l'officier Formaz à terre, touché en pleine tête. L'homme fouilla dans les poches du mort, trouva la clé et libéra Aaron de ses entraves.

Eugénie fit un signe discret à Louise dont la blessure au bras saignait. Chacune saisit le pistolet qu'elle avait caché sous ses vêtements. Perchées sur leurs montures, elles avancèrent en direction de Kalbfuss et d'Ansermet, qui observaient la scène, interdits. Ils n'eurent pas le temps de comprendre ce qui se passait. Louise et Eugénie pointèrent leurs armes sur eux et appuyèrent sur la détente. Les deux hommes s'effondrèrent, touchés en plein cœur.

En moins de temps qu'il ne fallut pour le dire, les individus cagoulés disparurent dans la forêt, emmenant Aaron avec eux.

109

46 heures et 53 minutes
après le début de la prise d'otages

Le chef de production de la saline du Bévieux vint chercher Christophe et Nathan à l'accueil et les accompagna jusqu'à la salle de contrôle. Muni de son propre portable, Nathan s'installa devant les trois écrans afin de déterminer si l'ordinateur avait été piraté. Christophe sortit ses détecteurs de dispositifs espions et scanna le local.

Après une vingtaine de minutes, ils arrivèrent à la même conclusion : rien de suspect, ni sur les ordinateurs ni dans la pièce. Pourtant, Charlot avait trouvé un moyen d'accéder au système informatique des salines.

Christophe s'assit à la place de Nathan derrière les écrans, avant de s'agenouiller sous la table pour observer l'unité centrale.

— Quel petit malin, ce Charlot !

Christophe se releva et montra au chef de production un minuscule boîtier noir muni de deux prises USB mâle et femelle.

— Un *keylogger* ! C'est un dispositif qu'on intercale entre le câble du clavier et l'unité centrale de l'ordinateur. Cela permet de récolter toutes les informations qui sont saisies sur le clavier, dont les mots de passe. Je suppose que ce modèle est également capable d'injecter du code. C'est-à-dire de faire exécuter à votre ordinateur de contrôle des tâches sans que l'opérateur assis en face des écrans s'en aperçoive.

— Maintenant que vous l'avez enlevé, ils n'y auront plus accès ?

— Ce n'est pas si simple. Au moment où le *keylogger* a été installé, le *hacker* a pu récupérer ce qui l'intéressait, notamment le contrôle des caméras de surveillance. Maintenant, il n'a plus besoin d'accéder physiquement à l'ordinateur. Il peut faire ce qu'il veut sur votre système depuis chez lui.

— Pour avoir pu entrer en possession de ces données, il lui a fallu un relais, remarqua Nathan.

— Oui, bien vu.

Christophe se tourna alors vers le chef de production.

— Le plus pratique que je puisse imaginer, c'est un relais wifi équipé d'une carte SIM qu'ils auraient pu installer à proximité. Celui-ci permet de récupérer les données transmises par le *keylogger*, avant de les envoyer au *hacker* via le réseau de communication cellulaire.

— Étant donné la construction du bâtiment et l'épaisseur des murs, le signal wifi n'a qu'une portée de quelques dizaines de mètres depuis l'emplacement où se trouve le *keylogger*. Ce dispositif est peut-être sur le toit, ajouta Nathan.

110

46 heures et 58 minutes
après le début de la prise d'otages

Accompagnées de Jacqueline et de quatre hommes du DARD, Karine et Kinga étaient postées en aval du pont de la Gryonne, au Fondement, vers l'entrée de la galerie G1. Deux agents passèrent en tête, devant Jacqueline et Kinga. Karine attendrait à l'extérieur avec les deux autres gendarmes du groupe d'intervention.

Kinga avait endossé une combinaison de spéléologie imperméable et s'équipa d'un casque doté d'une lampe frontale. Dissimulée par des buissons touffus, l'ouverture de la galerie était à peine visible. Tous les quatre se munirent également d'un masque à oxygène au cas où ils parviendraient jusqu'à l'exploitation polluée. Si le niveau de méthane devenait trop élevé, ils avaient ordre de faire demi-tour. L'intervention du DARD ne serait déclenchée qu'après avoir pris la mesure de tous les risques.

Selon Jacqueline, le boyau était complètement obstrué après environ septante mètres. Il paraissait peu vraisemblable que les ravisseurs aient réussi à déblayer un passage et à trouver l'escalier permettant de rejoindre une galerie. Ou encore qu'ils soient parvenus à creuser le dernier tronçon jusqu'à l'exploitation. Forger un tel tunnel les aurait obligés à travailler comme à l'époque, au marteau et à la cisette, pendant plusieurs semaines, voire des mois. Mais rien n'était impossible au regard de la minutieuse préparation de la prise d'otages.

Les deux gendarmes se mirent à quatre pattes pour pénétrer dans l'étroite galerie. Jacqueline et Kinga les imitèrent. Au bout de quelques mètres, ils purent se relever. Le boyau mesurait moins d'un mètre de large et un peu plus d'un mètre septante de haut. Contrairement aux deux policiers, Kinga et Jacqueline pouvaient rester debout sans se courber. La guide prit son méthanomètre et vérifia le niveau de LIE : zéro. Aucune présence de méthane. Aucun risque d'explosion.

Ils avancèrent sur quelques dizaines de mètres avant de devoir à nouveau s'accroupir et poursuivre en rampant. Lorsqu'ils purent enfin se redresser, ils découvrirent un trou béant, d'un diamètre de plus d'un mètre.

— La dernière fois que je suis venue, cette crevasse n'existait pas. Il y a eu un effondrement. La guide braqua sa lampe de poche vers le bas. Au fond, le boyau semblait continuer sur la droite.

— Il faut qu'on aille voir, suggéra l'un des deux gendarmes.

Il sortit un goujon de son sac à dos, le planta dans la paroi rocheuse à l'aide d'un marteau puis clippa un mousqueton, y passa la corde, tira pour vérifier l'amarrage, puis descendit doucement en rappel.

— Impossible de continuer par là, cria-t-il d'en bas.

Une fois qu'il eut rejoint les autres, le groupe franchit le trou et poursuivit son périple dans la galerie. Elle devenait de plus en plus étroite et basse. Ils durent avancer à quatre pattes, dans de la boue.

Après une septantaine de mètres, face au boyau complètement obstrué, ils durent s'avouer vaincus et rebroussèrent chemin.

111

47 heures et 1 minute
après le début de la prise d'otages

Andreas prit place dans la locomotive à côté de Jeannot. Tous deux s'engagèrent dans la galerie, en direction de la gare Saint-Pierre. Fébrile, Andreas tentait de retrouver son calme en se concentrant sur sa respiration.

Avant qu'il monte dans le train, Chantal s'était vivement opposée à son initiative. Sur le principe, Andreas savait qu'elle avait raison. Un face-à-face avec un preneur d'otages ne pouvait s'envisager que sous de strictes conditions de sécurité. Et ces conditions étaient loin d'être réunies.

Seul au fond de la mine, devant Hugo Duverney et le deuxième ravisseur, Andreas risquait gros. S'il le décidait, Hugo pourrait le garder parmi les otages. Personne ne pourrait l'en empêcher. Charlot était encore le seigneur incontesté de l'antre de la montagne.

De guerre lasse, Viviane avait finalement consenti à laisser Andreas entrer. Adam avait absolument besoin de son insuline. En pénétrant dans la mine, il comptait faire libérer son neveu. Il allait parler de vive voix avec Hugo et pourrait analyser l'environnement, identifier les forces en présence, évaluer les risques.

Le mécanicien de la locomotive stoppa le convoi. Deux personnes munies d'un fusil d'assaut les attendaient. Hugo avait endossé son déguisement de Charlot. Le deuxième portait une combinaison noire et une cagoule. Sa poitrine bombée suggérait un corps féminin.

— Sortez, les mains en l'air ! lança Hugo, braquant son arme sur eux.

Andreas et Jeannot s'exécutèrent.

— Mettez-vous contre le mur.

Le Tango cagoulé passa au crible l'unique wagon puis rejoignit Hugo. Il pointa son fusil sur les deux visiteurs, pendant qu'Hugo les fouillait de la tête aux pieds.

— Où est la plaque ?

— Je veux d'abord aller soigner Adam, dit Andreas fermement.

— Il n'y a pas d'urgence. L'eau sucrée lui a fait du bien.

— Elle est dans le sac, dans la cabine de pilotage, lâcha alors Andreas.

Le complice revint avec un cabas en plastique dont il retira la plaque gravée. Hugo avait l'air satisfait.

Fusils d'assaut braqués dans le dos, Andreas et Jeannot furent poussés en direction de la taverne du Dessaloir, à une trentaine de mètres de là. Dans la grande salle à manger, Andreas aperçut Adam allongé sur une couverture au milieu des tables et se précipita.

— Tonton Andy !

— Ça va, Adam ?

— Un peu mieux que tout à l'heure.

Andreas souleva le pull et le t-shirt d'Adam, désinfecta rapidement la peau, sortit une seringue, et lui injecta la dose d'insuline.

Il lui passa la main dans les cheveux.

— Reste un moment allongé.

Andreas se redressa et fit face au fusil d'assaut de Duverney.

— Et si on discutait ? lui lança Hugo.

Andreas hocha la tête. Il balaya brièvement la pièce du regard, mais ne vit ni sacs ni matériel. Tout avait été camouflé pour qu'Andreas ne puisse en tirer aucun enseignement.

— Mettons-nous autour de cette table.

L'individu cagoulé fit signe à Jeannot de prendre place. Andreas s'assit à côté de lui, Duverney en face. Son complice resta debout, l'arme pointée sur eux.

— Vous avez découvert le micro et la caméra. Pas mal, mais on n'en a plus besoin, maintenant que tu es là en personne.

— Si tu étais un hôte accueillant, tu nous proposerais au moins un verre d'eau, remarqua Andreas.

Hugo éclata de rire.

— Tu te crois malin, n'est-ce pas ?

— Je te retourne la question.

Duverney sourit et se leva.

— Qu'est-ce que je vous sers ?

Andreas réclama une eau gazeuse. Nerveux, Jeannot déclina d'un signe de tête. Duverney passa derrière le bar.

— De quoi veux-tu parler ? De la pluie ? Du beau temps ? demanda Andreas.

— N'oublie pas qu'ici c'est moi qui décide. Tu n'es pas en position de force.

— Sauf que tu as besoin de moi pour organiser votre fuite. Je me trompe ?

— On va y venir. On m'a beaucoup parlé de toi. Je suis honoré de te rencontrer. J'admire ton courage. Te jeter dans la gueule du loup avec une attitude aussi conquérante...

Andreas réprima un sursaut. Soit il bluffait, soit quelqu'un lui avait réellement parlé de lui. Il songea à la taupe.

— Je n'ai pas hésité, pour Adam.

— Je n'en doute pas.

— Tu sais, Hugo, moi je n'ai pas d'enfants. Toi, tu as un fils. S'il perdait son père, il s'en remettrait difficilement.

— Qui a dit que j'avais l'intention de crever ? dit Hugo en riant.

— Je ne parle pas forcément de mort. Si tu parviens à sortir d'ici, et si tu réussis à quitter la Suisse, tu devras te cacher toute ta vie. Tu ne reverras plus jamais ton fils. Cela dit, tout ça ne reste que conjecture.

— Je suis conscient de ce risque. De toute façon, je n'ai jamais été un père modèle. Déjà, il n'a plus envie de me voir. Donc, tu vois, je n'ai plus grand-chose à espérer de la vie.

— Permets-moi d'en douter.

Andreas dévisagea Duverney avant de se tourner vers le deuxième ravisseur.

— Si vous vous livrez à la police, le procureur se montrera plus clément. Vous serez condamnés à une peine de prison, mais si vous acceptez que je sorte maintenant avec les otages et vous, vous aurez fait preuve de sagesse.

— Même si on se rend, ce sera la tôle à vie dans une cellule pourrie parmi des pensionnaires peu recommandables.

— Après quinze ans de détention, vous pourrez bénéficier d'une libération conditionnelle.

Hugo regarda Andreas dans le blanc des yeux.

— Tu peux comprendre que la perspective ne me réjouisse qu'à moitié...

— Alors je t'écoute.

— Je veux un minibus avec vitres teintées et chauffeur, devant l'entrée de la mine. Ce chauffeur, ce sera toi, maintenant qu'on se connaît. Ensuite, vous allez faire venir un jet privé avec pilote, à l'aéroport de Bex.

— Je vois. Il faudra qu'on obtienne le plan de vol pour...

— Chaque chose en son temps. Je vous laisse jusqu'à midi.

— Bien. Maintenant, je ressors avec Adam et le conducteur.

Hugo ne répondit pas.

— Et j'aimerais aussi que tu relâches Alberto et Sophie ! Je pense qu'un otage, Daniel en l'occurrence, vous suffira pour garantir votre fuite.

Andreas sondait Duverney. Les otages qu'il refuserait de lâcher pouvaient être de connivence avec les ravisseurs ou devenir gênants s'ils témoignaient.

— Non. Les deux ne bougent pas d'ici.

Andreas insista.

— Au moins l'un des deux !

Hugo demeura silencieux quelques instants, il parut hésiter.

— D'accord pour le mineur. Mais cette salope reste.

— Pourquoi tu tiens tant à Sophie ?

— Tu crois qu'elle est complice, c'est ça ?

— L'idée m'a traversé l'esprit.

— Tu fais du bon boulot. C'est tout à ton honneur, mais tu es encore loin de la vérité.

Andreas lui renvoya un sourire narquois.

— Ah oui, et je voudrais aussi emporter le corps de Julien. Ce n'est pas négociable.

— Il n'y a pas urgence. Je l'ai placé dans le grand congélateur.

— Qu'à cela ne tienne ! Allons jeter un coup d'œil ensemble. Je suis curieux de le voir.

Imperturbable, Hugo ne bougea pas de sa chaise. Andreas tourna alors son regard vers l'individu cagoulé qu'il toisa, un sourire ironique aux lèvres.

— Tu n'as rien à dire ? J'aurais plaisir à entendre ta douce voix.

— C'est à moi que tu dois parler, intervint Hugo.

Andreas continua à fixer le deuxième preneur d'otages.

— Ta fausse poitrine ne trompe personne, tu sais.

Après un moment d'hésitation, il ôta sa cagoule. Les atermoiements étaient inutiles.

— Salut Julien, content de voir que tu te portes bien.

— Salut, répondit-il avec une note de résignation dans la voix.

Andreas les fixa tour à tour.

— Bon, ça nous en fait deux !

Il marqua un temps de silence avant d'ajouter :

— Et on ne va pas tarder à trouver qui opère en dehors de la mine.

— Tu essaies de nous impressionner ? demanda Hugo.

Andreas lui adressa un sourire railleur.

— Tu ne nous fais pas peur. On a tout planifié, ajouta-t-il afin de dissimuler son inquiétude.

— Je n'en doute pas, mais sachez une chose : même si je peux comprendre votre haine vis-à-vis de ces lascars de l'extrême droite, je ne peux pas accepter ce que vous avez entrepris. Et je ferai tout pour vous amener devant la justice.

— Ça suffit. On perd du temps à faire les paons, là. Adam reste. Il ressortira avec nous lorsque tout sera prêt. Si vous accédez à nos demandes, rien ne lui arrivera. D'ailleurs, on s'en est bien occupé jusqu'à présent. Pas vrai, Adam ?

— Hors de question que je quitte la mine sans lui, dit froidement Andreas.

— Alors, on a un problème.

— Le problème, c'est toi qui le crées en changeant les règles en cours de jeu, rétorqua Andreas avec rage. Écoute-moi bien : soit tu tiens parole et je m'organise pour que vous puissiez tenter de fuir le pays, soit on arrête les discussions ici.

Adam s'était levé et les avait rejoints.

— Hugo, je veux sortir.

Hugo enleva son chapeau de Charlot, le jeta comme un frisbee à travers le local et demeura silencieux. Il lança un regard bienveillant à Adam.

— Julien, va chercher le mineur, dit-il en opinant du chef.

Hugo ordonna à Andreas, Adam et Jeannot de rester assis. Lui-même se leva, prit son Fass 90 et se plaça à trois mètres de la table, le fusil pointé dans leur direction.

— Hugo, je pense sincèrement que tu devrais laisser tomber ton arme et sortir avec nous, lui suggéra Andreas.

— N'insiste pas, dit-il calmement.

— Votre message est passé auprès de l'opinion publique. Si vous vous rendez maintenant, les gens y verront un signe positif de votre part.

— Ferme-la ! On ira jusqu'au bout, sache-le.

— Viens avec nous, Hugo. Andreas a raison ! lui enjoignit Adam d'une voix déterminée.

Andreas se tourna vers son neveu, surpris.

— Ça suffit, vous deux ! répliqua Hugo.

Julien revint avec Alberto Bianchi. Les deux ravisseurs les escortèrent vers le train. Jeannot prit place dans la locomotive, Andreas, Adam et Alberto dans le wagon. Le convoi se mit en branle.

À travers la vitre, Adam tourna la tête et croisa une dernière fois le regard d'Hugo.

112

De retour du cimetière, Hannah et Julien marchaient main dans la main au cœur du village de Gryon. Ils venaient d'enterrer Miriam, la mère de Julien, fauchée par un automobiliste sur un passage piéton. Jean-Pierre, le père de Julien, et Arthur, son grand-père, étaient déjà au buffet de la Gare où une collation était servie pour la famille et les proches. Hannah n'avait aucune envie d'y aller. Après quelques verres, personne ne se rendrait compte de leur absence.

— Viens, mon garçon, dit-elle. Nous allons lire une prière pour ta maman.

Ils montèrent l'escalier de bois grinçant jusqu'au salon de l'appartement mansardé de l'ancienne poste, où Hannah avait vécu depuis son arrivée à Gryon.

— Assieds-toi sur le canapé.

Hannah alluma les sept bougies de la ménorah, puis partit chercher un livre, ainsi qu'un talit qu'elle posa sur la table basse.

— Réciter le *Kaddish yatom** est la plus grande marque d'amour et de respect qu'on puisse témoigner envers ceux qui nous ont quittés, expliqua-t-elle en s'installant dans un fauteuil.

---

* Le kaddish est une prière centrale dans la liturgie juive, littéralement « sanctification ». *Kaddish yatom* signifie « Kaddish de l'orphelin », « Prière de l'orphelin ».

Julien hocha la tête. Une larme roula sur sa joue.

Hannah lui tendit le talit.

— C'était celui de mon père. Ce sera le tien, désormais.

Julien recouvrit ses épaules et sa tête avec le châle à franges comme sa grand-mère le lui avait montré.

Hannah lui avait parlé yiddish depuis son plus jeune âge, mais il ne savait pas lire l'araméen. Elle lui tendit une transcription phonétique de la prière.

Julien s'assit sur les genoux d'Hannah et ouvrit le livre. De son doigt, elle suivit les mots un à un. Son petit-fils les déchiffrait d'une voix mal assurée, lentement et avec application :

Yisgadal veyiskadach chemé rabo.

Beolmo di vero khiroussé, veyamlikh malkhoussé veyatsma'h pourkoné vikarev mechi'hé.

Be'hayékhone ouveyomékhone ouve'hayé dekhol beïss Yisroël, baagolo ouvizmane koriv, véïmrou omen[*] [...]

Lorsque Julien eut fini sa prière, il enleva son talit. Hannah lui posa la main sur l'épaule.

— C'est à un fils de lire le kaddish lors du décès d'un de ses parents. Mais quand je partirai, je sais que ton père ne le fera pas. Il n'aime pas la religion juive. Donc, c'est à toi que je confie cette mission. Désormais, je t'appellerai Kaddishel[**], « petit kaddish ».

---

[*] Translittération du kaddish en araméen, prononciation ashkénaze. Traduction française : « Magnifié et sanctifié soit le Grand Nom dans le monde qu'il a créé selon sa volonté, et puisse-t-il établir son règne, faire fleurir son salut, et hâter le temps du Messie, de votre vivant et de vos jours et des jours de toute la maison d'Israël, dès que possible et dites : amen ! [...] »

[**] Certains parents juifs surnomment leur garçon « kaddishel » – celui qui est désigné par la loi juive pour dire le kaddish, la prière, pour eux après leur mort. C'est devenu en ce sens un terme affectif.

113

Aaron était attablé au chalet d'alpage de Taveyanne, en compagnie d'Eugénie, Ferdinand, Willy et trois de ses mineurs. Marie, la femme de Ferdinand, préparait une soupe aux légumes dans un chaudron en cuivre. Louise, blessée par balle au bras, était allongée sur une couche. Étendu à côté d'elle, un mineur touché au ventre ne survivrait sans doute pas.

Le soir du jugement, Eugénie avait discrètement écouté la conversation de Kalbfuss, Ansermet et Formaz, depuis la cuisine. Elle s'était empressée de raconter leur complot à Aaron, dès sa libération. Kalbfuss avait usé de son influence auprès du directeur des Mines de sel pour qu'il renvoie Aaron. De l'officier Formaz, il avait exigé qu'il soudoie le médecin pour rédiger un faux rapport médical. Et pour finir, le président du jury avait été généreusement rétribué pour appuyer la condamnation à mort.

Aaron était révolté qu'une telle chose soit possible, mais peu importait maintenant. Il était vivant, alors que les trois scélérats avaient payé de leur vie leur perfidie.

La veille, sur le chemin menant au lieu de l'exécution capitale, Ferdinand était venu arracher Aaron à une mort inéluctable. Willy Pittier et quatre autres mineurs de confiance l'avaient épaulé. Tous faisaient partie de l'équipe qui avait prévu de creuser le puits Pirolet.

Louise et Eugénie avaient également participé à cette libération, faisant preuve d'un grand courage. Leur vengeance fut sanglante et implacable. Sans sourciller, les deux femmes avaient tué Kalbfuss et Ansermet. L'officier Formaz avait eu son compte lors des échanges de tirs. Tous ensemble, ils avaient pris un risque considérable. Aaron leur devait la vie.

Dans le feu de l'action, Aaron avait reconnu la voix grave et légèrement éraillée d'Eugénie, mais il n'avait découvert qu'ensuite que sa bien-aimée figurait parmi ses libérateurs. Ému par son audace, il était surtout inquiet : Louise était enceinte. Eugénie avait réussi à extirper la balle qui l'avait touchée au bras et avait pansé la plaie. La blessure mettrait du temps à cicatriser, mais la vie de Louise ne semblait pas en danger.

Aaron devait quitter la région au plus vite. Toute la police était à ses trousses. Il ne pouvait rester en compagnie de ceux qui l'avaient sauvé. Personne n'avait encore réussi à les identifier, mais les mystérieux libérateurs étaient tous recherchés pour avoir permis à un condamné à mort de s'enfuir, blessé des gendarmes et assassiné trois d'entre eux, dont un officier.

Aaron regarda par la fenêtre. En contemplant la nuit glaciale et la tempête de neige qui faisait rage, il songea à l'histoire que Willy Pittier lui avait racontée le jour de son arrivée à Bex, ce moment héroïque où le patron des mines de l'époque avait rassemblé deux corps de mineurs pour livrer bataille aux résistants bernois. Ils avaient brûlé un chalet à Taveyanne pour se réchauffer, plusieurs soldats étaient morts de froid. Aaron s'apprêtait à affronter le même hiver. Huit ans après avoir quitté Nowy Wiśnicz, il y retournait, seul, abandonnant Louise et leur enfant à naître. L'emmener dans son état était trop risqué.

Après avoir avalé un bol de soupe, Aaron s'habilla chaudement et hissa son balluchon sur son épaule. Personne ne parlait. Le silence était pesant. On n'entendait plus que le vent violent qui soufflait avec rage. Il prit Marie dans ses bras, puis Eugénie et s'avança vers Ferdinand. Les deux amis se donnèrent une longue accolade.

Aaron s'agenouilla ensuite devant Louise et plongea ses yeux dans les siens. Ils se promirent de se revoir, mais l'un et l'autre savaient que ce regard serait le dernier. Aaron l'étreignit tendrement et déposa un baiser sur son front, avant de lui glisser au creux de l'oreille :

— Je te laisse sous la protection de sainte Kinga.

Il allait ouvrir la porte quand Ferdinand lui tapa sur l'épaule.

— Tu oublies ton carnet.

— Merci, dit-il, en réprimant les sanglots qui lui serraient la gorge.

Aaron sortit dans le froid glacial et chaussa ses raquettes. Sans se retourner, il commença son périple et disparut bientôt dans l'épais brouillard.

114

47 heures et 52 minutes
après le début de la prise d'otages

La prise d'otages durait maintenant depuis presque quarante-huit heures. Le train quitta la gare Saint-Pierre. Dans douze minutes, Andreas et Adam reverraient la lumière du jour.

Andreas se refaisait le film de sa rencontre avec Hugo. Il avait de la peine à concilier l'image qu'il venait de s'en faire avec celle d'un individu capable d'exécuter froidement un otage. Hugo avait été dur, intransigeant, sûr de lui durant toutes les négociations avec Bakary, et là, dans la mine, en présence d'Adam, Andreas avait découvert un être humain avec ses forces et ses failles. Comme si la rencontre avec Adam avait opéré un déclic, ouvert une brèche chez Hugo. Andreas savait comment l'exploiter.

La fin de la prise d'otages était proche. Il espérait entendre de bonnes nouvelles dès le retour de Karine. S'ils avaient trouvé l'accès secret, il suffirait d'attendre que les ravisseurs sortent pour les cueillir. Au besoin, ils tenteraient d'entrer par là pour les surprendre.

Le bruit assourdissant du train força Alberto à se pencher très près d'Andreas et à lui crier à l'oreille :

— Merci, inspecteur !

— Vous vous sentez comment ?

— Soulagé. Est-ce qu'Éric, mon collègue, va bien ?
— Oui, il a été libéré.
— Tant mieux. J'ai eu peur pour lui lorsqu'ils sont venus le chercher.
— Vous saviez que des otages avaient été exécutés ?
— Bien sûr. Je l'ai appris avant même qu'on soit faits prisonniers. On était en contact avec la police depuis le fond de la mine.
— Vous étiez avec les deux derniers otages, Daniel et Sophie ?
Alberto hocha la tête.
— Avez-vous discuté avec eux ?
— Très peu, je suis resté dans mon coin. Et eux, dans le leur. Ils étaient terrifiés. Chaque fois qu'un ravisseur entrait dans la salle, ils s'imaginaient leur tour venu.
— Donc, ils savaient aussi pour les victimes ?
— Oui, on le leur avait dit.
— Qui vous a pris en otage ?
— Deux hommes en noir, cagoulés. Ils nous ont attrapés vers la salle du Radium.
— Comment vous ont-ils retrouvés ?
— Ils savaient où nous étions, c'est sûr. Je me suis posé la question. Et je l'ai mentionné à...
Le crissement des roues du train dans un virage empêcha Andreas d'entendre la fin de la phrase d'Alberto.
— Pardon ?
— ... je l'ai dit à Kinga Nowak ! cria Alberto.
— Votre petite amie, c'est ça ?
— Mon ex... Enfin, je ne sais plus quoi penser !
— Dites-moi ce que vous avez en tête, Bianchi.
— J'ai eu le temps de réfléchir et je me suis demandé si Kinga n'était pas de connivence avec les preneurs d'otages.
— Elle aurait profité de vous pour avoir accès au système de contrôle des mines ?
— Ça m'a traversé l'esprit.
Alberto resta songeur.
Andreas se rappela sa conversation avec Kinga. En ce moment même, l'aspirante explorait une des galeries du Fondement.

Andreas fit le tour des personnes mises au courant de l'endroit où se trouvaient Alberto Bianchi et son collègue. Les mineurs avaient informé Maxime resté en contact avec eux durant l'intervention du DARD. Lui-même en avait parlé avec Verdon, Viviane, l'adjudant Beaumont et Chantal.

— Savez-vous l'heure précise à laquelle vous avez été pris en otage ?

— Ce devait être entre minuit et demi et une heure, je crois.

Andreas se souvint des SMS échangés par Kinga et Bianchi autour de minuit et quart. Lorsqu'il avait quitté le fourgon vers une heure pour aller retrouver son équipe, tous ignoraient encore où se cachaient les mineurs. Tous, sauf Kinga.

— Et vous n'avez envoyé aucun message, sinon à Kinga ? C'est juste ?

— Nous étions en contact avec un certain Maxime.

— Le chef suivi, précisa Andreas.

— Oui, c'est ça. Et j'ai aussi écrit à ma copine actuelle.

— Comment s'appelle-t-elle ?

— Julie.

— Et son nom de famille ?

— Bouvier.

115

48 heures et 4 minutes
après le début de la prise d'otages

Le train rallia la gare du Bouillet peu après 9 heures. La porte du wagon coulissa, Adam en sortit, et courut vers sa mère. Sa sœur, Mélissa, se joignit à leur étreinte. Karine et Kinga étaient venues accueillir Alberto. Kinga voulut l'embrasser, il la repoussa doucement.

— Monsieur Bianchi, comment ça va? demanda Karine.

Alberto se contenta de hocher la tête.

— On va vous conduire à l'auberge. Un psychologue vous prendra en charge. Ensuite, on souhaiterait vous poser quelques questions.

— Le psy est inutile. Je vais bien, merci.

Andreas entraîna Bianchi à l'écart.

— Pardonnez-moi de revenir là-dessus, mais votre amie, Julie Bouvier, vous auriez une photo d'elle?

— Une photo... Non. Même pas. Elle dit toujours qu'elle n'aime pas être photographiée.

— Pourriez-vous me la décrire?

— Elle est assez grande, un mètre septante-cinq environ. Elle a des cheveux bruns mi-longs, les yeux brun-vert...

— Elle ressemble vaguement à Kinga, non?

— Par son allure, oui. Mais leurs visages sont très différents. Celui de Kinga est beaucoup plus féminin. Le sien est plus anguleux, plus mince. Presque masculin. Elle est aussi plus grande que Kinga et ses cheveux sont un peu plus longs.

— Où habite-t-elle ?

— Elle m'a dit qu'elle vivait à Monthey.

— Vous n'êtes jamais allé chez elle ?

— Non, on se voyait chez moi.

— Et son travail ?

— Elle est secrétaire dans une société de construction de la région.

— Vous connaissez le nom de l'entreprise ?

— Non. Elle s'est toujours montrée très discrète sur sa vie.

— Vous n'êtes pas très curieux...

Alberto en resta confondu avant de s'exclamer :

— Ah ! Attendez, inspecteur ! Elle a un profil sur Facebook !

Il sortit son portable. Plus il pianotait, plus son visage se liquéfiait.

— Je ne la trouve plus.

— Elle a peut-être changé son nom pour un pseudo ? suggéra Andreas.

— Attendez, je cherche dans ma liste d'amis.

Alberto secoua la tête.

— Elle n'y est plus.

Il ferma les yeux, inspira profondément et regarda Andreas.

— Inspecteur, je crois que je me suis fait avoir...

— Vous lui avez fait visiter les mines ?

— Oui. Et la saline, aussi.

— Dans votre échange par SMS avec Kinga, vous lui avez dit que vous aviez fait une bêtise... Pourquoi ?

— Au fond, j'aime Kinga. Ce n'était pas simple tous les jours, on se disputait souvent. Depuis quelque temps, Julie ne voulait plus me voir, prétextant qu'elle était très occupée. C'est à ce moment-là que j'ai commencé à me dire que quitter Kinga avait été une erreur. Quand on a su pour la prise d'otages, j'ai essayé d'appeler Julie. Elle n'a pas répondu. Et puis on a de nouveau échangé des messages. Vendredi soir, après le dernier texto, celui où je lui ai raconté ce qui était arrivé avec le DARD, elle m'a juste demandé où je me trouvais. Je lui ai répondu. Puis, plus rien...

Maintenant, je comprends pourquoi elle m'a posé cette question. Peu après, on s'est fait prendre par les ravisseurs. Quelle garce !

— Où, comment et quand avez-vous rencontré cette Julie ?

— Vers la mi-décembre, de mémoire. Elle m'a abordé dans un bar où je vais régulièrement boire un pot. Elle m'a offert un verre et elle m'a dragué sec. Je venais de me séparer de Kinga.

— Est-ce que Kinga la connaît ? Elles se sont rencontrées ?

— Non, elles ne se connaissaient pas.

— Merci, monsieur Bianchi.

— À tout hasard, est-ce qu'elle aurait laissé chez vous un objet personnel, une brosse à dents par exemple ? Ça nous permettrait d'obtenir son ADN.

— Spontanément, rien ne me vient à l'esprit, mais ce n'est pas impossible.

— Karine ! cria Andreas.

L'inspectrice s'empressa de les rejoindre.

— Où est Christophe ?

— À l'auberge.

— Contacte-le et dis-lui de rappliquer. Vous allez emmener Bianchi chez lui et voir si vous pouvez trouver des traces de la femme dont il vient de me parler. Ensuite, vous ferez venir Philippe pour établir un portrait-robot de cette « Julie ». Bianchi va t'expliquer. Tâchez de l'identifier au plus vite !

— D'accord. Et toi ?

— Je vais avec Kinga à Gryon. On doit rencontrer quelqu'un qui habite la maison où Julien a grandi.

Andreas balaya les alentours du regard.

— Kinga ! appela Andreas.

116

49 heures et 25 minutes
après le début de la prise d'otages

En route pour Gryon, Andreas s'excusa auprès de Kinga. La personne qu'ils recherchaient, cette fameuse «Julie Bouvier», n'existait tout simplement pas. Christophe venait de le lui confirmer. La complice des preneurs d'otages s'était créé cette identité, pour ensuite effacer toutes ses traces. Comme un agent infiltré.

Jacques et Christine Genet invitèrent Andreas et Kinga à s'installer dans la cuisine. Leurs bagages étaient posés dans le couloir. Ils rentraient de leur voyage à l'instant.

Andreas, qui ne connaissait les Genet que de vue, leur annonça d'emblée que Julien Rapaz comptait parmi les ravisseurs.

— Julien? C'est pas possible! Je n'arrive pas à le croire. Est-ce que Mélaine est au courant?

— Mélaine? demanda Andreas.

— Oui, notre fille. Elle travaille dans votre équipe.

Andreas se trouva pris au dépourvu. Mélaine restait toujours discrète sur sa vie privée. Le patronyme Genet était fréquent dans la région et il n'avait pas imaginé une seconde que la jeune inspectrice soit liée à Julien.

— Donc, Mélaine et Julien se connaissent?

— Oui, très bien. Ils ont grandi ensemble dans cette maison. Mélaine a trois ans de plus que Julien. Elle est comme sa grande sœur, expliqua Christine Genet.

— Je crois savoir que c'est sa grand-mère, Hannah, qui l'a élevé ?

— Julien a vécu avec Hannah depuis le décès de sa mère, il avait six ans. Il descendait souvent chez nous, il était un peu notre fils adoptif. Il y a deux ans, Hannah est morte. Elle avait nonante-six ans.

— Que sont devenus les parents de Julien ?

Andreas regardait une photo ancienne, accrochée au mur : deux femmes souriantes assises sur un muret en pierres sèches devant la maison.

— Sa mère Miriam est morte, quand il avait six ans, répondit Jacques. Elle a été fauchée sur un passage piéton par un conseiller municipal d'Ollon, ivre. Le père de Julien est décédé trois ans plus tard d'un cancer foudroyant. Une sale histoire.

Andreas montra la photographie.

— Qui sont ces deux personnes ?

— C'est Hannah et ma grand-mère Mathilde, répondit Jacques.

— Comment Hannah est-elle arrivée à Gryon ?

— Je n'étais pas encore né, mais ma grand-mère m'a raconté qu'elle était venue de Pologne, après la guerre.

— À Gryon ? Vous savez pourquoi elle a choisi ce village précisément ?

— Je n'en ai pas la moindre idée.

— C'est vrai que ni Hannah ni Mathilde ne parlaient beaucoup de cette période, intervint Christine.

Andreas revint au sujet de sa visite.

— Quand avez-vous vu Julien pour la dernière fois ?

— Il est passé nous dire bonjour, il y a deux semaines. Il venait à Gryon pour faire du tir. Même s'il n'habite plus ici, il est resté membre de l'Abbaye.

— Julien et Mélaine se côtoient régulièrement ? demanda Kinga, qui, jusque-là, n'avait pas participé à la discussion.

— À partir du moment où ils ont quitté Gryon, ils se sont un peu perdus de vue, je crois. Chacun menait sa vie. Et depuis le décès d'Hannah, Julien ne venait que très rarement.

— La dernière fois qu'on était tous ensemble, c'était à l'enterrement de Léo, non ? compléta Christine.

— Léo, le jeune homme tué durant la *gay pride* de Fribourg ?
— Oui. Pauvre Léo.
— C'était le compagnon de Julien ?
— C'est ça.

117

49 heures et 58 minutes
après le début de la prise d'otages

Jacques leur remit les clés de l'ancien appartement d'Hannah. Au décès de sa grand-mère, Julien avait décidé de reprendre le bail à son nom. Tout était resté intact depuis. Andreas et Kinga montèrent l'escalier pour rejoindre les combles.

— Va voir la chambre à coucher, je m'occupe du salon, dit Andreas à la jeune stagiaire.

L'attention d'Andreas fut immédiatement attirée par une table à manger sur laquelle se trouvait, derrière une bougie, un cadre sur pied avec une photo d'Hannah, assise dans un fauteuil rouge et arborant un sourire radieux. Le cliché avait été pris ici, sans doute peu de temps avant sa mort.

— Regarde ce que j'ai trouvé sur la table de nuit !

Kinga posa une grande boîte métallique devant Andreas.

Il l'ouvrit et en sortit quelques bijoux et des photographies noir et blanc qu'il disposa sur la nappe. Parmi les portraits de famille, la photo d'une rue bordée de maisons à un ou deux étages retint son attention. En arrière-plan, on apercevait des coteaux boisés. À droite sur l'image, un homme marchait sur le trottoir, un Juif orthodoxe vêtu d'un manteau noir et coiffé d'un *schtreimel*, un chapeau de fourrure aux larges bords. Son visage était encadré de papillotes. À sa ceinture pendait un *tsitsit*, une tresse enroulée et nouée. Il retourna le cliché et y déchiffra quelques mots écrits d'une main tremblante : « Ghetto de Bochnia, 1941 ».

Une autre photo représentait un mineur dans une chapelle souterraine. Andreas reconnut le même visage que sur le premier cliché. L'homme portait une kippa de laquelle dépassaient deux papillotes. Seul un nom figurait au dos : « David ».

— C'est la chapelle de Sainte-Kinga, dans la mine de Bochnia…, fit remarquer l'aspirante.

118

Hannah remontait à pas lents les rues de l'ancien ghetto de Bochnia. La vie reprenait son cours sous un soleil timide, mais un voile de désolation recouvrait encore la ville. Dans l'espoir de revoir un visage familier, elle scrutait attentivement chaque silhouette qu'elle croisait. Mais elle ne reconnut personne.

À l'intersection de Niecała et de Kowalska, elle aperçut le bâtiment à deux étages où siégeait le *Judenrat**. Elle continua sur quelques dizaines de mètres et arriva devant la maison où elle avait grandi. Quatre ans plus tôt, en avril 1941, les Allemands l'avaient emmenée de force avec sa famille depuis le village de Nowy Wiśnicz. Abraham et David, son grand-père et son père, avaient tiré pendant un interminable trajet une charrette avec quelques meubles et leurs biens les plus précieux. Dans ce ghetto où tous cherchaient à se loger, chacun essayait de survivre. Eux-mêmes avaient fait appel au Conseil juif qui leur attribua un petit appartement sans toilettes ni douche. Hannah et ses

---

* Le *Judenrat*, le Conseil des Juifs, était un corps administratif formé dans les territoires occupés par l'Allemagne nazie. Composé de responsables des communautés juives, il constituait le gouvernement de ces communautés et servait d'intermédiaire entre les autorités nazies et la population.

deux petits frères, ses parents, ses grands-parents se partageaient trois pièces, une chambre, un salon, une cuisine minuscule.

Debout devant la maison, Hannah hésita à entrer. De nombreuses images lui revinrent en tête en songeant à ce qui s'était passé entre le jour où elle avait franchi ce palier à l'âge de vingt-deux ans et maintenant.

Le 22 août 1942, Hannah observait l'afflux de nouveaux arrivants depuis la fenêtre de leur appartement. La veille, la SS et la police polonaise locale avaient arrêté tous les Juifs des villages alentour. Le ghetto étant bondé, des milliers de personnes avaient été logées provisoirement dans de grands baraquements près de la gare. Dans cette foule, une cousine de son père. Elle lui avait raconté que les Allemands avaient réquisitionné une centaine de jeunes et les avaient obligés à creuser une fosse dans la forêt de Bochkov.

La panique s'était emparée du ghetto. Une déportation à grande échelle se préparait. Personne ne l'ignorait.

Trois jours plus tard, le 25, Hannah s'était rendue seule à l'usine. David, son père, malade, n'avait pas pu l'accompagner. Comme de nombreux autres ouvriers juifs de Bochnia, elle était employée au HKP, le *Heereskraftfahrpark*, un atelier de réparation et de rénovation de véhicules militaires de la Wehrmacht. David y était mécanicien, elle secrétaire.

En début de soirée, alors qu'elle s'apprêtait à partir, Gerhard Kurzbach, un sergent-chef de la Wehrmacht qui gérait l'usine, leur annonça qu'il faudrait continuer à travailler toute la nuit pour effectuer la maintenance de plusieurs camions.

Le lendemain, le portail de l'entreprise resta fermé toute la journée. En fin d'après-midi, les portes se rouvrirent. Kurzbach entra avec une centaine de personnes, des ouvriers et une partie de leurs familles. Son père, David, était parmi eux. Lorsque Hannah le vit, elle le prit dans ses bras. Des larmes coulaient sur ses joues.

L'usine était à l'arrêt. Les employés s'installèrent sommairement sur des couvertures. On leur servit un bol de soupe. David lui raconta ensuite ce qui s'était passé.

La veille, les *Einsatzgruppen** avaient lancé une *Aktion* et cerné le quartier juif de Bochnia pour que personne ne puisse s'enfuir. Toute la journée, la Gestapo passa dans les ateliers et les logements pour sélectionner parmi la population ceux qui resteraient et ceux qu'on convoquerait le lendemain à 8 heures, sur l'*Appellplatz*, la place d'appel.

Au matin, chassés par les commandos, des femmes, des enfants, des vieillards traînant derrière eux une valise remplirent les rues du ghetto. Depuis la fenêtre de leur appartement, David vit ceux qui tentaient de résister ou qui ne pouvaient plus avancer, trop vieux, trop malades, être exécutés sur-le-champ. Il bénéficiait d'un permis de travail valide et se croyait hors de danger. Le reste de sa famille et d'autres habitants s'étaient réfugiés dans une planque aménagée dans la maison. David avait entendu des éclats de voix. Une voisine précédait la SS le long du couloir. Elle leur avait montré la cachette.

Permis de travail ou pas, ils emmenèrent aussi David. Des dizaines de cadavres gisaient pêle-mêle. Un religieux qui priait sous son châle avait été abattu d'une balle dans la tête. La vue du sang qui s'écoulait sur les pavés l'avait horrifié. Tous furent amenés sur la place d'appel où les Allemands firent la sélection. Les soldats SS arrachaient les enfants des bras de leurs mères. Celles qui résistaient étaient tuées séance tenante. Un premier groupe d'enfants, de malades et de vieillards furent chargés comme des bestiaux sur des camions. Parmi eux, David aperçut le visage de ses parents et de ses deux garçons. Il entendit un soldat allemand mentionner le village de Bochkov. David se souvint alors de la fosse creusée dans la forêt.

Il vit son épouse Rachel embarquer dans un train avec un groupe de femmes. Lui-même s'apprêtait à grimper dans un des wagons lorsqu'une voix forte lui ordonna de ne pas monter.

---

* Sous la direction de Himmler et de Heydrich (jusqu'à sa mort), les *Einsatzgruppen* furent des escadrons mobiles d'extermination dont la mission était de massacrer dans les territoires occupés les opposants au IIIe Reich et de procéder à l'élimination systématique de Juifs. Ces escadrons suivaient la progression de la Wehrmacht et contrôlaient ensuite les territoires conquis.

Arguant d'une mission urgente à effectuer pour le Reich, Gerhard Kurzbach, le patron de l'usine, avait réussi à convaincre les SS de le laisser récupérer ses ouvriers.

Hannah fut terrassée par le récit de son père. De leur famille, il ne restait qu'eux deux.

Le lendemain, lorsqu'ils revinrent dans le ghetto, ils découvrirent qu'il s'était vidé. Plusieurs milliers de personnes avaient disparu, sans doute tuées ou déportées. Jusqu'alors, la vie avait été presque normale, mais à partir de ce moment, tout changea.

Une deuxième *Aktion* se déroula le 10 novembre de la même année. Tous les habitants durent se rendre à l'*Appellplatz*. Les membres du *Judenrat* et les officiers nazis avaient prévu une «action en douceur». Un nombre relativement restreint de Juifs furent sélectionnés. Le traumatisme de la première opération était pourtant ancré dans les mémoires. Les ouvriers des différentes usines furent temporairement sortis du ghetto. Hannah et son père étaient parmi ceux-ci. On les ramena après la fin de l'opération, deux jours plus tard.

Une atmosphère de désolation régnait dans les rues. Des corps étaient dispersés un peu partout. Le récit des épargnés fut à nouveau terrifiant. Beaucoup de personnes avaient été capturées et transportées par camion ou par train vers Belzec, mais nombre d'entre elles furent abattues sur place. Les malades des hôpitaux étaient exécutés directement dans leurs lits. Les *Einsatzgruppen* pistaient comme des chiens de chasse ceux qui s'étaient cachés. Parfois, les membres du commando ne sortaient même plus les gens de leurs refuges. Ils les éliminaient à la grenade.

La liquidation finale du ghetto de Bochnia eut lieu le 1er septembre 1943. Tôt le matin, les forces allemandes encerclèrent le quartier. Une centaine de SS des *Einsatzgruppen* furent déployés sous les ordres de l'*Hauptsturmführer* Hasse. Des milliers de personnes furent traînées sur la place d'appel. David, son père, faisait partie du groupe emmené par les SS.

Le lendemain à l'aube, Hasse procéda à la sélection. Les quatre mille hommes et femmes estimés inaptes au travail, dont David, furent convoyés à la gare et envoyés à Auschwitz-Birkenau. Les restants, mille individus considérés comme aptes, furent conduits vers d'autres camps de concentration.

Et Bochnia fut déclarée *Judenrein*, purifiée de ses juifs. Ou presque.

Le *Judenrat* était parvenu à dissimuler quelques survivants. Averti la veille par un des membres qu'il connaissait bien, David avait versé de l'argent au Conseil afin de sauver Hannah. Il n'avait pas eu les moyens de payer pour eux deux.

Deux jours plus tard, alors que les policiers juifs chargés de nettoyer le ghetto œuvraient d'arrache-pied, les SS débarquèrent avec les chiens et se mirent à rechercher ceux qui se terraient encore. Plusieurs centaines furent découverts, alignés contre les maisons et abattus froidement. Toute la journée, les rafales résonnèrent. Hannah était cachée dans le bâtiment du *Judenrat*.

Le lendemain, Hasse, le commandant du groupe d'intervention, donna l'ordre d'exécuter les policiers juifs du commando de Bochnia. Ceux qui en réchappèrent furent chargés d'empiler les corps et de les brûler sur la place d'appel. Ils firent de même avec ceux que les SS avaient éliminés la veille et qui jonchaient les rues de tout le ghetto.

Il ne restait alors plus que cent cinquante Juifs. Hannah était parmi eux. On les obligea à vider les maisons de leur contenu, trier les objets, les vêtements, les entasser sur des camions qui partaient pour l'Allemagne.

Le ghetto était devenu un désert, une ville fantôme. Les SS erraient dans les décombres, à la recherche des Juifs restés introuvables malgré les fouilles systématiques. L'expérience leur avait appris que ces personnes attendaient des signes de *retour à la normale* pour ressortir, comme après chaque *Aktion*. Cette fois-ci, les Allemands ne lâcheraient pas l'affaire avant de les avoir éliminés jusqu'au dernier. Tôt ou tard, les réserves de nourriture finiraient par s'épuiser, les obligeant à abandonner leur tanière. Pendant deux mois, lorsqu'ils se montraient, les Allemands les abattaient d'une balle dans la tête.

Lorsqu'ils auraient terminé ce sale travail de *nettoyage* Hannah savait que ce serait son tour. Plutôt que d'attendre une fin inéluctable, elle préféra prendre le risque de s'enfuir.

Au moins, elle aurait une chance, si infime soit-elle, de s'en tirer. Plusieurs d'entre eux décidèrent de tenter de s'échapper durant la nuit, tandis que les SS festoyaient dans la maison du *Judenrat*.

Ils étaient quelques dizaines à quitter discrètement le ghetto. Ils s'enfoncèrent dans la forêt avoisinante et se séparèrent ensuite en de plus petits groupes pour avoir plus de chance de réussir leur entreprise. Au bout de plusieurs heures, Hannah et quelques-uns de ses compagnons d'infortune tombèrent sur des résistants polonais de l'Armia Krajowa qui les cachèrent avant de les emmener à Cracovie fin janvier 1945.

Après une brève hésitation. Hannah passa le seuil de la maison, monta l'escalier et frappa à la porte. Une femme lui ouvrit, une Polonaise. Derrière elle se tenait une petite fille. Hannah lui expliqua la raison de sa visite quand son mari intervint. Il insulta Hannah, la bouscula, la fit tomber et la roua de coups de pied.

Pliée par la douleur, Hannah attendit de l'autre côté de la rue, en face de l'entrée. Elle ne partirait pas avant d'avoir récupéré les affaires qu'elle avait dissimulées dans l'appartement.

Un peu plus tard, elle vit le couple quitter l'immeuble et en profita pour y retourner. Elle appuya sur la poignée. La porte n'était pas fermée. Elle entra dans le logement spartiate et se dirigea vers la chambre. Sous le regard stupéfait de la petite fille, elle souleva une latte du plancher et en sortit une boîte métallique.

119

50 heures et 1 minute
après le début de la prise d'otages

Seul sur le canapé du salon, Mikaël avait repris ses recherches. Il s'était mis dans l'idée de reconstituer l'arbre généalogique de la famille d'Aaron.

Aaron Salzberg était né dans le village de Nowy Wiśnicz à huit kilomètres de Bochnia où se situent les plus vieilles mines de sel du monde. Son père s'appelait Itzhak et sa mère Rebecca. Aaron avait épousé Laia à Bochnia en 1837.

Mikaël fit des recherches poussées sur David, l'arrière-arrière-petit-fils d'Aaron et Laia, décédé durant la Seconde Guerre mondiale. David Salzberg avait travaillé dans la mine de Bochnia en tant que mineur, tout comme Aaron. Il avait eu trois enfants, deux garçons, assassinés eux aussi pendant la guerre, et une fille, Hannah, née à Bochnia en 1919. Elle avait survécu à la Shoah puis s'était mariée avec Arthur Rapaz, à Gryon où elle avait vécu jusqu'à sa mort en 2015.

Mikaël regarda l'arbre généalogique qu'il avait dessiné :

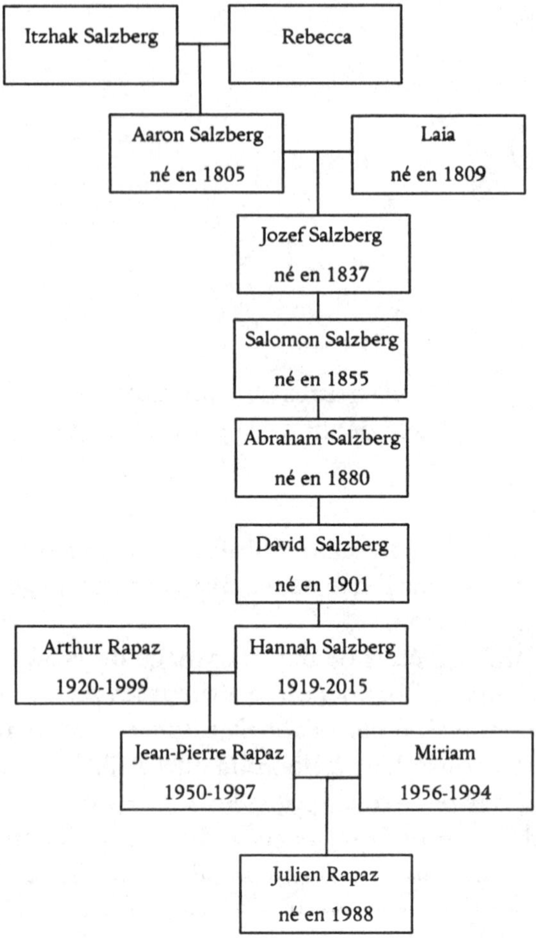

Hannah Rapaz !

Elle était la grand-mère de Julien. Julien Rapaz était donc un descendant d'Aaron Salzberg !

120

Son petit-fils quitta l'appartement pour aller à l'école. Depuis le décès de son fils Jean-Pierre sept ans plus tôt, Julien était sa seule famille, son unique rayon de soleil.

Hannah enfila sa veste et descendit prendre le courrier. Lorsqu'elle vit le timbre d'Israël, son cœur s'affola. Elle remonta l'escalier grinçant, accrocha sa veste au portemanteau, et déposa en tremblant le pli sur la table.

La lettre venait de Yad Vashem à Jérusalem. En 1993, l'organisation avait créé le Centre international de recherche sur la Shoah. Hannah leur avait écrit pour tenter de retrouver la trace de son père David dont elle n'avait eu aucune nouvelle depuis sa déportation.

Quand elle était retournée à Bochnia après la guerre, Hannah avait dû se rendre à l'évidence : elle avait tout perdu. La famille qui s'était approprié illégalement son ancien appartement l'avait chassée brutalement. Par chance, elle avait pu récupérer la boîte métallique où elle avait caché les bijoux de sa mère, quelques photos et le carnet de son ancêtre Aaron, transmis de génération en génération. Elle était la cinquième à hériter du précieux journal et le connaissait presque par cœur.

Hannah n'était plus la bienvenue à Bochnia, pas plus que dans son village d'origine, Nowy Wiśnicz. Elle décida d'émigrer en Suisse, comme l'avait fait Aaron, en 1826. Après plusieurs jours de voyage, elle était arrivée à Gryon, sous la neige de décembre, avec pour seul bagage un maigre balluchon. Elle descendit du train, jeta un coup d'œil circulaire sur la gare, il n'y avait pas âme qui vive pour la renseigner. Elle avait traversé le village et frappé à la porte de la poste. Une femme un peu plus âgée qu'elle lui avait ouvert. Prise de pitié, elle l'avait fait entrer et lui avait offert une chambre pour la nuit. Ensuite, Mathilde lui avait fait chauffer de l'eau et apporté des vêtements propres.

Un peu plus tard, Hannah était descendue à la cuisine. Mathilde lui avait alors présenté Justin, son mari, et son fils Lucien, âgé de huit ans, ainsi que ses parents, Jules et Marianne, avant de lui servir un bol de soupe fumante.

Pendant le repas, tous l'avaient pressée de questions, étonnés de sa présence à Gryon. Hannah avait expliqué qu'elle était venue de Pologne, car rien n'était pire que d'être indésirable sur la terre de ses ancêtres et que plus personne ne l'y retenait. Avec l'allemand et le peu de français qu'elle savait, elle leur avait raconté son histoire, et celle de son aïeul.

Des années plus tard, Hannah se souvenait parfaitement du moment où elle avait prononcé le nom de Louise. Jules l'avait regardée, les yeux écarquillés, comme s'il voyait un fantôme, avant de lui faire une révélation qui changea le cours de son existence :

— Louise est mon arrière-arrière-arrière-grand-mère.

Ils comprirent l'un et l'autre qu'Aaron était leur aïeul commun.

Les Moret étaient une des familles bourgeoises du village. Jules fut fier d'expliquer à Hannah que ses ancêtres s'étaient installés à Gryon en 1540, et de lui montrer leur arbre généalogique.

Le lendemain, ils allèrent au cimetière. Hannah put voir la tombe de Louise Moret et celle de son fils Aaron : Aaron Moret.

Hannah ouvrit l'enveloppe et commença à lire. L'organisme israélien avait enfin retrouvé la trace de son père. Déporté à Auschwitz-Birkenau en 1943, il avait miraculeusement survécu jusqu'à la libération du camp, en janvier 1945, grâce au fait qu'il appartenait aux *Sonderkommandos*, une unité spéciale affectée à la crémation des prisonniers gazés. Mais il était mort d'épuisement lors de cette marche forcée que leur imposèrent les nazis. Le prêtre du village où était décédé David l'avait fait inhumer dans le cimetière. Il avait fait inscrire les numéros de matricule des victimes sur un monument de pierre afin que nul n'oublie leur tragique passé.

Yad Vashem avait réussi à faire le recoupement. David était enterré avec le numéro qu'on lui avait tatoué sur le bras : 183071.

Hannah reposa la lettre et alla chercher sur sa table de nuit la boîte qui contenait les anciennes photos. Elle les regarda une à une et s'arrêta sur celle de son père posant fièrement dans la rue du ghetto où ils avaient vécu.

En mémoire de David Salzberg, Hannah décida de se faire tatouer son numéro sur l'avant-bras.

121

50 heures et 27 minutes
après le début de la prise d'otages

Andreas avait demandé à Mikaël de se renseigner sur Mélaine. Elle était née à Gryon, comme lui, mais ils ne s'y étaient jamais rencontrés. Né huit ans avant elle, Mikaël avait quitté Gryon avec ses parents à l'âge de dix ans. Lorsqu'il était revenu avec Andreas en 2012, Mélaine avait déjà déménagé.

Mikaël trouva rapidement sur Internet l'avis de décès de Mathilde Genet, 1915-1998, née Moret à Gryon. Sur le faire-part, il découvrit des noms connus: «Son petit-fils Jacques Genet, Christine, leur fille Mélaine.»

Mélaine était l'arrière-petite-fille de Mathilde.

Mikaël appela la secrétaire municipale, une amie d'enfance, et bien que ce fût dimanche, elle accepta de lui ouvrir les archives de la mairie de Gryon. Il trouva rapidement l'acte de mariage de Mathilde. Elle avait épousé Justin Genet en 1934, à l'âge de dix-neuf ans. Il ne lui restait qu'à remonter dans le temps. Il commença par Justin et ses aïeux, mais ne découvrit rien de concluant. Il décida alors de s'intéresser à la famille de Mathilde.

Son père, prénommé Jules, était le fils de Charles. Lui-même fils de Pierre. Et le père de Pierre, né le vendredi 15 mai 1835, s'appelait… Aaron.

Cela ne pouvait être un hasard. Cinq mois après le procès d'Aaron Salzberg, un enfant qui portait le même prénom que lui était né à Gryon.

Il commença à dessiner un nouvel arbre généalogique :

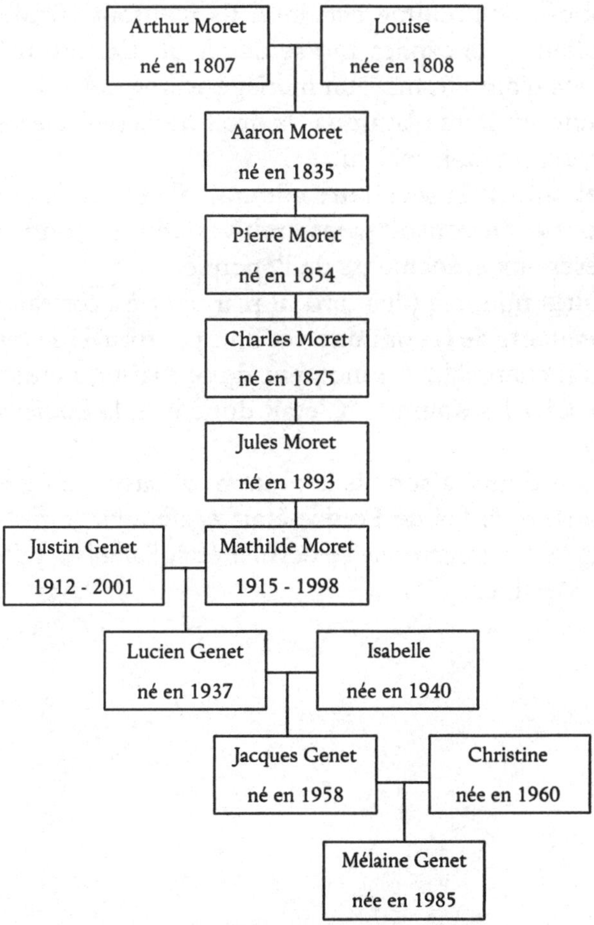

Mikaël s'arrêta sur le prénom des parents : Arthur et Louise. Louise… ce prénom lui disait quelque chose. Mikaël remercia la secrétaire et s'empressa de rentrer à la maison. Il savait où retrouver l'identité de Louise : dans le procès-verbal du jugement d'Aaron.

Il feuilleta la revue historique et tomba sur le passage qu'il avait gardé en tête : « Qu'il était connu que ledit Salzberg recherchait à entretenir la femme du sieur Kalbfuss, la dénommée Louise. »

Quelques semaines à peine avant la naissance du bébé, Arthur avait épousé une femme enceinte. Ils n'eurent ensuite aucun autre enfant. Une explication se dessinait. L'union n'était pas un mariage d'amour, mais un mariage arrangé. À cette époque, une femme adultère n'avait pas le droit de se remarier, et élever seule un enfant était mal vu.

Mikaël rappela la secrétaire communale et lui demanda une nouvelle fois de consulter les archives afin de confronter ses hypothèses aux événements de l'époque.

Quelques minutes plus tard, il pianotait à nouveau sur l'un des ordinateurs de la commune et finit par trouver le renseignement qu'il cherchait. Au moment de se marier, Louise était la veuve de Charles Kalbfuss. C'était donc bien la Louise d'Aaron Salzberg.

Elle avait donné à son fils le prénom d'Aaron en mémoire de son amant. Si le fils de Louise était également le fils d'Aaron Salzberg, cela signifiait que ce dernier était l'aïeul de Julien, mais aussi de Mélaine.

122

50 heures et 45 minutes
après le début de la prise d'otages

Essoufflé, Julien gravit la dernière marche du Grand Escalier avec son chargement de devises suisses, cinq millions, près de trente kilos. Il avait beau avoir une carrure athlétique, ses épaules ployaient sous le poids des billets.

Dans la chambre de la Roue, il trouva le grand sac qu'ils avaient déposé dans la nuit de jeudi à vendredi. Julien l'ouvrit et en sortit un méthanomètre, une lampe frontale, un masque à oxygène, ainsi que les vêtements antistatiques. Il enveloppa ensuite le sac dans un film de mousse polyéthylène.

Dès qu'il fut paré, il poussa la vieille porte de bois que barrait le panneau « Galerie interdite – grisou ». Il alluma la lampe et s'engagea dans un étroit boyau plongé dans l'obscurité.

Il ne quittait pas des yeux le méthanomètre et transpirait déjà dans sa combinaison. Julien progressa lentement dans la galerie du 4e Côté, en se baissant souvent, pour ne pas se cogner la tête.

Lorsqu'il arriva au bout de la galerie, la LIE restait à un niveau inoffensif. Julien posa le sac de billets. Avant d'entrer dans l'exploitation Saint-Louis, la zone la plus dangereuse, il s'assit un instant pour récupérer.

Leur plan avait parfaitement fonctionné. Restait la partie la plus délicate : l'évasion. Julien savait, en se lançant dans cette aventure avec ses deux complices, qu'il s'engageait dans un chemin sans retour. Qu'il faudrait aller jusqu'au bout, tout abandonner derrière soi. Léo absent, plus rien ne lui importait.

Après le décès de son compagnon, Julien avait effectué des recherches sur Sophie Corboz. Il voulait comprendre comment cette femme en était arrivée à un tel niveau de haine. Pour l'approcher, il était allé aux conférences publiques proposées par l'association d'extrême droite dont elle faisait partie. Écouter leurs tissus de mensonges lui avait coûté. Se préparer à devenir l'un des leurs lui avait été encore plus pénible. Il avait beaucoup lu sur ces groupuscules, passé en revue toutes leurs publications sur les réseaux sociaux pour s'imprégner de leur idéologie. Il avait éprouvé l'envie de se venger, mais n'aurait jamais imaginé passer à l'acte, avant de sceller le «pacte de sel» quelques semaines plus tard. S'infiltrer au sein du Bloc identitaire suisse était alors devenu central dans leur projet.

Julien remit son sac à dos et s'engagea dans l'étroit boyau qui conduisait à l'exploitation Saint-Louis. Son méthanomètre commença à s'affoler. Le niveau de LIE atteignait 4 %. En dessous de 5 %, le taux de méthane restait trop faible pour s'enflammer, au-dessus de 20 %, il asphyxiait. Il continua à avancer, mais dut ralentir. Son cœur battait à tout rompre: l'écran afficha 6 %. Il se baissa le plus possible. Le gaz, plus léger que l'air, s'accumulait en hauteur.

Quand il arriva enfin dans la partie la plus basse de Saint-Louis, le méthanomètre indiquait 32 % de LIE. Le risque d'explosion était écarté, mais le niveau d'oxygène devenait insuffisant. Il activa alors le dispositif de son masque qui lui assurait une heure d'aide respiratoire.

Il commença l'ascension des onze étages de l'ancienne exploitation, en surveillant le niveau de méthane. Il sentait la fatigue le gagner quand il parvint à un endroit où plusieurs niveaux s'étaient effondrés. Le seul moyen de continuer était l'escalade.

123

50 heures et 55 minutes
après le début de la prise d'otages

Andreas entra dans la salle de l'auberge du Bouillet au premier étage accompagné de Kinga et balaya la pièce d'un regard fébrile.

— Où est Mélaine ?

— Elle a disparu, répondit Karine. Lorsque Christophe et moi sommes partis chercher des traces dans l'appartement de Bianchi, je lui ai demandé de poursuivre les investigations sur Julien. Mais elle n'était plus là quand nous sommes revenus.

— Et merde ! jura Andreas.

— Mélaine est la fameuse Julie, déclara Kinga.

— On est au courant, dit Christophe.

Philippe, le spécialiste en portraits-robots qui faisait partie de la Brigade de police scientifique, montra la feuille sur laquelle il avait dessiné un visage féminin. Il existait des programmes informatiques, mais le rendu était nettement meilleur et plus naturel avec la méthode traditionnelle. Il s'était aidé d'un système de cartes composé de plusieurs centaines de fragments de visages. À partir de la description de Bianchi, il avait pu reconstituer un portrait en sélectionnant les fragments, parmi ceux disponibles, qui s'apparentaient le plus à cette fameuse « Julie Bouvier ». Il avait ensuite mis un calque sur le visage ainsi assemblé et affiné son dessin. Le portrait ressemblait à Mélaine à s'y méprendre.

— Vous avez essayé de l'appeler? demanda Andreas.

— Alberto a cherché à la joindre sur le numéro de la soi-disant Julie, mais il est tombé sur le répondeur.

Andreas sortit son téléphone et tenta de contacter Mélaine sur son portable professionnel, puis sur le personnel: boîte vocale.

Andreas repensa à sa théorie: chaque requête des preneurs d'otages était liée à l'un d'eux. Pour chacun, il s'agissait de faire taire une douleur personnelle, de cicatriser une blessure profonde. Hugo s'était ému du sort de Khourchid et voulait réparer les actes répréhensibles de sa jeunesse en réclamant le droit d'asile pour Saleh. En forçant la Fraternité à faire son mea-culpa, Julien aspirait à venger Léo. La revendication de rebaptiser la salle pouvait tout aussi bien venir de lui ou de Mélaine. Andreas ignorait tout de la vie de Mélaine, y compris pourquoi l'histoire d'Aaron l'affectait autant.

Toute l'équipe semblait sous le coup de la nouvelle.

— Christophe, j'aimerais que tu soumettes une demande au procureur pour qu'il délivre un mandat d'amener au nom de Mélaine Genet. Ensuite, il faudra diffuser un avis de recherche. Et exige aussi un mandat de perquisition.

— Tout de suite.

— Il faut mettre Mélaine sur écoute, tracer ses téléphones et obtenir la liste de toutes les communications entrantes et sortantes. Je pars immédiatement avec Karine pour fouiller son appartement. Kinga reste avec toi.

124

50 heures et 57 minutes
après le début de la prise d'otages

Désormais seul dans la mine, Hugo fumait une cigarette au pied de la salle de conférences. Julien était parti rejoindre Mélaine avec l'argent liquide. Les bitcoins avaient été transférés à HelioZ. D'ici peu, il négocierait sa sortie avec les otages. Le temps que ses demandes soient mises en œuvre par la police, Mélaine et Julien seraient déjà loin.

Tout avait été prévu pour que la police perde leurs traces. Prendre l'avion était exclu, même avec de faux passeports. La plupart des aéroports disposaient de caméras, de systèmes de vérification d'empreintes digitales ou de reconnaissance faciale. S'ils parvenaient toutefois à passer la douane et à s'envoler, ils finiraient tôt ou tard par être rattrapés.

Leur plan ne comportait pas de faille, mais une erreur humaine, un mauvais concours de circonstances pouvait compromettre leur évasion. Chacun avait juré de ne rien révéler s'il était arrêté. Hugo avait confiance en Mélaine et en Julien, mais doutait de la parole d'HelioZ, bien qu'ils aient fini par développer une relation étroite. Le *hacker* avait toutes les données en sa possession.

Hugo avait longuement hésité avant d'intégrer une personne supplémentaire dans leur projet, mais sans HelioZ, ils n'auraient jamais pu mettre leur plan sur pied. L'informaticien n'avait aucun intérêt à les dénoncer. Il s'apprêtait à encaisser une belle somme, et lui aussi encourait la prison. Le risque était proche de zéro. Mais s'il venait à être arrêté avant de quitter la Suisse, tout pourrait basculer, se dit Hugo. Contrairement à Mélaine et Julien, HelioZ était capable de les trahir pour réduire sa peine.

Hugo vérifia son compte bitcoin. Comme convenu, HelioZ y avait transféré un montant correspondant à un million de francs. Il ne lui restait plus qu'à charger sa carte de débit. La sacoche qu'il prendrait avec lui contenait dix mille francs pour couvrir ses propres besoins durant sa fuite.

Sur les dix millions, HelioZ en avait gardé un et demi en bitcoins pour lui. Mélaine et Julien obtiendraient chacun un million, moitié en bitcoins, moitié en cash. Il resterait cinq millions et demi à distribuer à des associations ou des personnes dans le besoin. Tout l'argent comptant, Julien et Mélaine l'emporteraient avec eux.

Hugo chargea sur son ordinateur la photo de la nouvelle plaque, « Salle Aaron Salzberg », qu'il avait accrochée au mur en remplacement de celle portant l'inscription « Salle Alexandre Dumas ». Il la posta sur sa page Facebook accompagnée du message suivant : « Une injustice de plus est réparée... »

Sa dernière publication, la lettre qui accordait le droit d'asile au père de Khourchid, avait provoqué de nombreuses réactions, des commentaires et des échanges parfois acharnés entre les « pro » et les « anti-Charlot ».

Lui et ses complices avaient réussi à susciter un réel débat qui resterait peut-être sans suite, mais Hugo était satisfait. Si certains prenaient conscience du danger qui guettait la société, ils n'auraient pas entrepris tout cela pour rien.

En libérant Adam contre l'avis de Mélaine, Hugo savait qu'il avait perdu un moyen de pression sur Andreas. Il avait commis une erreur. Tout au long de la prise d'otages, il s'était efforcé de ne pas employer les prénoms des otages, afin de garder une distance. Mais il s'était laissé attendrir par Adam. Il avait eu plaisir à parler avec un adolescent de l'âge de son propre fils. Pourtant, le garçon n'avait eu aucun scrupule à lui dire tout le mal qu'il pensait de ses actes, au point de faire vaciller ses certitudes. Lorsqu'il avait eu sa crise de diabète, Hugo s'était senti obligé de le relâcher. Maintenant qu'il se retrouvait seul, sa présence lui manquait. Autant que celle de son fils.

Il retourna à la taverne, ouvrit son ordinateur et appela Bakary. Le négociateur répondit aussitôt.

— Vous en êtes où ? demanda Hugo.

— Nous avons trouvé un pilote professionnel. Il va décoller de l'aérodrome de Sion pour rejoindre celui de Bex.

— Parfait.

— Et un fourgon de la police t'attend à la sortie.

— J'aimerais m'entretenir avec l'inspecteur Auer.

— Il n'est pas là pour le moment.

— Où est-il ?

— Je ne peux pas te le dire.

— Appelle-le. Maintenant ! exigea Hugo en élevant la voix.

Bakary s'exécuta et le contacta en mode haut-parleur. Andreas répondit. Le son de la sirène résonnait en arrière-fond.

— Je suis en ligne avec Duverney. Il veut te parler.

— Andreas, c'est Hugo.

— Bonjour, Hugo.

— Tu es en route pour aller où ?

Andreas ne répondit pas.

— N'oublie pas que c'est toi qui dois me mener à l'aéroport.

— Je serai là, comme convenu.

— Je compte sur toi. Tu connais les risques...

Andreas coupa court à la conversation.

— Hugo, reprit Bakary.

— Vas-y, tu peux aussi m'appeler Hugo maintenant. Je ne suis plus déguisé.

— Pourquoi tu tiens tant à ce qu'Andreas te conduise ?

Hugo esquiva la question. En insistant pour qu'Andreas l'escorte jusqu'à l'aéroport, il espérait le neutraliser un certain temps.

— À l'aérodrome, je libérerai les deux otages et Andreas m'accompagnera dans l'avion.

— Tu devais nous fournir le plan de vol.

— Ce sera fait quand on sera à bord. Je serai hors de la mine à 15 heures.

— C'est noté.

— À part Andreas, je ne veux voir personne, aucun flic. Je te rappelle que deux d'entre nous portent un gilet explosif.

125

51 heures et 42 minutes
après le début de la prise d'otages

Andreas roulait à toute allure, gyrophares allumés et sirène enclenchée. Ni lui ni Karine ne s'attendaient à trouver Mélaine chez elle, mais ils espéraient récolter de précieux indices sur l'endroit où elle cherchait à fuir.

Le portable d'Andreas vibra. Robin avait essayé de le joindre à plusieurs reprises durant la matinée. Il décida cette fois de prendre l'appel.

— Salut, Andreas, désolé de te déranger, mais je crois que j'ai une info qui pourrait t'intéresser.

— Je t'écoute.

— Depuis notre dernière conversation, j'ai repensé à toute cette histoire. Je ne sais pas s'il peut y avoir un lien, mais Mélaine était mime, comme Charlot. Elle faisait ça pour gagner un peu d'argent avant d'entrer à l'école de police. Elle m'avait expliqué l'astuce de la lévitation.

Andreas le remercia et raccrocha. Mélaine était bel et bien la mystérieuse amie d'Hugo Duverney, sa complice et informatrice au sein de la police. Elle avait filé le matin même alors qu'Andreas se rendait, sans le savoir, chez ses parents à Gryon.

À aucun moment il ne l'avait suspectée. Il avait confiance en son équipe. Karine était intègre. Christophe aussi. Il avait présumé que Mélaine l'était également. Il avait passé en revue les différentes taupes potentielles parmi les forces de police en présence. Seule Kinga était apparue sur son écran radar.

Andreas prit la bretelle à Aigle et gagna la route cantonale pour atteindre le village de Roche.

— Elle devait sans doute préparer ce coup depuis des mois, dit Karine, peut-être même avant d'intégrer notre équipe.

— Est-ce que tu as eu l'impression qu'elle avait un comportement différent depuis le début de la prise d'otages ?

— Elle s'est montrée plus en retrait que d'habitude, il me semble. Elle s'effaçait un peu devant Kinga.

— Mélaine ne s'attendait certainement pas à la voir débarquer. Vu leurs antécédents, c'était une donnée imprévue à gérer pour elle. Elle était plus discrète, tu as raison. Sauf chez l'abbé Mauron. Son agressivité à son égard m'a étonné.

— Ça s'explique aisément après coup. Elle le tient pour responsable de la mort de Léo.

À l'entrée du village, Andreas éteignit le gyrophare et l'ôta du toit de sa BMW. Il ralentit, bifurqua à gauche, puis s'arrêta devant l'immeuble où habitait Mélaine. Sa moto était encore garée au pied du bâtiment.

Ils sortirent du véhicule et montèrent l'escalier qui menait à des corridors extérieurs. Au troisième étage, Andreas s'engagea sur la galerie, suivi de Karine. Chacun dégaina son pistolet. Ils se postèrent devant la troisième porte. Andreas frappa. Pas de réponse.

— Mélaine, c'est moi, Andreas, prévint-il en frappant à nouveau.

Toujours rien. Karine testa la poignée, recula, puis donna un grand coup de pied dans la porte. Le verrou sauta. Andreas poussa le vantail et entra le premier, son pistolet prêt à l'emploi. Dans le salon, un feu brûlait encore dans la cheminée. Andreas fit signe à Karine d'aller dans la chambre à coucher. Lui-même vérifia la cuisine, puis la salle de bains.

Mélaine avait filé.

Karine saisit une pelle en fonte pour étouffer les flammes et parvint à extirper du foyer un carnet de notes. Seule la couverture était endommagée.

Andreas appela Viviane pour la prévenir de la fuite. Impossible de mettre en place des barrages supplémentaires : toutes les ressources disponibles étaient déjà engagées.

Un avis de recherche au nom de Mélaine Genet avait été enregistré dans le système RIPOL*, puis diffusé avec sa photo aux polices communales vaudoises, aux polices cantonales suisses, à celles du Liechtenstein et au Corps des gardes-frontières. Mélaine avait pu prendre la fuite en voiture, en train ou à moto. Mais peut-être se trouvait-elle encore dans les parages.

Au moment où il raccrocha, Karine l'interpella :

— Regarde ça, Andreas.

Elle lui tendit le carnet. En l'ouvrant, Andreas reconnut l'écriture de Mélaine. Il feuilleta les pages, une à une.

Parmi les différents croquis, il tomba sur un plan représentant des boyaux de mines.

— On dirait un schéma de la galerie où on était ce matin, dit Karine, la G1 !

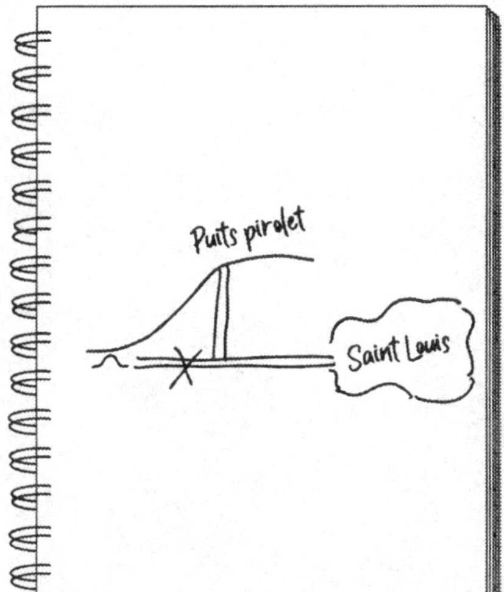

* RIPOL : Recherche informatisée de police, banque de données nationale qui contient notamment des empreintes digitales, des profils ADN ainsi que le signalement de personnes disparues ou recherchées.

Karine poursuivit :

— Cette croix marque certainement l'endroit où la galerie est obstruée. Mais visiblement, il existe une autre entrée.

— Un puits !

Andreas tourna la page et découvrit un deuxième croquis, une description précise de la trappe d'accès.

— Je n'y crois pas ! s'exclama Karine.

— Il faut qu'on aille voir.

126

51 heures et 41 minutes
après le début de la prise d'otages

Julien noua une corde à son sac à dos, ceignit un baudrier et entama l'ascension.

Quelques semaines avant la prise d'otages, Mélaine l'avait accompagné pour vérifier si la voie équipée d'ancrages de sécurité était toujours en état depuis le dernier exercice qu'elle avait fait avec les aspirants de l'Académie de police. Comme personne ne s'aventurait dans cette zone, pas même les mineurs, ils y avaient déposé tout le matériel nécessaire.

En escaladant la paroi, Julien pensa à sa grand-mère. Hannah l'avait secrètement élevé dans la tradition juive alors que ses parents voulaient qu'il soit chrétien. Devenu adulte, il avait rejeté toute religion en bloc après un voyage en Asie où il s'était découvert un intérêt pour la philosophie orientale. Durant toute sa jeunesse, il avait cherché ailleurs des réponses qui se trouvaient en lui-même. Sa rencontre avec Léo lui avait enfin permis de se révéler et de se recentrer. Mais depuis la mort d'Hannah, il avait ressenti le besoin de se replonger dans ses racines en découvrant l'histoire de son ancêtre Aaron.

Non sans peine, Julien arriva au sommet. Il se détacha et tira sur la deuxième corde pour faire monter son sac à dos. Le plus dur était fait.

Il se dirigea ensuite vers l'entrée de la galerie G1, celle que la police avait explorée le matin même avant de se heurter à une impasse. Ils ignoraient cependant qu'il existait un autre moyen d'y accéder. La première fois qu'ils avaient emprunté le boyau avec Mélaine, ils s'étaient retrouvés devant une cloison de bois qui bloquait l'accès de l'exploitation Saint-Louis. Selon leurs indications, il suffisait d'ôter les planches une à une pour dégager le passage. Hugo et Julien l'avaient laissée ouverte.

En découvrant ce passage resté secret depuis près d'un siècle et demi, ils avaient eu le sentiment que l'histoire d'Aaron prenait corps.

Julien s'engagea dans l'étroit boyau de mine et parvint à l'endroit obstrué après cent cinquante mètres. Il vérifia son méthanomètre : 1 % de LIE. La zone était parfaitement aérée, sans risque. Il enleva son masque et le reste de son attirail. Sous sa combinaison, il portait la tenue de la PC. Si par malheur il tombait sur un policier, il pourrait se faire passer pour un membre de la Protection civile.

Il entama la montée du puits Pirolet. Personne ne connaissait l'existence de cette cavité profonde de trente mètres. Il gravit avec précaution les anciens escaliers de bois humides et glissants. Lorsqu'il arriva en haut, il souleva discrètement une petite trappe carrée juste au-dessus de sa tête. Il resta silencieux quelques instants, avant de l'ouvrir complètement, puis poussa son sac à dos hors du boyau.

127

52 heures et 14 minutes
après le début de la prise d'otages

Mélaine attendait Julien sur un petit chemin forestier près du hameau de Pallueyres, de l'autre côté de la vallée de la Gryonne.

Le matin, alors que Christophe et Karine se rendaient à l'appartement d'Alberto et qu'Andreas et Kinga s'apprêtaient, sans le savoir, à rencontrer ses parents, elle avait filé à moto jusque chez elle.

Le véhicule loué par HelioZ sous sa nouvelle identité l'attendait devant son immeuble. Elle en avait profité pour monter une ultime fois chez elle, prendre ses affaires et brûler les derniers indices susceptibles de mettre la police sur ses traces.

Quand HelioZ l'avait avertie qu'Andreas et Karine étaient en route pour aller chez elle, elle était sortie en hâte et avait sauté dans la voiture de location. Elle s'était ensuite baissée en entendant la sirène et avait démarré discrètement, alors que ses collègues entraient dans l'immeuble.

À l'heure qu'il était, toute la police était à ses trousses. Les contrôles avaient été renforcés un peu partout, mais elle avait un coup d'avance sur eux. En plus de son accès à leurs échanges sur le réseau Polycom à l'aide de la radio qu'elle avait subtilisée, HelioZ, de son côté, était parvenu à se connecter au système informatique de la Centrale d'engagement et de transmission à la Blécherette grâce aux données qu'elle lui avait fournies. Il avait ainsi accès aux positions GPS de toutes les patrouilles de gendarmerie et pourrait la guider.

La prise d'otages dans les mines, c'était son idée. Elle s'était imposée d'abord pour une raison pratique : gérer une prise d'otages dans cet environnement serait compliqué pour la police. Mais aussi pour la force symbolique du lieu. Par-delà l'amitié qui la liait à Julien depuis l'enfance, la mine faisait partie de leur histoire commune.

Mélaine repensa à ce jour où Julien lui avait remis le vieux carnet manuscrit. Elle l'avait lu attentivement et avait découvert en regardant l'arbre généalogique de sa famille qu'ils avaient un même ancêtre. Personne ne leur en avait jamais parlé. Mélaine et Julien ignoraient si leurs parents respectifs étaient au courant ou si on leur avait caché l'existence d'Aaron. Julien n'avait plus personne à qui demander des informations et Mélaine n'avait pas vu l'intérêt d'en discuter avec ses parents. Cette découverte était leur secret.

Ce plan avait nécessité de longs mois de conception. Et chacun d'eux y avait contribué, donnant de soi-même, comme Julien qui avait côtoyé des gens qu'il haïssait. Mélaine, au-delà de ses connaissances du mode de fonctionnement et d'intervention de la police, avait beaucoup aidé HelioZ à mettre en place le piratage des différents systèmes. Elle s'était personnellement chargée de l'installation du *keylogger* à la saline de Bex.

Quand la question s'était posée de savoir comment entrer dans les locaux de la saline pour accéder au système de contrôle, Mélaine s'était souvenue que Kinga fréquentait un des mineurs. Lorsqu'elles étaient ensemble à l'Académie, elle ne parlait d'ailleurs que de ces mines. Bien qu'elles ne fussent pas amies dans la réalité, elles l'étaient sur Facebook. Mélaine avait suivi ses publications sur son compte. Quand Kinga avait changé son statut « en couple » en « célibataire », elle avait sauté sur l'aubaine.

Mélaine s'était approchée d'Alberto, l'avait séduit, lui avait fait croire qu'elle l'aimait. Coucher avec lui, partager son intimité, tout cela avait été une épreuve dont elle se serait volontiers passée.

Alberto lui avait fait visiter les mines et lui avait tout expliqué. Une nuit qu'il dormait profondément, elle était parvenue à faire un moulage de la clé qui ouvrait les serrures des portes métalliques des anciennes galeries. Elle l'avait manipulé pendant des semaines.

L'installation de la multiprise-micro et de la caméra endoscopique dans la cellule de négociation, c'était elle également. Elle s'était proposé d'aider Antonin à aménager les lieux et en avait profité pour dissimuler les appareils électroniques au moment où Antonin et Christophe étaient sortis chercher un café.

Les ordinateurs de Chantal et Bakary, c'était elle encore. Quelques semaines plus tôt, elle avait invité Bakary au restaurant. HelioZ les avait suivis de loin en traçant le portable de Mélaine. Sur le parking, au moment où Bakary verrouillait sa voiture, Mélaine avait activé un dispositif brouilleur de signal radio qu'elle tenait au fond de sa poche. Bakary croyait avoir fermé les portières, mais il n'en était rien. Pendant qu'ils dînaient, HelioZ avait récupéré le portable du négociateur et manipulé le système d'exploitation, afin de permettre la future écoute à distance du microphone interne de l'ordinateur. Puis il l'avait remis à sa place avant de déguerpir. En revenant vers la voiture après le repas, Mélaine avait réactivé le dispositif avant que Bakary n'appuie sur sa clé de contact pour qu'il ne se rende pas compte qu'elle était restée ouverte. Bakary avait eu l'impression d'avoir déverrouillé sa portière comme d'habitude.

Mélaine était certaine que Bakary ou Chantal occuperaient le poste de négociateur principal lors de cette prise d'otages hors du commun. Pour avoir le contrôle du microphone de l'ordinateur, elle avait procédé de la même manière avec Chantal. Mais Mélaine avait pris de plus gros risques en subtilisant son ordinateur à la Blécherette et en l'apportant à HelioZ, garé sur le parking devant le poste de police.

128

52 heures et 22 minutes
après le début de la prise d'otages

En sortant du puits, Julien s'assura que la trappe était parfaitement dissimulée sous les broussailles et se cacha dans un fourré.

Bien avant leur projet de prise d'otages, Mélaine et Julien étaient venus vérifier l'existence du puits. Il leur avait fallu revenir plusieurs fois pour repérer l'entrée, qu'une végétation dense avait recouverte, et débroussailler pour y accéder. La découverte de ce puits secret s'était ensuite révélé un élément essentiel de leur plan. Il était mentionné dans le vieux carnet d'Aaron, mais n'avait pas pu voir le jour avant sa fuite de Taveyanne pour la Pologne, un soir de tempête de neige. Ferdinand et Willy avaient cependant tenu parole.

Avant de poursuivre, Julien sortit des jumelles de son sac à dos pour s'assurer que la voie était libre. Un peu en amont, à l'entrée du puits du Jour, était stationnée une unité du DARD. Il compta six hommes et identifia une septième personne en habit gris et orange, un milicien de la Protection civile qui distribuait de l'eau et des sandwichs. Un deuxième groupe se tenait en aval, vers l'entrée de la galerie G3.

Averti par Mélaine que d'autres policiers étaient stationnés au départ des différents chemins forestiers qui menaient au Fondement, Julien mit son sac à dos et gravit le talus qui longeait la rivière. Quand il arriva au sommet, il poursuivit à travers le terrain boisé. Alors qu'il traversait un des sentiers, il entendit le moteur d'une voiture. Il eut juste le temps de faire demi-tour et de se camoufler derrière un buisson. Une BMW grise passa devant lui. Il reconnut Andreas au volant.

Il poursuivit à travers bois jusqu'à un autre chemin en direction du bois de Gériton et sortit à nouveau ses jumelles. Il aperçut Karine et Andreas avec des gendarmes qui se dirigeaient droit vers la trappe de l'entrée du puits Pirolet.

Il pesta intérieurement et se remit en route, avançant sur cinq cents mètres avant de se lancer sur un sentier escarpé qui descendait vers la vallée de la Petite Gryonne. Lorsqu'il arriva au fond, il traversa le ruisseau. Un peu plus loin, sous une bâche de camouflage militaire se trouvaient deux véhicules tout-terrain électriques à quatre roues. Il en découvrit un. Le second servirait à Hugo en temps voulu.

Julien s'assit sur le quad et alluma le moteur. Il ne développait certes pas la même puissance que ceux à essence et son autonomie se limitait à quarante kilomètres environ. Cela suffisait amplement. Julien longea le ruisseau sur quelques centaines de mètres, avant de gravir le flanc de la vallée à travers la forêt.

129

52 heures et 36 minutes
après le début de la prise d'otages

Après avoir traversé le village de Villars-sur-Ollon, Andreas et Karine étaient arrivés à hauteur du pont d'Arveyes. Andreas avait éteint son gyrophare, bifurqué sur un chemin de terre et roulé à vive allure vers la vallée de la Gryonne, laissant derrière lui un nuage de poussière.

En cours de route, Karine avait contacté Viviane. La police avait réussi à localiser le portable de Mélaine vers Saint-Gingolph, au bord du lac Léman. La douane en avait été avisée, mais Mélaine était sans doute déjà en France. Le mandat d'arrêt établi par le procureur avait également été diffusé à l'étranger via la base de données SIS* des États membres de l'espace Schengen.

En arrivant au Fondement, vers les anciennes maisons de mineurs, ils retrouvèrent une des unités du DARD. Andreas sortit le carnet de notes de Mélaine, l'ouvrit à la page du plan et leur montra l'emplacement à trouver. Karine les précéda en se dirigeant vers l'entrée du puits du Jour.

— C'est quelque part dans cette zone, indiqua-t-elle.

---

* Système d'information Schengen.

Après une dizaine de minutes, un des gendarmes découvrit une trappe en bois recouverte d'une couche de mousse humide. Karine l'ouvrit et s'engagea la première dans le puits, suivie par Andreas. En atteignant la galerie trente mètres plus bas, ils virent une tenue blanche et un masque, posés à même le sol.

— Un des PO a dû s'enfuir...

Ils s'enfoncèrent alors dans le boyau et parvinrent jusqu'à l'exploitation Saint-Louis. Ils avaient vu juste : un accès secret permettait de pénétrer dans la mine à cet endroit.

— J'ai du mal à respirer, murmura Andreas.

— Dépêchons-nous de sortir, ça peut devenir dangereux.

130

53 heures et 2 minutes
après le début de la prise d'otages

Mélaine laissa échapper un soupir de soulagement en apercevant Julien dans son rétroviseur. Elle sortit de la voiture de location, le serra dans ses bras, puis ouvrit le coffre pour qu'il dépose son sac à dos.

Julien cacha le quad à l'abri des regards, un peu plus loin, dans le terrain boisé et revint s'installer sur le siège passager.

Pressée de prendre la route, Mélaine mit la clé et alluma le moteur quand Julien jeta un froid.

— Je suis certain qu'ils ont découvert la trappe...

Le visage hébété, elle se tourna vers Julien.

— Tes collègues, Andreas et Karine, se dirigeaient droit dessus.

Mélaine ferma les yeux un court instant.

— Mais comment c'est possible ?

— Quoi qu'il en soit, c'est fichu pour Hugo.

Les mains de Mélaine se crispèrent sur le volant.

— Et merde...

Julien envoya un message par Signal à Hugo qui répondit aussitôt : « Suivez le plan ! »

Mélaine appela ensuite HelioZ à l'aide de la commande vocale du système mains libres.

— On est prêts.

Stationné au bord d'une route, après le village de Saint-Gingolph, du côté français, HelioZ tenait son ordinateur portable sur les genoux.

— C'est tout bon. J'ai balancé ton téléphone professionnel dans le lac, comme prévu.

HelioZ était connecté au serveur de la police et avait affiché la carte indiquant la position des véhicules de gendarmerie.

— Ils contrôlent les deux axes qui permettent de redescendre en plaine. Il y a une patrouille sur la route de Gryon, avant le village du Chêne. Et une autre à Ollon au bas de la route de Villars. Et il y a aussi une voiture qui monte dans votre direction. Il faut que vous preniez vers Panex, puis Verschiez. Ça fait un bon détour, mais vous n'avez pas le choix. Et ne perdez pas de temps. Ils viennent d'annoncer qu'un hélicoptère avait décollé de la Blécherette.

Mélaine chaussa ses lunettes de soleil et démarra en trombe.

131

53 heures et 19 minutes
après le début de la prise d'otages

Andreas grimpa dans le fourgon où étaient déjà installés Viviane, Chantal, l'adjudant Beaumont et le commandant Verdon.

— Vous avez des nouvelles de Mélaine, demanda-t-il ?

— Non, aucune. Son téléphone n'émet plus aucun signal. Elle a dû l'éteindre ou s'en débarrasser.

— Il y a un truc qui cloche...

Andreas s'assit sur la seule place libre de la banquette.

— Son portable était éteint, soudain il réapparaît vers Saint-Gingolph et puis plus rien.

— Une fausse piste ? suggéra Viviane en se tournant vers Andreas.

— Mélaine savait qu'on allait la localiser.

— Par où serait-elle partie ?

— Elle et un autre Tango. On a retrouvé une tenue antistatique dans le puits. À mon avis, c'est soit Julien soit Hugo. L'un d'eux a dû quitter la mine et la rejoindre.

— Il s'agit de Julien, affirma Chantal. Bakary a rappelé Duverney. Il était encore à l'intérieur.

— Pourquoi n'est-il pas parti avec Rapaz ? interrogea Viviane.

— Il cherche peut-être à gagner du temps en nous occupant pendant que les deux autres filent à l'anglaise, suggéra Andreas.

Ils ne pouvaient pas imaginer qu'on découvrirait l'entrée secrète. Est-ce que Bakary a réussi à obtenir des informations qui pourraient nous aider?

— Rien, dit Chantal. Bakary n'a pas posé de question au sujet de la fuite de Julien. Il vaut mieux que Duverney ne sache pas que nous sommes au courant.

— Tu peux nous afficher la carte de la région? demanda Andreas à Maxime.

— Nous savons que Mélaine s'est évaporée du Bouillet, peu après 9 heures. Il semble qu'elle soit passée chez elle à Roche, notamment pour brûler des documents. Si c'est bien elle qui l'a fait, elle y était probablement encore vers 12 h 30. Si Julien était déjà avec elle, ils sont loin devant nous maintenant, certainement au-delà des barrages dressés par la police.

— Ils doivent sans doute chercher à quitter le pays, supposa Chantal.

Andreas se leva et se posta devant une carte de la Suisse romande.

— Admettons qu'ils aient planifié de partir en voiture. Si la route du lac est une fausse piste, ce qui n'est pas sûr, il nous reste plusieurs possibilités. Depuis Bex, ils peuvent rejoindre la France en une heure en passant par Vallorbe. Et en une heure et demie par Genève. Ou alors ils ont pris le tunnel du Grand-Saint-Bernard et sont déjà vers Aoste.

— Il y a encore deux autres routes pour se rendre en France depuis le Bas-Valais ou le Chablais: par le col des Montets depuis Martigny ou par Châtel depuis Monthey, compléta Verdon.

— Et aussi tous les autres passages de frontière vers un des pays qui nous entourent, précisa Andreas.

— On a lancé un avis de recherche auprès des douanes vers 12 heures, dit Viviane. S'ils s'étaient présentés à l'une d'elles, les agents les auraient sans doute reconnus. Ils ont leur photo.

— Je viens de vérifier. La RD 22 est fermée en raison de chutes d'arbres. Donc, impossible de passer par Châtel. Par contre, la RD 1506 est ouverte. Ils pourraient la prendre et se diriger vers Chamonix, annonça Maxime.

— France, Italie, Allemagne, Autriche... On a d'autres options plausibles ? demanda Viviane à Andreas.

— Mélaine connaît les procédures. Ils vont sûrement éviter les aéroports, les trains et les postes-frontière gardés. Ils pourraient choisir une petite route sans douane fixe pour passer, mais comme on a augmenté les patrouilles volantes, ça reste risqué.

— Tous les cols de montagne vers l'Italie sont encore fermés à cette période, dit Beaumont.

— Ou alors ils se cachent dans le coin, dit Andreas. Ils pourraient se terrer quelque temps dans un chalet d'alpage, une vieille grange ou une maison isolée en attendant que ça se calme. Mais tant que nous n'avons pas d'information, il faut renforcer les contrôles aux frontières et maintenir les barrages.

— Maintenant, on doit se concentrer sur la sortie de Duverney, dit Viviane.

— Quatre de mes hommes sont entrés avec leur matériel et leurs tenues antistatiques dans la mine par le puits Pirolet, dit l'adjudant Beaumont.

Andreas se tourna vers le chef du DARD.

— Quelle est votre stratégie ?

— Nos hommes vont s'approcher au plus près de la zone touristique. Au cas où le dernier des Tangos déciderait de ne pas quitter la mine par la grande porte, ils seront prêts à intervenir.

— Et au Bouillet ?

— Comme Duverney l'a exigé, il n'y aura pas de policiers visibles. Tu attendras avec Bakary dans le fourgon stationné devant le pavillon d'accueil. Nous avons posté trois tireurs d'élite sur le site. L'un est à l'étage de l'auberge du Bouillet, un deuxième sur le toit de l'entrepôt des trains et un troisième dans la forêt au-dessus de la sortie du tunnel. Dès que Charlot sera dehors, nous aurons trois angles de tir différents.

— Et à l'aéroport ?

— Nous avons posté deux autres tireurs d'élite à l'aérodrome et pourrons ainsi surveiller ce qui se passera sur le tarmac, le cas échéant...

— Vous allez l'abattre directement, c'est ça?

Le commandant Verdon regarda Andreas.

— On ne laissera pas Duverney quitter le site du Bouillet. Il n'est pas question qu'il prenne l'avion avec un inspecteur de police à bord. Dès qu'un des tireurs d'élite en aura la possibilité sans risquer la vie d'un otage, il recevra l'ordre d'abattre le Tango.

132

53 heures et 40 minutes
après le début de la prise d'otages

Hugo apprit la mauvaise nouvelle par Julien et Mélaine peu après 14 heures : les hommes du DARD avaient découvert la trappe de la galerie secrète. Tout était prêt pour le grand final. Sophie et Daniel étaient ligotés dans un des wagons, avec un gilet explosif et une minuterie.

Le plan A prévoyait que le wagon sortirait en roue libre et exploserait au milieu du Bouillet avec les deux derniers membres du Bloc identitaire suisse, pendant qu'Hugo quitterait la mine par le même chemin que Julien, où l'attendait le deuxième quad.

Maintenant que la galerie secrète avait été découverte, Hugo avait activé le plan B. Il passa derrière le bar et empoigna la bouteille de Rémy Martin XO, qui le narguait depuis plusieurs heures. Le cognac était un luxe qu'il n'avait pas pu s'offrir lorsqu'il était à la rue et qu'il s'était toujours interdit depuis qu'il était devenu sobre. Il n'avait jamais craqué jusqu'aujourd'hui. Hugo s'en servit un verre, sans hésiter. Il fit tourner le verre au fond de sa paume, regarda la belle couleur ambrée, huma longuement l'arôme de prunes et d'oranges, avec des notes de fleurs blanches et de jasmin. Il en prit une petite gorgée, laissa les saveurs de fruits confits, de cannelle tapisser son palais, puis éclusa le reste, cul sec. Il emporta la bouteille, s'installa à la table derrière son ordinateur et remplit à nouveau son verre.

Depuis une plateforme d'échange de bitcoins, il se connecta à son compte, compléta un formulaire et valida la transaction. Il avala ensuite une gorgée et appela le négociateur.

— Salut, Bakary !

— Salut, Hugo ! Je vois que tu t'es servi à boire. Santé !

— C'est pour marquer le coup. Je me suis laissé emporter par la mélancolie du moment.

— J'imagine que tu fais référence au fait que ce sera notre dernière discussion.

— C'est tout à fait ça.

Il fixa Bakary droit dans les yeux, prit son verre et avala une nouvelle rasade.

— Bon, trêve de mièvreries...

— Hugo, tu ne te sens pas un peu seul ?

Duverney eut un mouvement de recul sur sa chaise.

— Comment ça !

— Tes complices Mélaine et Julien ont pris la fuite. Ils te laissent gérer la fin tout seul.

— Cela fait partie du plan.

— Je n'en suis pas si sûr. Il me semble que tout ne se passe pas comme vous l'aviez prévu, n'est-ce pas ? Si ça se trouve, ils t'ont abandonné à ton sort.

— Je leur voue une entière confiance.

— On ne va pas tarder à leur mettre la main dessus.

— Cela m'étonnerait.

— Tu sais, Hugo, on peut encore trouver une solution, toi et moi. Mais dès que tu seras dehors, je ne pourrai plus rien faire pour t'aider.

— Je suis un grand garçon. Je saurai me débrouiller. Ne gaspille pas ton énergie.

— De notre côté, tout est prêt.

— J'ai vu ça, grâce à la webcam. D'ailleurs, ne vous avisez pas de la couper. Ça coûterait la vie à l'un des deux otages ! En revanche, je n'ai pas aperçu l'inspecteur Auer.

— Il est ici, avec moi.

— Alors, pourquoi se cache-t-il ?

— Il n'est pas seul.

Bakary se leva de sa chaise. Un adolescent prit sa place.

Hugo ferma brièvement les yeux. Le visage de son fils à l'écran lui noua les tripes.

— Brian, qu'est-ce que tu fais là?

— Salut, p'pa.

Hugo lui adressa un sourire crispé, empreint d'une tristesse amère.

— Tu vas bien, mon grand?

— C'est à toi qu'il faut poser la question, non? dit Brian d'une voix tremblante.

— Ça va, mon fils, répondit Hugo en s'efforçant de retenir les larmes qui lui montaient aux yeux.

— Papa...

— Oui?

— J'aimerais qu'on puisse se voir.

— Ça va être compliqué, tu sais...

— Tu devrais te livrer à la police. Je viendrai te rendre visite en prison. Je te le promets. Et quand tu sortiras...

— Brian, l'interrompit Hugo.

— Oui?

— Je t'aime! On se verra tout à l'heure.

Brian se leva et quitta le champ de la caméra. Andreas s'approcha sans s'asseoir.

— Salut, Andreas. On a perdu un peu de temps. Il est 14h53. Je pense qu'on sera dehors vers 15h15.

— Je t'attendrai dans le fourgon, prêt à partir.

Andreas céda sa place à Bakary, qui jeta un œil à sa carte postale avec les girafes avant de poursuivre:

— Bon Hugo, je serai avec Andreas. Comme ça, je pourrai m'assurer que tout se passe bien.

— Tant de sollicitude de ta part me touche beaucoup.

Hugo coupa la connexion et ferma son ordinateur. Une larme roula sur sa joue. Il aurait tellement aimé que Brian souhaite le retrouver. Mais il présuma qu'Andreas Auer l'avait briefé sur ce qu'il devait dire.

Hugo monta dans la salle Aaron-Salzberg et libéra le conducteur de train.

— Jeannot, ce sera ton ultime voyage.

En voyant la terreur dans ses yeux, Hugo précisa :

— Ne t'inquiète pas... Je voulais dire le dernier transport que tu effectueras pour moi. Je t'apprécie bien, Jeannot. Quand on sera hors du tunnel, tu sortiras de la locomotive et tu partiras en courant, d'accord.

— Mais ?

— Tu feras ce que je te dis, c'est tout.

133

53 heures et 45 minutes
après le début de la prise d'otages

Mélaine s'arrêta sur le bord du chemin en mordant légèrement sur un champ. Julien, coiffé d'une casquette et chaussant des lunettes teintées, ouvrit la vitre côté passager pour laisser rentrer un peu d'air frais et appela HelioZ avec le système mains libres de la voiture. Le *hacker*, qui suivait leur déplacement grâce au GPS de leur portable, les savait arrivés à Verschiez, au milieu du vignoble.

— On est au croisement. À gauche, il y a la cave Pousaz.

— Ne prenez surtout pas par là, vous déboucheriez au centre d'Ollon où une patrouille de gendarmerie est stationnée en ce moment même. Allez à droite, en direction d'Aigle, et suivez la route sur deux kilomètres. Avant d'arriver au château, vous tournez à gauche vers le cimetière pour rejoindre la route cantonale.

Mélaine réalisa qu'ils allaient passer tout près du lieu-dit en Chalex. C'était l'endroit où la légende racontait que Jean Bouillet dit Bracaillon, après avoir découvert les Mines de sel, allait être exécuté. Il fut épargné par la foule. C'était aussi là que le destin d'Aaron avait basculé, sauvé de la décapitation par ses amis. Dans son carnet, Aaron avait remercié sainte Kinga de l'avoir protégé. Les protégés de sainte Kinga... ils en faisaient partie.

— Et après ? demanda Julien.

— La police a dressé un barrage autoroutier au niveau de la sortie de Villeneuve, en direction de Lausanne. Ce qui est un peu plus embêtant, c'est qu'ils ont fait pareil à Saint-Maurice dans le sens du Valais.

— Putain, ça se complique ! jura Julien.

— Et on a un deuxième problème : je ne pourrai plus vous guider à partir de maintenant.

— Comment ça ? demanda Julien en jetant un regard inquiet à Mélaine.

— Je n'ai plus accès au serveur de la police. J'ai été bloqué par la sécurité informatique.

— Et merde ! lâcha Julien en frappant le tableau de bord de sa main.

— Restez calmes. Ce n'est pas le moment de perdre les pédales !

— On t'écoute, intervint Mélaine.

— Vous allez suivre la route cantonale en direction d'Ollon et continuer jusqu'à Bex. En arrivant dans le village, vous emprunterez la route qui mène au Châtel-sur-Bex.

— T'es pas sérieux ? Et si on croise le fourgon ?

Hugo devait sortir de la mine vers 15 heures avec les deux otages et se rendre à l'aérodrome dans un véhicule de la police, conduit par Andreas.

— Si vous partez maintenant, c'est jouable. Et vous n'avez pas vraiment le choix... En arrivant à Lavey, vous prendrez la route du Stand.

— Et en plus, tu veux nous faire passer devant l'Académie de Savatan ? s'exclama Mélaine.

— Juste avant, vous bifurquerez vers les Bains de Lavey. Puis vous suivrez la route cantonale jusqu'à Martigny où vous pourrez rejoindre l'autoroute.

— C'est bon, je connais le chemin, dit Mélaine.

— Et un dernier conseil...

— On t'écoute ?

— Mélaine, laisse conduire Julien et cache-toi dans le coffre. Il n'est pas impossible que vous croisiez des voitures de flic. Selon ce que j'ai entendu, ils cherchent un véhicule avec deux personnes à bord, un homme et une femme. Inutile d'attirer leur attention, d'autant que certains des policiers te connaissent.

— D'accord, consentit Mélaine.

— Si tout va bien, vous devriez être à destination dans deux heures. Le train part à 16 h 55. Je vous envoie les billets électroniques tout de suite.

— Merci, t'es un chef! lui lança Julien, avant de se tourner vers Mélaine.

— Il faut qu'on passe vite chez moi. C'est sur la route. J'ai oublié le châle de prière que m'a donné Hannah.

— T'es dingue, ou quoi? C'est beaucoup trop risqué.

Accompagné de Julien, Mélaine sortit de la voiture, ouvrit le coffre et s'y installa.

— Tu m'entends, Julien? On suit le plan, et c'est tout!

Julien ferma le hayon et prit place au volant.

134

54 heures et 14 minutes
après le début de la prise d'otages

Dans le fourgon de commandement, la tension s'était accrue : tous se concentraient avant d'affronter la dernière phase de la prise d'otages.

Le groupe GAMMA dirigé par le caporal Rudin contacta Beaumont depuis la chambre de la Roue à l'aide du *waf-waf*, le système de communication filaire. Passés sans encombre par l'exploitation Saint-Louis, ils s'apprêtaient à descendre par la nacelle les deux puits de Providence pour rejoindre la galerie inférieure.

Maxime, le chef suivi, afficha le visuel de la zone du Bouillet depuis différents angles, sur trois écrans. Plusieurs caméras avaient été installées afin qu'aucun policier, à l'exception d'Andreas et de Bakary, ne soit visible à l'extérieur de la mine. Les trois unités du DARD s'étaient dissimulées dans le secteur, prêtes à intervenir. Il avait fallu procéder discrètement, hors du champ de la webcam d'Hugo, fixée au-dessus de l'entrée de la galerie.

L'adjudant Beaumont lança un appel sur sa radio :

— TERO 1, 2 et 3 de PC, vous me recevez ?

L'un après l'autre, les trois tireurs d'élite, arrivés un peu plus tôt de Genève, répondirent par l'affirmative. Parmi eux se trouvait une femme surnommée Lady Death, une des snipers les plus expérimentées du commando des tireurs d'élite romands.

Andreas enfila un gilet pare-balles et s'assit au volant d'un des fourgons du DARD. Il portait une oreillette et un micro pour communiquer avec le Poste de commandement. Bakary prit place à ses côtés. Ils ne quittaient pas des yeux l'entrée de la galerie.

Au début de sa carrière, Andreas avait travaillé avec Bakary au sein de la brigade criminelle. C'était même Bakary qui l'avait formé. Il avait ensuite été transféré aux mœurs. Les deux hommes étaient restés très liés. L'automne dernier, Bakary était venu à l'apéro pour fêter la promotion d'Andreas à la tête de la Division homicide et brigandage. À l'époque, Viviane avait dû argumenter sec avec le commandant Verdon pour qu'Andreas soit nommé chef de la DHB. Tout en reconnaissant les compétences d'Andreas, Verdon n'appréciait guère qu'il flirte avec les limites du règlement.

Comme pour juguler la tension ambiante, Andreas interpella son collègue sur un sujet qui ne concernait en rien la présente situation :

— Dis-moi, Bakary, ça fait un moment que tu es à la « dmœurs », tu devrais sérieusement songer à revenir à la DHB. J'ai maintenant une place vacante pour toi.

— C'est gentil de le proposer, mais je ne suis pas sûr que j'aimerais t'avoir pour chef, rétorqua-t-il avec un sourire.

— Tu devrais y réfléchir...

Ils furent interrompus par le train minier qui émergeait de la galerie du Bouillet et s'immobilisa quelques mètres plus loin. Jeannot, le conducteur, jaillit de la locomotive et se mit à courir en direction du bâtiment administratif.

Installé devant son ordinateur, Maxime, le chef suivi, prit la parole :

— On vient de me signaler que les images de la webcam passent en direct sur Facebook.

— Tu vois, j'en étais sûre, lança Viviane.

Elle adressa un signe à Beaumont qui saisit sa radio.

— DELTA de PC, débranchez la caméra. Confirmez.

— PC de DELTA, compris.

La porte coulissante du wagon, affublée du logo des Mines de sel, s'ouvrit. Trois individus, vêtus de combinaisons noires et de cagoules, en surgirent l'un après l'autre, et se positionnèrent en ligne. Deux d'entre eux, celui de droite et celui du milieu, étaient armés d'un fusil d'assaut.

— Et merde. C'est lequel, Duverney ? pesta Viviane.

Beaumont contacta aussitôt les snipers.

— TERO 1, 2, 3 de PC, vous avez un angle de tir ?

— PC de TERO 1, j'ai en mire le Tango qui se tient sur la droite.

— PC de TERO 2, moi celui de gauche.

— PC de TERO 3, et moi celui du milieu, confirma Lady Death.

— Compris. Terminé.

Allongée dans la forêt au-dessus de l'entrée de la galerie, Lady Death tenait la nuque de sa cible dans la lunette de son Hécate, posé sur un bipied. Le fusil était chambré en .308 nato, un calibre très performant pour des cibles humaines. Ses collègues l'appelaient Lady Death en référence à Lioudmila Pavlitchenko, une tireuse d'élite de l'armée soviétique, qui durant la Seconde Guerre avait tué plus de trois cents nazis. La véritable Lady Death disait jouir du plaisir d'un chasseur abattant sa proie. Son épigone de la gendarmerie genevoise considérait à l'inverse que chaque tir mortel était un échec, une vie gâchée. Quand elle tenait son arme dans ses mains, plus rien autour d'elle n'existait, hormis elle-même et sa cible.

Andreas sortit du fourgon et ouvrit la porte latérale pour permettre à Hugo d'y monter avec ses otages. Bakary, un mégaphone à la main, se plaça à côté d'Andreas.

Andreas fixait les trois individus à une trentaine de mètres de lui. Celui du milieu et celui de droite tenaient un fusil d'assaut. Les torses des deux personnes aux extrémités semblaient bombés sous leur combinaison. Andreas pensa immédiatement à des gilets explosifs. Selon les témoins, Daniel en portait un. Hugo semait le doute pour éviter d'être trop facilement identifiable.

Leurs cagoules recouvraient entièrement leur visage si bien qu'il était impossible de voir les lèvres bouger à cette distance si l'un d'eux venait à s'exprimer.

Bakary porta le mégaphone devant sa bouche.

— Tout est en ordre, Hugo. Vous pouvez nous rejoindre et monter dans le fourgon.

Andreas scrutait leurs moindres mouvements, tâchant de deviner lequel était Hugo. Probablement l'un des deux individus armés, peut-être celui du milieu sans gilet? Comptait-il s'en sortir ou cherchait-il le *suicide by cop*, une manière de se donner la mort par police interposée?

— Si c'est OK pour toi, fais-moi juste un signe de la main, tenta Bakary.

Hugo le savait, dès que la police l'aurait repéré parmi les deux otages, il serait abattu sur-le-champ. Il regardait fixement Andreas et Bakary à travers sa cagoule. Il murmura à Daniel qui se tenait à sa droite, entre Sophie et lui.

— Tire en direction des deux flics!

Comme il ne bougeait pas, Hugo tourna légèrement la tête.

— Sinon, je lâche le bouton.

Puis il commença à compter:

— Trois, deux, un...

Daniel leva son arme et la braqua en direction d'Andreas et de Bakary.

Lady Death respirait calmement, l'œil collé sur la lunette de visée.

Maîtriser le tir était une question mathématique à plusieurs variables. Plus la portée était grande plus les variables dont dépendait la réussite augmentaient. Avec l'expérience, le calcul se faisait inconsciemment. La distance jusqu'à la cible ne s'élevait qu'à quelques dizaines de mètres. Elle était capable de tirer à plus de neuf cents. Le souffle du vent sur sa joue lui suffisait à deviner sa direction et sa force. Elle connaissait par cœur le poids des balles. Habituée à manier sa gâchette, elle ne réfléchissait plus au moment de décocher son tir.

La voix de Beaumont parvint à son oreillette :

— TERO 3 de PC, tirez !

Lady Death pesa sur la gâchette.

— Non, ne tirez pas ! C'est un piège, lança Andreas dans son micro.

Bien qu'il fût incapable de le reconnaître à cette distance, Andreas avait vu l'individu de gauche tourner la tête pour donner une indication à celui du milieu. Trop tard. Le tir avait fait mouche. L'individu du milieu s'affala face contre terre sur le goudron, qui se teintait de rouge.

Dans la foulée, le tireur d'élite posté au premier étage de l'auberge contacta l'adjudant Beaumont.

— PC de TERO 2. L'individu de gauche a un détonateur dans sa main.

Hugo tourna aussitôt la tête vers Sophie qui se tenait à sa droite telle une statue de sel immobile.

— Bon voyage en enfer !

Sa dernière pensée fut pour Brian, son fils.

La voix d'Andreas résonna dans le fourgon :

— Hugo, non !

Il plongea à terre. Bakary lâcha son mégaphone et l'imita sur-le-champ.

Beaumont n'hésita pas une seconde.

— TERO 2, tirez !

Une balle vint se loger dans le front d'Hugo. Alors qu'il s'écroulait, sa main se desserra et relâcha le bouton du détonateur.

Une puissante déflagration retentit.

135

Andreas revenait d'une balade avec Adam et Minus. En marchant, il avait fumé un cigare et bien eu le temps de parler avec son neveu. Il accrocha sa veste au portemanteau, enleva ses chaussures et se joignit aux convives. Un plat d'*orecchiette* à l'ail des ours préparé par Mikaël fumait sur la table.

Les images de la déflagration continuaient à défiler dans sa tête. À terre au moment de l'explosion, Andreas n'avait pas vu l'instant fatal. Mais la scène qu'il avait découverte en se relevant dépassait toutes les boucheries auxquelles il avait été confronté durant sa carrière. Les trois dépouilles gisaient au sol, leurs visages méconnaissables, leurs membres déchiquetés, les parois abdominales et thoraciques éclatées. Il sentait encore l'odeur des lambeaux de chair que l'explosion avait projetés sur lui.

Quand il remonta de la cave, où il avait choisi un Primitivo di Manduria rapporté d'un voyage dans les Pouilles, Andreas vint s'asseoir. Ils étaient tous là, autour de la table. Jessica, avec ses enfants, et toute son équipe, à l'exception de Mélaine, bien sûr. Après ces intenses journées, il lui avait semblé important de les faire se retrouver ensemble pour décompresser avant de retourner travailler. Karine était venue avec Luca, son compagnon, Christophe et Kinga étaient seuls.

Son neveu restait silencieux, il avait le visage triste. Durant leur promenade, Adam ne lui avait pas paru autrement traumatisé par la prise d'otages. Le contrecoup viendrait plus tard. Andreas avait conseillé à Jessica d'envoyer Adam chez un psychologue pour qu'il évoque son expérience avec quelqu'un de neutre.

En parlant avec son neveu, ses soupçons s'étaient confirmés : bien traité par Hugo qui l'appréciait, Adam avait développé une certaine sympathie pour son ravisseur. Mais ce n'était pas non plus le syndrome de Stockholm. Adam ne cherchait pas à justifier les actes d'Hugo. Il parvenait à faire la différence entre le sentiment qu'il éprouvait pour lui et ses agissements criminels. Il avait été touché par ce père, triste de ne plus voir son propre fils, alors que le sien avait disparu après le divorce de ses parents. Hugo, lui-même, semblait de son côté avoir développé un lien particulier avec Adam, un transfert également, reportant sur lui son désir de renouer la relation avec son fils.

Après l'issue tragique de la prise d'otages, tous avaient été à pied d'œuvre, à commencer par Doc, le médecin légiste venu avec des renforts, et la Bridage de police scientifique qui passait encore les lieux au peigne fin. Les deux membres du Bloc identitaire suisse n'avaient pas encore été formellement identifiés. Des dents étaient parties au labo, ainsi que des prélèvements de sang. Hugo avait froidement exécuté les deux otages. Il n'avait rien laissé au hasard. Les deux fusils d'assaut n'étaient pas chargés. Il n'avait jamais eu l'intention de tirer sur la police, mais il avait tenu dans sa main un bouton-poussoir à ondes radio qui lui permettait de provoquer l'explosion simultanée des deux gilets. Contrairement à certains détonateurs actionnés par pression, le modèle choisi par Hugo se déclenchait lorsqu'on le relâchait. Il était décidé à faire exploser les bombes. Rien n'aurait pu contrecarrer ses plans.

Viviane, le commandant Verdon et le porte-parole Felley tenaient une conférence de presse à 19 heures. Andreas y avait échappé. La prise d'otages avait pris fin, mais la traque des deux autres ravisseurs se poursuivait. Andreas digérait assez mal qu'une inspectrice de son équipe soit impliquée. Mélaine était un excellent élément. Personne ne l'avait suspectée. Il était déçu et ne parvenait pas à s'expliquer comment elle avait pu devenir une criminelle. Il espérait pouvoir l'interpeller et l'interroger.

Andreas tourna la tête vers la télévision. La prise d'otages passait en boucle sur toutes les chaînes d'information. Il se leva et éteignit le poste. En revenant, il s'assit, échangea un regard affectueux avec Adam, mais au moment de lever son verre, il n'eut pas le cœur de prononcer le traditionnel « Santé ! ».

136

Dans le petit appartement de Zermatt qu'avait loué HelioZ, Julien et Mélaine grignotaient sans appétit du pain et du fromage. Ils étaient passés la semaine précédente pour apporter tout le matériel nécessaire à leur évasion dans ce studio de vacances niché sous les combles d'un grand chalet, dans un coin de forêt au-dessus des gorges de la Gorner.

Le trajet pour Zermatt s'était bien déroulé, à l'exception d'une soudaine montée d'adrénaline entre Ollon et Bex. Sur la route cantonale, ils avaient croisé une voiture de la gendarmerie qui avait fait demi-tour et les avait suivis jusqu'à l'entrée du village, avant de bifurquer en direction des Mines de sel.

Après leur dernier contact avec HelioZ, Julien avait désinséré la carte SIM de leurs téléphones et en avait retiré la batterie avant d'aller les jeter dans la rivière. Depuis, il était impossible de les localiser.

Jusqu'au prochain point de situation avec HelioZ, ils étaient livrés à eux-mêmes. Le plan prévoyait qu'ils ne communiqueraient pas entre eux après l'évasion, pour éviter d'être repérés par la police. Mais sans nouvelles d'Hugo, Julien et Mélaine se sentaient gagnés par l'inquiétude. Qu'il ait pu décoller de Bex était leur seul espoir, mais ils n'y croyaient plus. La détonation qu'ils avaient entendue en passant à Bex ne laissait guère de place au doute. Hugo avait certainement choisi sa propre manière de tirer sa révérence.

Tous les complices étaient conscients du risque, mais l'alternative n'avait jamais été évoquée explicitement entre eux. Une seule chose était sûre, s'il avait été arrêté et qu'ils l'interrogeaient, en ce moment même, peut-être, Hugo ne parlerait pas.

Mélaine regarda fébrilement sa montre, alluma la télévision et sélectionna la RTS Un.

— Bonjour à toutes et à tous. Merci d'être avec nous pour ce 19 h 30. La prise d'otages dans les Mines de sel de Bex est terminée. L'un des ravisseurs du nom d'Hugo Duverney est décédé. Alors qu'il était sorti de la mine avec les deux derniers otages, il s'est suicidé en faisant exploser la bombe qu'il portait sur lui. Les deux victimes n'ont pas survécu à la déflagration. Les deux complices de Duverney, Mélaine Genet et Julien Rapaz, sont activement recherchés.

Mélaine et Julien regardèrent en silence leur photo qui s'affichait en gros plan sur l'écran. C'est à ce moment précis qu'ils réalisèrent qu'ils étaient devenus des criminels.

— Nous sommes en duplex avec le porte-parole de la police cantonale.

— Si vous détenez des informations sur les deux fugitifs, contactez sans tarder la police. Ne vous approchez pas d'eux. Ils sont armés et dangereux.

La présentatrice poursuivit :

— Voici le numéro d'appel que vous...

Mélaine éteignit la télévision et éclata en sanglots. Julien la prit dans ses bras.

— On savait que ça pouvait arriver.

— J'espérais qu'on s'en sortirait tous les trois.

— Hugo était prêt à se sacrifier pour la cause, à se sacrifier pour nous.

— Je sais...

— Il voulait sans doute finir comme ça plutôt que de crever à cause de sa fichue tumeur au cerveau.

137

Depuis sa maison à Mont-sur-Rolle, Bakary avait les yeux perdus au loin, sur la surface tranquille du lac Léman. Assis sur le canapé du salon, il savourait ses retrouvailles avec sa femme, après les trois jours qu'avait duré cette prise d'otages dramatique. Il avait fait un premier débriefing avec Chantal, mais il éprouvait encore le besoin de mettre des mots sur ce qu'il ressentait. Il ouvrit une bouteille de vin blanc et raconta une nouvelle fois à son épouse ce qui s'était passé.

D'une certaine manière, Bakary s'identifiait à la cause défendue par les ravisseurs. «L'injustice, n'importe où, est une menace pour la justice partout», écrivait Martin Luther King depuis sa prison de Birmingham. Pour Bakary, dénoncer les injustices et le racisme relevait d'une obligation morale. Il ne pouvait accepter l'idée qu'une vie humaine puisse avoir moins de valeur qu'une autre. Or, c'était précisément ce que soutenait le Broederbond en Afrique du Sud, le Ku Klux Klan aux États-Unis ou le Bloc identitaire suisse.

Pour Bakary, la seule manière de lutter contre l'extrémisme était la voie pacifiste, celle que n'avaient pas retenue Hugo Duverney et ses complices, celle qui réclamait tellement plus de courage et de volonté.

À cet égard, Desmond Tutu, l'archevêque anglican, est pour Bakary un modèle d'humanité. Il désapprouve autant l'apartheid que la vengeance des Noirs à l'égard des Blancs et a œuvré sans relâche, prêchant un message de paix et de non-violence. Sa vie durant, il n'a eu de cesse de lutter contre les injustices. D'abord cheville ouvrière de la réconciliation aux côtés de Nelson Mandela en 2013, il s'est engagé dans un combat contre l'homophobie qu'il considère comme du racisme au même titre que l'apartheid. « Plutôt aller en enfer que de rejoindre un paradis homophobe », disait-il.

Bakary sentait encore l'odeur de la chair et du sang sur sa peau, malgré la longue douche qu'il avait prise en rentrant. Lorsqu'il s'était relevé parmi les lambeaux de chair après l'explosion, il n'avait pu réprimer un haut-le-cœur.

La négociation avec Hugo Duverney avait été une épreuve particulièrement ardue. Il ignorait si son travail avait contribué à la libération d'une partie des otages, en particulier des élèves. Il avait eu l'impression d'avoir été manipulé. Duverney avait établi un plan et ne s'en était pas écarté d'un iota durant ces trois interminables journées. Bakary tournait et retournait les événements dans sa tête, il arrivait toujours à la même conclusion : Duverney n'aurait jamais touché à un cheveu des enfants ni des autres otages. Seuls les membres du Bloc identitaire suisse étaient sa cible.

Bakary pouvait culpabiliser le restant de sa vie. Au fond de lui, il savait qu'il n'aurait pu empêcher Duverney de les tuer. Il n'avait rien à se reprocher, pas plus que pour la mort de son petit frère Demba. Sur le trajet du retour de Bex, il s'était arrêté au cimetière et s'était recueilli sur sa tombe. À cause de ce traumatisme, il n'avait jamais voulu d'enfant. Il avait sorti de sa poche le galet qu'il conservait sur lui tel un talisman. Ce poids dans sa poche le rassurait, lui rappelait son petit frère. Après avoir caressé sa surface douce, il l'avait déposé sur la tombe de Demba.

Bakary but une gorgée de vin et repensa à la proposition d'Andreas. C'était décidé. Il rejoindrait son équipe.

138

Andreas se réveilla au milieu de la nuit en plein cauchemar. Il se leva, passa son visage sous l'eau froide et descendit se préparer un renversé. Dans son rêve, il portait un gilet bourré d'explosifs, une voix égrenait un compte à rebours, cinq, quatre… Le tic-tac du minuteur marquait la même cadence. Trois, deux… Des images défilaient en accéléré. Un… Avant que la bombe n'éclate, Andreas aperçut un couple qui marchait main dans la main avec un enfant. Il reconnut le petit Khourchid et les appela. Les deux adultes se retournèrent. L'homme était Hugo. Dans son rêve, Andreas ne voyait pas le visage de la femme, mais seulement son top couvert de bouches rouges et d'yeux sombres. Là-dessus, il s'était réveillé.

En ressassant ces images, Andreas se rappela que Clémence Barbier, la coordinatrice de l'Observatoire du droit d'asile et des étrangers, qu'il avait rencontrée avec Wasima, portait un top de ce genre. Que faisait-elle dans son rêve ?

Andreas prit une douche pour effacer les dernières traces de son cauchemar, mais son esprit revenait sans cesse à Clémence Barbier. Il comprit soudain ce qui le tracassait. En quittant Wasima et Khourchid, Andreas avait demandé à Clémence si elle aussi connaissait celui que le garçon avait identifié comme Hugo. Elle lui avait répondu d'un non un peu trop abrupt. Il avait alors prié Mélaine de poursuivre ses recherches sur cette femme. Elles s'étaient montrées infructueuses, à l'exception de la découverte d'une pétition lancée pour soutenir Saleh. Sur le moment, Andreas s'en était contenté. Puis, peu à peu, un doute s'était insinué dans son esprit. Que Mélaine fasse partie des ravisseurs jetait un nouvel éclairage sur l'enquête. Mélaine lui avait certainement caché la vérité.

À 2 h 30 du matin, il tira Christophe du lit et le convainquit de la nécessité d'accéder à la boîte mail privée de Clémence, celle qui figurait sur son compte LinkedIn. Obtenir un mandat s'avérerait difficile, Andreas le savait. Même s'il réveillait le procureur, il n'avait aucune preuve reliant Clémence Barbier à cette affaire. Il ne pourrait contacter son fournisseur Internet avant qu'ils n'ouvrent leurs bureaux. Toutes ces démarches fastidieuses leur prendraient plus de temps qu'ils n'en avaient pour retrouver les fuyards. Andreas demanda à Christophe de pirater son compte.

Christophe s'y mit tout de suite. Un premier mail attira son attention. Une facture de l'avocate qui avait défendu Saleh. Clémence Barbier ne s'était pas contentée de lancer une pétition, elle avait payé douze mille francs de sa poche pour le soutenir. Le sort de la famille de Khourchid semblait être devenu pour elle une affaire personnelle, comme pour Hugo. Un deuxième mail, envoyé par *guerrillamail*, contenait une photo de la lettre qui accordait le droit d'asile à Saleh en pièce jointe. Clémence ne l'avait reçue que quelques instants après qu'Hugo l'eut réceptionnée lui-même des mains de Jeannot. L'image était accompagnée d'un court message : « La voilà ! Je t'aime, HaC. »

Le lien avec Duverney semblait évident : Hugo *alias* Charlot.

Sans mandat, Andreas ne pouvait utiliser aucune de ces informations. S'il le faisait, il risquait gros.

Andreas quitta Gryon de bonne heure et prit Karine au passage à Lausanne. À Duillier, le GPS les mena jusqu'au portail de la propriété de Clémence Barbier. Il appuya sur l'interphone. À sa voix, ils comprirent qu'elle ne s'attendait pas à cette visite matinale.

Andreas s'engagea sur une allée de gravier. Clémence les attendait devant une très coquette maison de maître, une grosse bâtisse du XIXe siècle surmontée d'un toit à la Mansart.

— Qu'est-ce qui vous amène, inspecteur?

— Pouvons-nous entrer? Nous avons quelques questions à vous poser.

Clémence les invita à prendre place à la cuisine.

— Pardon de vous recevoir dans cette tenue. Je n'ai pas fermé l'œil de la nuit. Cette histoire m'a chamboulée.

— Vous parlez de la fin tragique de Duverney?

— Oui, j'ai été choquée d'apprendre qu'il avait choisi de...

— Cela vous touche personnellement?

Andreas la testait. Elle paraissait moins sûre que vendredi, presque éteinte.

— Les causes qu'il défendait sont celles que je me suis employée à soutenir toute ma vie. Hugo a obtenu l'asile pour Saleh, ce que je n'ai moi-même jamais réussi à faire.

Étonnée par la déclaration de Clémence Barbier, Karine remarqua sèchement:

— Oui, mais à quel prix!

— Il n'aurait pas dû tuer ces gens, concéda-t-elle.

Elle tourna un regard méfiant vers Andreas.

— Mais je ne comprends pas ce qui me vaut cette visite impromptue?

Karine s'excusa et lui demanda la direction des toilettes. Andreas attendit que sa collègue soit partie pour répondre à Clémence.

— Je ne vais pas y aller par quatre chemins. Je pense que vous ne m'avez pas tout dit au sujet d'Hugo lorsque nous nous sommes rencontrés. Je crois même que vous le connaissez très bien.

Andreas escomptait qu'elle nie, mais Clémence Barbier acquiesça d'un ton calme.

— C'est vrai. Je le connais.

Karine emprunta un long couloir en direction des toilettes. En passant, elle jeta un œil dans le salon, puis s'arrêta devant la porte du bureau. Elle balaya la pièce du regard et entra sur la pointe des pieds. L'ordinateur de Clémence Barbier était allumé, mais verrouillé. À côté du clavier, une pile de feuilles en désordre recouvrait quelque chose. Elle souleva les papiers et tomba sur un bloc-notes. Sous le mot « bitcoin » s'étalaient une longue suite de chiffres correspondant à un *wallet* et une adresse mail composée de caractères cryptiques : « #[-|_![]7_@guerrillamail.com ». Karine photographia la page, l'envoya par WhatsApp à Christophe, puis replaça le bloc sous la pile.

— C'est Wasima qui me l'a présenté l'été dernier. Il m'a proposé de lui payer un bon avocat pour les aider.

— D'où tenait-il l'argent ?

— Il venait de toucher sa part de la vente de la maison après le divorce.

— Et malheureusement, tout cela n'a rien donné.

— Non, le TAF a rejeté notre recours, dit Clémence en lançant un regard nerveux en direction du couloir.

— Et c'est là qu'Hugo a eu une autre idée pour les aider, c'est ça ?

Les yeux de Clémence s'animèrent enfin.

— Vous insinuez que j'étais au courant de cette prise d'otages ?

— L'idée m'a traversé l'esprit...

— C'est faux !

Karine revint s'asseoir.

— J'étais abasourdie lorsque j'ai appris ce qu'Hugo avait fait...

— C'est une immense demeure, l'interrompit Karine. Vous vivez seule ?

— C'est une maison de famille dont mon ex-mari a hérité, dit Clémence, étonnée. Nous cherchons d'ailleurs à la vendre.

— Vous êtes divorcés depuis quand ? poursuivit Karine pour gagner un peu de temps.

— Il y a maintenant plus d'une année.

— Quel est son métier ?

— Il est le président d'une banque privée. Je ne vois pas en quoi ça vous intéresse.

Karine sortit son portable, sans prendre la peine de répondre. Christophe venait de lui faire parvenir la transcription des caractères.

— Dites-moi, madame Barbier, Hugo vous a-t-il présenté certains de ses amis ?
— Non.
— Vous n'avez jamais rencontré Julien Rapaz ou Mélaine Genet ?
— Non ! répéta-t-elle d'un ton catégorique.
— Et HelioZ, ça vous évoque quelque chose ? lui demanda Karine.
— Hélio ?
Andreas parut tout aussi confondu. Ce nom lui était inconnu.
— avec un Z.
— Non, ça ne me dit rien du tout.
— Vous possédez des bitcoins ?
La mâchoire serrée, elle balbutia :
— Je ne comprends pas où vous voulez en venir.
— Les preneurs d'otages ont reçu une rançon en cryptomonnaie et cet HelioZ semble être en lien avec Duverney. Hugo a peut-être mentionné quelque chose à ce sujet ? Peut-être même vous a-t-il reversé une part de la rançon pour soutenir Khourchid et sa famille ?
Clémence toisa froidement Karine.
— Vous ne pouvez pas débouler chez moi et m'accuser de je ne sais quoi, s'indigna-t-elle en se levant. J'appelle mon avocate.
— Calmez-vous, je vous prie, intervint Andreas. Nous sommes désolés. Nous explorons simplement toutes les pistes pour retrouver les fugitifs.
Clémence se rassit.
— Je le répète. Je connais Hugo, mais...
— Pourtant, vendredi soir, vous avez soutenu le contraire, souligna Andreas.
— J'en suis désolée, mais sur le moment, je craignais...
— ... que nous ayons la conversation que nous avons maintenant ?
— Oui.
— Vous aviez donc quelque chose à nous cacher ?
— Je n'ai rien de plus à vous dire, décréta-t-elle vivement. Je vais vous demander de sortir. Si vous avez d'autres questions, vous les poserez en présence de mon avocate.

139

Mélaine et Julien s'assurèrent qu'ils n'avaient rien oublié avant de quitter l'appartement : faux passeports et permis de conduire, cartes de débit chargées de bitcoins, ticket de parking, clés de voiture, sans oublier la carte journalière pour le domaine skiable.

Encore sous le choc, ils n'avaient pas échangé une parole de la matinée. Ils se sentaient orphelins. Au cours des derniers mois, ils avaient noué une relation fusionnelle avec Hugo. Il leur avait fait promettre de verser de l'argent liquide à Brian, s'il venait à mourir. Ils tiendraient parole. À condition de réussir à s'échapper.

Ils enfilèrent leurs combinaisons, leurs chaussures de ski, prirent leurs skis et sortirent du chalet leurs sacs sur le dos.

À l'ouverture de la télécabine Matterhorn-Express, ils furent les premiers à grimper dans la gondole, qui les conduisit à la station intermédiaire de Furi. Le deuxième tronçon les amena au Trockener Steg.

Mélaine et Julien étaient maintenant dans le téléphérique qui montait au Matterhorn Glacier Paradise. Arrivés au sommet du glacier, à 3 883 mètres d'altitude, ils enfilèrent leurs sacs, chaussèrent leurs skis et s'élancèrent sur la piste. Sous le soleil radieux qui éclairait le Cervin, ils dévalèrent la pente, enchaînant les virages courts pour gagner en vitesse. De Testa Grigia, ils prirent la direction du Colle Superiore delle Cime Bianche avant d'entamer la dernière descente pour rejoindre Breuil-Cervinia.

Arrivés à la station italienne, ils abandonnèrent leurs skis contre un râtelier devant un restaurant et se rendirent à l'arrêt de bus à pied. Ils montèrent à bord d'une navette qui les mena au parking longue durée où une voiture de location les attendait depuis deux semaines.

Ils chargèrent leurs affaires dans le coffre, troquèrent leurs combinaisons contre une tenue de ville. Mélaine alla payer à la caisse et s'installa au volant. En quittant Breuil-Cervinia, Julien sortit deux sandwichs de son sac à dos et en tendit un à Mélaine.

140

HelioZ n'avait pas fermé l'œil de la nuit, ingurgitant sans cesse les canettes de boissons énergisantes pour se tenir éveillé. Un casque sans fil sur les oreilles, il écoutait *Degüello* en boucle, son album préféré de ZZ Top. L'enregistrement était de 1979, l'année où les deux chanteurs avaient commencé à arborer leurs énormes barbes. La raison de leur changement de look était la même que celle qui avait incité HelioZ à laisser pousser la sienne : la flemme. Après leur *Worldwide Texas Tour* en 1976 et 1977, ils s'étaient accordé une pause de deux ans durant laquelle leurs chemins s'étaient séparés. Sans se concerter, Dusty et Billy avaient tous deux décidé de ne plus se raser. La sienne, de barbe, était cependant un peu moins volumineuse et longue que la leur.

HelioZ ne parvenait pas à effacer de son esprit l'image d'Hugo, détonateur à la main. La police avait désactivé la webcam, mais il pouvait imaginer la suite. Et il comprenait son choix.

Le plan prévoyait qu'après avoir quitté la mine Hugo se déplacerait avec son quad, puis récupérerait la deuxième voiture de location sur le parking de la gare d'Aigle. Il devait ensuite se rendre au bord du lac, emprunter un canot à moteur pour traverser la frontière puis prendre un autre véhicule pour rejoindre Marseille. Là, il serait monté à bord d'un camion. Le chauffeur, grassement payé, l'aurait fait embarquer sur un cargo en direction de l'Amérique centrale. HelioZ avait tout organisé jusque dans les moindres détails.

La mort d'Hugo, si tragique soit-elle, ne changeait rien à la suite du programme. Ni pour lui, ni pour Mélaine, ni pour Julien.

HelioZ avait passé la nuit à vérifier une dernière fois leurs plans de fuite respectifs. En entreprise, on appelait ça la « gestion des risques ». Il avait identifié, analysé et évalué tous les risques, soupesé les avantages et inconvénients de chaque manœuvre à venir, suivi à la lettre les préceptes de Sun Tzu : « Un général avisé prend toujours en compte, dans ses supputations, tant les avantages que les inconvénients d'une option. Il voit les profits et peut tenter des entreprises ; il ne néglige pas les risques et évite les désagréments. »

HelioZ espérait parvenir à déjouer les plans de la police. Il saisit le livre rouge sur la table et le mit dans son sac. Plus qu'une simple stratégie militaire, c'était pour lui une philosophie de vie que le général chinois avait développée. Ses autres affaires étaient prêtes depuis le début de la prise d'otages. Ne restait qu'à sortir tous les disques durs de ses machines, les dévisser pour en retirer les plateaux magnétiques et les trouer à plusieurs endroits avec une perceuse. Il les emporterait avec lui, et s'en débarrasserait au hasard de sa fuite. Son ordinateur portable l'accompagnerait. Impossible de s'en séparer pour la suite des opérations.

Dans trois heures, il quitterait à jamais son logement. Malgré une pointe de nostalgie, il s'en réjouissait. Il ne supportait plus cet endroit, le lieu central de sa vie quotidienne devenu, sans qu'il s'en rende compte, une prison intérieure l'empêchant d'envisager l'avenir différemment. Dans ce triste tableau, seul le *hacking* lui permettait de s'évader de son existence monotone. L'idée de partir à l'aventure éveillait en lui une forme d'enthousiasme.

Pourtant, il ne pouvait s'empêcher de ressentir une certaine inquiétude. La visite inopinée des deux inspectrices venues lui poser des questions sur Julien ne l'affolait pas. Il était convaincu que la police ne le suspectait pas de faire partie des ravisseurs. La peur de se faire arrêter, malgré toutes les précautions mises en place, se mêlait au sentiment d'abandonner sa vie de tous les jours. HelioZ n'était pas un globe-trotter dans l'âme. Il vivait seul dans cet appartement depuis la fin de son apprentissage. À trente-six ans, il n'avait rien connu d'autre et s'apprêtait à se lancer dans l'inconnu.

Il allait se servir à boire quand quelqu'un sonna. Il sursauta. Il n'attendait personne...

Il s'avança jusqu'à la porte d'entrée et regarda par le judas...

C'était sa voisine. Dans ses mains, elle tenait une tarte aux pommes.

141

Christophe et Karine procédaient à une nouvelle perquisition de l'appartement de Julien à Leytron. Au même moment, Andreas et Kinga passaient le logement de Mélaine au crible. Sans nouvelle des deux fugitifs, ils poursuivaient leur enquête, souhaitant secrètement que Julien et Mélaine seraient appréhendés lors d'un contrôle de police ou d'un passage de douane.

Christophe et Nathan avaient fouillé de fond en comble le contenu de leurs ordinateurs, espérant dénicher des informations sur leur projet d'évasion. Les disques durs et les historiques Internet ne leur révélèrent rien, hormis les recherches de Julien au sujet des masques et des produits explosifs. D'autres policiers passèrent à nouveau en revue leurs comptes bancaires, les transactions de leurs cartes de crédit, la liste des communications. Sans succès.

D'abord persuadé que Julien, informaticien de profession, avait piraté les systèmes de surveillance de la mine, Christophe soupçonnait à présent la présence d'un quatrième acolyte. Hugo et Mélaine ne disposaient pas des compétences requises pour gérer la partie technique. Julien était, tout comme les deux autres, trop occupé par la prise d'otages, pour s'en charger. Nathan avait tout tenté pour accéder au contenu de l'ordinateur portable et de la tablette laissés à la taverne par Hugo, mais la sécurité était telle qu'il n'avait rien pu faire. Le *hacker* en question maîtrisait parfaitement son sujet.

En arrivant, ils avaient commencé par inspecter la voiture de Julien, une Ford Fiesta jaune garée devant la maison. Ils n'avaient rien trouvé. De toute évidence, quelqu'un avait pris soin d'effacer toutes les traces.

Ils fouillaient l'appartement de Julien depuis une heure, sans parvenir à mettre la main sur le moindre indice. Christophe entendit la porte s'ouvrir. Karine revenait de la boîte aux lettres avec une pile d'enveloppes. Elle la posa sur la table et commença à les décacheter une à une. Une facture d'électricité, une du dentiste, une invitation à participer à une conférence du Parti nationaliste suisse... Le pli suivant était affranchi avec un timbre italien, l'expéditeur était EMO: European Municipality Outsourcing.

Elle l'ouvrit et comprit alors qu'il s'agissait d'un organe de recouvrement d'amendes pour des violations du Code de la route.

Un radar avait flashé la voiture de Julien le dimanche 19 février à la sortie d'Antey-Saint-André, à 11 h 3.

— Viens voir ça.

Christophe pianota sur son téléphone et trouva immédiatement le lieu.

— C'est dans la vallée de Valtournenche, près d'Aoste.

Ils regardèrent la carte de la région. Karine se tourna vers son collègue.

— Tu as la même idée que moi?

— C'est là qu'ils ont préparé leur évasion.

142

Après la découverte de l'amende, les quatre inspecteurs se retrouvèrent sur le parking d'une station-service à la sortie d'autoroute de Bex. Karine et Andreas partirent pour Aoste, laissant à Christophe et Kinga le soin d'identifier HelioZ.

En recevant l'adresse mail cryptée trouvée par Karine chez Clémence Barbier, Christophe avait immédiatement reconnu du *leet speak*[*]. Le système d'écriture utilisait des caractères alphanumériques graphiquement proches des lettres afin de rendre ses messages inintelligibles pour le néophyte. #[-|_![]7_ signifiait donc « HelioZ ». L'histoire raconte que cet alphabet aurait été inventé dans les années quatre-vingt par les Cult of the Dead Cow[**], une organisation de *hackers*, pour éviter que les filtres ne repèrent leurs discussions. HelioZ était clairement le pseudo d'un pirate informatique.

Christophe appela un vieil ami de la Blécherette, spécialiste en cybersécurité. Introduit dans le milieu des *hackers* pour mieux lutter contre la cybercriminalité, il s'était créé un profil pour communiquer avec les autres. Ils évoluaient dans un microcosme opaque qui cultivait l'anonymat. Il connaissait HelioZ, mais

---

* Cela vient de *elite speak* : « langage de l'élite » en français.

** Le culte de la vache morte.

seulement sous son pseudo. Il s'était montré particulièrement discret ces derniers mois, n'intervenant même plus sur les forums spécialisés. L'ami de Christophe ignorait bien entendu sa véritable identité, mais suspectait qu'il était suisse.

Jusque tout récemment, il avait imaginé que Julien avait géré tout ce qui touchait au *hacking*, or, si ce n'était pas lui, c'était peut-être une de ses connaissances. Christophe se connecta sur le site Internet de l'entreprise de Julien. Il regarda avec Kinga la photo de tous les collaborateurs et contacta ensuite la patronne qui confirma ses soupçons.

— Julien est un bon informaticien, mais à mon sens il n'a pas les compétences suffisantes pour faire du piratage de ce niveau.

— Est-ce que quelqu'un d'autre dans votre équipe en serait capable?

— Je ne vois que René Droz. C'est notre *pentester**. Son job est d'analyser la sécurité des réseaux de nos clients et de simuler des cyberattaques pour détecter les failles. Il est rompu à ce genre d'exercice.

— Est-ce qu'il est au bureau en ce moment?

— Non. Il est en arrêt maladie depuis le début de la semaine. J'attends de ses nouvelles. Il devait revenir travailler ce matin.

---

* Raccourci de *penetration tester*: «testeur d'intrusion».

143

Christophe et Kinga sortirent de l'autoroute et prirent la direction de Monthey pour se rendre chez René Droz. En roulant, il observa une Mercedes Classe E des années septante arriver en sens inverse. Comme son chef, Christophe avait développé une passion pour les vieilles voitures. Andreas préférait les BMW, lui les Mercedes. Chaque printemps, il se réjouissait de sortir sa Mercedes-Benz 280 SE, un modèle cabriolet de 1970, hérité de son grand-père. Sur les conseils de son chef, il l'avait confiée la semaine dernière pour révision à l'atelier mécanique Dätwyler à Collombey, spécialisé dans les véhicules anciens.

— C'est lui ! s'écria alors Kinga, reconnaissant Droz au volant de la vieille voiture.

Christophe continua à rouler sur quelques centaines de mètres, les yeux rivés sur son rétroviseur et vit Droz s'engager sur l'autoroute en direction du Valais. Il effectua un demi-tour, coupant la ligne blanche, et accéléra. Il le rattrapa rapidement, mais garda une bonne distance avec la Classe E.

Il appela Andreas qui circulait dans le tunnel du Grand-Saint-Bernard.

— Suivez-le et ne le lâchez pas d'une semelle, ordonna Andreas. C'est peut-être notre seule chance de mettre la main sur les complices d'Hugo.

René Droz sortit de l'autoroute à Sion et gara sa voiture dans un parking souterrain, au troisième sous-sol. Il prit un sac à dos dans son coffre et se dirigea vers l'ascenseur. Christophe et Kinga montèrent les escaliers en courant et se postèrent devant la gare. Quand Christophe aperçut Droz, il demanda à Kinga de le filer le plus discrètement possible. Si Hugo l'avait identifié sur la webcam, Droz savait aussi à quoi il ressemblait. Les risques qu'il reconnaisse Kinga étaient moindres.

Elle le suivit jusque sur le quai où il s'assit sur un banc pour attendre le départ du train de 15 h 13 en direction de Milan.

144

Andreas et Karine arrivèrent au quartier général de la police d'Aoste, escortés par une voiture de la police italienne venue les attendre à la frontière. Ils furent accueillis par une femme en uniforme. Les accords passés avec l'Italie interdisaient à un policier suisse d'effectuer une filature sur le territoire de la péninsule. Viviane avait dû contacter le Centre de coopération policière et douanière à Chiasso pour les prier d'avaliser une demande d'observation officielle afin que ses deux inspecteurs soient autorisés à accompagner les Italiens dans leur traque des fugitifs.

— *Buongiorno, sono l'ispettore Joubert, lui è Andreas Auer, il mio chef**.

Depuis qu'elle partageait la vie de Luca, Karine s'était mise à l'italien.

— *Piacere, sono Eleonora, il commissario capo della Polizia di Aosta. Seguitemi***.

Elle les emmena dans un bureau et les fit asseoir.

— *Ecco, queste sono tutte le foto scattate il 26 febbraio dal radar in questione****.

---

* Bonjour, je suis l'inspectrice Joubert, voici Andreas Auer, mon chef.

** Je suis Eleonora, la commissaire en chef de la police d'Aoste. Suivez-moi.

*** Voilà toutes les photos prises par le radar en question le 26 février.

— *Grazie mille.*

Andreas et Karine prirent place devant l'ordinateur. Après la découverte de la contravention pour excès de vitesse, ils s'étaient retrouvés à Bex et avaient pris la route pour Aoste sans attendre. Ils étaient persuadés que si Julien s'était rendu dans la région deux semaines auparavant c'était pour préparer leur évasion.

Le village où sa voiture avait été flashée, Antey-Saint-André, se situait sur la route de Breuil-Cervinia. Il semblait plausible que Mélaine et Julien aient prévu de franchir la frontière à skis en partant de Zermatt. La police italienne avait déployé un barrage sur la route qui descendait de Breuil-Cervinia au cas où ils ne seraient pas encore passés. Il paraissait improbable que les deux fugitifs aient entrepris la traversée la veille. Nathan visionnait toutefois les images des caméras de la gare de Täsch pour tenter de déterminer s'ils étaient arrivés à Zermatt, et le cas échéant à quelle heure.

Parmi la centaine de photos prises par le radar le 19 février, ils cherchèrent en les faisant défiler à l'écran celle qui avait été déclenchée à 11 h 3 par la voiture de Julien. Il avait été flashé à 62 km/h dans le village d'Antey-Saint-André en direction de Breuil-Cervinia. Karine double-cliqua sur l'image pour l'agrandir.

Elle reconnut immédiatement la Ford Fiesta jaune de Julien, mais dut zoomer encore pour identifier la personne au volant. Mélaine conduisait, seule. L'absence de Julien n'invalidait pas leur théorie. Mélaine s'était rendue à Breuil-Cervinia pour faire quelque chose qui ne pouvait se faire à distance, vraisemblablement pour y déposer un véhicule.

Si la Ford Fiesta de Julien se trouvait maintenant chez lui en Suisse, c'est qu'ils avaient amené à Breuil-Cervinia un deuxième véhicule qui y resterait stationné en attendant leur évasion. Et s'ils avaient vu juste, quelqu'un devançait ou suivait Mélaine avec une autre voiture.

Karine afficha une mosaïque de toutes les photos. Le cliché qui précédait celui où figurait Mélaine avait été pris onze minutes plus tard. Celui qui suivait indiquait : 11 h 3. La vitesse mesurée était un peu inférieure, 56 km/h. Le conducteur ou la conductrice avait ralenti en voyant Mélaine se faire flasher. Karine double-cliqua sur l'image pour l'agrandir.

— *Yes !* s'exclama Andreas.

Sur la photo, ils reconnurent Julien.

145

Andreas se cramponnait au siège de la Lamborghini Huracan bleu roi de la police italienne. Le compteur de vitesse indiquait : 214 km/h. À ce rythme, ils arriveraient à Gênes en moins d'une heure. Le conducteur mit un bref coup de gaz en dépassant plusieurs véhicules, l'aiguille du compte-tours s'affola.

— *Questa macchina è un mostro con i suoi 610 cavalli. Può arrivara a 300 all'ora*[*], expliqua l'agent spécialement formé pour piloter ce bolide. La police employait ce type de voiture pour pincer les chauffards, ajouta-t-il, mais aussi parfois pour des transports d'organes.

— *Si, ma*... vas-y mollo, lui lança Andreas.

Karine et deux inspecteurs italiens suivaient de près, dans un deuxième véhicule, une Alfa Romeo Giulia Quadrifoglio noire à bandes rouges, qui ne comptait que 510 chevaux sous le capot.

Contrairement à Karine, Andreas n'était pas un fanatique de vitesse et préférait le doux ronronnement du moteur six cylindres en ligne de sa BMW, au rugissement tonitruant de ce V10.

---

[*] Cette voiture est un monstre avec ses 610 CV. Elle peut atteindre les 300 à l'heure.

— *Un pò più piano*, tenta Andreas qui s'efforçait de ressortir les maigres connaissances d'italien qu'il avait acquises au collège.

— *Tutto bene, padroneggio la bestia*[*].

L'étau se resserrait sur Mélaine et Julien. Nathan les avait repérés sur les images des caméras de la gare de Täsch à 16 h 51, la veille. Ils avaient passé en Italie à skis de Zermatt à Breuil-Cervinia et étaient probablement toujours ensemble.

La Fiat Tipo grise aux plaques italiennes, flashée à Antey-Saint-André avec Julien à son bord, était une voiture de location. Elle avait été repérée, un peu plus tôt ce jour, à 14 h 12, par une caméra autoroutière, à quelques kilomètres de Gênes. La police recherchait activement le véhicule, loué au nom d'un certain Daniel Martin. L'agence leur avait envoyé la copie du permis de conduire et du contrat de location. La photo était bien celle de Julien. La prise en main datait du dimanche 19 février à Aoste, le retour était prévu à l'aéroport de Florence, le 7 mars.

La police cherchait à retrouver ce nom sur les listes de voyageurs des vols en partance de Florence. Comme il pouvait s'agir d'une fausse piste, ils vérifièrent aussi les départs de l'aéroport de Gênes, ainsi que les listes d'embarquement des bateaux du plus grand port industriel et commercial d'Italie.

---

[*] Tout va bien, je maîtrise la bête.

146

Accoudée à la fenêtre de leur triste chambre d'hôtel dans un quartier glauque à deux rues du port commercial, Mélaine observait les avions décoller et se prit à rêver de leur destination. L'aéroport, situé en bord de mer, n'était pas loin. Elle s'apprêtait à commencer une nouvelle existence, à l'autre bout du monde. Elle s'y était préparée avec Julien, mais maintenant qu'ils étaient confrontés à cette réalité, elle sentait l'inquiétude monter. Ils seraient constamment en cavale. Elle devrait couper les ponts avec sa famille. Elle s'était éloignée de ses parents ces dernières années, mais elle aurait voulu les contacter une ultime fois, leur expliquer. Ils devaient se faire un sang d'encre. Elle leur enverrait un courrier électronique avec *guerrillamail* dès qu'elle serait arrivée à destination. Oui, c'est cela, elle le ferait. Mais elle ne les reverrait plus.

Elle ferma la fenêtre et se coucha sur le lit à côté de Julien qui lisait un roman. Pour s'évader un peu, se changer les idées avait-il dit. La présence de son meilleur ami la rassurait. Elle n'était pas seule dans cette aventure. Enfants uniques, ils avaient grandi ensemble à Gryon dans la même maison. Comme elle avait trois ans de plus que lui, elle avait joué le rôle de la grande sœur. Julien était plutôt insouciant, elle anxieuse. Pourtant, depuis la mort de Léo, plus rien ne semblait avoir d'importance aux yeux de Julien. Mélaine s'était toujours sentie responsable de lui.

C'est elle qui avait lancé l'idée de la prise d'otages. C'était maintenant de son devoir de l'amener à bon port.

Sur le petit bureau se trouvait le paquet qu'ils avaient emporté de Zermatt. À l'intérieur, il y avait tout ce qu'il leur fallait pour la suite de leur évasion. Quand ils avaient mis en service leurs deux nouveaux téléphones, avec de nouvelles cartes SIM italiennes achetées deux semaines plus tôt, ils avaient reçu un message de René sur l'application cryptée.

Grâce au mouchard GPS que Mélaine avait fixé sous la voiture d'Andreas, René avait pu suivre le trajet des inspecteurs de Bex jusqu'au poste de police d'Aoste. Depuis, le GPS n'avait signalé aucun mouvement. Plus ils y réfléchissaient, moins ils comprenaient comment Andreas avait pu retrouver leur trace.

René leur avait conseillé de ne pas quitter leur chambre d'hôtel. Il n'y avait aucune chance qu'ils soient localisés, avait-il dit. Mélaine lui faisait confiance, mais l'éventualité qu'il ait informé la police pour la détourner de son propre plan d'évasion commençait à la hanter. Ses soupçons pesaient aussi sur Clémence. Hugo lui avait juré qu'elle n'était au courant de rien. Ni de leur projet ni de leur plan de fuite. La discrétion était une condition *sine qua non* de leur réussite. Mais Hugo était amoureux d'elle et Mélaine ne pouvait pas exclure qu'il lui ait parlé. Elle n'avait rien dit de tout ça à Julien. Elle était probablement juste en train de céder à la paranoïa.

En chemin, Julien et elle étaient entrés dans une épicerie de quartier pour acheter de quoi grignoter en attendant leur départ. Julien se leva, prit des biscuits dans le sac de courses et s'assit sur le rebord du lit. Il ouvrit le paquet de *canestrelli*. C'étaient des sablés de la région en forme de fleurs. Julien était toujours curieux de déguster la nourriture des pays qu'il visitait. Il s'était renseigné sur les spécialités de leur destination et rêvait de goûter du *tamal*, une papillote d'origine préhispanique constituée de pâte de maïs farcie à la viande enveloppée dans des feuilles de maïs ou de bananier.

147

Le chef de la police de Gênes accueillit Andreas et Karine au commissariat central et leur présenta les deux inspecteurs à qui l'affaire avait été confiée.

Grâce aux caméras enregistrant les plaques d'immatriculation, la voiture de location avait été retrouvée vide, dans un parking public. À moins d'avoir poursuivi leur voyage par un autre moyen de transport pour brouiller les pistes, Mélaine et Julien devaient être à Gênes, d'où les destinations étaient innombrables. L'aéroport Christophe-Colomb desservait les principales villes d'Europe, autant de points de départ vers d'autres continents.

Des ferries appareillaient quotidiennement du port de Gênes, pour la Sicile, la Sardaigne, la Corse, l'Espagne, la France, la Tunisie ou encore l'Algérie. Les bateaux de croisière proposaient aussi de nombreux itinéraires : Espagne, Malte, France, Portugal, Maroc, Tunisie, Majorque, Ténériffe, Grèce, Israël, Royaume-Uni, Suède et même des tours du monde... Autant dresser la liste des endroits où ils ne pouvaient pas aller.

Pourtant, les informations récoltées par l'un des inspecteurs italiens leur permirent de restreindre considérablement leur champ de recherches. Plusieurs réservations avaient été effectuées au nom de Daniel et Justine Martin. Jusqu'alors, ils ne connaissaient que la fausse identité de Julien trouvée grâce au contrat de location de la Fiat Tipo. Justine Martin était à n'en point douter Mélaine. Une des réservations concernait un vol de Gênes à Curaçao via Amsterdam. Puis une deuxième, un vol de Florence, là où ils étaient censés rendre la voiture de location, à Johannesburg. Les deux fugitifs tentaient de brouiller les cartes.

La sécurité des deux aéroports avait été avertie, la police italienne les cueillerait, le cas échéant. Ils transmirent leurs photos aux autorités portuaires, car deux billets de croisière avaient été réservés. L'un, sur le *MSC Splendida* pour la Barbade, Saint-Martin et la Guadeloupe. L'autre, sur le *MSC Fantasia* à destination de Rio avec une escale à Salvador de Bahia. Le premier quittait le port à 18 heures. Le second à 21 h 30. Il ne leur restait qu'une heure avant le départ du premier bateau.

148

Le train partant de Sion était arrivé à Milan à 17 h 40. À sa descente du wagon, Droz s'était installé dans un café. Assise à une table dissimulée par un pilier, Kinga ne l'avait pas lâché du regard. Il avait commandé une bière et un panini, avant de sortir son ordinateur portable. Vers 18 h 15, il s'était levé. Kinga l'avait suivi jusque dans le train en partance pour Gênes.

Kinga était installée dans le même wagon bondé, plusieurs rangées derrière lui. En regardant par la fenêtre, elle vit défiler la station Genova Sampierdarena. Dans cinq minutes, le convoi arriverait en gare de Genova Principe. Droz s'apprêtait sans doute à rejoindre Julien et Mélaine.

Durant le trajet, Kinga avait échangé de nombreux messages avec Andreas. Alors qu'elle attendait une réponse qui semblait tarder, elle avait consulté son téléphone qui demandait d'entrer son code PIN. Elle l'avait probablement éteint par mégarde.

Andreas, Karine et les inspecteurs italiens avaient contrôlé le navire de croisière qui levait l'ancre à 18 heures, sans succès. Mélaine et Julien n'étaient pas montés à bord et ne s'étaient pas présentés au départ des vols réservés à leur faux nom. Ne restait que le bateau de 21 h 30. Ignorant l'identité qu'avait prise René Droz, ils n'étaient pas parvenus à trouver sa réservation.

En arrivant à Gênes, Kinga passerait le relais à des inspecteurs de la police italienne en civil afin de ne pas éveiller les soupçons de Droz. Il avait d'abord été question de l'appréhender à sa descente du train, mais ils s'étaient ravisés. S'ils le suivaient discrètement, peut-être les mènerait-il à ses deux complices.

Kinga se décala légèrement afin de surveiller René Droz. Il prit son sac et rejoignit la plateforme. Le convoi circulait désormais au cœur de la ville dans un quartier sinistre sur un pont qui surplombait la route.

Soudain, le train décéléra brusquement et s'arrêta.

Kinga se pencha à la fenêtre et vit la porte s'ouvrir. René Droz avait tiré le frein d'urgence et jaillissait déjà du wagon pour s'enfuir. La jeune aspirante joua des coudes et se glissa difficilement entre les passagers qui bloquaient le couloir. Une fois sur la voie ferrée, elle aperçut René Droz franchir une barrière avant de s'élancer dans le vide. Kinga se précipita et enjamba la balustrade. Droz se faufilait déjà dans une ruelle. Kinga sauta à son tour et amortit sa chute sur le toit d'une camionnette stationnée juste en dessous. Elle se laissa ensuite glisser sur le pare-brise, puis fonça dans la rue où elle avait vu Droz s'engager. Il avait disparu.

149

À bout de souffle, René Droz se cacha derrière des conteneurs et sortit son téléphone pour se localiser. Alors que la gare ferroviaire Genova Principe se trouvait à sept cents mètres du pont Andrea Doria et du terminal des bateaux de croisière MSC, il se retrouvait maintenant à trois kilomètres du quai d'embarquement…

Bien qu'il fût seul, une phrase de Sun Tzu au sujet des déconvenues susceptibles de toucher une armée lui vint à l'esprit: « Une armée peut connaître la fuite, le relâchement, l'enlisement, l'écroulement, le désordre, la déroute. Ces six malheurs ne tombent pas du Ciel, mais proviennent d'une erreur de commandement. »

Dans son cas, l'erreur avait été le relâchement. Avant de quitter son appartement, il avait, une fois encore, tout vérifié dans les moindres détails. En théorie, son plan était infaillible. Mais il n'avait pas songé à la possibilité d'être aperçu sur la route. Il aurait dû y penser, se déguiser. Rien de tout cela ne serait arrivé. Maintenant qu'il avait identifié le problème, il devait à tout prix éviter un deuxième écueil qui pourrait s'avérer fatal. Pour le moment, il n'avait pas le choix. Il devait improviser.

Lorsqu'il fut certain que Kinga ne l'avait pas suivi, il se remit en route et entra dans un restaurant. Il s'assit au bar, commanda une bière qu'il paya aussitôt. Il en avala une gorgée et demanda les toilettes. Face au miroir, il sortit des ciseaux et une tondeuse de son sac à dos. Il coupa, puis rasa sa barbe, raccourcit ses cheveux. Il mit ensuite une casquette et les lunettes qu'il ne portait que pour lire.

En se dirigeant vers la porte, il glissa un œil à la télévision qui annonçait un flash spécial. Il n'entendit qu'une bribe de phrase – « *criminali pericolosi ricercati dalla polizia*[*]... » – avant de quitter l'établissement. René consulta sa montre. Il n'était pas en avance. Il héla le premier taxi.

Quand il arriva dans le terminal, le comptoir d'enregistrement s'apprêtait à fermer. On lui remit son coupon d'embarquement et on le pria de laisser sa valise au bagagiste qui l'apporterait dans la cabine. Droz se dirigea en courant vers la zone d'embarquement. Quelques dizaines de passagers attendaient encore au niveau des passerelles pour monter à bord. Il s'avança, on lui demanda de montrer son coupon et sa pièce d'identité.

L'employé de la compagnie maritime regarda la photo d'identité, le fixa longuement.

— *Non ho più la barba*[**], lui précisa René.

— *L'avevo notato. Benvenuto a bordo signor Uzun*[***].

René reprit son passeport et s'apprêtait à partir quand quelqu'un l'interpella.

— *Scusi Signore, dobbiamo ancora fare una foto di lei*[****].

— Quoi, comment ça ?

Un des employés qui parlait le français s'approcha de lui.

— Pour des raisons de sécurité, nous avons besoin de prendre une photo de chaque passager.

— Je ne comprends pas. J'en ai chargé une lors de l'enregistrement en ligne.

---

[*] Criminels dangereux recherchés par la police.

[**] Je ne porte plus la barbe.

[***] Je l'avais remarqué. Bienvenu à bord monsieur Uzun.

[****] Désolé monsieur, nous devons encore faire une photo de vous.

Il avait utilisé celle d'un parfait inconnu, trouvée sur Internet.

— Désolé, mais nous avons eu une panne informatique. Le chargement n'a pas fonctionné. On doit donc vous prendre en photo, ensuite vous pourrez profiter de votre croisière.

René fut obligé d'accepter, pas question de provoquer un esclandre sur le quai. Il enleva sa veste, se plaça devant la toile de fond et remarqua le rictus gêné de l'employée qui s'apprêtait à le photographier lorsqu'elle découvrit le texte imprimé sur son t-shirt noir — «*proud owner of a small penis*[*] ».

— Je déteste les gens prétentieux, dit-il le plus sérieusement du monde.

Après le flash, il remit sa veste et monta à bord.

[*] Fier propriétaire d'un petit pénis.

150

Du balcon de sa cabine, une suite située sur le pont Alfieri au quinzième étage, René Droz regarda le bateau de croisière larguer les amarres. Dans vingt-quatre jours, il serait arrivé à destination.

Un serveur frappa à la porte et déposa un cocktail et un bol de cacahuètes sur la table. René lui glissa un billet dans la main.

— Merci, monsieur Uzun.

Droz prit son verre et revint s'installer sur le balcon. Ernest Uzun était le faux nom qu'il s'était choisi. Une anagramme de René Sun Tzu. Il se réjouissait de cette traversée qui s'annonçait sous les meilleurs auspices. La police était parvenue à le filer jusqu'à Gênes, mais il avait réussi à leur fausser compagnie et il était à bord.

Mais Droz avait eu chaud. Très chaud. À la gare de Milan, en embarquant dans le train pour Gênes, il lui avait semblé apercevoir une silhouette connue. Sûrement une illusion, avait-il tenté de se convaincre. Durant le trajet, il avait ouvert son ordinateur et s'était connecté via son téléphone à Internet pour envoyer le PDF de son billet de bateau sur son portable. Lorsque les points d'accès sans fil dans le périmètre s'étaient affichés, l'un d'eux avait attiré son attention : « iPhone de Kinga ». Il reconnut immédiatement le prénom.

Pour s'assurer qu'il s'agissait bien de la jeune aspirante, il avait piraté son portable. Il aurait pu s'approcher d'elle et l'identifier discrètement, mais pirater le téléphone lui avait paru impératif pour comprendre comment Kinga Nowak s'était retrouvée dans le même convoi que lui. Jusqu'à maintenant, il avait toujours eu un coup d'avance sur la police. La présence de cette fille dans le train renversait la situation. Dans son monde, celui où il contrôlait tout, c'était inacceptable. S'il ne pouvait plus anticiper les mouvements de la police, il risquait de se faire attraper.

Pour accéder au portable de Nowak, il lui avait fallu une bonne demi-heure, plus que d'habitude. Le téléphone de cette «Kinga» s'était alors éteint et avait redémarré. Quelques minutes plus tard, lorsqu'elle l'avait sorti de sa poche, elle avait dû entrer son code PIN, ce qu'elle avait fait sans se poser questions. Dès lors, René Droz avait eu accès à l'image de la caméra frontale. Comme il avait également la possibilité de consulter ses messages, il avait pu lire ses échanges par SMS et appris comment il avait été suivi et ce qui l'attendait à son arrivée.

Sachant que la brigade criminelle dont Mélaine faisait partie serait dépêchée sur les lieux de la gestion de crise aux Mines de sel, Mélaine leur avait fait un briefing sur ses collègues. Mais cela n'avait pas suffi à René. Il avait appliqué un des conseils de Sun Tzu: «Qui connaît l'autre et se connaît, en cent combats ne sera point défait; qui ne connaît l'autre, mais se connaît, sera vainqueur une fois sur deux; qui ne connaît pas plus l'autre qu'il ne se connaît sera toujours défait.»

Force était de constater que cette simple vérité, énoncée par un général militaire du VIe siècle av. J.-C., lui avait été fort utile. Lorsqu'il avait appris le matin même de la prise d'otages que la jeune aspirante avait rejoint l'équipe d'Andreas Auer, il avait appliqué ce principe et effectué des recherches à son sujet. Son nom et son visage étaient restés enregistrés dans sa mémoire.

Alors que le navire quittait le port, Droz vit des lumières bleues éclairer le quai. Plusieurs voitures de police se positionnaient devant le *MSC Fantasia*. En scrutant à la jumelle, il reconnut

Andreas, Karine et Kinga qui montaient à bord en compagnie de policiers italiens en uniforme. Ils s'apprêtaient à cueillir Julien et Mélaine.

Une autre citation du général Sun Tzu lui vint naturellement à l'esprit : « S'il ne sait où je vais porter l'offensive, l'ennemi est obligé de se défendre sur tous les fronts. »

René but une gorgée de son *orange blossom*, le cocktail favori de Charlie Chaplin qu'Hugo lui avait fait découvrir : gin, jus d'orange et une tombée de grenadine pour lui donner une couleur légèrement sanguine...

Puis il esquissa un sourire.

151

Installé dans la cabine d'un hélicoptère, Andreas regardait les lumières du port de Gênes à travers le hublot. L'AgustaWestland AW139 de la police italienne s'éloignait de la côte, rattrapant le *MSC Poesia* parti une heure plus tôt.

Dans la soirée, aux alentours de 21 h 30, ils étaient montés à bord du *MSC Fantasia* à la recherche de Julien et Mélaine. Cette réservation-là était aussi un leurre. Ils n'avaient aucune autre piste à suivre. Julien et Mélaine s'étaient évaporés.

En survolant la mer, Andreas pensait aux trois fugitifs, à leur prise d'otages. Autant il pouvait s'identifier à leur motivation, celle de vouloir endiguer la montée de l'extrémisme, comprendre leur volonté de dénoncer les injustices et leur engagement à combattre toute forme de racisme ou encore attirer l'attention sur les discriminations exercées contre les personnes homosexuelles, autant il lui était impossible de cautionner la méthode employée.

Dans leurs communications sur les réseaux sociaux, ils stigmatisaient les membres du Bloc identitaire suisse comme l'incarnation d'un mal à éradiquer. Et Peter Aebi, Michel du Pasquier, Daniel Kursner, Sophie Corboz avaient été exécutés pour ce qu'ils représentaient. Leurs convictions étaient certes condamnables. Mais tout n'était pas noir ou blanc. La vie se déclinait dans les différents tons de gris. Il n'y avait pas d'un côté les victimes et de l'autre les coupables. C'était une vision bien trop simpliste dans laquelle l'opinion publique s'embourbait aisément. Un être humain ne pouvait pas être réduit à ses actes, aussi odieux soient-ils.

L'abbé Mauron avait justement cité saint Augustin: «Hais le péché, aime le pécheur.» Mais Mauron avait mal lu l'évêque d'Hippone. Le texte original disait: «*Cum dilectione hominum et odio vitiorum*» qui se traduisait par «Avec l'amour de l'homme et la haine des vices». Mauron se trompait, il ne s'agissait pas de condamner son prochain ni de haïr son péché. Il fallait commencer par balayer devant sa porte. Andreas trouvait son allégorie de la bête féroce parlante: «Un ours dans sa férocité assaille un de tes frères; il le tient serré dans ses pattes pour le dévorer. Je te vois armé contre l'animal. J'applaudis à ta valeur. Homme courageux, vole promptement à son secours... Mais imprudent, que fais-tu? Arrête. Quelle fureur te pousse à faire périr l'homme en même temps que l'animal? Distingue l'un de l'autre, et ne deviens point homicide. Borne ta haine à la bête féroce, et ne massacre point avec elle la malheureuse proie qui doit t'être chère. Que ton amour pour elle modère ton transport. Mesure ton coup avec précaution. Abats la bête, mais sauve celui qu'elle a saisi.»

Et surtout, comme toujours, il n'y avait rien de plus dangereux que d'isoler une phrase de son contexte ou de la pensée globale dans laquelle elle s'inscrivait. Car saint Augustin ne s'arrête pas là: «Tu as le mal en horreur? Soit, mais que ta haine soit réglée sur la volonté de Dieu, et ne la laisse point, tel qu'un frénétique, se livrer à son impétuosité.»

La question qui demeurait était de comprendre quelle fêlure dans la vie de Mélaine, de Julien, d'Hugo et de René les avait conduits à dépasser la ligne fatidique.

Après quinze minutes de vol, Andreas aperçut au loin le palace flottant illuminé sur l'eau sombre. Le pilote se positionna au-dessus du navire, puis descendit délicatement pour atterrir sur l'héliport.

La police italienne avait réuni et briefé tous les employés qui travaillaient au terminal de la compagnie MSC et leur avait montré les photos des trois fugitifs. Malgré l'absence de barbe, l'employée qui avait tiré le portrait des passagers du *MSC Poesia* reconnut le visage de René Droz. Elle était très physionomiste et l'homme en question avait attiré son attention, car non seulement il avait exprimé son mécontentement en apprenant qu'il devait être pris en photo, mais surtout il portait un t-shirt prétendument humoristique qu'il s'était empressé de commenter. En revanche, elle ne se souvenait pas de son nom.

Christophe, arrivé à Gênes entre-temps, compulsa avec ses collègues italiens les 2 550 photos des passagers sur les ordinateurs de la compagnie maritime. Après une quarantaine de minutes, un des policiers italiens interpella Christophe et lui montra un cliché qui rappelait le signalement du fugitif. Droz avait loué une cabine de luxe pour une croisière autour du monde, mais son billet s'arrêtait à Puerto Quetzal, le plus grand port guatémaltèque. Son voyage se terminerait là-bas. La réservation était enregistrée au nom d'Ernest Uzun.

René Droz entendit l'hélicoptère de la police approcher et le vit atterrir sur la plateforme. En montant sur le paquebot, il avait maudit la compagnie de croisière qui l'avait contraint d'accepter d'être photographié à cause d'une erreur informatique. On pouvait faire confiance à un ordinateur, pas à une personne, disait-il toujours. Il avait manifestement eu tort.

Il espérait pouvoir prendre le large avant que la police tombe sur la photo. Mais les policiers étaient là. Ce cliché était le seul indice qui le reliait au *MSC Poesia*. Mélaine et Julien n'étaient pas au courant. Il leur faisait confiance, mais s'était gardé de leur dire sur quel bateau il embarquerait.

« Le général qui se fie à mes calculs sera nécessairement victorieux... » Malgré Sun Tzu, Droz avait commis une erreur de calcul. Derrière son ordinateur, il maîtrisait la théorie à la perfection, mais, trop sûr de sa tactique, il avait sous-estimé les risques pratiques et négligé les aléas humains. Son erreur avait permis à Kinga de le suivre dans le train. Il n'avait pu éviter l'enchaînement d'événements qui s'étaient succédé.

Dans *Les Sept Règles*, Kouan Tse disait : « Il est de règle, dans toute expédition militaire, de supputer au-dedans avant d'envoyer ses armées au-dehors. Si on envoie l'armée hors du territoire sans avoir au préalable fixé sa stratégie, on sera l'artisan de sa propre défaite et le pourvoir de sa ruine. »

Force était de constater qu'il n'était pas suffisamment prêt à affronter l'ennemi sur le terrain. Il avait échoué. Il n'avait pu goûter à sa nouvelle vie de *kitesurfer*. Elle s'était terminée avant même d'avoir commencé. Le rêve qu'il caressait, quitter sa triste existence montheysane, tombait à l'eau. Il était exclu qu'il se fasse attraper. Tout comme Sun Tzu, René était obsédé par la victoire au point de ne pouvoir imaginer la défaite. Et pourtant. S'il se sentait déjà en prison chez lui, ce n'était pas pour finir dans une vraie cellule avec des barreaux.

Le bruit assourdissant des rotors s'arrêta d'un seul coup, les pâles ralentirent. Andreas et Karine descendirent, suivis de deux policiers italiens.

L'officier en chef de l'équipage du navire les guida jusqu'à la cabine 107.

Un des deux inspecteurs italiens frappa.

— *Polizia, apra*[*] !

— J'arrive, un instant, répondit une voix étouffée.

Sans prévenir, Karine prit de l'élan et enfonça la porte avec son talon, jambe tendue. Andreas entra juste à temps pour voir une ombre franchir la rambarde du balcon. Kinga et lui se précipitèrent. Andreas tenta d'attraper le bras du fugitif. Kinga agrippa le sac à dos qui lui resta entre les mains.

Ils virent René Droz plonger dans le vide, heurter la coque du bateau et disparaître dans les eaux sombres de la mer Ligurienne.

---

[*] C'est la police, ouvrez !

152

Allongés sur des transats, Mélaine et Julien profitaient du ciel bleu azur et du calme de l'océan. Depuis que leur cargo avait quitté le port de Gênes, ils passaient le plus clair de leur temps sur le pont, afin d'éviter la vue des conteneurs empilés devant leur hublot.

Les rayons du soleil réchauffaient leur peau balayée par un vent frais et paresseux. Julien continuait la lecture d'un roman policier emprunté la veille dans une bibliothèque de la salle de télévision, Mélaine sortit le vieux carnet d'Aaron. Elle le connaissait par cœur, mais s'y plongea à nouveau.

Rebaptiser la salle du nom de leur aïeul était son souhait. L'histoire d'Aaron et Louise l'avait bouleversée. Ils avaient souffert d'une profonde injustice nourrie par la haine des Juifs de Kalbfuss et d'Ansermet. L'histoire se répétant, Hannah, la grand-mère de Julien et sa famille avaient été les victimes de l'Holocauste. Avant d'apprendre qu'Aaron était un de ses ancêtres, Mélaine n'avait jamais imaginé que du sang juif coulait dans ses veines. Cela remontait à plusieurs générations, mais en lisant le récit d'Aaron, elle s'était sentie connectée à son destin.

La mort de Léo avait engendré une explosion de colère. Mélaine avait assisté au procès seule, Julien n'étant pas prêt à affronter les bourreaux de son compagnon. Lorsque Sophie s'en était tirée avec un sursis, une haine viscérale s'était emparée d'elle, tant pour les agresseurs que pour la Fraternité sacerdotale Saint-Pie-X qui stigmatisait les personnes homosexuelles et s'en tirait avec un blanc-seing.

Enfant, elle avait passé beaucoup de temps avec Julien et Hannah, qui habitaient l'appartement au-dessus du sien. Hannah leur contait des histoires et de sa voix douce leur lisait des passages de la Torah. Elle leur parlait de la détresse humaine, de l'amour du prochain. Lorsque Mélaine était devenue adolescente, elle lui avait demandé de lui raconter sa vie là-bas, en Pologne. Hannah lui avait montré les photos qu'elle conservait précieusement dans sa boîte. Mélaine avait été profondément émue par le vécu de sa famille prisonnière du ghetto, puis des camps de concentration. Hannah ne lui avait pourtant jamais parlé d'Aaron. Encore aujourd'hui, Mélaine ne comprenait pas ce qui l'avait poussée à garder cette histoire secrète, mais elle ne lui en voulait pas.

Telle une éponge, Mélaine absorbait les sentiments, positifs comme négatifs, sans pouvoir les évacuer. Elle accumulait en elle les émotions d'autrui, incapable de se libérer de leur poids. Mais au fil du temps, sa sensibilité s'était érodée. Elle qui, enfant, ne tolérait aucune injustice, s'était soudain sentie envahie par la haine. À la différence d'Hannah, elle ne croyait plus au pardon.

Adolescente, Mélaine avait pensé devenir assistante sociale. Sa profonde empathie, sa volonté d'œuvrer pour le bien, son souhait d'aider les gens dans le besoin l'avaient naturellement conduite vers ce métier. Elle avait entamé sa carrière professionnelle, pleine de rêves et d'espoirs. Entièrement dédiée à sa mission, elle avait décidé de s'affranchir de tous les obstacles. Pas de mari. Pas d'enfants. Mais sur le terrain, le réveil fut brutal. Alors qu'elle se dévouait corps et âmes à son travail, elle se heurtait à des procédures rigides, aux limites imposées par le système. Sa cheffe lui avait reproché d'être trop compatissante, trop engagée. Elle avait accumulé désillusions et rancœur.

Un jour, alors qu'elle avait eu affaire à un cas difficile, elle avait dû faire intervenir la police. Mélaine avait été impressionnée par la femme gendarme qui était parvenue, grâce à ses paroles, à calmer une personne en grande détresse. Elle n'avait pas eu besoin d'user de force ou de sortir son arme. Mélaine avait alors compris que c'était la voie qu'elle devait suivre. Le lendemain, elle avait démissionné.

En parallèle à son travail d'assistante sociale, elle s'était engagée dans une troupe de théâtre amateur. Sur scène, elle arrivait à s'oublier. Se mettre dans la peau de quelqu'un lui offrait un exutoire, une manière de se libérer du trop-plein d'émotions dont elle ne parvenait plus à se défaire.

Au fil du temps, elle n'avait eu d'autre choix que de s'endurcir. Pour devenir policière, s'imaginait-elle, elle devait endosser un rôle, dissimuler celle qu'elle était. Ainsi, avant de passer les examens et les entretiens d'admission, elle s'était forgé une nouvelle personnalité. Celle d'une femme au caractère affirmé, empathique, mais pas sensible, déterminée, mais souple. Mélaine, la future policière, ferait preuve de bon sens et mènerait une existence ordonnée avec une hygiène de vie équilibrée. Après avoir construit son profil psychologique en fonction des critères de sélection de la police, elle avait répété son rôle jour après jour, d'abord pour se convaincre elle-même, puis pour convaincre la psychologue de la police qu'elle était faite pour ce métier. Cela avait fonctionné.

En attendant de commencer à l'Académie, elle avait joué la statue vivante sur les quais de Vevey, pour se faire un peu d'argent et affiner son sens de l'observation. Le masque qu'elle portait lui permettait de scruter les passants en toute quiétude, de comprendre leurs réactions lorsqu'elle les surprenait par sa lévitation incongrue. Certains évitaient de passer trop près d'elle pour ne pas avoir à glisser une pièce de monnaie dans sa soucoupe. D'autres lui souriaient. Dans le vaste théâtre de la rue, elle avait appris à connaître le genre humain et à se connaître elle-même. C'est là qu'elle avait rencontré Hugo. Hypersensibles tous les deux, ils s'étaient immédiatement trouvés.

Depuis l'époque d'Aaron, le monde n'avait pas changé et ne changerait sans doute jamais. Mélaine et ses complices ne supportaient plus de rester sans agir. Chacune de leurs demandes avait une portée à la fois symbolique et universelle. Le Bloc identitaire suisse avait fait figure de «victime expiatoire», pour marquer les esprits. La seule chose que Mélaine regrettait, c'était de n'avoir pu déclencher elle-même l'explosion qui avait tué Sophie Corboz.

Comme convenu, ils avaient contacté le capitaine du cargo le matin du départ. René avait négocié à l'avance avec lui pour qu'il fasse embarquer Julien et Mélaine sans transiter par la douane et afin que leurs noms ne figurent sur aucune liste de passagers. Le capitaine avait accepté contre soixante-quinze mille dollars en bitcoins. Il leur avait donné rendez-vous avec un chauffeur de poids lourds qui les avait cachés dans le conteneur qu'il transportait.

À peine à bord, ils furent invités à rejoindre le capitaine sur la passerelle de navigation. Il savait que la police les traquait et leur avait gentiment fait comprendre qu'il prenait de gros risques. Julien lui avait alors remis la clé USB et cinquante mille francs suisses supplémentaires en liquide, ce qui avait paru le satisfaire. Il en donnerait une partie aux membres de son équipage, pour qu'eux aussi gardent le silence.

Jusqu'à présent, le voyage s'était déroulé dans une relative quiétude. Contrairement à ce qu'ils s'étaient imaginé, la vie à bord était somme toute assez agréable. Une piscine intérieure d'eau de mer et une salle de sport faisaient le bonheur de Julien. Le soir, les rares passagers du cargo se retrouvaient dans un salon convivial pour regarder un film ou jouer aux cartes. Mélaine et Julien préféraient demeurer le plus discrets possible et se retiraient dans leur cabine après le souper. Ils restaient aux aguets. Mélaine avait conservé son arme de service.

Leurs nouveaux passeports et permis de conduire étaient encore rangés dans le petit paquet récupéré dans l'appartement de Zermatt. Daniel et Justine Martin étaient devenus Boris et Éva Chapuis afin de mieux brouiller les pistes. Cette précaution supplémentaire s'était avérée cruciale. En piratant le contenu du portable de Kinga, alors qu'elle le filait dans le train, René avait découvert un échange de SMS: Andreas était déjà au courant de l'identité de Daniel et de Justine Martin.

Le navire s'apprêtait à faire escale à La Havane. Il rallierait ensuite le port de Coatzacoalcos au Mexique. Un trajet en bus d'un peu plus de trois cents kilomètres les emmènerait jusqu'au village de Zinacantán, sur les hauts plateaux, dans l'État du Chiapas. Là, en plein cœur de la communauté tzotzil, ils avaient acheté une hacienda avec piscine, à l'écart, dans les collines.

Ils se regardèrent et échangèrent un sourire. Bientôt, ils seraient à destination et entameraient une nouvelle vie.

153

Andreas et Karine attendaient sur le quai du port de Coatzacoalcos situé dans l'isthme de Tehuantepec avec une douzaine de policiers mexicains dans les feux bleus des Chevrolet Silverado, les 4x4 de la Policía federal. Un coup de sirène annonça l'entrée du navire-cargo battant pavillon panaméen.

Dans le sac à dos de René Droz, qu'avait rattrapé de justesse Kinga, ils avaient découvert l'ordinateur et le téléphone du *hacker*. En sautant dans les eaux sombres de la mer Ligurienne, Droz avait tenté d'emporter avec lui toutes les preuves, toutes les traces de leur plan, mais il n'avait pas eu le temps de verrouiller l'écran de son ordinateur avant de le glisser en hâte dans son sac. La police avait aussitôt contacté Christophe, qui leur avait enjoint de ne pas le refermer afin d'éviter d'enclencher le mécanisme de verrouillage. Une petite génératrice portable trouvée sur le navire leur avait permis de le garder allumé durant le vol de retour à Gênes. Christophe avait ainsi retrouvé la trace de Julien et de Mélaine à bord du *MSC Laura*.

La police cubaine leur confirma que les deux fugitifs n'étaient pas descendus du bateau à La Havane, dernière escale avant Coatzacoalcos.

Andreas et Karine se placèrent un peu en retrait quand le cargo accosta. Ils suffoquaient dans la chaleur ambiante que réverbérait le bitume. Un portique de chargement sur rail se mit en mouvement et passa au-dessus d'eux pour commencer à décharger les conteneurs du navire. Puis une porte s'ouvrit à mi-hauteur de la coque et une passerelle télescopique fut déployée. Seuls huit passagers descendirent sur le quai. Mélaine et Julien n'étaient pas parmi eux.

Quatre policiers précédèrent Andreas et Karine à bord. Sur la passerelle de navigation, le capitaine confirma que Julien et Mélaine devaient effectuer la traversée avec eux, mais qu'ils ne s'étaient jamais présentés au départ à Gênes.

L'officier de police mexicain appela les renforts restés à quai et ordonna la fermeture de la porte du bateau. Ils commencèrent à ratisser les moindres recoins du navire, à interroger tous les membres d'équipage. Tous demeuraient muets, craignant sans doute de perdre leur emploi.

Après plus de deux heures, les policiers déclarèrent forfait, Julien et Mélaine n'étaient pas à bord. Mais dans la cabine du capitaine, ils découvrirent cent cinquante mille francs suisses et, après une fouille corporelle minutieuse, mirent la main sur une clé USB contenant soixante-quinze mille dollars en bitcoins. Le capitaine fut débarqué, menottes aux poignets.

Le convoi des 4x4 de la police, sirène et feux bleus enclenchés, quitta le port, longea une rue bordée de palmiers et s'arrêta quelques pâtés de maisons plus loin devant un portail métallique orné d'une grande étoile qui portait la mention : « Policía federal ».

Le capitaine fut emmené dans une salle lugubre, où il marina plusieurs heures avant d'être soumis à un interrogatoire, qu'Andreas et Karine suivirent à travers le miroir sans tain. Après les divers témoignages des passagers retenus à la douane, les policiers n'eurent aucun mal à le faire parler. Il avoua qu'il avait débarqué les deux fugitifs sur une plage déserte près de Celestún.

154

Le lieu de la cérémonie s'était imposé naturellement : les quais de Vevey, au bord du lac Léman. Ils étaient tous là, Wasima, Saleh et leurs deux enfants serrés autour de Clémence. Nicole, l'ex-femme d'Hugo, avait aussi fait le déplacement, ainsi que Brian.

Khourchid, le petit garçon aux cheveux noirs et aux yeux vert olive déposa un bouquet de roses au pied de la statue en bronze de Charlie Chaplin, puis se retourna et vint se jeter dans les bras de son père. Wasima échangea un regard avec Clémence qui tenait l'urne d'Hugo serrée contre sa poitrine.

C'était ici même qu'elle l'avait rencontré pour la première fois, en octobre 2015. Elle était venue se promener sur les quais avec Wasima et son fils. Lorsque Khourchid avait vu Charlot, il s'était précipité vers lui. Hugo s'était baissé, l'avait soulevé et serré dans ses bras, et les avait tous invités à boire un verre. En discutant, Clémence et lui s'étaient découvert une sensibilité commune, la même volonté de se battre contre les injustices. Après leur deuxième rencontre, Hugo lui avait confié vouloir se reprendre en main. Clémence lui avait alors proposé de mettre une chambre à sa disposition dans sa grande maison afin qu'il puisse passer l'hiver au chaud et qu'il entreprenne les démarches auprès des services sociaux. Comme elle était seule, Hugo et elle avaient passé de nombreuses soirées ensemble. Peu à peu, sans même s'en rendre compte, ils s'étaient épris l'un de l'autre. Au printemps 2016, Hugo avait obtenu un appartement de l'aide sociale. En dépit de l'insistance de Clémence, il avait refusé son offre d'habiter chez elle, préférant garder son autonomie.

À partir de l'été, le comportement d'Hugo changea. Clémence avait eu le sentiment que son amant lui cachait quelque chose, bien qu'il prétendît le contraire. Un jour, en fin d'année, elle avait débarqué chez lui à l'improviste et avait croisé dans l'escalier une jeune femme dont le parfum délicat embaumait l'appartement. Elle lui avait fait une scène de jalousie. Hugo lui avait alors raconté qu'ils planifiaient ensemble un projet dont il ne pouvait encore lui parler. Clémence s'était résignée à le croire, par amour et par peur de le perdre. Elle n'avait jamais revu cette jeune femme jusqu'à ce que son portrait soit diffusé au journal télévisé.

Jusqu'à la veille de la prise d'otages, Hugo ne lui avait pas touché mot de ses intentions. Il était simplement venu lui dire adieu, lui annoncer que c'était la dernière fois qu'ils se verraient. Hugo avait expliqué être atteint d'une tumeur incurable, qui l'obligeait à agir vite afin de mener à bien son grand projet. Elle avait essayé d'en savoir plus, l'avait prié de rester avec elle, mais il avait gardé le silence, l'avait serrée dans ses bras. Il l'avait embrassée et s'en était allé.

Elle lui en voulait d'être parti aussi subitement, de lui avoir menti sur ses intentions, d'être devenu un criminel, un meurtrier.

Juste avant de la quitter, il lui avait écrit sur un bloc-notes l'adresse numérique d'un *wallet* de bitcoins composé d'une trentaine de caractères. Il avait promis d'y verser une somme pour la famille de Khourchid, puis noté une étrange adresse mail. Si tu as un souci, envoie un message à cette adresse, lui avait-il conseillé, sans rien dire de plus.

Après le suicide d'Hugo, Clémence avait vérifié son compte bitcoin et découvert qu'il y avait transféré un montant d'une valeur d'un million de francs en cryptomonnaie. Elle avait longtemps hésité à appeler la police, mais s'était finalement senti le devoir d'accomplir la volonté de son ami. Cet argent permettrait à la famille de Khourchid de vivre enfin de manière décente et servirait à aider les associations qui leur tenaient à cœur, à Hugo et à elle.

Clémence échangea un regard avec la famille Suraj, puis avec Nicole et Brian, avant de s'approcher du lac. Là, elle ouvrit l'urne et dispersa les cendres sur les eaux transparentes du Léman.

Épilogue

Un envol de flamants roses salua le soleil qui se couchait sur la réserve naturelle de Ría Celestún. Mélaine et Julien savouraient un cocktail au bord de la piscine. Le lodge climatisé qu'ils s'étaient choisi au cœur de la biosphère avait un toit de chaume inspiré d'un village maya.

Les journées précédentes, passées en mer, avaient été éprouvantes. René ne leur avait donné aucun signe de vie. Leur panique augmentait d'heure en heure. Isolés, livrés à eux-mêmes, ils avaient convaincu le capitaine du cargo de les débarquer avant Coatzacoalcos en échange de cent mille francs supplémentaires.

En approchant de la côte mexicaine, il les avait fait déposer sur la plage déserte d'une réserve naturelle. Ils avaient enlevé leurs chaussures pour traverser la mangrove. Ils s'étaient assis sur un rocher dans une lagune abritant une colonie de flamants pour les remettre quand un bruissement dans les roseaux les fit frissonner. Au loin, un crocodile, sans doute dérangé par le bruit, s'éloigna et disparut sous l'eau. Ils s'arrêtèrent ensuite dans le patio d'une bâtisse abandonnée. Ironie du sort, Julien découvrit, en activant la géolocalisation de son portable, qu'elle était baptisée « Real de Salinas » et servait autrefois à entreposer le sel récolté dans les marais.

Après avoir marché plus d'une heure sur un petit sentier, ils arrivèrent à Celestún. De là, ils rejoindraient Zinacantán, dans l'État du Chiapas où les attendait une hacienda acquise au nom de Bartoli, qui figurait sur leur troisième jeu de passeports. Un bus partait le lendemain.

Julien et Mélaine regardaient en silence décliner le soleil, chacun étant plongé dans ses propres pensées. Ils avaient compris qu'ils ne reverraient jamais René. En perdant leurs deux complices, ils avaient surtout perdu deux amis. Ils étaient seuls au monde.

Mélaine s'était coupé les cheveux sur le cargo, Julien avait laissé pousser sa barbe. Ils ressemblaient un peu moins aux photos que diffusait Interpol dans la rubrique « Notices rouges ».

Julien pensait à Léo, aux moments qu'ils avaient partagés, à cette croisade perdue, ce combat vain contre le racisme et la discrimination, éternellement recommencé. Il sortit son téléphone portable et ouvrit la dernière vidéo qu'ils s'apprêtaient à publier sur Facebook. C'était le testament d'Hugo. Un message destiné à la postérité, qu'ils avaient élaboré ensemble, quelques semaines avant le début de la prise d'otages. Julien en avait réalisé le montage.

Il fit signe à Mélaine de s'approcher et appuya sur « *play* ».

La vidéo s'ouvre sur plusieurs séquences originales du film *Le Dictateur*. Adenoïd Hynkel apparaît devant un parterre de soldats et lève le bras d'un geste ferme qui met fin à une salve d'applaudissements. Il se lance alors dans une harangue véhémente, vocifère des borborygmes gutturaux où grognements et onomatopées se mêlent à l'allemand, à l'anglais et au yiddish. Quand Hynkel répète le mot « *Tchuden* », son micro ploie sous la violence du discours. À la fin, une voix off traduit laconiquement : « Son Excellence vient de dire quelques mots sur le peuple juif. »

Dans la séquence suivante, Hannah, la blanchisseuse orpheline, récure le sol de la boutique du barbier juif en plein ghetto. Après s'être fait raser, le propriétaire des lieux suggère au barbier d'ouvrir un salon pour dames et de s'exercer sur Hannah.

Hannah prend place dans un des fauteuils et se lance dans un long monologue pendant que le barbier lui rase le visage d'un geste machinal. Lorsqu'ils se rendent compte de l'absurdité de la situation, un fou rire inextinguible s'empare d'eux. Le calme revenu, Charlot lui fait un shampoing et la coiffe. Ils échangent un sourire gêné.

Le prélude de *Lohengrin* de Richard Wagner égrène ses notes en arrière-fond. Hannah se regarde dans le miroir et murmure d'une voix mêlant espoir et inquiétude: «Seigneur, qu'est-ce que je suis jolie!»

Hannah et le barbier se promènent ensuite dans une rue animée, lorsque la voix perfide de Hynkel retentit. La foule disparaît, cherchant refuge dans les immeubles, mais eux restent là, immobiles dans la rue déserte. La voix continue à proférer ses borborygmes, assénant le mot «*Tchuden*» à plusieurs reprises. Les troupes de la mort se mettent à chanter et à marcher au pas pour envahir le ghetto.

Dans les cris et les éclats de voix exigeant d'enfoncer la porte, Hannah et le barbier fuient par le toit d'une maison. Une violente explosion retentit dans le bâtiment d'en face. La boutique du barbier est partie en fumée. Le silence s'installe et la musique de *Lohengrin* résonne à nouveau.

Dans la séquence suivante, les images originales du film cèdent la place à Hugo. Il se tient au bord du lac Léman, sans déguisement. Il ne joue plus un rôle. Il est lui-même. Il est Hugo.

Dans le film de Chaplin, le discours qu'Hugo s'apprête à prononcer est un condensé de celui du barbier, parfait sosie d'Adenoïd Hynkel qui prend la place du dictateur à la fin du film:

> «[...] Je voudrais aider tout le monde dans la mesure du possible, juifs, chrétiens, païens, blancs et noirs. Nous voudrions tous nous aider si nous le pouvions, les êtres humains sont ainsi. Nous voulons donner le bonheur à notre prochain, pas lui donner le malheur. Nous ne voulons ni haïr ni humilier personne. Dans ce monde, chacun de nous a sa place et notre terre est bien assez riche. Elle peut nourrir tous les êtres

humains. Nous pourrions tous avoir une belle vie libre, mais nous l'avons oublié.

L'envie a empoisonné l'esprit des hommes, a barricadé le monde avec la haine, nous a fait sombrer dans la misère et les effusions de sang. [...]

Notre savoir nous a fait devenir cyniques, nous sommes inhumains à force d'intelligence. Nous ne ressentons pas assez et pensons beaucoup trop. Nous sommes trop mécanisés et nous manquons d'humanité. Nous sommes trop cultivés et nous manquons de tendresse et de gentillesse. Sans ces qualités humaines, la vie n'est plus que violence et tout est perdu. [...]

Je dis à tous ceux qui m'entendent : "Ne désespérez pas !" Le malheur qui est sur nous n'est que le produit éphémère de l'avidité, de l'amertume [...]

Il est écrit dans l'Évangile selon saint Luc "Le Royaume de Dieu est dans l'être humain." Pas dans un seul humain ni dans un groupe d'humains, mais dans tous les humains, en vous, vous le peuple qui avez le pouvoir [...] de créer le bonheur. Vous, le peuple, en avez le pouvoir : le pouvoir de rendre la vie belle et libre, le pouvoir de faire de cette vie une merveilleuse aventure. [...]

Il faut tous nous unir, il faut nous battre pour un monde nouveau, décent et humain [...] Il faut nous battre pour libérer le monde, pour renverser les frontières et les barrières raciales, pour en finir avec l'avidité, avec la haine et l'intolérance. [...] »

Au discours prononcé par Hugo succèdent de nouvelles images originales du film. Une foule rassemblée applaudit à tout rompre. Puis le prélude de *Lohengrin* déploie ses douces sonorités empreintes de recueillement et de contemplation. Allongée sur le sol, Hannah se réveille.

Le hasard a voulu que la jeune fille juive du film porte le même prénom que sa grand-mère. Julien songea à sa *boubele* qui l'appelait affectueusement son « Kaddishel ». Il admirait cette femme. Comme la Hannah du film, elle a vécu dans un mélange de naïveté utopique et de parfaite lucidité. En dépit de tout ce qu'elle a traversé, elle n'était qu'amour et espoir. La vengeance et la haine lui étaient étrangères.

Dans la dernière séquence, on entend à nouveau la voix d'Hugo:

> «Hannah, est-ce que tu m'entends? Où que tu sois, regarde le ciel, Hannah! Les nuages s'éloignent! Le soleil recommence à briller! Nous sortons des ténèbres, nous allons vers la lumière! Nous entrons dans un monde nouveau fait d'humanité, où les hommes surmonteront leur haine, leur avidité et leur brutalité. Regarde vers le ciel, Hannah! L'âme humaine a retrouvé ses ailes. Elle prend enfin son envol à travers l'arc-en-ciel, vers la lumière de l'espoir, vers l'avenir, l'avenir glorieux qui nous appartient, à toi, à moi, à nous tous. Regarde vers le ciel, Hannah! Regarde!»

La vidéo se termine par un texte, écrit à la main sur une ardoise. Ce sont les mots d'Hugo: «N'est-ce pas la sueur des hommes qui a salé la pierre? En chacun de vous, il y a d'énormes trésors. Munissez-vous de vos pioches. Creusez! Trouvez en vous le sel qui salera votre vie!»

Mélaine sortit de son sac un bocal fermé par un couvercle de mélèze, l'ouvrit et le présenta à Julien. Il y trempa son doigt et déposa quelques grains sur sa langue. Mélaine l'imita. C'était salé!

C'est par ce même geste qu'ils avaient scellé leur pacte avec Hugo.

Saler sa propre vie était une exhortation à être en paix avec soi-même et avec les autres. Saler sa vie signifiait s'élever contre toute forme d'injustice, de discrimination et d'intolérance. Saler sa vie, c'était mettre au cœur de son existence une exigence morale d'amour qui dépassait toutes les frontières et toutes les différences.

Tel avait été leur rêve.

Mélaine et Julien se regardèrent en silence et arrivèrent à la même conclusion: ils devaient renoncer à publier cette vidéo.

Le message qu'ils venaient d'écouter leur revenait comme un boomerang. En voulant faire le bien, ils avaient semé la mort.

Ils avaient été trop loin.

Seul un voile obscur les enveloppait.

Le serveur leur apporta deux shots et les posa sur la table avec, sur une petite assiette, deux tranches de citron vert et du sel. Ils saupoudrèrent leur main d'une pincée de sel, le léchèrent, avalèrent la tequila et mordirent dans le quartier de citron. La pulpe était acide. Le zeste amer.

Remerciements

Cette histoire est entièrement inventée. Toute ressemblance entre les personnages de ce roman et des personnes existantes est le pur fruit du hasard, à l'exception de certains personnages historiques et quelques personnages secondaires qui sont bien réels. Je les remercie d'avoir accepté de jouer un rôle dans ce roman.

Pour raconter la vie d'Aaron, je me suis inspiré de nombreux articles et ouvrages historiques afin de retranscrire au mieux la réalité et l'atmosphère de cette époque dans la région chablaisienne.

Trois de ces sources méritent ici d'être citées :

La légende de Jean Bouillet, dit Bracaillon, a été remaniée d'après le récit d'Alfred Cérésole, pasteur protestant, qui a vécu à la fin du XIXe siècle.

Les *Impressions de voyage en Suisse* d'Alexandre Dumas m'ont inspiré. J'ai choisi de le faire exister dans le récit pour permettre à Aaron Salzberg de partager avec lui quelques heures de sa vie au fond des Mines de sel de Bex.

L'affaire criminelle jugée au tribunal d'Aigle a été adaptée sur la base de plusieurs articles qui relatent une « Agression à Fenalet en 1749 », articles parus dans plusieurs numéros de la *Revue historique du mandement de Bex*.

Les citations de Sun Tzu et des autres philosophes chinois sont tirées de la traduction qu'en a faite Jean Levi (*L'Art de la guerre*, Pluriel, 2016).

L'écriture de cette quatrième aventure de l'inspecteur Auer a été une exploration littéraire passionnante avec comme points forts un voyage dans le temps et la découverte du monde des Mines de sel à Bex, ainsi qu'à Wieliczka et à Bochnia en Pologne. Pour écrire ce roman, j'ai passé de nombreuses heures au cœur des Mines de sel de Bex, pour m'imprégner de ce cadre enchanteur.

Je tiens à remercier toutes celles et ceux qui ont contribué, chacun à leur manière, à faire que ce livre devienne une réalité :

Marie-Madeleine Bonvin, pour tes innombrables heures de relecture. Ton œil affûté, ton amour de la langue française, ton sens du rythme et de l'harmonie ont considérablement enrichi le texte. Merci pour nos échanges quotidiens qui sont pour moi une source de motivation et une aide précieuse pour améliorer mon écriture. Et surtout, merci pour ton amitié !

Chantal Cominoli et René Engi, pour vos multiples relectures assidues, guettant inlassablement les moindres incohérences, ne laissant passer aucune faille dans le scénario, merci pour vos idées et suggestions motivantes. Je vous suis reconnaissant de m'avoir parfois poussé dans mes retranchements... René, tes connaissances informatiques et tes recherches ont été un atout indéniable pour construire cette intrigue. Une belle amitié !

Patricia Duboux et Jean-Luc Schmalz, pour vos relectures approfondies, nos riches discussions notamment au sujet des personnages et la réalisation du clip vidéo. Pour votre fidélité en amitié, merci.

Kathleen Malcause, pour tes relectures, tes conseils d'experte en polars, ton amitié.

Et aussi à vous, relecteurs et amis : Diane, Isabelle, Nicole, Isa, Freddy, Claudine et Mélaine. Votre avis m'est très précieux !

Un immense merci à vous tous pour les inestimables connaissances que vous me faites l'honneur de partager. C'est un vrai bonheur que de pouvoir compter sur vous dans mes recherches et tout au long du processus d'élaboration du scénario et de l'écriture :

Pr Patrice Mangin, directeur honoraire du Centre universitaire romand de médecine légale, fidèle depuis le début de l'aventure avec *Le Dragon du Muveran*, toujours présent pour répondre de manière précise et circonstanciée à mes questions.

Vincent Clivaz, inspecteur de la police de sûreté de la Police cantonale vaudoise, pour ses précieuses suggestions, ses relectures.

Olivier Keller, commissaire, Police cantonale Genève, pour ses conseils avisés, ses relectures.

L'Académie de police de Savatan et son directeur, le colonel Alain Bergonzoli. Merci à l'inspecteur principal adjoint Michael Jaggi, chef Domaine droit et criminalistique, de ses conseils et de m'avoir permis de participer à une journée de formation riche en enseignements. Ma reconnaissance va particulièrement à l'adjudant Robin Thétaz, chef Logistique, pour ses conseils, ses relectures et pour m'avoir permis de découvrir, de l'intérieur, cette Académie de police dont je suis devenu membre d'honneur.

La Police cantonale vaudoise, notamment Olivia Cutruzzola, cheffe de la Section prévention criminelle et relations avec les citoyens, et tous les autres que je ne citerai pas ici.

L'équipe des Mines et des Salines de Bex : Philippe Benoit, directeur et responsable du site touristique, Arnaud Tamborini, chef de production, Sylvain Nicolier, responsable Mine, les guides Jacqueline, Nathalie et Alain, et tous les autres que j'ai eu l'occasion de rencontrer au cœur de la montagne.

Christian Schühle, pour m'avoir fourni de nombreux documents historiques en lien avec la région et la période traitée, sa relecture attentive des passages historiques.

Nicolas Isoz, conservateur au château d'Aigle, pour la visite du château, sa relecture des passages concernés, ses conseils notamment en ce qui concerne le fonctionnement de la justice de l'époque.

Christophe Caupenne, ancien commandant et chef du groupe gestion de crise et négociation du RAID, pour ses conseils et pour l'inspiration puisée au travers de son expérience décrite dans son ouvrage *Négociateur au RAID*.

Corinne Bloch, journaliste, pour les mots d'Aaron en ouverture du livre.

Mathias Reynard, conseiller national pour nos discussions au sujet de l'extrême droite. Sa lutte contre les discriminations m'a inspiré. Grâce à son indéfectible engagement, Mathias a contribué à convaincre le peuple suisse d'accepter la décision du Parlement d'intégrer l'interdiction de la discrimination en raison de l'orientation sexuelle dans la norme antiracisme du Code pénal et du Code pénal militaire. La Lex Reynard est entrée en vigueur le 1er juillet 2020.

Je ne saurais vous oublier, chères lectrices, chers lecteurs. Merci pour votre fidélité à suivre les aventures de l'inspecteur Auer.

Un tout grand merci à mon éditeur, pour son soutien indéfectible et son engagement à promouvoir mes livres.

Merci à ma maman Birgitta, première et fidèle lectrice.

Et comme toujours, et pour toujours, merci à toi, Benjamin !

CET OUVRAGE EST PUBLIÉ PAR SLATKINE & CIE
LE TEXTE EST COMPOSÉ EN CARACTÈRE SLATKINE,
DESSINÉ PAR MATTHIEU CORTAT À LYON
IL A ÉTÉ ACHEVÉ D'IMPRIMER EN AOÛT 2020
SUR PAPIER MUNKEN 70 GRAMMES
ISSU DE LA GESTION DURABLE DES FORÊTS
SUR LES PRESSES DE L'IMPRIMERIE FLOCH
IMPRIMEUR NUMÉRO 96624
IMPRIMÉ EN FRANCE

IMPRIM'VERT®